KB261143

한자의 뿌리

한자의 뿌리

한자의 뿌리 2

김언종 지음

문학동네

아성
牙城

장군기 **아** 재 **성**

권위주의가 몰락하는 시대를 맞아 여기저기서 '아성(牙城)'이 무너졌다는 소리가 자주 들린다. 그러나 새로운 질서에는 새로운 아성이 요구되게 마련이다.

牙(아)는 '아래위가 맞물려 있는 짐승 이빨'의 상형이라는 설과 '맞물려 있는 톱니'의 상형이라는 설이 있다. 어쨌든 牙(아)는 차츰 사람의 '치아'도 뜻하게 되었다.

城(성)은 흙 土(토)와 이룰 成(성)이 합쳐진 글자다. 이 글자가 생겨나던 당시의 성은 흙으로 쌓았음을 알게 해준다. 중국 하남성 정주시(鄭州市)에는 바로 그 은대(殷代)의 토성(土城)이 일부 남아 보존되고 있다. 土(토)는 '흙무더기'를 상형한 것

牙	甲骨		金文		小篆	
土	甲骨		金文		小篆	土
成	甲骨		金文		小篆	

이고, 成(성)은 형성자로서 주로 의장용(儀仗用)으로 쓰이던 넓적한 날이 달린 무기인 戌(술)에다 '못' '사람의 머리' '둥근 떡 모양의 금덩이' '물고기 눈깔' 등의 여러 설이 있는 丁(정)을 더한 글자이다. 城(성)이라면 중국의 만리장성이 유명하다. 14세기 중엽 명나라 초의 태조 주원장 때부터 쌓기 시작하여 14대 신종(神宗) 재위 시대인 16세기 말에야 완성된 이 길고 긴 벽돌 담장을 기원전인 진시황 때 쌓았다는 일부 중국 사람들의 선전을 믿고 구경하는 외국 사람들이 많다. 꼭 진시황 때 쌓은 진장성(秦長城)의 유적을 보려면 이 명대의 벽돌 담장에서 북으로 2백여 킬로미터 위에 있는 웨이창〔圍場〕으로 가야만 한다.

한편, 牙(아)는 장군의 상징으로도 쓰였는데 그 유래의 근거는 『시경(詩經)』 「기보(祈父)」편의 첫 구절이다.

"나는 임금님의 발톱이자 이빨이라네(予王之爪牙 : 여왕지조아)."

그리고 아성(牙城)은 '아기(牙旗)를 세운 성'의 준말로, 본뜻은 전장(戰場)에서 총사령관이 머무르던 성, 즉 본영(本營)이었다. 작전상 일부 전선(前線)이 무너질 수 있겠으나 어떤 아성의 경우는 무너진다면 큰일이 아닐 수 없다. 개인, 조직, 국가 차원

戊	甲骨		金文		小篆	
丁	甲骨		金文		小篆	

에서 그것이 무엇을 의미하는지 한번 생각해보자.

아첨
阿諂

굽힐 **아** 아첨할 **첨**

이승만 대통령이 낚시를 하다가 방귀를 뀌자 옆에 있던 장관이 "각하 시원하시겠습니다!"라고 했다는 옛이야기는 권력자에 대한 아첨(阿諂)의 역사에서 이미 전설(傳說)에 속하는 것이다. 아첨은 시도때도없이 교묘한 형태로 자행(?)되고 있다. 사실이지 아첨과 공경(恭敬)은 친형제보다 가까운(?) 쌍둥이나 다를 바 없어서 구별하기도 어려운 것이다. 그런데 세상에는 아첨이 쉬운 줄로 아는 분들이 많은데, 사실이지 아첨은 참 어려운 일이다. 오죽하면 증자(曾子)께서 "어깨를 움츠리고 아첨의 웃음을 치는 것이 여름날 땡볕 아래서 밭일하는 것보다 더 고되다(脅肩諂笑, 病于夏畦 : 흡견첨소, 병우하

阿	甲骨		金文		小篆	
可	甲骨		金文		小篆	
諂	甲骨		金文		小篆	
陷	甲骨		金文		小篆	

휴)"고 말하셨겠는가? 이 말은 『맹자(孟子)』에 인용되어 오늘에 전해지고 있다.

阿(아)는 阝(부)와 可(가)로 구성된 글자이다. 阝(부)는 '언덕'의 상형이라고 널리 알려진 글자로, 언덕과 관계 있는 글자들의 왼쪽에는 으레 이 글자가 있는데 상식과 다른 정확한 해석은 '승강(昇降)'란을 참고하기 바란다. 可(가)에 대해서는 '병역(兵役)'란에서 그런 대로 상세히 설명한 바 있다. 그런데 可(가)에서 口(구)처럼 생긴 부분은 '땅을 움푹하게 판 구덩이'이며 나머지 부분은 '구덩이를 파는 데 쓴 막대기'의 상형이라는 설도 있다. 가차(假借)되어 긍정(肯定)의 뜻을 나타내는 글자로 널리 쓰이게 되자 본뜻을 보존하기 위해 만든 글자가 柯(자루 가)자라는 것이다. 阿(아)에서 可(가)는 발음부호 역할을 한다. 阿(아)의 뜻 가운데 '언덕 굽이'가 있다. 여기에서 '굽다' '굽히다' 등의 뜻이 파생되었고, '자기의 뜻을 굽혀 남의 비위(脾胃)를 맞춘다'는 의미도 생기게 되었다.

諂(첨)은 言(언)과 臽(함)을 합한 글자이다. 言(언)의 첫 획은 '말'을 뜻하는 추상적 부호이며, 둘째, 셋째, 넷째 획이 '내민 혀'의, 그 나머지가 '입'의 상형으로, 본뜻은 '말'이다. 臽(함)은 '함정(陷穽)에 빠져 있는 사람의 모습'을 상형한 글자로, 陷(함)의 본자이다. 금문에서 볼 수 있는 것처럼, 윗부분이 '사람'의〔이 부분을 '칼'의 상형 刀(도)로 쓴 '諂' 자는 틀린 글자이다〕, 아랫부분이 뾰족한 꼬챙이나 돌 같은, 살상이 가능한 물건이 설치되어 있는 '함정'의 상형이다. 함정에 빠뜨리는 교묘한 말, 이것이 바로 諂(첨)인 것이다.

아첨은 한(漢)나라 말엽의 구강태수(九江太守) 변양(邊讓)이 당대의 권력자 조조(曹操)에게 아첨하지 않고 바른말을 하다가 효수(梟首)당하고 식구들까지 떼죽음을 당했던 사실(史實)을 전하는 글에서 처음 쓰였다. 이와 달리, 자고로 아첨하다가 죽임을 당한 사람은 없었다(!?). 그래서 아첨이 오늘도 맹위(猛威)를 떨치는 모양이다.

악마
惡魔

악할 **악**　마귀 **마**

이 시대의 악마는 반드시 악(惡)한 마귀(魔鬼)가 아닌 듯하다. 악마는 사랑하는 애인에게 건네는 사랑의 표시일 수도 있고, 다정한 친구의 짓궂은 행위에 대해 스스럼없이 던지는 농담일 수도 있다. 단어가 가진 의미의 확장은 문화의 심화를 의미한다지만 때로 이해상의 곤혹(困惑)을 불러올 우려도 있다. 요즘 유행하는 '엽기(獵奇)'라는 단어처럼 말이다. 새삼스럽지만 엽기는, 비정상적이고 기괴한 사물에 호기심을 갖고 남달리 흥미를 느끼는 것이다.

惡(악)은 亞(아)와 心(심)을 합한 글자이다. 亞(아)는 '왕실에서 조상의 영혼을 모시는 종묘(宗廟)나 분묘(墳墓)를 만들기

亞	甲骨		金文		小篆	
心	甲骨		金文		小篆	

위해 파고 다져놓은 '터'를 위에서 내려다본 모양'의 상형이라한다. 心(심)은 '심장'의 상형으로, '마음'이 본뜻이다. 영혼을모신 廟(묘)나 시신을 안치한 墓(묘)는 모두 죽음과 관련되는글자이므로 亞(아)에는 '두렵다' '겁내다' 등의 의미가 생기게되었을 것이다. 또한 마음의 갖가지 상태 가운데 두렵고 싫고나쁘고 불쾌한 마음을 나타내는 데에는 亞(아)에 心(심)을 합한惡(악)이 적당했을 것이다. 그리하여 惡(악)은 '싫어하다' '나쁘다'를 본뜻으로 하는 글자가 되었다.

魔(마)는 麻(마)와 鬼(귀)를 합한 글자이다. 麻(마)는 바깥에서 처리하게 마련인 다른 식물과는 달리 집 안에서 삶고 껍질을벗기는 대마(大麻)의 특성을 살린 글자이다. 广(엄)은 '지붕'의상형, 그 아래 나란히 있는 같은 모양의 글자 가운데 각각 두 획까지가 '대마줄기'의 상형이며, 각각의 나머지 두 획은 '벗겨놓은 삼 껍질'의 상형으로, 나무 木(목)자와는 내원이 전혀 다른글자이다. 鬼(귀)는 '귀면(鬼面)'을 쓴 무당의 서거나 쭈그리고앉아 있는 모양'을 상형한 글자이다. 윗부분은 '탈'이며 아랫부분은 '이를 쓴 사람'의 상형이다. 오늘날의 자형에 보이는 厶〔'사'가 아님〕는 꿇어앉았을 때의 '발 부분'이 변한 것이다. 麻(마)를 발음부호로 삼은 魔(마)는 귀신의 한 종류 즉 '사람을 홀리는 미친 귀신'을 의미하였다.

| 麻 | 甲骨 | | 金文 | | 小篆 | |
| 鬼 | 甲骨 | | 金文 | | 小篆 | |

악마(惡魔)는 원래 불도(佛道)를 닦는 데 방해되는 모든 악신
(惡神)을 가리키는 말로, 사람을 해치는 온갖 사물이나 잔인무
도(殘忍無道)한 인간까지도 의미하는 말로 쓰여왔다.

안녕
安寧
편안할 안 편안할 녕

‘안녕’을 묻는 말이 일상생활에서 보편적인 수인사가 된 현상은 근래의 양상이다. ‘보릿고개’로 대변되는 식량난을 겪던 지난 한 시절에는 식사 여부의 문답이 서민들 사이에서 훨씬 빈번한 수인사였다.

중국 춘추시대의 정치가 관중(管仲)이 지었다는 『관자(管子)』「목민(牧民)」편에 "곳간이 차면 예절을 알고, 의식이 족하면 영욕을 안다(倉廩實則知禮節, 衣食足則知榮辱 : 창름실즉지례절, 의식족즉지영욕)"고 했다. 인간이 비록 만물의 영장이기는 하나 예의범절, 영예, 치욕 등의 모든 것이 배부른 뒤의 일이라는 지적은 인지상정에 대한 시공을 초월한 통찰이라 하겠다.

安	甲骨		金文		小篆	
冗	甲骨		金文		小篆	
寧	甲骨		金文		小篆	

어쨌든 경제 발전에 따른 의식(衣食)의 해결은 수인사법의 순위를 바꿔놓은 것이다.

安(안)은 '지붕과 집 양끝의 벽'을 상형하여 '집'을 뜻하는 宀(면)과, 그 안에 앉아 있는 '여자'의 상형인 女(녀)를 더한 글자이다. 여자는 집 안에 있으면서 외부에 노출되지 않아야 안전하다는 데 착안하여 '편안하다'라는 뜻이 생겼다고 한다.

그런데 宀(면) 아래에 여자 대신 남자가 들어가면 어떤 글자일까? '하릴없다' '쓸데없다'가 본뜻인 冗(용)자가 된다. 儿(인)은 人(인), 亻(인)과 마찬가지로 '사람'의 상형이다. 冗(용)은 때로 '冘(용)'으로 표기되기도 하는데 오자라고 해도 좋고 속자라 불러도 된다. '들에 나가 일하지 않고 집에서 하릴없이 노는 남자'가 바로 冗(용)인 것이다. 용관(冗官)은 쓸데없는 관리이며 용식(冗食)은 무위도식(無爲徒食)과 같은 말이고, 용잡(冗雜)은 쓸데없이 번잡함이다. 보기의 금문(金文)을 보면 집 안에서 앉아 놀고 있는 사내가 보인다.

寧(녕)은 처음에는 皿(명)과, 무엇의 상형이냐에 대해서는 이설이 분분한 글자로 여기에서는 발음부호 역할을 맡은 丁(정)만으로 구성된 글자였다. 皿(명)은 음식물을 담는 '그릇'의 상형

皿	甲骨		金文		小篆	
血	甲骨		金文		小篆	

이다. 이 그릇에는 희생(犧牲)의 피를 담아 제사상에 올려놓기도 했는데, 그 모양을 그린 글자가 血(혈)이다. 지금은 한 줄의 삐친 획이 되어 있지만 갑골문의 일부 자형을 보면 응고(凝固)된 핏덩이가 그릇 속에 담겨 있다. 그 뒤에 다시 종묘나 사당을 의미하는 宀(면)이 들어간다. 널찍한 사당과 그 안에 놓인 큰 그릇, 그릇에는 희생의 피가 담겨 있다. 조상에게 제사를 올리고 있는 것이다. 이는 사람을 안심시켰을 것이다. 그리하여 '편안'이라는 본뜻을 가지게 되었다. 금문(金文)에서 편안을 느끼는 주체인 마음 心(심)이 더해져 오늘의 모양에 가까워졌다.

寧(녕)의 우리 발음은 '녕'이다. 두음법칙을 채택한 이상 편안한 날을 뜻하는 영일(寧日)이나 지명에 쓰이는 영해(寧海)의 '영'은 바른 쓰임이지만 의령(宜寧), 보령(保寧)의 '령'은 '녕'의 속음인 셈이다. 이런 현상을 활음조(滑音調 : Euphony)라고 하는데, '한아버지'가 '할아버지'로, '희노애락'이 '희로애락'으로, '허낙(許諾)'이 '허락'으로 변한 것 등이 이런 예에 속한다.

알고 보면 '안녕'의 '寧(녕)'도 원래는 제사와 깊은 관련이 있는 말로서, 주거의 '安(안)'과 더불어 자못 문화인류학적 흥미를 끈다.

안주
按酒
누를 안 술 주

술 상의 필수품인 按酒(안주)는 案酒(안주)라고 쓰기도 하는데, 그 이유는 '按(안)'과 '案(안)' 두 글자가 일부 용례에서 서로 통용되었기 때문이다.

按(안)은 손 扌(수)와 편안 安(안)이 합쳐진 글자로서, 여러 가지 뜻이 있는데 안주의 按(안)은 그 가운데에서 '누르다' '억제하다'를 취했다. 扌(수)는 '다섯 손가락이 모두 그려진 손'의 상형 手(수)의 약자(略字)이다. 安(안)은 '지붕과 두 벽면'의 상형으로 집을 본뜻으로 하는 宀(면)과, '다소곳이 앉은 여자'의 상형 女(녀)를 합한 글자이다. 여자가 집 안에서 쉬고 있다는 의미를 담고 있기 때문에 '편안하다' '안녕하다'를 본뜻으

手	甲骨		金文		小篆	
安	甲骨		金文		小篆	
女	甲骨		金文		小篆	
酒	甲骨		金文		小篆	

로 하였음을 앞에서도 말한 바 있다. 어떤 사람들은 女(녀)를 '처녀'로, 婦(부)를 '시집간 여자'로 구분하고, 여기에서의 '女(녀)'를 '규방(閨房)에서 조용히 지내는 처녀'라 풀이하기도 하는데, 그렇다면 이 글자는 분명 귀족집 처녀를 의미하는 글자일 것이다. 서민이나 농민의 딸이 어찌 방 안에서 조용히 쉴 수 있겠는가? 按(안)자에서의 安(안)은 발음부호 역할뿐 아니라 손으로 눌러서 안정시킨다는 의미까지도 가지고 있다.

酒(주)자는 애초 물 氵(수)변이 없는 글자였다. 酉는 '술동이의 모양'을 상형한 글자로, 간지(干支)의 한 글자로도 쓰이게 되자 그것과 구분하기 위해 물 氵(수)를 더하였다. 여기서의 물 〔氵〕은 술을 의미하는 것이다. 이렇게 구성된 안주(按酒)의 의미는 다 알다시피 '술기운이 지나치지 않도록 억제하는 것'이겠다.

이 '酉', 즉 '술동이'를 두 손으로 들고 있는 모양을 상형한 글자가 尊(준)이다. 갑골문과 금문의 일부에 계단(階段)을 의미하는 阜〔부: '언덕'이라는 의미는 뒤에 생긴 것이다〕가 보이는 걸 보면 '술동이를 들고 제단(祭壇)에 올라가 바치는 상황'을 반영

酉	甲骨		金文		小篆	
尊	甲骨		金文		小篆	
奠	甲骨		金文		小篆	
壺	甲骨		金文		小篆	

한 글자로 보인다. 소전(小篆)과 예서(隷書)에 와서 두 손이 하나로 줄었다. 술을 바치는 대상이 존앙(尊仰)하는 신(神)이므로 '높이다' '높다' 라는 의미로 널리 쓰이자 본뜻을 보존하기 위해 만든 글자가 樽(준)이다. 중국의 경우에는 '존경'이라 할 때의 '尊'과 '술잔'이라 할 때의 '樽'이 모두 'zun'으로 발음되지만 우리는 지혜롭게도 尊(존), 樽(준)으로 구분해 쓰고 있다. 그러나 청나라의 유명한 학자 '朱彝尊(주이준)'을 '주이존'이라 읽어선 안 된다. 여기서의 '尊'은 '彝(이)'와 함께 제기(祭器)로서의 '술잔'이기 때문이다. 이 '尊(존)'과 형태가 비슷해 착각하기 쉬운 글자에 奠(전)이 있다. 갑골문에서는 '술동이를 지면(地面)에 놓은 모양'인데 금문에 와서는 '받침대'를 상형한 丌(기)가 더해졌다. 이것이 다시 大(대)자처럼 변한 것이다. 奠(전)의 본뜻은 '술과 음식을 차려놓고 제사드림'이다. '술동이'를 상형한 글자에는 '酉'자 외에도 壺(호)가 있는데, 갑골문을 보아 알 수 있듯이 오늘날 士(사)자처럼 변한 '뚜껑' 부분이 멋있어 보인다.

"마름풀…… 흰 줄기를 삶아서 술에 담그면 감칠맛 있어 안주로 삼을 만하다(荇…… 煮其白莖, 以苦酒浸之, 脆美可案酒 : 행…… : 자기백경, 이고주침지, 취미가안주)"는 서기 3세기 중국 삼국시대 오나라 사람 육기(陸璣)의 『모시초목조수충어소(毛詩草木鳥獸蟲魚疏)』의 한 대목인데, 안주의 첫 용례인 듯하다. 그런데 세상엔 별의별 안주가 다 있어 안주를 즐기던 사람이 안주가 되어 씹히기도 한다.

압구정
狎鷗亭

친압할 **압**　갈매기 **구**　정자 **정**

　　수양대군이 왕권 찬탈을 위해 일으킨 이른바 계유정난 (癸酉靖難)에 수훈(殊勳)을 세운 한명회(韓明會)가 나이 마흔쯤 되어 한강변 별장(別莊)에 정자(亭子)를 지었다. 몇 해 뒤 사육신(死六臣) 등의 단종(端宗) 복위(復位)운동까지 진압한 후 명(明)나라에 사신으로 간 한명회는 한림학사(翰林學士) 예겸(倪謙)에게 정자의 이름과 기문(記文)을 지어주길 청탁한다. 예겸은 한명회에게 기심(機心), 즉 '남을 교묘히 속이는 순수하지 못한 마음'을 버리고 무심(無心)한 갈매기와 벗 삼기를 권하는 뜻이 담긴 기문을 짓고 압구정(狎鷗亭)이라 작명해주었다. 그러나 한명회는 그후로도 삼십여 년 동안 기심

犬	甲骨		金文		小篆	
甲	甲骨		金文		小篆	
區	甲骨		金文		小篆	

(機心)을 끊지 못하고 권력 주위를 맴돌다 죽었는데, 결국 관(棺)이 깨지고 시신(屍身)의 목이 베이는 극형(極刑)을 당하기까지 하였다. 이를 부관참시(剖棺斬屍)라 하는데 실제로 관을 깨는 것이 아니라 무덤 위를 칼로 그어대는 상징적인 것이라는 주장도 있다. 적어도 한명회가 죽기 전까지 압구정이 거의 비어 있었음을 『신증(新增) 동국여지승람(東國輿地勝覽)』에 실린 최경지(崔敬止)의 시 한 구절에서 알 수 있다.

"정자는 있어도 와서 쉴 생각이 없었네(有亭無計得來遊 : 유정무계득래유)."

狎(압)은 개 犬(견)의 변형인 犭과 발음부호로 쓰인 甲〔갑 : '동물의 단단한 껍데기를 네모 형태로 이어놓은 모양'의 상형으로 본뜻은 '껍데기'라는 설이 있고, 어떤 문제에 동의할 때 하던 수결(手決 : 사인)로서 押(압)자의 본자라는 주장도 있다〕을 합한 글자이다. 狎(압)의 본뜻은 '훈련된 개'였으나 '개를 가까이하다' '짐승을 가까이하다'나 사람을 포함한 모든 동물을 '가까이하고 좋아하다'라는 뜻이 생겼다.

鷗(구)는 발음부호인 區〔구 : '광이나 창고 속에 차곡차곡 갈무리해놓은 물품'의 상형〕와 '한 마리 새'의 상형인 鳥(조)를 합한

鳥	甲骨		金文		小篆	
高	甲骨		金文		小篆	
丁	甲骨		金文		小篆	

글자로, '갈매기'가 본뜻이다.

亭(정)은 원래 '높이 지은 집'의 상형인 高(고)와 발음부호인 丁(정)을 더한 글자이다. 뒷날 쓰기에 편하도록 高(고)의 아랫부분에서 口가 생략되었으며 본뜻은 덩그렇게 지은 집이다. 그러므로 압구정은 '갈매기를 벗삼는 정자'이다.

가끔 일부 출판물에 狎(압)이 오리 鴨(압)으로 잘못 표기되고 있기에 한번 살펴보았다.

액취

腋臭

겨드랑이 **액** 냄새 **취**

겨드랑이에서 풍기는 향기롭지 못한 냄새를 우리말로 '암내'라고 한다. 발정기(發情期)에 암컷의 몸에서 나는 냄새 또한 '암내'라 부르므로 이와 구별하기 위해서 액취(腋臭)라고도 한다. 같은 말에 호취〔狐臭 : 여우 냄새〕, 저구취〔猪狗臭 : 돼지 개 냄새〕가 있는 것을 보면 그 냄새가 고약하긴 고약한 모양이다.

겨드랑이 腋(액)은 사람의 몸을 뜻하는 月(육)에 밤 夜(야)를 더한 글자이다. 원래 겨드랑이를 뜻하던 글자는 亦(역)이었다. 亦(역)은 '우뚝 선 사람'의 상형인 大(대)의 벌린 두 팔 아래 두 점을 찍어 그곳이 겨드랑이임을 표시한 글자이다. 이런

	甲骨		金文		小篆	
夜	甲骨		金文		小篆	
亦	甲骨		金文		小篆	
夕	甲骨		金文		小篆	
臭	甲骨		金文		小篆	

글자를 지사자(指事字)라 한다. 亦(역)은 만들어진 지 얼마 안 된 은(殷)나라 때부터 '역시' '또한'이라는 뜻으로 더 널리 사용되었으므로, 진(秦)나라 말부터 呂 月(육)에 발음부호이자 겨드랑이가 몸 가운데에서 어두운 부분이라는 점도 감안한 밤 夜(야)를 더한 腋(액)을 만들어 쓰게 되었다. 여기에 쓰인 夜(야)는 亦(역)과 夕(석)을 합한 글자로, 夕(석)은 의미를, 亦(역)은 발음을 나타내는 기능을 한다. 고문자를 자세히 보면 발음부호인 亦(역)에서 오른쪽의 한 점이 생략되고 그 자리에 夕(석)이 들어갔음을 알 수 있다. 夕(석)은 '달'의 상형으로 희미한 달을 의미하며, '저녁'이라는 널리 알려진 뜻은 이에서 파생된 것이다.

臭(취)는 自(자)와 犬(견)을 합한 글자이다. 自(자)는 원래 '사람 코'의 상형인데 여기서는 '개 코'의 뜻으로 쓰였다. 犬(견)은 '개'의 상형이다. 첫 획과 둘째 획 사이가 '벌린 아가리', 둘째 획에서 아랫부분이 '몸체', 셋째 획이 '꼬리', 끝 획인 점[ヽ]이 '귀'이다. 臭(취)의 본뜻은 개 코의 예민한 기능과 관련된 '냄새'이다.

　냄새에는 좋은 냄새와 나쁜 냄새가 있다. 『주역(周易)』「계사전(繫辭傳)」의 "마음이 통하는 사람끼리의 말은 그 냄새가 난초 향기와 같다(同心之言, 其臭如蘭 : 동심지언, 기취여란)"는 구절은 '좋은 냄새'의 용례이다.

　아내의 액취(腋臭)를 이유로 구박 끝에 이혼 청구 소송을 했던 남편에게 위자료 삼천만원을 지급하라는 법원의 판결이 있었다. 이 희귀한 판결에서도 좋은 냄새가 난다.

야

野

들 야

'야한 남자' '야한 여자'라고 할 때의 '야'에 쓰이는 한자에 두 글자가 있다. 野(야)와 冶(야)이다.

'野(야)'의 본자는 埜(야)이다. '埜(야)'는 갑골문을 보아 알 수 있듯 '마을에서 멀리 떨어진 숲〔林〕'과 거기에 세워놓은 '남근석(男根石)의 모양'을 본뜬 '土'를 합한 것으로 '들'이 본뜻이다. '土'는 금문에서는 '흙덩이'의 상형 '土(토)'의 형태가 되지만 잘못 변한 것일 뿐 '土(토)'가 아니다. 한자에는 처음 만들어지던 당시에는 모양이 전혀 달랐는데 후일 자형(字形)의 변화를 거치다보니 같은 모양이 되어버린 글자가 적지 않은데 여기에서의 '土'자도 이런 유형에 속한다.

野	甲骨	𣏟 𣏟			金文	𣏟 埜			小篆	野
冶	甲骨				金文				小篆	冶

먼 들판의 숲속에 우뚝 솟아 있는 거대한 남근석, '야하다' 하기에 앞서 신성함과 경건함을 느끼게 한다.

埜(야)는 뒷날 밭[田]과 흙[土]을 합한 뒤, 발음부호인 予(여)를 더한 野(야)로 대체되었다. 그 의미는 다양하여 질박, 투박, 순수함뿐 아니라 교양없음, 무식함을 뜻하기도 하였다. "질박미(質朴美)가 교양미(敎養美)를 압도하면 야(野)하다(質勝文則野: 질승문즉야)." 공자님 말씀이다. 여기에서는 앞의 의미로 쓰였다. "야하도다, 자로(子路)여(野哉, 由也!: 야재, 유야)!" 깊은 뜻을 모르고 함부로 스승을 우활(迂闊)하다고 말하는 제자 자로를 구박한 공자님 말씀이다. 여기에서는 뒷부분의 의미로 쓰였다.

冶(야)는 형부(形符)인 冫(빙)과 성부(聲符)인 台(이)로 이루어진 글자로, '얼음을 녹이다' '얼음이 녹다'에서 추출한 '녹다[銷: 소]'가 본뜻이다. 冶匠(야장)이라 하면 쇠를 '녹이는 사람'이라는 뜻이 되는 것이다. 冶(야)는 '예쁘다' '요염하다'라는 뜻이 있고 이에서 파생된 '요염하게 꾸미다'라는 뜻도 있다. "요염하게 꾸민 용모는 음란한 마음을 부른다(冶容誨淫: 야용회음)."『주역(周易)』「계사전(繫辭傳)」에 보이는 공자님(?)의 말씀이다.

그런데 요즘처럼 '성적 매력'이라는 뜻까지 가지게 될 줄은

冶(야)는 알았겠지만 野(야)는 몰랐을 것이다. 그러나 野(야)에
게 닥친 이 행운(?)도 잠깐인 듯, 차츰 '섹시(Sexy)'에 부대끼
며 밀려나고 있다.

야합

野合

들 야 합할 **합**

세상살이 이런저런 경우에 자주 쓰이는 '야합(野合)'이 라는 단어의 유래와 본뜻은 무엇일까?

"숙량흘(叔梁紇)은 안씨(顔氏)의 딸과 야합하여 공자를 낳았 다(紇與顔氏女野合而生孔子 : 흘여안씨녀야합이생공자)." 이는 공자의 일생을 기록한 『사기(史記)』의 한 구절로, 현전하는 '야 합'의 첫 쓰임이다. 성인(聖人)이신 공자님의 부모님께서 야합 을 하셨다니! 그래서인지 역대의 학자들이 고심 끝에 제법 그 럴듯한 주장들을 내놓았는데 그중 대표적인 것들을 대강 살펴 보자.

첫째, 노인과 처녀의 혼인을 일러 '야합'이라 했다는 것.

野	甲骨		金文		小篆	
里	甲骨		金文		小篆	

둘째, 일정한 순서가 있는 혼인의 격식에 하나라도 맞지 않은 혼례를 '야합'이라 했다는 것.

셋째, 남자는 생후 8개월에 이가 나고 8세에 이를 가니 $8 \times 8 = 64$, 즉 64세까지 남자 구실을 하고, 여자는 생후 7개월에 이가 나고 7세에 이를 가니 $7 \times 7 = 49$, 즉 49세까지 여자 구실을 한다. 결혼 당사자 어느 한쪽이 이 나이를 넘은 경우를 '야합'이라 했다는 것.

넷째, 어머니가 니구산(尼丘山)의 산신령께 빌다가 산신(山神)과 감응(感應)하여 공자를 배었기 때문에 이를 '야합'이라 했다는 것.

정말이지 이쯤 되면 무엇이 정답인지 모를 지경이다. 그래서 야합을 글자 그대로 '들판에서의 교합(交合)'이라 하여 공자님을 사생아로 여기는 좀 무식한 주장을 펴는 경우도 있다.

그 뒤로 오랫동안 한자 문화권에서 '남녀간의 사통(私通)'이란 뜻으로 쓰여오던 이 말이 요즘 우리나라에서는 '좋지 못한 목적 아래 서로 어울림'의 뜻으로 더 널리 쓰이고 있다.

野(야)의 본자(本字)는 갑골문에 보이는 형태였다. 두 개의 나무 木(목)이 울창한 숲을 뜻한다는 데에는 이의가 없다. 그러나 그 가운데 있는 것은 '남근석'의 상형임을 앞에서 말했다. 모택동의 어용학자(御用學者) 곽말약(郭沫若)의 설이다. 이에 의

合	甲骨		金文		小篆	
孔	甲骨		金文		小篆	
乳	甲骨		金文		小篆	

하면, 野(야)의 본자는 '거대한 남근석이 서 있는 숲'이 된다. 뜻과 뜻을 합하여 구성되는 회의(會意) 문자인 이 글자가 소전(小篆)에 와서는 형부(形符)인 마을 里(리)와 성부(聲符)인 予(여)를 더한 野(야), 즉 형성자로 변하여 지금에 이르렀다. 참고로 里(리)는 '밭'을 상형한 田(전)과 '흙덩이'의 상형 土(토)를 합한 글자로, 본뜻은 밭이 있는 땅에서 추출한 '거주지'이다. 널리 쓰이는 '마을'은 여기에서 파생된 뜻으로 보인다.

合(합)은, 고문자들을 보면 쉽게 알 수 있듯이, '뚜껑을 덮어 놓은 그릇'의 상형이다. '서로 합하다'가 본뜻이며 '모이다' '만나다' 등의 의미가 파생되었다.

공자님 이야기가 주제가 되었으니 '孔(공)' 자를 알아보지 않고 넘어갈 수 없겠다. 몇 가지 학설 가운데 가장 그럴듯한 해석으로는 왼쪽은 '아이'의 상형, 오른쪽은 '어머니 유방'의 상형으로, '젖을 빠는 아기'의 상형이라는 것이다. 젖이 나오는 유선(乳腺)은 둥근 것이므로 '둥글다' 혹은 '구멍'이라는 뜻을 가지게 되었다 한다. 그리하여 '孔方〔공방 : 상평통보 같은 옛날 돈의 모양이 원형(○) 속에 방형(□)으로 이루어져 있어서 붙은 별명이다〕' '瞳孔(동공)' '毛孔(모공)' 등에서 쓰이고 있다. 그리고 孔

(공)자의 왼쪽 상단에 '손'의 상형 爪(조)를 더한 글자가 乳(유)이다. '어머니가 아기에게 젖을 먹이는 모양'의 상형이다. 여기에서의 손은 아기를 안은 엄마의 손이다. 두 글자 오른편의 형태가 소전(小篆)부터 같은 모양을 하고 있지만 그전에는 달랐음을 알 수 있다.

약

藥

약 **약**

한 때 한약사(韓藥師)와 양약사(洋藥師)의 이권 다툼으로 전 국민이 골머리를 앓았다. '약(藥)'에는 즐거울 '樂(락)'자가 들어 있어 늘 사람을 기쁘게 해주는 줄로만 알았었는데 말이다.

藥(약)은 艹(초)와 樂(락)으로 구성된 글자이다. 艹(초)는 '무성히 자란 풀'의 상형이다. 樂(락)의 갑골문에서의 자형(字形)을 보면 '나무〔木〕와 실〔絲〕'의 상형을 합한 것임을 알 수 있다. 이때의 나무는 공명통(共鳴筒)이 있는 속이 빈 나무였을 것이고, 실은 실이라기보다는 굵기가 다른 두어 줄의 끈이었을 것이다. 이 끈을 후대에 絃(현)이라 부르고 이 악기를 현금(絃

艸	甲骨		金文		小篆	
樂	甲骨		金文		小篆	
糸	甲骨		金文		小篆	

琴)이라 부른다. 전하는 바에 의하면 순(舜)임금이 다섯 줄 현악기를 만들었고, 주나라 문왕과 무왕이 각각 한 줄씩 더 달아 칠현(七絃)이 되었다고 한다. 그러나 『삼국사기』의 기록에 의하면 고구려 때 들어온 현금(絃琴)은 다섯 줄이었고 재상 왕산악(王山岳)이 두 줄을 더 달아 칠현금(七絃琴)으로 개조한 뒤에 연주했더니 검은 학〔玄鶴〕이 날아와 춤을 추었으므로 현학금(玄鶴琴) 혹은 현금(玄琴)이라 부른다 했으니, 칠현이 된 것은 고구려 때가 처음이 아닌가 싶기도 하다. 그 뒤에 '白'〔널리 쓰이는 흰 白(백)자는 '사람 얼굴'의 상형이지만 여기에서의 '白'은 악기 연주 때 엄지손가락에 끼는 '골무'의 상형이라는 설도 있고 현을 팽팽하게 조절하는 기구의 상형이라는 설도 있으므로 원칙적으로 '백'이라 발음하면 안 된다〕이 더해지고부터 오늘날의 글자체 '樂(락)'이 되었다. 본뜻은 당연히 '즐거움'이다. 여기에 艹(초)를 더하니 그 의미는 풀 가운데서 인간에게 즐거움을 주는 풀이 된다. 이처럼 나무, 쇠, 돌, 날짐승, 길짐승, 벌레, 물고기 등 병을 고치는 성분만 있으면 모두가 약이지만 그중에서도 가장 널리 쓰인 약재(藥材)는 풀이었다는 사실을 글자 자체가 잘 말해주고 있다. 그래서 전설이기는 하지만 신농씨(神農氏)가 갖

	甲骨		金文		小篆	
琴	甲骨		金文		小篆	
瑟	甲骨		金文		小篆	
必	甲骨		金文		小篆	
鐘	甲骨		金文		小篆	

가지 풀을 맛본 뒤로 약이 생겼다고 하지 않는가?

참고로 중국 고대 음악의 대표적 악기인 琴(금), 瑟(슬), 鐘(종), 鼓(고), 磬(경)에 대해 간단히 살펴보자.

최초의 모양인 소전(小篆)에서의 琴(금)은 윗부분이 임금 王(왕)자 두 개가 아니라 현(絃)을 매는 '기러기 발', 즉 '안족(雁足)'의 상형이며, 아랫부분은 '공명통(共鳴筒)'의 상형이다. 예서(隷書)에 와서 여기에 발음부호인 今(금)을 더하고 공명통을 생략한 오늘의 자형이 되었다.

瑟(슬) 또한 소전에 보이다시피 琴(금)의 원형 아래 발음부호인 必〔필:자루나 손잡이를 뜻하는 柲(비)의 본자로, 갑골문에 보이다시피 '말 斗(두)'의 상형에 빗금(/)을 그어 손잡이의 위치를 알린 글자인데, 이런 글자를 지사자(指事字)라 한다〕을 첨가한 글자로 그 변음(變音)이 '슬'이다. 이 역시 현악기임을 그림의 기러기발이 알려주고 있다. 금과 슬의 차이라면 슬의 현(絃)이 더 많다는 점을 들 수 있겠다. 신농씨가 처음 만들 때 다섯 줄이었다는 슬의 현은 가장 많은 것이 50줄이다.

金	甲骨		金文		小篆	
童	甲骨		金文		小篆	
重	甲骨		金文		小篆	
鼓	甲骨		金文		小篆	

鐘(종)은 金(금)과 童(동)으로 이루어진 글자이다. 金(금)은 청동기를 만들 때 쓰인 '거푸집'의 상형임을 여러 번 말한 바 있다. 童(동)의 갑골문을 보자. 윗부분은 경형(黥刑)을 할 때 이마를 찢는 도구인 '끌〔鑿 : 착〕'의 상형인 辛(신)의 생략형이며, 아랫부분은 '땅 위에 서 있는 사람'의 상형으로 눈을 크게 그렸다〔고문자에서 눈은 얼굴을 대표한다〕. 그는 경형을 받은 남자 노예(奴隷)이다〔여자 노예를 의미하는 글자는 妾(첩)이다〕. 금문을 보자. 발음부호로 쓰인 東(동)이 들어가 있다. 그 뒤 소전(小篆)에서는 눈이 생략되고 東(동)자의 일부도 생략된 오늘날의 형태에 가까운 자형으로 정리된다. 이 童(동)자가 발음이 같다는 이유에서 '아이'라는 뜻으로 가차되어 널리 쓰이자 본뜻 보존을 위해 만든 글자가 僮(동)이다. 鐘(종)에서의 童(동)은 발음부호로 쓰였다. '또옹~'은 바로 종소리의 의성어가 아니겠는가? 鐘(종) 대신 鍾(종)을 쓰기도 하는데 두 글자의 관계를 통가자(通假字)라 한다. 鍾(종)에 쓰인 重(중)은 고문자를 통해서 '아래위 양쪽을 묶은 자루'의 상형 東(동)과 이를 멘 '사람'의 상형을

		甲骨		金文		小篆
喜		甲骨		金文		小篆
攴		甲骨		金文		小篆
支		甲骨		金文		小篆

합한 것임을 알 수 있다. 그러니까 重(중)의 윗부분 일천 千(천) 자처럼 보이는 부분이 사람 亻(인)의 변형이고, 가운데의 申(신)자처럼 보이는 부분이 東(동)의 생략형이며, 아래는 사람이 발 디디고 선 땅, 즉 土(토)이다. 이 鍾(종)의 본뜻은 '주기(酒器)' 즉 '술병'이다.

鼓(고)는, 여러 고문자에서 볼 수 있듯이, '북과 북채'의 상형이다. 왼쪽이 '북'의 상형으로, 윗부분은 북의 장식이며 아랫부분은 북의 받침이다〔그 아래 '벌린 입'의 상형 口(구)를 넣으면 북소리를 듣고 즐거워한다는 뜻의 기쁠 喜(희)가 된다〕. 오른쪽은 '북채를 든 손'의 상형이다. 이 부분은 攴(복)이 될 수도 있었으나 支(지)가 되었다. 攴(복)은 '손에 막대기나 무기를 들고 있는 모양'의 상형으로, '가볍게 치다'를 본뜻으로 하는 글자이다. 支(지)는 '손에 대나무 막대기를 들고 있는 모양'의 상형으로 '대막대기'가 본뜻인 글자이다. 鼓(고)에서의 '支(지)'는 '손〔又〕에 북채〔十〕를 든 모양'이므로 북채를 반드시 대나무로 만들지 않았다 하더라도 '막대기'라는 의미에서 채택된 것으로 보인다. 이 鼓(고)가 연상시키는 글자에 更(경)이 있다. 更(경)의 갑골문을 자세히 보면, '두드리면 여운이 있는 소리가 나는

更	甲骨		金文		小篆	
磬	甲骨		金文		小篆	
聲	甲骨		金文		小篆	

돌을 매달아놓고 자루 달린 물건으로 치는 모양'을 상형한 글자이다. 학자들은 이것이 시간을 알리는 도구로 쓰였을 것으로 추측한다. 그렇다면 一更(일경), 二更(이경), 三更(삼경) 등의 단어에서 更(경)의 본뜻이 쓰였음을 알 수 있고 '변경하다' '고치다'와 같이 널리 알려진 뜻은 파생된 뜻으로 짐작된다.

그런데 更(경)에서 매달아놓았던 돌덩이가 악기의 용도로 쓰였을 때는 磬(경)이 된다. 磬(경)의 갑골문을 살펴보자. 돌을 삼각형으로 잘라놓은 모양〔이것이 바로 '돌 石(석)'의 원형이다〕이 보이는데 그 위의 것은 장식(裝飾)이다. 그 아래 경을 연주하는 막대기를 든 손이 보인다. 이 글자가 聲(성)자가 생기기 이전에 '소리'라는 뜻으로 널리 쓰이자 아래에 다시 경의 재질(材質)인 돌 石(석)을 받쳐 본뜻을 보존한 것은 소전(小篆)에 와서의 일이다. 石(석) 대신 경쇠의 아름다운 소리를 감상하는 귀〔耳〕를 넣으면 소리 聲(성)이 된다. 본뜻인 '소리'는 '경을 연주하는 소리를 듣다'에서 추출된 것임을 알 수 있을 것이다.

약에는 보약이나 양약만 있는 것이 아니라 독약이나 극약도 있다. 그런데 이보다 더 겁나는 약은 '한약(韓藥)'과 '양약(洋藥)'을 섞어 조제한 '한·약(韓·藥)'이란 약인데 수백만 톤의

화약(火藥)의 폭발력까지 갖추어서 그 초연(硝煙)을 마신 오천
만 동포가 한때 끙끙 앓았다.

약속
約束

묶을 **약** 묶을 **속**

춘추시대 노(魯)나라에 정직하기로 소문난 미생[尾生 : 미생고(微生高)라고도 함]이란 사람이 있었다. 누가 초(醋)를 빌리러 오자 이웃집에 가서 자기가 쓸 것인 양 빌려서 둘러대었다가 공자(孔子)로부터 정직하지 못한 행동이라는 비난을 받기는 했지만 말이다. 그는 약속(約束)을 잘 지키는 사람으로도 천하에 이름이 높았다. 여자와 다리 아래에서 밀회(密會)를 약속하고 기다리던 중, 홍수로 물이 불어오자 다리 기둥을 부둥켜안고 버티다 익사(溺死)하였다. 정말이지 약속 한번 딱 부러지게 지킨 사나이였다. 그러나 그의 이야기에서 생긴 미생지신(尾生之信), 즉 미생의 신의(信義)라는 고사성어(古事成

約	甲骨		金文		小篆	
糸	甲骨		金文		小篆	
勺	甲骨		金文		小篆	

語)는 지키지 않아도 좋을 약속을 지키는 자의 우둔(愚鈍)함을 의미한다.

約(약)에서 糸(멱)은 '실 한 타래'의 상형이며, 여기에서의 '勺'은, 특히 금문(金文)의 자형에서 확실히 알 수 있는 것처럼 '주저앉은 채 두 팔다리를 앞으로 내민 사람'의 상형이 변한 것이다. 그리하여 約(약)은 '두 팔다리가 밧줄[糸]에 묶인 죄수'의 상형으로, '묶다'가 본뜻이다. 이 글자와 관계없으면서도 모양이 같은 勺(작)은 음식물이 담긴 국자의 상형이다. 이 국자의 자루가 길고 특색이 있었던지 나무 木(목)을 더한 杓(표)자를 만들어 '국자의 자루'나 '자루'라는 뜻으로 쓰고 있다.

束(속)은 '양쪽으로 터진 아가리 부분을 묶은 자루'의 상형으로, 갑골문의 형태에서는 이를 쉽게 확인할 수 있다. '묶다'가 본뜻이다. 그런데 이 자루의 가운데를 한 번 더 묶어놓은 것의 상형이 '동쪽'이라는 뜻으로 널리 알려진 東(동)이다. 예시된 고문자 자형을 대조해보면 금방 알 수 있다.

"묶는 데 끈을 쓰지 않는다(約束不以纆索 : 약속불이묵색)." 『장자(莊子)』「변무(騈拇)」편에 보이는, 본뜻으로 쓰인 약속(約束)의 오래된 용례이다.

束	甲骨		金文		小篆	
東	甲骨		金文		小篆	

"큰 덕(德)은 어겨서는 안 되지만, 작은 덕(德)은 어겨도 괜찮다(大德不逾閑, 小德出入可也 : 대덕불유한, 소덕출입가야)." 『논어』에 실린 공자의 제자 자하(子夏)의 말이다. 여기에서의 '德'은 절조(節操)요, 원칙(原則)이자 약속(約束)이다. 미생(尾生)의 약속은 분명 소덕(小德)에 속할 것이다. 어겨도 괜찮은 약속인데도 그것을 지키기 위해 목숨을 버렸다. 갖가지 약속 위반으로 비난받는 정치인들의 경우는 그것이 소덕(小德)에 속할까, 대덕(大德)에 속할까?

어부

漁夫

고기 잡을 **어** 사나이 **부**

한자 문화권 사람들은 '낚시' 하면 기원전 10세기 은말 주초(殷末周初)의 인물 강태공(姜太公)을 떠올린다. 그를 중용한 서백〔西伯：뒷날의 주나라 문왕〕의 아버지 태공(太公)이 살았을 때부터 이런 인물의 등장을 기다렸다〔望〕하여 태공망(太公望)이라 불리고, 성(姓)이 강(姜)이고 씨(氏)가 여(呂)이므로 이름인 상(尙)과 합해 여상(呂尙) 혹은 강상(姜尙)이라고도 불린다. 그는 일부러 고향과 멀리 떨어진 주(周)나라 판도(版圖)인 위수(渭水) 가에 와서 낚시를 드리우고 주군(主君)을 만날 기회를 노렸다. 그는 낚시꾼으로서는 최대의 '고기'를 낚아올렸지만, 항간의 속설(俗說)처럼 최초의 어부는 아니

漁　甲骨　金文　小篆

다. 최소한 그보다 삼백 년 전에 낚시를 의미하는 漁(어)자가 만들어졌고, 낚시의 시작은 글자가 만들어진 시기보다 몇천 혹은 몇만 년 앞섰을 것이기 때문이다.

漁(어)에 관련된 고문자를 보면 고대인들이 고기를 잡는 도구에 낚시와 그물 두 가지가 있었음을 알 수 있다. 시기상 갑골문의 첫번째 글자는 '물에서 놀고 있는 물고기'의 상형, 두번째 글자는 '물고기'와 '낚싯줄' 그리고 '낚싯대를 잡은 손'의 상형, 세번째 글자는 '물고기'와 '그물'과 '그물을 잡은 손'의 상형이다. 금문에서는 물고기와 물고기를 잡는 두 손으로 구성되어 있고, 소전(小篆)에 와서는 '물살'과 '두 마리 물고기'의 상형이었다가 예서에서 다시 한 마리로 줄어들어 마침내 오늘날의 형태로 굳어졌다. 본뜻이 '고기를 잡다'임은 물론이다.

夫(부)는 '우뚝 선 어른'의 상형 大(대)와 'ㅡ'을 합한 글자로, 'ㅡ'은 '일'이 아니라 단발령(斷髮令) 이전에 우리나라 어른들도 뒤통수에 꽂던 '동곳〔銅串 : 한자어 '동관'에서 변한 말〕과 비슷한 물건'의 상형이다. 그 재질은 여러 가지였을 것이며 비녀라 부른들 안 될 것도 없겠다. 옛날 남자들은 치마도 입었으니 말이다. 夫(부)의 본뜻은 '사나이'이다. 그런데 이 'ㅡ'은 끝내 글자가 아닌 부호에 그쳤고 대신 속자(俗字)인 簪(잠)자가 그 역할도 겸하게 된다. 簪(잠)의 원형은 보기의 갑골문에서 알 수 있듯이 머리에 한글 '디귿(ㄷ)'자형 비녀를 꽂은 한 여자의 상형이다. 소전의 오른쪽에 보이는 속자에서는 두 사람으로 늘

夫 甲骨 金文 小篆

어났고 윗부분에 비녀의 재질(材質)을 나타내는 竹(죽)이 들어
갔다. 아래의 曰은 무엇인가? 그것은 '입과 말'의 상형인 '曰
(왈)'이 아니라 白(백)자가 변한 것인데 여기에서의 白(백)은
'사람 얼굴'의 상형으로, 비녀가 두부(頭部)에 쓰이는 것임을
강조하기 위해 뒷날 첨가(添加)된 것이다. 簪(잠)이 동곳과 비
녀의 통칭이었음은 두보(杜甫)의 시「봄날에 바라보다(春望 : 춘
망)」의 끝구절에서도 알 수 있다.

나라가 망해도 산천은 그대로여서
(國破山河在 : 국파산하재)
성 안의 봄이 초목에만 깊었구나
(城春草木深 : 성춘초목심)
시절을 아파하니 꽃도 눈물 흘리고
(感時花濺淚 : 감시화천루)
이별을 한탄하니 새도 놀라네
(恨別鳥驚心 : 한별조경심)
전쟁 알리는 봉화 오래도록 타오르니
(烽火連三月 : 봉화연삼월)
가족 소식 전하는 편지는 만금이나 되네
(家書抵萬金 : 가서저만금)
흰머리 긁을수록 짧아져서
(白頭搔更短 : 백두소갱단)

아예 '비녀'를 이기지 못하누나
(渾欲不勝簪 : 혼욕불승잠)

漁夫(어부)는 글자 그대로 물고기 잡는 남자인데 '漁父(어부)'와는 무엇이 다를까? 사전의 설명에 의하면 漁父(어부)는 '노어옹(老漁翁)', 즉 '늙은 어부(漁夫)'를 의미한다고 하니 漁夫(어부)와 별 차이가 없어 보인다. 그러나 자세히 음미해보면 이 단어는 고기잡이를 업으로 삼은 사람이 아니라 강호(江湖)에 은둔(隱遁)하여 세속을 잊고 사는 은자(隱者)의 면모가 더 강하게 풍긴다.

요즘 어부(漁夫)보다는 '어민(漁民)'이란 단어를 널리 쓰고 있는데 이 말은 적어도 이천여 년 동안이나 '백성들을 노략질한다'는 뜻으로 쓰여온 전과(?) 있는 말이다.

어용
御用

거느릴 **어**　쓸 **용**

한 때 어용(御用)이란 수식이 붙은 명사는 무조건 질타(叱咤)의 대상이 된 적이 있었다. 어용학자, 어용문인, 어용교수…….

御(어)의 현재 형태는 彳〔항 : '거리 항(行)'의 약자이므로 '항'이라 읽는다〕과 卸(사)로 이루어져 있지만 원 형태는 제시된 고문자들에서 볼 수 있듯, '끈〔幺와 비슷하게 그려진〕 앞에 꿇어앉은 사람〔卩〕'의 상형이었다. 이 끈이 흙 土(토) 혹은 절굿공이 午〔저 : 杵의 본자〕 모양으로 잘못 쓰이다가 끝내는 午(저)로 굳어 지금의 자형(字形)에 남아 있다. 다시 말하거니와 그것은 끈이었고 더 자세히 말하면 '고삐'이다. 고삐에다 절을 하다니?

御	甲骨		金文		小篆	
用	甲骨		金文		小篆	

이 정경은 마신(馬神)의 보우(保佑)를 빌려 모든 종류의 수송(輸送)에 이상이 없기를 기원(祈願)한 고대의 제의(祭儀) 가운데 하나였다고 한다. 그 뒤에 차츰 '발바닥'의 상형으로 '멈춤'을 뜻하는 止(지), '네거리'의 상형 行(항)의 축약형으로 '움직임'을 뜻하는 彳(행) 등이 들어가 의미를 더욱 분명하게 하였다. 허신(許愼)은 『설문해자(說文解字)』에서 그 뜻을 '말을 부리다'라고 하였는데 그것은 본뜻이 아니라 파생된 뜻 가운데 하나이다. 본래 특정한 제사를 뜻하던 이 글자는 급기야 '모든 횡액(橫厄)을 물리치는 제사'의 뜻으로 쓰였는데 그 의미를 더욱 구체화하여 신(神)을 뜻하는 示〔기 : '시'가 아님〕를 받친 禦(어)를 만들었다. 禦(어)의 뜻으로는 '막다'가 주로 쓰인다. 다시 말해 그 본뜻은 '제사 이름'이며, 여기에서 '횡액을 막기 위한 제사'라는 뜻이 파생되었고, 또 여기에서 파생한 '막다'가 널리 쓰이고 있는 것이다.

그리고 御(어)의 뜻은 허신이 규정한 '말을 부리다'에서 '부리다'로, '부리다'에서 '다스리다' '통치하다'로 그 의미가 확장되었다. 御前(어전), 御手(어수), 御衣(어의), 御醫(어의) 등 왕(王)과 관계된 단어에 御(어)자가 들어가는 것은 이 때문이다. 御(어)는 이외에도 여러 의미로 쓰였는데 가장 묘한 것은 '성교(性交)'의 뜻으로도 쓰였다는 것이다. 여러 예가 있는데 그중 하나만 들어보자. "후궁(後宮) 가운데 왕과 관계한 적이 없는 여인들을 내보내 홀아비들에게 시집보내야 한다(罷去後宮 不御者, 出以妻鰥夫 : 파거후궁불어자, 출이처환부)." 이 말은 한나라 유향(劉向)이 지은 『신서(新序)』에 나온다. 御(어)에 이런 의미가 생긴 것은 비유겠지만 아무래도 여자를 말로 보고 성교를 말 타는 것처럼 생각했던 남자 위주의 성의식이 반영되었기 때문인 것으로 보인다.

用(용)은 고문자에서 보이는 대로 '나무통'의 상형으로 '나무통'이 본뜻이었을 것이다. 통이 아주 요긴하게 쓰이는 도구인데에서 파생된 '쓰다' '쓰이다'라는 뜻으로 널리 쓰였다. 그러자 본뜻 보존을 위해 만든 글자가 '甬(용)'이다. 용자의 윗부분 두 획은 '손잡이'의 상형이다. 그리고 그 재질을 나타내는 木(목)을 더한 桶(통)자도 뒤이어 만들어졌다.

어용(御用)은 의외로 원래 '자기 통제(自己統制)'라는 뜻으로 쓰이던 낱말이었는데 원(元)나라 때부터는 '황제가 사용하는 것'이란 뜻으로도 쓰였다. 그런데 오늘날처럼 부정적인 의미가 담기기 시작한 것은 중국의 경우 공산당(共産黨)이 중국을 통치하기 시작한 이후의 일이고, 우리나라에서는 아마도 한일 합방 이후의 일일 것이다.

억장
億丈

억 **억**　　길이 **장**

기막히는 일을 당했을 때 우리는 '억장(億丈)이 무너진다'고 말한다. 억장은 가물가물하게 높이 쌓아 일억(一億) 장(丈)은 되어 보이는 높은 성, 억장지성(億丈之城)의 줄임말이다. 억장이 무너진다는 말은 갖은 정성을 다해 높이 쌓은 성이 순식간에 무너져내릴 때의 경악(驚愕)과 고통을 가리킨다.

億(억)은 亻(인)과 意(의)로 이루어진 글자이다. 亻(인)은 '서 있는 사람'의 상형, 意(의)는 音(음)에 心(심)을 더한 글자이다. 音(음)은 원래 말씀 言(언)과 같은 형태의 글자였다. 그러다가 '말'을 뜻할 때에는 '言(언)'을, '소리'를 뜻할 때에는

人	甲骨	𠂉𠂊𠂊	金文	𠂉𠂉𠂉	小篆	𠁣
意	甲骨		金文		小篆	意
丈	甲骨		金文		小篆	丈

그 변형인 '咅(음)'을 쓰기도 했지만 구분 없이 혼용되기도 했다. 意(의)의 본뜻은 마음[心]으로 남의 말[言, 咅]을 살펴 그 뜻을 안다는 데에서 추출한 것이다. '사람'의 '뜻'은 안정되어 있어야 한다는 데에서 추출한 '편안'이 億(억)의 본뜻이다. 널리 쓰이는 숫자로서의 億(억)은 발음이 같았기 때문에 빌려와 쓴 것이다. 중국 고대인들은 처음에 십만(十萬)을 억(億)이라 하였다가 뒷날 만(萬) 곱하기 만(萬)을 억(億)으로 고쳐 정했다.

　丈(장)은 '손으로 긴 지팡이를 들고 있는 모양'의 상형이다. 오늘날의 자형으로 보면 첫 획인 횡선이 '지팡이'이며, 나머지는 '손'의 상형 又(우)가 변한 것이다. 소전에서는 마치 十(십)자처럼 되어 있어 좀 헷갈리게 하지만 말이다. 뒷날 丈(장)이 일정한 길이(3.33m)를 의미하게 되고부터 지팡이 杖(장)을 만들어 본뜻을 보존해두었다.

　"억장의 높은 산성을 차지하고서 깊디깊은 강을 굽어보는 천혜의 지형으로 요새를 삼았다(據億丈之城, 臨不測之谿以爲固 : 거억장지성, 임불측지계이위고)." 진시황이 구축한 철옹성을 묘사한 가의(賈誼)의 「과진론(過秦論)」의 한 구절로 억장(億丈)의 첫 용례인데 그 억장도 채 사십 년이 못 가 무너졌다. 지나치게 높이 쌓은 성은 무너지게 마련이어서인가.

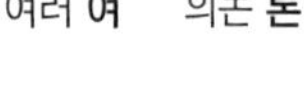

여러 **여**　의논 **론**

시대와 체제를 막론하고 늘 중시되는 여론(輿論)은 3세기 중국 사람 진수(陳壽)가 위(魏), 촉(蜀), 오(吳) 세 나라의 역사를 기록한 『삼국지(三國志)』에 낱말로서 처음 등장한다.

輿(여)는 '네 손'과 '탈것'을 상형한 글자이다. 갑골문에서의 형태를 보면 가운데 자리잡은 '車'는 원래 수레의 상형 車(거)가 아니라, '손으로 들거나 어깨에 메고 손으로 잡는 탈것', 즉 '가마'를 상형한 것이었다. 그런데 그 형태가 車(거)와 흡사하였기 때문에 뒷날 소전(小篆)시대에 와서 바퀴와 굴대빗장이 다 그려진 車(거)로 오인되어 쓰이게 되었다. 그러나 가마에는

	甲骨		金文		小篆	
輿	甲骨		金文		小篆	
言	甲骨		金文		小篆	
侖	甲骨		金文		小篆	

바퀴도 굴대빗장도 없다. 이 가마를 제외한 나머지는, 이미 시사되었듯, '네 손'의 상형으로, 두 사람 혹은 네 사람의 가마꾼을 뜻한다.

輿(여)의 본뜻은 '두 사람이 들고 있는 탈것', 즉 '가마'이다. 널리 쓰이는 뜻인 '여럿'은 가마의 크기에 따라 더욱 늘어나겠지만 가마꾼이 최소한 둘 이상인 데에서 추출되었다.

論(론)은 言(언)과 侖(륜)을 더한 글자이다. 言(언)은 밑에서부터 보아 '입'과 '혀'의 상형 위에 '말'을 뜻하는 부호(첫 획)를 얹은 글자이며, 侖(륜)은 삼각형 비슷한 부분인 3획까지가 '한 곳으로 모은다'라는 의미를 가진 부호이고(발음은 '집'이다) 아래는 종이가 만들어지기 전에 그 구실을 하던 죽간(竹簡)을 엮어놓은 모양인 冊(책)의 변형으로, 본뜻은 '가지런히 모여진 죽간'에서 유추된 '조리(條理)'이다. 그리하여 論(론)은 '조리 있는 말'을 의미한다.

여론은 '여럿의 조리 있는 말'이며 민심(民心)의 다른 말이다. 일찍이 순자(荀子)는 민심을 '배(정권)'를 띄울 수도 뒤엎을 수도 있는〔能載舟, 能覆舟 : 능재주, 능복주〕'물'에 비유하였다.

그런데 오늘날 우리 사회의 여론에는 겨우 라면 한 봉지나 끓

일 수 있는 냄비 속의 물에 지나지 않는 것도 있는 것 같다. 그
것이 진정한 의미의 '여론' 은 아니겠지만 말이다.

여류

女流

여자 **녀** 무리 **류**

여류 작가, 여류 국수(女流國手) 등 사회적 성취도가 높은 여성에게 으레 붙는 '여류'의 본뜻은 무엇이었을까? 잘 알려진 대로 女(녀)는 겹쳐 모은 두 손을 허벅지 위에 얹은 채 '다소곳이 꿇어앉은 여자'의 상형이다. 流(류)는 '죽은 아기를 물에 버리는 모양'을 본뜬 끔찍한 글자로, 본모양에서 많이 변해버린 지금의 형태에서도 두 개의 물〔'氵' '川'〕과 거꾸로 놓인 아이 子(자)를 찾아볼 수 있다. 하긴 수장(水葬)은 매장(埋葬), 화장(火葬)과 함께 고대사회의 보편적 장례법의 하나였으므로 끔찍하달 것도 없겠다. 물 水(수)가 두 번이나 쓰였으니 '물이 흘러간다'라는 뜻이 생기고 시간이나 세월이 '흐

女	甲骨		金文		小篆	
流	甲骨		金文		小篆	

른다'는 뜻까지 생긴 것은 너무나 당연한 일이겠다. 파생된 여러 가지 뜻 가운데 '무리'가 있다.

천만뜻밖에도 '여류'는 원래 기생(妓生)을 뜻하던 낱말이었다. 송나라 오자목(吳自牧)이 쓴 『몽량록(夢粱錄)』의 '기악(妓樂)'란에 "지금 항주의 여류 웅보보와 후배 계집아이들이 모두 이를(당나라 때의 단편소설을 각색한 희곡) 본받고 있는데 사설 솜씨와 노래 솜씨도 빼어났다(今杭城有女流熊保保及後輩女童皆效此, 說唱亦精 : 금항성유여류웅보보급후배여동개효차, 설창역정)"는 기록이 있다. 기생 가운데 춤과 노래 솜씨가 대단했던 웅보보는 요즘으로 치면 '화류계에서 뜨는 여자' 쯤 되었나 보다.

명대의 인기 희곡 고명(高明)의 『비파기(琵琶記)』에는 "마누라는 아녀자일 뿐이니 제까짓 게 무얼 알겠습니까(一箇媳婦, 只是女流之輩, 他理會得甚麼 : 일개식부, 지시여류지배, 타리회득심마)?"라는 대목이 있다. 명대에는 여류가 하찮은 부녀자의 뜻으로 쓰인 것을 알 수 있다. 여기에서의 '媳婦'는 며느리가 아니다.

이러한 맥락을 이어 중국에서 지금도 경멸조로 쓰이고 있는 '여류(女流)'를 우리는 일가를 이룬 여성의 수식어로 쓰고 있는데 이는 순전히 일본어의 영향 때문이다. 최근에 이 '여류'의 쓰임이 적어지는 경향이라 한다. 페미니즘을 떠나서도 아무튼 다행스런 일이 아닐 수 없다.

연등

燃燈

불탈 **연**　등잔 **등**

해마다 사월 초파일이 오면 수천만 불자들이 밝힌 연등(燃燈)으로 온 나라가 밝다.

燃(연)은 크게 火(화)와 然(연)으로 구성된 글자이다. 다시 然(연)은 肉(육)의 생략형인 月(육)과 犬(견)과 灬(화)로 이루어진 글자이다. 그 구성요소들을 살펴보기로 하자. 火(화)는 '타오르는 불꽃'의 상형이다. 일부 갑골문에는 불꽃뿐만 아니라 불티까지도 형상화되어 있다. 月(육)은 '한 토막 고깃덩어리'의 상형이다. 肉(육)은 月(육)의 번체(繁體)나 혹체(或體)라 할 수 있겠다. 이 月(육)자를 두 개 포개어놓으면 多(다)자가 된다. '많다'라는 뜻은 여기에서 생긴 것이다. 犬(견)은 '한

火	甲骨		金文		小篆	
肉	甲骨		金文		小篆	
多	甲骨		金文		小篆	
犬	甲骨		金文		小篆	
登	甲骨		金文		小篆	

마리 개'의 상형이다. 月(고기)와 犬〔개〕를 합한 글자가 개고기
肰(연)이다. 그 아래 불 火(화)의 변형 灬(화)를 더하면 '개고
기를 태우다'는 데에서 추출한 '태우다〔燒 : 소〕를 본뜻으로 하
는 然(연)이 된다.

　이 然(연)자가 발음이 같다는 이유로 본뜻과는 전혀 다른 '그
러하다'는 뜻으로 널리 쓰이게 되자 본뜻을 보존하기 위해 다시
만든 글자가 燃(연)이다.

　燈(등)은 형성자로, 火(화)는 뜻의 범위를 나타내고 登(등)은
발음부호 역할만 한다. 登(등)에는 두 가지 설이 있다. 하나는
'두 손으로 제기(祭器)인 豆(두)를 들고 제단을 향해 올라가는
모습'을 의미한다는 것이다. 갑골문의 첫 글자나 두번째 글자를
보면 맨 위가 두 발〔癶〕, 가운데가 '豆(두)', 그 아래에 두 손
〔廾〕이 그려져 있다. 다른 하나는 천자(天子)가 말이나 수레를
탈 때 딛고 오르는 도구인 승석(乘石)의 모양을 그린 豆〔그릇

'두'와는 형태가 우연히도 같게 되었다) 위에, 이를 밟는 '사람의 두 발'을 상형한 ㅉ(발)에 묘(두)를 잡은 두 손을 더한 글자라는 것이다. 어쨌든 둘 다 '오르다'가 본뜻이며, 아랫부분의 두 손은 뒤에 생략되었다.

연개소문이 말을 타고 내릴 때마다 귀인(貴人)이나 무장(武將)을 엎드리게 하여 밟았다고 『삼국사기』는 다음과 같이 전한다. "말에 오르고 내릴 때마다 늘 귀인과 무장을 땅에 엎드리게 하고 밟았다(每上下馬, 常令貴人武將, 伏地而履之 : 매상하마, 상령귀인무장, 복지이리지)." 후자의 설을 따를 경우 이는 사람을 '묘(豆)'로 삼은 셈이다.

불탑, 불상, 불경 앞에 등을 밝히면 큰 공덕을 쌓는다는 데에서 유래한 '연등'은 원래 공양(供養)의 하나였다가 뒤에 불탄(佛誕)을 기리는 연례 행사가 되었다고 한다.

불국토(佛國土)를 이루었던 중국 남북조시대에 성행했던 작위적 고행 가운데 연육신등(燃肉身燈)이 있었다. 벌거벗고 쇠꼬챙이를 온몸에 꿴 다음 꼬챙이끝 고리마다 작은 등잔을 달아 불을 밝히고 타는 듯한 아픔을 참으며 서 있는 일이다. 육신을 등(燈)으로 삼아 극도의 고통을 매개로 하여 불타의 대자대비정신을 깨달으려는 일종의 역설적 연등(?)인 셈이다.

연방

聯邦

잇닿을 **연**　나라 **방**

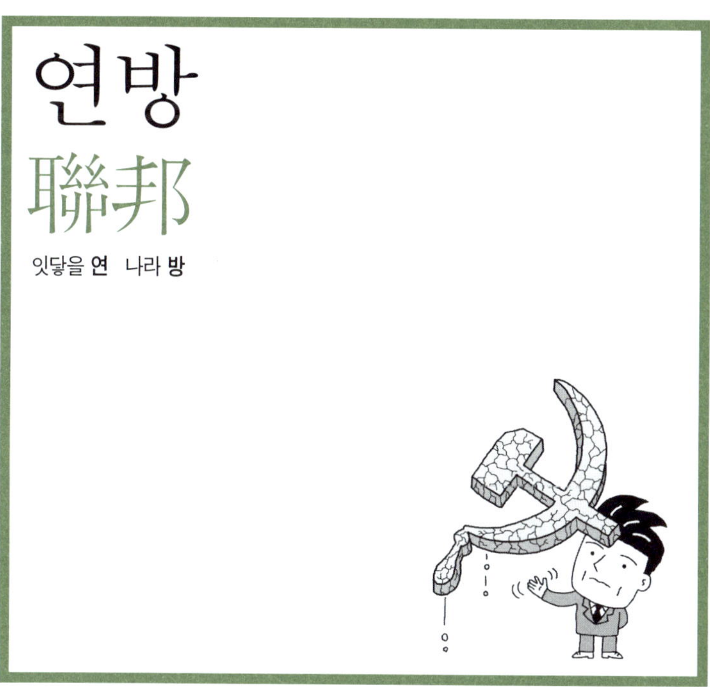

　　지난 20세기의 역사적 사건 가운데 대표적인 것을 든다면 아무래도 '소비에트 사회주의 공화국 연방'의 해체일 것이다.

　　聯(연)자가 처음 보이는 소전(小篆)에서의 형태를 보면 '귀'의 상형 耳(이)와 '실타래'의 상형 絲(사)로 이루어진 것처럼 보인다. 이 글자에는 두 가지 주목할 만한 견해가 있다. 하나는 '전쟁에서 죽인 적병(敵兵)들의 耳〔귀〕를 잘라 絲〔끈〕로 이어 놓은 모양'의 상형이라는 것이다. 그렇다면 이것은 '적의 귀를 잘라 가진다'라는 의미를 담은 글자 取(취)의 연장선상에서 이해할 수 있는 글자가 되겠다. 다른 하나는 여기에서의 오른쪽을

聯	甲骨		金文		小篆	聯
取	甲骨		金文		小篆	取
丰	甲骨		金文		小篆	丰

絲(사)로 보지 않고 '연결된 귀고리'와, '장식으로 매달아놓은
끈'의 상형으로 보는 것이다. 이에 따르면 '귀고리를 한 모양'
의 상형이 되는 셈이다. 허신의 말대로 이 글자의 본뜻이 '잇다'
라면, 두 가지 해석은 모두 나름대로 의미 추출의 바탕을 확보
하고 있는 셈이다.

　邦(방)자를 이해하기 위해서는 封(봉)자를 동시에 살펴보아
야 한다. 이 두 글자 이해의 키는 각 글자의 왼쪽에 있다. 보기
에 제시된 丰(봉), 邦(방), 封(봉) 세 글자를 보자. 그 고문자에
서의 형태를 살펴보면 丰(봉)과 邦(방)의 윗부분은 모두 한 그
루 '나무'의 상형이다. 丰(봉)의 아랫부분은 '흙덩이'의 상형으
로 土(토)의 원형이며, 邦(방)의 아랫부분은 '밭'의 상형 田
(전)이다. 이 나무는 나라끼리의 영토를 구분하기 위해 경계선
에 심었던 키 큰 나무라고 한다. 글자가 만들어지던 당시 중원
의 평원지대에 여러 종족이 모여 살면서 땅을 가르다보니 경계
(境界)가 농경지인 밭일 수도 있었고, 농경지가 아닌 벌판일 수
도 있었던 사정을 반영하고 있다. 이 다음 단계에서 邦(방)과 封
(봉)은 분화가 시작된다.

　邦(방)으로 고착되는 글자는 금문에 와서 田(전)이 빠지고 土

邦	甲骨		金文		小篆	
邑	甲骨		金文		小篆	
封	甲骨		金文		小篆	

(토)만 남거나 혹은 빠지기도 하면서 邑(읍)이 추가된다. 邑
(읍)의 갑골문을 보자. 윗부분의 사각형이나 둥근 원은 '성
(城)', 즉 사람의 거주 지역을, 아랫부분은 '꿇어앉은 사람', 즉
거주민을 의미하는 글자이다. 사람이 거주하는 지역이 읍(邑)인
것이다. 편방(偏旁)으로 쓰일 때의 '邑' 은 생략형인 'ß' 이 쓰
인다. 이렇게 구성된 邦(방)은 '나무를 심어 이웃 나라와 구분
한 지역 안의 사람이 사는 곳', 한마디로 '나라' 를 의미하는 글
자인 것이다.

封(봉)으로 고착되는 글자는 금문(金文)에 보이는 것처럼 木
(목) 아래 土(토)를 받친 형태 옆에 '손'의 상형 又(우)가 들어간
다. 예서(隷書)에서 윗부분의 木(목)이 엉뚱하게도 土(토)처럼
변해버려 마치 圭〔규 : 속칭 '양토(兩土) 규' 로 불리는 이 글자는 햇
볕의 길이를 재어 시간을 측정하던 일종의 '흙을 구워 만든 시계(時
計)' 의 상형인데 뒤에는 그 재질을 옥(玉)으로 바꾸었다〕처럼 보이
는 이 글자의 본뜻은 '국경에 경계로 삼는 나무를 심다' 였을 것
이다. 널리 쓰이는 '봉지(封地)'나 '북돋우다' 등의 뜻은 이에 바
탕한 것임을 짐작하기 어렵지 않다. 이 '손'의 상형 又(우)가 예
서(隷書)에서는 寸(주)로 변해버린다. 이 '寸'는 촌(寸)이 아니

라 팔꿈치 肘(주)의 본자이다. '오른손'의 상형 又(우), '손'의 상형 手(수), '팔'의 상형 九(구), '팔꿈치'를 의미하는 지사자(指事字) 寸(주)는 모두 '손으로 하는 동작'을 나타내는 데 두루 쓰인다.

　미국, 캐나다 같은 연방제 국가의 실태를 살펴보면 가입한 '주(州)'에 유리한 점이 많아 보이나 소비에트 연방의 경우 가입한 '국(國)'에 불리한 점이 많았다. 그래서 해체되었나? 그것 또한 인위적 제도의 하나였으니 세상에 장단점 없는 제도가 어디 있으려고.

연예인
演藝人

늘어놓을 **연** 재주 **예**　사람 **인**

"**직**업에 귀천(貴賤)이 없다"는 말은 종교 같은 차원의, 그것도 괜히 한번 해보는 거룩한 말씀일 뿐, 도토리 키도 재어가며 아웅다웅 살아가는 풍진(風塵) 속세(俗世)에 어찌 귀천이 없겠는가? 그나마 적이 위안이 되는 것은 직업에도 영고성쇠(榮枯盛衰)가 있어 귀천의 위치가 바뀌기도 한다는 것이다. 갓 한 세대(世代) 전만 해도 자식이 연예계(演藝界)로 나가면 가문의 수치(羞恥)라 하여 약 먹고 죽는다고 엄포도 치고 연(緣)을 끊는 시늉도 했다. 수천 명이나 있었던 판서(判書) 한 명 내본 대단한 가문도 아니면서 말이다. 요즘은 어떤가? 길게 말하면 필자는 '왕따'가 된다.

寅	甲骨		金文		小篆	
藝	甲骨		金文		小篆	

演(연)은 氵(수)와 寅(인)을 더한 글자이다. 氵(수)는 '흐르는 물'의 상형, 寅(인)은 갑골문에 보이듯, 원래 '화살'의 상형이었다. 몇 개의 자형에 보이는 것처럼, 가운데 'ㅁ'가 달린 형태가 나타난 것은 이 글자가 간지(干支)의 하나로 가차되어 널리 쓰이자 그것과 구별하기 위해 표기하였다고 한다. 금문(金文)에서는 'ㅁ' 대신 '두 손'의 상형이 들어간 자형이 보이기 시작하는데 이 글자가 오늘날 쓰이는 자형의 근원이 되었다. 그러니까 예서(隷書)에서 비롯된 寅(인)의 'ㅡ(면)'은 집을 뜻하는 '면'이 아니라 '화살촉'의 변형이며, 밭 田(전)처럼 보이는 부분은 '두 손'의 상형이 변한 것이고, 나머지는 '화살 矢(시)'의 상형이다. 이처럼 예서는 고문자의 상형성을 터무니없이 파괴시켰다. 演(연)에서의 寅(인)은 발음부호로 쓰였는데 허신(許愼)은 演(연)의 본뜻을 '흐름이 긴 물'이라 하였다. 그렇다면 길이 6,300킬로미터로 중국에서는 제일 길고 세계에서는 세번째로 긴 장강(長江)이 이에 속하겠다. 그런데 남이야 뭐라든 상관없지만 중국과 수천 년의 오랜 친교(親交)가 있는 우리나라 사람들까지 이 장강을 양자강(揚子江)이라 불러서는 곤란하다. 양자강은 장강이 양주(揚州)를 중심으로 한 하류 지역을 흐를 때의 호칭일 뿐이므로 중류 지역까지의 인민들은 양자강이 어디에 있는지도 모르는 사람이 허다하다. 우리의 한강(漢江)도

| 云 | 甲骨 | | 金文 | 小篆 | 雲 |

남한강, 북한강뿐 아니라 서울 앞에서는 부분적으로 용산강(龍山江), 서강(西江) 등의 이름으로 불렸던 것처럼. 그렇다면 선진(先秦)시대에는 '강(江)' 이라 불렸고, 송(宋)나라 때 이미 장강이라 불리던 이 강이 어째서 '양자강' 으로 널리 알려졌는가? 그것은 근세(近世)에 있었던 서구(西歐) 열강(列强)의 중국 침략의 산물이다. 그들의 침략 기지가 바로 남경, 상해 등 장강 하류 지역이었고, 지역 주민들의 입을 통해 들은 대로 기록하다보니 세계에 그렇게 알려진 것이다. 이 사연을 아는 중국 지식인들은 양자강이 장강의 대칭(代稱)으로 불리는 것을 싫어한다.

演(연)은 '발전' '진화' '늘어놓다' 등의 파생된 의미를 가지고 있었는데 '공연하다' '연기하다' 등의 뜻은 '늘어놓다' 에서 다시 파생된 것으로 보인다.

藝(예)의 갑골문을 보면 '사람이 나무를 심는 장면' 을 상형한 것임을 금방 알 수 있다. 금문뿐 아니라 소전까지만 해도 상형성이 상당히 남아 있었다. 소전에서는 좌측 상단이 '木(목)', 하단이 '土(토)', 우측은 '몸을 숙인 사람' 과 그의 '두 손' 이다. 그러나 예서에 와서 아주 이상하게 변해버리고 말았다. 위에 초목(草木)을 의미하는 艸(초)가 더해졌고 사람의 구부린 다리 부분이 마치 '구름' 의 상형인 云(운)처럼 되어버렸다. 일본에서는 약자로 芸(예)라 쓰는데 우리도 그를 따라 쓰고 있다. 그러나 이 글자는 '운' 이라는 발음과 '향초의 이름' 이라는 고유한 뜻을 가진 글자이다. 중국에서는 초서체에 바탕한 艸(초) 아래 乙(을)

을 받친 글자를 쓴다. 이 두 글자의 중국어 발음이 '이(yi)'로 같기 때문이다. 그러니까 藝(예)는 '나무를 잘 심고 가꾸는 능력 있는 사람'에서 추출한 '심다'가 본뜻이다. 그러므로 '藝人(예인)'은 '농사 짓는 사람' '재능 있는 사람'의 뜻을 가지고 있다.

연예인(演藝人)이란 말은 일본에서 처음 만들어져 우리나라에서도 쓰이고 있는데 중국에서는 연원(演員)이나 예인(藝人)이라고 한다.

연착륙

軟着陸

부드러울 **연** 도착할 **착** 땅 **륙**

軟(연)은 '수레'의 상형인 車(거)와 '하품하는 사람'의 상형인 欠(흠)을 합한 글자로, 기력(氣力)이 떨어지면 하품을 한다는 데에서 뜻을 취하여 '튼튼하지 못한 수레'를 가리켰었다. 단단하지 못하고 '부드럽다'라는 뜻은 여기에서 파생되었다. 車〔갑골문을 보면 수레가 얼마나 다양하게 형상화되었는지를 알 수 있다. 설명의 편의를 위해 두번째 자형을 보자〕는 위에서 본 '수레 한 대'의 상형이다. 두 개의 바퀴, 바퀴를 꿰고 있는 굴대, 바퀴가 빠지지 않도록 굴대 끝에 박아놓은 두 개의 굴대빗장이 보인다. 앞부분의 구부정한 횡선은 말을 매기 위한 장치인 '멍에'이다. 이처럼 원래의 자형은 상당히 복잡한 것이

車	甲骨		金文		小篆	
欠	甲骨		金文		小篆	

었음을 알 수 있다. 그러다가 금문(金文) 말기에 와서 오늘날의 형태로 간략화된다. 거기에는 바퀴 한쪽〔日〕과 굴대〔丨〕, 그리고 굴대빗장 두 개〔二〕가 보인다. 위에서 말한 것처럼 갑골문의 첫번째, 두번째 자형의 윗부분이 '멍에'의 상형인데 이것만 따로 독립된 글자가 兩(량)이다. 금문의 여러 형태를 참고하시기 바란다. 그러므로 車(거)는 원래 '말 두 마리가 끄는 수레'의 상형이었던 것이다. 이 兩(량)자가 '둘'이라는 의미로 널리 쓰이자 본뜻 보존을 위해 만든 글자가 輛(량)이다.

着(착)은 著(저)의 속자(俗字)이며 著(저) 또한 箸(저)에서 갈라져나온 글자로, 때로 발음과 뜻이 서로 다르게 쓰이기도 했지만 사실 着(착), 著(저), 箸(저) 세 글자는 같은 글자였다.

箸(저)는 竹(죽)과 발음부호인 者(자)를 더한 형성자로, 본뜻은 '대젓가락'이다. 竹(죽)은 '대나무'의 상형인데, 갑골문을 보면 늘어진 가지와 특징적인 댓잎이 보인다. 금문과 소전을 보면 마치 두 개의 个(개)처럼 되어 있어서 竹(죽)이 회의자처럼 여겨지기도 하는데, 갑골문을 보면 완연(宛然)한 상형임을 알 수 있다. 者(자)는, 갑골문과 금문에서 볼 수 있는 것처럼, '솥에 나물과 고깃덩어리를 넣고 삶는 모양'을 상형한 글자이다. 그림의 아랫부분이 솥, 윗부분은 어지러이 얽힌 풀줄기와 점으로 형상화된 고기〔풀풀 솟구치는 김이라고도 한다〕이다. '삶다'

雨	甲骨		金文		小篆	
竹	甲骨		金文		小篆	

가 본뜻이다. 이 글자가 발음이 같다는 이유로 주격조사(主格助
詞)인 ‘놈 자(者)’로 널리 쓰이게 되자 본뜻을 보존하기 위해 다
시 만든 글자가 아래에 불 灬(화)를 받친 삶을 煮(자)이다.

　箸(저)는 筯(저)에서의 竹(죽)을 艹(초)로 바꾸어놓은 글자
로, 筯(저)와 함께 쓰이다가 그 본뜻을 筯(저)에 넘겨주고 ‘밝
다’ ‘드러나다’ ‘짓다’ 등의 파생된 의미로 널리 쓰이고 있다.
箸(저)의 속자인 着(착)의 드문 용례 가운데 ‘도달하다’가 있
다. 이를 활용하여 ‘도착(到着)’ ‘착륙(着陸)’ 등의 낱말을 만
들어 널리 사용한 나라는 일본이다.

　陸(륙)은 원래 阝(부)와 屮(철), 六(육), 土(토)로 구성되었다
가 오늘날의 모양으로 변한 형성자이다. 阝(부)는 원래 ‘계단’
의 상형이었으나 ‘층층이 쌓인 흙더미’, 즉 ‘언덕’의 뜻으로 널
리 쓰이게 되었으며, 屮(철)은 ‘풀’의, 土(토)는 ‘흙덩이’의 상
형이다. 屮(철)과 土(토) 가운데 끼어 있는, 여기에서는 발음부
호로 쓰인 六(륙)의 내력은 아직 분명치 않으나 陸(륙)의 본뜻
은 ‘높은 언덕 위의 풀로 덮인 땅’이다. 六(륙)에는 두 가지 그
럴듯한 주장이 있다. 중국인들이 손 모양으로 숫자를 표시할 때
여섯 륙은 엄지와 무명지를 펴고 나머지 세 손가락은 쥐는 모양
을 하고 앞으로 내미는 습관이 있다. 지금도 쓰이고 있는 이 방
식은 먼 옛날부터 있었던 것인데, 六(륙)은 ‘그러한 손 모양’의

者	甲骨		金文		小篆	
六	甲骨		金文		小篆	
陸	甲骨		金文		小篆	

상형이라는 설이 그 하나이다. 다른 하나는 '허름하게 지은 집의 외곽(外廓)'을 상형한 것으로, 집 廬(려)자의 본자라는 설이다.

연착륙(軟着陸)은 소프트 랜딩(Soft Landing)의 일역(日譯) 한자어이다. 원래 우주선의 달착륙에서부터 널리 쓰이게 된 이 말은, 한때 달러화 가치 하락에 응용되었고 '북한 체제의 운명'과 관련하여 자주 쓰인 적도 있다. 그때나 지금이나 북한의 연착륙을 바라지 않는 사람은 아무도 없을 것이다.

연휴
連休

이어질 **연** 휴가 **휴**

연 휴(連休)는 쳇바퀴 속의 다람쥐처럼 정신없이 살아가는 이 시대의 직장인들에게 잠시 그 '체'를 벗어나게 하는 어떤 안도감(安堵感)을 안긴다. 설 연휴, 추석 연휴마저 없는 다람쥐 신세가 우리의 삶이라면 우리에 갇혀서 사육되어 도살(屠殺)을 기다리는 소나 닭 같은 가축과 무엇이 다를까 하는 생각마저 든다.

連(연)은 車(거)와 辶(착)을 더한 글자이다. 車(거)는 앞의 '연착륙' 란에서 상세히 설명한 바 있듯 '바퀴 한쪽〔日〕'과 '바퀴를 꿰고 있는 굴대〔丨〕', 그리고 바퀴가 빠지지 않도록 굴대 끝에 박아놓은 '굴대빗장 두 개〔二〕'의 상형이다. 원래 수레의

連	甲骨		金文		小篆	蓮
休	甲骨		金文		小篆	

상형은, 두 개의 바퀴와 사람이 타는 차체와 멍에까지 그려진 복잡한 형태였다가 이처럼 대폭 생략되었다.

辶(착)의 원형은 辵(착)이다. 辵(착)은 '네거리'의 상형인 行(항)과 '발바닥'의 상형인 止(지)를 합한 뒤 각각 일부분을 생략, 변형한 글자이다. 連(연)은 수레 여러 대가 줄지어 가는 형국을 나타내는데, '잇다'라는 본뜻은 여기서 추출되었다.

休(휴)는 '사람'의 상형 人(인)과 '나무'의 상형 木(목)을 더한 글자로, '쉬다'가 본뜻이 되었다.

중국 하남성(河南省) 섬현(陝縣)에 아름드리 팥배나무 한 그루가 있다. 주나라 무왕(武王)의 아우로 어진 정치를 폈던 소공(召公)이 그 나무 아래 쉬었다고 한다.『시경(詩經)』「감당(甘棠)」편에는 덕정(德政)을 폈던 위대한 분이 쉬었던 이 팥배나무를, "베지도, 찍지도, 꺾지도, 뽑지도 말아라(勿翦, 勿伐, 勿敗, 勿拜 : 물전, 물벌, 물패, 물배)"는 경고가 보인다.

삼천 년도 더 된 옛일인데다 그곳인지 그곳이 아닌지, 또 그 나무인지 아닌지 알 수 없겠건만 지금도 사람들은 옛 고사를 믿고 참배(參拜)하며 그 그늘에서 쉬고 있다.

이 예화(例話)에서 보듯 休(휴)가 '쉬다'라는 뜻을 가지게 된 것은 사람이 나무 밑 그늘에서 쉬기 때문이다. 단어 연휴(連休)는 일본 사람들이 '연속휴가(連續休暇)'를 줄여 만든 말이다.

염화시중

拈花示衆

집을 **염**　꽃 **화**　보일 **시**　무리 **중**

영산(靈山)에서 설법하던 부처님께서 꽃 한 송이를 집어 들고 무리에게 보이셨다. 그때 모두들 그 뜻을 몰랐으나 오직 가섭존자(迦葉尊者)만이 환하게 미소지었다. 부처님께서 말씀하셨다.

나에게 우주를 비치고 만유(萬有)를 포함하는 불법(佛法)과, 생사윤회(生死輪回)를 초월하는 오묘한 마음과, 우주만물의 실상(實相)을 알고 이를 초월하는 무상(無相)과, 정미(精微)하고 심오(深奧)한 법문(法門)과, 문자(文字)와 관계없는 깨달음과, 가르침을 초월한 별도의 가르침이 있으니 마하가섭(摩訶迦葉)

手	甲骨		金文		小篆	
占	甲骨		金文		小篆	
化	甲骨		金文		小篆	

에게 부탁하노라(吾有正法眼藏, 涅槃妙心, 實相無相, 微妙法門, 不立文字, 敎外別傳, 付囑摩訶迦葉 : 오유정법안장, 열반묘심, 실상무상, 미묘법문, 불립문자, 교외별전, 부촉마가가섭).

송(宋)나라 보제(普濟)스님이 편찬했다는 『오등회원(五燈會元)』의 일부분을 서투르나마 우리말로 옮겨보았다. 바로 유명한 염화시중(拈花示衆)의 고사이다.

拈(염)은 扌(수)와 占(점)으로 구성된 글자이다. 扌(수)는 '손'의 상형 手(수)를 쓰기 쉽도록 변형한 것이다.

占(점)은 고대 중국에서 점을 칠 때 사용한 소의 견갑골(肩胛骨)이 갈라진 모양[卜 : 복]을 보고 점의 주관자가 말[口 : 구]로 길흉을 판정한 사실에서 생긴 글자라고 하는데, '口(구)'의 주인을 점을 치게 한 지배자로 보기도 한다. 갑골문의 자형을 보면 처음에는 '견갑골'과 '갈라진 모양'인 卜(복)과 '입'의 상형 口(구)가 들어 있다가 후기에는 견갑골이 생략되었음을 알 수 있다. 拈(염)에서 占(점)은 발음부호이며, 拈(염)의 뜻은 '손으로 집어들다'이다.

花(화)는 '풀'의 상형인 艹(초)와 '바로 선 사람[亻]'과 '거꾸

華	甲骨		金文		小篆	
示	甲骨		金文		小篆	
衆	甲骨		金文		小篆	

로 선 사람〔匕〕이 한자리에 있는 모양으로, '변화'가 본뜻인 化(화)를 더한 글자이다. 여기에서의 化(화)는 발음부호이며, 花(화)의 본뜻은 '꽃'이다. 花(화)는 한 송이 꽃을 의미하는 華(화)의 속자로, 단어 '염화시중'의 출전(出典)인 『오등회원(五燈會元)』에도 '花'로 표기되어 있다. 華(화)는 금문에서 볼 수 있듯이 원래 꽃잎과 꽃받침과 줄기를 그린 '한 송이 꽃'의 상형이다. 이 형태로 사용되다가 '풀'의 상형 艹(초)를 얹은 형성자로 변한 것은 진(秦)나라 때의 일이다.

示(시)는 '돌 제탁(祭卓)'의 상형으로, 원래는 丁자 모양이었다. 그 위의 한 획은 '얹어놓은 희생'의 상형이며, 좌우의 두 점은 '희생이 흘린 핏방울'을 의미한다. 示의 원발음은 '기'. '귀신'이 본뜻이며 널리 알려진 '땅귀신'은 파생된 뜻이다. 이 글자를 '보이다'라는 파생된 뜻으로 쓸 때는 '시'라고 발음한다.

衆(중)은 원래 日(일)과 사람 人(인)자 셋〔다수를 뜻함〕을 합한 형태였는데, '뜨거운 태양 아래 일하고 있는 농노(農奴)'들의 상형이었다. 본뜻은 '많다'이고 '사람의 무리'는 파생된 뜻이다.

부처님은 오늘도 속세의 중생들에게 꽃 한 송이를 내보이고 계시지만 가섭존자처럼 미소를 지을 수 있는 자 그 누구인가.

영식, 영애
令息, 令愛

아름다울 **령** 아들 **식**　　　아름다울 **령** 사랑 **애**

1960, 1970년대의 옛날이야기이지만 한때, 박 대통령의 자녀가 셋인 줄 알았는데 알고 보니 다섯이었다는 소문이 자자했었다. 아들 지만과 딸 근혜, 근영 외에도 아들 영식이와 딸 영애가 더 있는데 이 둘은 전처 소생이며 돌림자는 '영' 자라는 것이다. 우스갯소리이다.

令(영)자의 아랫부분이 꿇어앉아 누군가의 명령을 듣고 있는 사람의 상형인 '卩(절)'의 원형이라는 데에는 이의가 없다. 그러나 윗부분이 무엇이냐에 대해서는 두 가지 주장이 있는데 보기의 고문자를 보면서 살펴보기로 하자. 하나는 '집'의 상형으로 보는 것이다. 이 집은 아마도 지배자의 '궁전(宮殿)'이었을

令	甲骨		金文		小篆	
息	甲骨		金文		小篆	
自	甲骨		金文		小篆	

것이다. 두번째는 '입'의 상형으로 보는 것이다. 이 경우 윗부분은 '입 口(구)'의 변형이 된다. 과연 어느 쪽이 진실일까? 수업 시간에 학생들의 의견을 들어보면 '집'설 지지자들이 압도적으로 많지만 이런 문제는 다수결로 해결할 수 있는 것이 아니다. 令(령)의 본뜻은 '명령'인데 강압적이 아닌 권유(勸誘)의 좋은 말씀도 있었을 것이다. 그래서 '좋은' '훌륭한' 같은 뜻이 파생되었다. 영식, 영애의 '영'은 바로 이 뜻이므로 자연히 다른 사람의 가족에 대한 존칭이 되었다. 다른 사람의 부친을 높여 부르는 말인 令尊(영존), 다른 사람의 모친을 높여 부르는 말인 令堂(영당), 다른 사람의 아우의 높임말인 令弟(영제) 등도 이에 속한다.

息(식)은 '코〔自 : 여기에서는 '자'가 아니라 '지'로 읽는다〕'와 '심장〔心〕'을 합한 것으로, 본뜻은 호흡(呼吸)이다. 自(지)는 '코'의 상형, 心(심)은 '심장'의 상형이다. 호흡은 끊어지지 않고 심장은 뛰면서 지속되어야 하는 생명의 원천이므로 대(代)를 계속하는 자식(子息)의 의미로도 쓰이게 되었다. 自(지)가 가차되어 '자기' '스스로' '저절로' 등의 의미로 널리 쓰이면서 발음 또한 '자'로 변했다. '自(지)'에서 '코'라는 본뜻이 점점 희

心	甲骨		金文		小篆	
愛	甲骨		金文		小篆	
夊	甲骨		金文		小篆	
止	甲骨		金文		小篆	

미해지자 본뜻 보존을 위해 발음부호 '畀(비)'를 넣은 鼻(비)를 만들었다.

愛(애)의 금문과 소전에서의 형태는 비슷하다. 윗부분은 '사람의 벌린 입', 가운뎃부분은 '사람 人(인)'의 변형, 人(인)자 사이에 '심장'의 상형 心(심), 아랫부분의 夊(쇠)는 '발바닥'의 상형 止(지)를 뒤집어놓은 것으로, 늘 '걷는다'라는 의미로 쓰인다. 마치 두근거리는 가슴에 손을 얹고 사랑하는 애인을 향해 걸어가는 사나이를 그린 듯한 이 글자는 예서(隸書) 때부터 윗부분의 형태가 변하여 오늘날 자형(字形)의 근거가 되었다. 그러니까 오늘날의 자형으로 본다면 네 획까지가 '벌린 입'의 상형이 변한 것이며 제오획, 제육획이 人(인)의 변형인 것이다. 허신(許愼)이 지은 『설문해자(說文解字)』의 고본(古本)에 그 본뜻을 '은혜를 행하다〔行惠〕'라고 하였다. 널리 쓰이는 '사랑'은 이에 근거하여 파생한 뜻으로 보인다. 令愛(영애)에서의 愛(애)는 사랑하는〔愛〕 딸〔女〕이라는 뜻인 嬡(애)자와 통용자로 쓰였다.

영식과 영애는 한때 대통령의 자녀만을 지칭하는 경칭처럼

변질되더니 근래에는 또 과거 권위주의 사회와의 차별화라는
가시적 효과를 거두기 위한 방편으로 추방당했다. 인간들에 의
해 편리한 대로 이용만 당하다가 버림받은 이 단어의 운명을 생
각하니 염량세태(炎凉世態)가 무엇인지를 알 듯도 하다.

영욕
榮辱

영화 **영** 부끄러울 **욕**

　“**영**욕(榮辱)으로 점철(點綴)된 5천 년 역사(歷史).” 자
주 들어 귀에 익은 말이다. 영욕(榮辱)은 영광(榮
光)과 치욕(恥辱)의 준말인데, 곰곰이 생각해보면 한민족 역사
에 언제 그렇게 영광의 나날이 많아 치욕의 날들과 반반을 차지
했는지 모르겠다. 단순한 수사(修辭)에 시비를 거는 것인가.

　榮(영)자를 이해하기 위해서는 제시된 금문(金文)의 여러 자
형(字形)을 살펴보아야 한다. 그것은 ‘불타는 홰를 교차시켜놓
은 모양’의 상형이다. 이 ‘홰’는 싸리나 갈대 따위를 묶어서 불
을 켜거나 화톳불을 놓은 물건으로서의 ‘홰’다. ×가 교차시켜
놓은 홰인데 끝부분에 양쪽으로 갈라진 부분도 보이고 그 위에

榮 甲骨 金文 小篆

두 개의 불 火(화)가 보인다. 바로 횃불인 것이다. 일부 학자들은 ×가 '꽃나무'이며 그 끝부분의 점은 '활짝 핀 꽃'의 상형이라고 하는데 이는 榮(영)자가 가진 의미 가운데 하나인 '꽃'의 영향을 받았기 때문에 그렇게 해석한 것으로 보인다. 그러나 이는 사실과 거리가 있다. 두 개의 火(화) 아래 ×를 쓴 이 글자의 본뜻은 '활활 타다'이고 '빛나다'라는 파생된 뜻을 가졌다. 그런데 이 글자가 나라 이름이나 제사 이름으로 쓰이자 본뜻을 보존하기 위해 만든 글자가 熒(형)이다. 허신(許愼)은 이 글자의 뜻을 '등불'이라 하였는데 이는 본뜻을 모른 소치이다.

　榮(영)에서의 악센트는 木(목)에 있다. 그러므로 '빛나다'라는 뜻을 가진 그 글자는 '영'이란 발음을 가진 나무를 나타내는 발음부호로 쓰인 것이다. 그 나무는 오동나무이다. 오동 가운데에서도 껍질이 희고 속이 단단하지 않아 금슬(琴瑟) 같은 악기를 만들기에 적당한 참오동나무, 즉 백동(白桐)이다. 그런데 어째서 '꽃'이라는 의미로 널리 쓰이는가? 당연히도 발음이 같다는 이유로 가차되었기 때문이다. 가차의(假借義)가 널리 쓰이면서 본뜻이 거의 소멸되고 이를 대체한 梧(오), 桐(동)이 나타나게 된 것이다.

　辱(욕)은 蓐(욕)에서 분화(分化)되어 나온 글자이다. 갑골문을 보면 땅[一] 위에 자라난 '풀[艸]', 한 시절 농기구로 쓰이기도 했던 '큰 조개 껍데기[辰：이 글자가 간지(干支)의 하나로 널리 쓰이자 본뜻 보존을 위해 만든 글자가 조개 蜃(신)이다]', 그리

蓐	甲骨		金文		小篆	

고 ‘농구(農具)를 든 손〔又〕’으로 구성되어 있음을 알 수 있다. 허신(許愼)은 이 글자의 본뜻으로 ‘다년생 풀이 다시 돋아나다’와 ‘풀로 짠 자리’ 두 가지를 들었는데 필자의 우견(愚見)으로는 아무래도 ‘제초(除草)’가 이 글자의 본뜻인 듯하다. 본뜻이 아닌 다른 뜻으로도 쓰이자 다시 만든 글자가 薅(호)로 보인다. 女(녀)가 들어간 것은 풀 뽑는 일은 주로 여성들이 했기 때문인 듯하다. 허신(許愼)은 『설문해자(說文解字)』에서 ‘蓐(욕)’의 생략형인 ‘辱(욕)’을 수록하고 자주 쓰이는 의미인 ‘부끄럽다’를 본뜻이라고 했지만 ‘풀 베는 농기구를 든 손’에서 부끄럽다는 의미를 추출할 수 있겠는가? 하는 수 없이 ‘경작의 시기를 놓치면 봉토(封土)에서 욕을 당하기 때문에 부끄럽다는 것이다’ 라는 억지 해석을 했던 것이다. 이 역시 ‘부끄럽다’는 의미의 말과 ‘辱(욕)’의 발음이 같았기 때문에 생긴 가차 현상으로 보아야 할 것이다.

　“군자의 언행(言行)은 문의 지도리〔樞〕나 쇠뇌의 시위걸이〔機〕 같은 것이다. 추기(樞機)의 발동(發動)은 영광과 치욕의 관건이 된다(言行, 君子之樞機. 樞機之發, 榮辱之主也 : 언행, 군자지추기. 추기지발, 영욕지주야).” 과연 그러하다. 『주역(周易)』 「계사전(繫辭傳)」에 보이는 영욕의 첫 용례이다.

영웅
英雄

꽃부리 **영** 수컷 **웅**

개강 첫날, 선생님이 학생들에게 물었다. 영웅의 반대말은 무엇이냐고. 누군가 대답했다. "졸장부(拙丈夫)요!" 선생님은 빙그레 웃으시면서 "아니야, 영자야"라 하고 흑판에 썼다. '英雌.'

英(영)은 '풀 두 포기'의 상형 艸(초)와 '베개를 베고 누워 있는 사람의 모양[죽은 사람이라고도 한다]'을 상형한 央(앙)을 합한 글자이다. 央(앙)자가 '가운데'라는 의미를 가진 것은 베개를 베면 거의 그 가운데를 벤다는 데에서 연유한다. 한나라 고조 유방(劉邦)이 지은 궁전 이름이 미앙궁(未央宮)인데 끝없이 오래 가는 궁전이란 뜻이다. 여기에서 央(앙)은 '끝나다'라

央	甲骨		金文		小篆	
厷	甲骨		金文		小篆	

는 뜻으로 쓰였다. 이 뜻은 베개를 벤 사람을 삶이 끝난 사자(死者)로 여기는 데에서 파생된 뜻일 것이다. 보기의 갑골문을 보면 누워 있는 사람과 그가 벤 베개가 보인다. 베개가 오늘날 자형과는 달리 거꾸로 놓여 있다. 공주(公州) 무령왕릉(武寧王陵)의 출토품 가운데 왕비(王妃)가 베던 자기(磁器)로 만든 베개도 머리 놓는 부분이 우묵한 모양으로 되어 있는데 갑골문 자형에서의 베개와 흡사하다. 英(영)에서 央(앙)은 발음부호 역할만 한다.

"나무에서 피는 꽃을 華〔화 : 널리 알려진 '花'는 '華'의 속자이다〕라 하고 풀에서 피는 꽃을 榮(영)이라 한다. 꽃이 피고 열매를 맺는 것을 秀(수)라 하고, 꽃은 피우되 열매를 맺지 않는 것을 英(영)이라 한다(木謂之華, 草謂之榮. 不榮而實者謂之秀, 榮而不實者謂之英 : 목위지화, 초위지영. 불영이실자위지수, 영이불실자위지영)." 중국 최초의 자전(字典)인 『이아(爾雅)』의 설명이다. 중국인들은 오랜 옛날부터 英(영)을 '꽃은 피우되 열매는 맺지 않는 것'이라는 뜻으로 써왔던 것이다. 열매가 없어 사람들에게나 섭섭할 뿐, 씨방이 있으니 풀들로서야 아쉬울 것도 없겠다.

雄(웅)은 '厷(굉)'을 성부(聲符)로, '한 마리 새'의 상형 隹(추)를 형부(形符)로 하여 구성된 형성자이다. 厷(굉)은, 고문

厶	甲骨		金文		小篆	
此	甲骨		金文		小篆	

자 자형에서 볼 수 있듯이, '팔'의 상형이다, 여기에서는 위치를 나타내는 부호일 뿐인 반원(半圓)을 더하여 '팔뚝'을 나타낸 글자인데 이 반원이 뒷날 마치 厶(사)자처럼 변했다. 일부 문자학자들이 농기구의 일종인 '보습〔한자어 보삽(步鍤)에서 변한 말이다〕'의 상형으로 생각하는 '厶'는 옛날 한 시절 '간사하다' '자신밖에 모른다' 라는 뜻으로 가차되어 쓰였으나 오래지 않아 이 뜻을 私(사)자에게 빼앗기고 말았다. 私(사)는 벼 禾(화)변이 알려주듯이 벼의 한 품종을 나타내는 형성자이다. 이 私(사)자의 경우와 같이 본 글자가 있는데도 다른 글자를 빌려 쓰는 것을 '본유기자(本有其字)의 가차(假借)' 라고 한다. 사실 가차의 주류는 나타내고자 하는 글자가 없어서 발음이 같은 다른 글자를 빌려서 쓰는 본무기자(本無其字)의 가차(假借)이다. 본론으로 돌아가자. 厷(굉)에 月(육)을 더 넣은 肱(굉)을 만들어 그 의미가 '몸'의 일부인 '팔뚝'임을 분명히 해둔 것은 약간 뒷날의 일이다. 대부분 넓적다리 股(고)자와 함께 쓰이는데 '고굉(股肱)'은 임금의 팔다리 역할을 하는 대신(大臣)의 비유로 널리 알려져 있다.

雄(웅)의 본뜻은 '조부(鳥父)', 즉 '새의 아비' 이다. '수새' 라는 의미를 가지게 되었음은 당연하다 하겠고, 뒤이어 모든 수컷과 남성을 제유(提喩)하게 되었다.

위 재담(才談)에 나오는 '영자'의 雌(자)에서 발음부호로 쓰인 此(차)는 갑골문을 보면 그 왼쪽은 '발바닥'의 상형 止(지)이고, 오른쪽은 '서 있는 사람'의 상형이다. 여기에서 '발바닥'의 상형은 그 사람이 서 있는 '바로 이곳'을 나타내기 위해 쓰인 것이며, 글자 전체의 뜻 '이곳'으로 부각된다. 나아가 '이곳'이 '이것'으로 의미가 확대된 것은 당연하다고 하겠다. 허신(許愼)은 이 글자의 본뜻을 '그치다〔止:지〕'라 하였으나 아무리 보아도 반드시 그런 것 같지는 않다.

한고조 유방을 기리는 『한서(漢書)』의 한 구절이 문헌상 영웅(英雄)의 첫 용례이다. "영웅을 한 손으로 주물러 진(秦)과 초(楚)를 멸망시켰다(總擥英雄, 以誅秦項: 총람영웅, 이주진항)." 여기에서는 '재능과 무용(武勇)이 뛰어난 사람'이란 의미로 쓰였는데 구체적으로는 장량(張良), 한신(韓信), 팽월(彭越) 등 한나라 개국공신들이다.

요즘 우리 사회에서 영웅은 대체 어떤 사람들일까?

오답
誤答

틀릴 오 대답할 답

오답(誤答) 하나 때문에 당락(當落)이 엇갈리는 일은 시험판의 상사(常事)이지만 나아가 이 때문에 인생길의 향방이 좌지우지(左之右之)된다면 이는 비극(悲劇)이라기보다 아예 희극(喜劇)이겠다.

誤(오)는 言(언)과 吳(오)로 이루어진 글자이다. 言(언)의 첫 획은 '말'을 뜻하는 추상적 부호이고, 둘째, 셋째, 넷째 획이 '내민 혀'의, 그 나머지가 '입'의 상형으로 본뜻이 '말'임은 여러 차례 설명한 바 있다. 吳(오)는, 고문자에서 볼 수 있다시피, '물건을 어깨에 메고 있는 사람'의 상형이다. 그 형태는 갑골문보다 금문에서 더 잘 알 수 있는데 메고 있는 물건은 도기(陶

吳	甲骨		金文		小篆	
竹	甲骨		金文		小篆	

器)로 추측된다. 그러니까 吳(오)는 '도기를 메고 운반하는 사람'의 상형이며, 그 자세에서 추출한 '삐딱하다'가 본뜻으로 추정된다[이 글자가 중국 동남방의 지명(地名)이나 국명(國名)이 된 데에는 '도기'의 주요 생산지가 이곳에 있음과 무관하지 않다]. 그리하여 誤(오)는 '삐딱하고 바르지 못한 말'에서 추출된 '틀리다'를 본뜻으로 한 것처럼 생각되는데 허신(許愼)은 형부(形符) 언(言)과 성부(聲符) 吳(오)로 구성된 형성자라 하였다.

答(답)은 '대나무'의 상형 竹(죽)과 '뚜껑을 덮은 그릇'의 상형 合(합)을 더한 글자로, 본뜻은 '울타리 수리(修理)에 쓰는 대나무 끈'이라고 한다.

부자께서 대답하지 않으셨다(夫子不答 : 부자부답).

다른 사람에게 예를 표시했는데 답이 없으면 자신의 공경심이 부족한 것이 아닌지 반성하라(禮人不答, 反其敬 : 예인부답, 반기경).

대답하지 않는 것이 아니라 대답할 줄 모르는 것이다(非不答, 不知答也 : 비부답, 부지답야).

合	甲骨		金文		小篆	
若	甲骨		金文		小篆	

각각 『논어』와 『맹자』와 『장자』에 나오는 答(답)의 용례인데, 이에서 알 수 있듯이, 춘추전국시대에 이미 答(답)이 '보답' '대답'의 뜻으로 널리 쓰였음을 알 수 있다. 본뜻과 전혀 상관없는 이런 쓰임은 발음이 같아서 빌려쓴 음차 현상(音借現象) 때문인 것으로 보아야 할 것이다. 이처럼 한자에는 본뜻을 완전히 잃어버리고, 원래의 형태에 바탕하여 그 의미를 대체하는 새로운 글자도 얻지 못한 억울한(?) 글자들이 적지 않다. 몇 개만 예로 들어보자. 草(초)의 본뜻은 '도토리'이다. 그러나 언제부턴가 '풀'이란 의미로 쓰이고부터 본뜻은 까맣게 사라져버렸다. 私(사)는 원래 '벼'를 의미하는 글자였는데 '자기'라는 의미로 쓰이고 있다. 앞부분에 禾(화)자가 버젓이 들어 있는데도 이 글자를 보고 벼를 연상하는 사람이 없다(!). 若(약)은 원래 '산발한 머리 위로 두 손을 들고 기뻐하는 모습'을 상형한 글자이므로 본뜻은 '기쁨'과 관계 있는 글자였을 것이다. 그러나 허신(許愼)은 '향초(香草)의 이름'을 본뜻이라 하였다. 어쨌든 두 '본뜻'은 이제 흔적도 없고 '같다' '너' '만약'과 같은 엉뚱한 의미들이 안방을 차지하고 있을 뿐이다. 이런 글자들의 처지는 철들기 전에 미아(迷兒)가 되어 성명(姓名)까지 바뀐 채 남의 집 자식 노릇 하며 살고 있는 이 세상의 일부 사람들에 비유할 수 있겠다.

　오답(誤答)은 중국과 옛날의 우리나라에서는 쓰인 적이 없는
일제 한자어이다.

오만

傲慢

거만할 **오** 게으를 **만**

동북아시아의 한쪽 귀퉁이에 자리잡은 이래, 얼마나 겸손(謙遜)하게 살았던지 동방예의지국(東方禮儀之國)이라는 칭찬(?)까지 듣던 우리나라 사람들이, 유사 이래 처음으로 세계 여러 나라로부터 오만(傲慢)한 사람들이라는 지탄(指彈)을 받은 것은 한창 경제가 잘나가던 1990년대의 어느 한 시절이다.

傲(오)는 亻(인)과 敖(오)로 이루어진 글자이다. 亻(인)은 '사람'의 상형. 敖(오)는, 소전(小篆)의 자형에서 확인할 수 있듯이, 원래는 날 出(출)과 내칠 放(방)을 합한 글자로 방출(放出), 즉 '쫓아내다'가 본뜻이었다〔出(출)이 뒤에 '土' 자처럼 변

人	甲骨		金文		小篆	
敎	甲骨		金文		小篆	
曼	甲骨		金文		小篆	

했다). 차츰 겸손과 절제를 내친 부실한 마음을 의미하게 되어
'건방지다' '거만하다' 등의 파생된 뜻을 가지게 되었다.

慢(만)은 忄(심)과 曼(만)으로 이루어진 글자이다. 忄(심)은
'심장'의 상형으로, '마음'이 본뜻이다. 曼(만)은 '두 손'과
'눈'의 상형인데 아래 又(우)는 '손'의 상형, 가운데 'ㅁ'은
'눈'의 상형〔눈 目(목)의 원형이다〕임을 보기의 갑골문을 통해서
알 수 있다. 오늘날의 자형에서 윗부분의 曰(일)은 '손'의 상형
又(우)가 잘못 변한 것이다. 이렇게 구성된 曼(만)의 본뜻은 '손
으로 눈을 벌리거나 문질러서 잘 보이게 함'이다. 본뜻으로 쓰
이는 경우는 거의 없고 대개 발음부호로 쓰이는데 여기에서도
예외가 아니다.

후한(後漢)의 허신(許愼)이 지은 『설문해자(說文解字)』에서
는 慢(만)의 본뜻으로 '게으르다'와 '겁내지 않다'의 두 가지를
들었다. 이 '겁내지 않음'이 정말 용감해서가 아니라 교만(驕
慢)을 바탕으로 한 것임은 말할 필요도 없다.

무언가 가진 것이 없으면 오만할 수도 없는, 오만한 자나 오
만한 나라를 대놓고 욕할 수도 없는, 그리하여 오만이 만인의
지탄을 받는 악덕만도 아닌 시대를 어쩌다 우리는 살고 있다.

662

옥편
玉篇
구슬 **옥**　　책 **편**

한자(漢字)의 일반 자전(字典)을 '옥편'이라 부르는 나라는 한자 문화권에서 우리나라뿐이다.

옥편은 원래 중국 양(梁)나라 사람 고야왕(顧野王 : 519～581)이 편찬한 자전의 이름이다. 따라서 '옥편'은 고유명사인데 어째서 우리나라에서는 일반명사로도 쓰이게 되었을까?

'주옥(珠玉) 같은 글자들을 모아 편찬한 책'이라 하여 '玉篇(옥편)'이라 이름붙인 고야왕의 이 자전은, 서기 543년에 완성된 이래 수(隋), 당(唐)을 거쳐 송(宋)에 이르기까지 오백여 년간 가장 권위 있는 자전이었다. 한자가 만들어지기 시작한 기원전 25세기경부터 삼천여 년간 생겨난 16917자를 수록하였는데

玉	甲骨		金文		小篆	
王	甲骨		金文		小篆	

당나라의 제국주의 정책에 힘입어 증보를 거듭하며 이웃 나라
에까지 널리 전파되었다. 지금 그 원본의 일부가 일본에만 남아
있다.

그 당시 우리나라는 이미 중국과 활발하게 문화 교류를 하던
삼국시대였고, 이때 전래된 『옥편』은 그 이후에도 오랫동안 영
향을 끼쳤기 때문에 자전을 뜻하는 일반명사로 사용되기에 이
른 것이다.

玉(옥)은 '둥근 옥[이런 옥을 璧(벽)이라 한다] 여러 개를 마치
동전처럼 끈으로 꿰어놓은 모양'을 측면에서 상형한 글자이다.
갑골문에서 볼 수 있는 것처럼 네 개도 있었지만 차츰 세 개로
고정되었다. 금문에 와서는 임금 王(왕)자와 같은 모양이 되었
다. 그러나 玉(옥)자가 획과 획의 간격이 일정한 것과는 달리 王
(왕)자는 첫 획과 둘째 획 사이가 좁고 둘째 획과 셋째 획의 사
이가 넓었다. '자루 없는 도끼의 모양'을 그린 것이 王(왕)자이
므로 당연히 맨 아래 획도 위의 두 획보다 길었다. 玉(옥)자에
있어 끝 획인 점 하나는 무엇일까? 소전(小篆)의 오른쪽에 참고
로 배치해놓은 전국시대의 자형에서 볼 수 있는 것처럼, 그것은
끈을 묶어 만든 장식이었다. 양쪽에 다 늘어놓았는데 뒤에 왼쪽
의 것은 생략되어 점(點)으로 변한 것이다.

玉(옥)은 사악한 기운을 몰아내기도 하는 귀한 것이었기 때문

竹	甲骨		金文		小篆	
篇	甲骨		金文		小篆	篇

에 옛 사람들 가운데 형편이 좋았던 사람들은 으레 크고 작은 옥을 몸에 지니고 다녔다. 또한 아름답고 진귀한 물건에는 으레 이 玉(옥)자를 더했던 것이다.

篇(편)은 竹(죽)과 扁(편)으로 구성된 글자이다. 竹(죽)은 아래로 늘어진 '두 대나무 가지'와 '잎'을 상형한 글자다. 扁(편)은 '쪽문'의 상형인 戶(호)와, 싸리나무 등으로 엮어놓은 '울타리〔冊 : 대나무 쪽을 엮어 만든 冊(책)과는 다른 것으로 柵(책)자의 원형이다〕'의 상형으로 보인다. 그리하여 扁(편)은 '울타리'에 의미의 중점이 있으며 울타리의 윗부분이 대체로 고르고 평평하다는 데에서 취한 '고르다'의 뜻으로 차츰 쓰여졌다.

『설문해자』에 의하면, 이 둘을 합한 篇(편)의 본뜻은 '책'이며 '편액(扁額)'도 어의(語義)에 속한다고 한다.

온실

溫室

따뜻할 온 집 실

인류에게 대재난을 몰고 올 지구 온실(溫室) 효과의 주범인 이산화탄소(二酸化炭素) 배출(排出) 규제(規制)가 세계 환경 문제의 쟁점으로 떠올랐다. 이산화탄소 공해에 시달리면서도 산업화에 매진(邁進)하고 있는 후진국에게는 매우 억울한 일이지만 하나뿐인 지구를 살리기 위해서는 불가피한 일이다.

'따스하다' 라는 뜻으로 만들어진 글자는 溫(온)이었다. 갑골문의 형태를 보면 이 글자가 무엇을 형상화한 것인지 쉽게 알 수 있다. 아랫부분은 '데운 물로 채운 욕조(浴槽)' 의 상형이며 윗부분은 그 속에서 '몸을 씻고 있는 사람' 의 상형이었다. 그림

666

昷	甲骨		金文		小篆	
宀	甲骨		金文		小篆	
至	甲骨		金文		小篆	

에 보이다시피 목욕하는 사람 주위에 찍힌 네댓 방울의 물방울도 보인다. 그런데 소전(小篆)에 와서 엉뚱하게도 물방울들이 연결되어 ‘口’자 형태로 변한 것이다. 이것이 널리 알려진 잘못된 해석의 빌미가 되었다. 동한의 문자학자 허신(許愼)이 당시의 어느 학자가 주장한, 물방울의 변형인 口를 ‘감옥’의 상형으로 보고 아래의 욕조(浴槽)를 ‘그릇’의 상형인 皿(명)으로 잘못 본 나머지 옥에 갇힌 사람, 즉 죄수〔囚〕에게 그릇에 담긴 음식을 준다는 데에서 ‘따스하다’라는 의미가 생겼다는 주장을 채택하였다. 그러나 이 해석은 위에서 설명한 대로 실상과는 거리가 멀다.

이 글자 昷(온)에 氵(수)를 더한 溫(온)은 고유명사인 물 이름이자 주(周)나라의 수많은 제후국의 이름 가운데 하나였는데 언제부턴가 昷(온)을 밀어내고 ‘따스하다’라는 뜻의 글자로 쓰이고 있다.

室(실)은 宀(면)과 至(지)를 합한 글자이다. 宀(면)은 ‘지붕’과 ‘기둥’의 상형으로 ‘집’이 본뜻이다. 至(지)의 맨 아래 ‘一’은 표적이고 나머지 부분은 화살 矢(시)를 거꾸로 놓은 모양의 변형으로, 본뜻은 ‘화살이 목표에 꽂히다’에서 추출한 ‘이르다’이다.

사람이 밖에서 돌아와 이를 곳은 '집'이 아니겠는가? 이리하여 室(실)의 본뜻은 '집'이 되었으며, '방'은 파생된 뜻이다.

온실(溫室)은 오래 전부터 사람이 거주하는 '따뜻한 방'의 의미로 쓰여왔으며, 추위를 못 견디는 식물을 보호하기 위해 만든 시설의 뜻으로 쓰기 시작한 것은 청(淸)나라 때부터이다.

완장
阮丈

성씨 **완**　어른 **장**

완장(阮丈)은 다른 사람의 아버지의 형제를 높이는 말이다. 죽림칠현(竹林七賢)의 한 사람인 완적(阮籍)은, 무려 '열다섯 말'의 주량으로 주성(酒聖)이 된 유령(劉伶)보다는 못해도, 앉은 자리에서 두어 말은 게눈 감추듯 하는 대단한 주호(酒豪)였다. 한번은 조조의 위(魏)나라 정권을 강탈한 사마의(司馬懿)가 뒷날 진무제(晉武帝)가 되는 아들 사마염(司馬炎)을 위해 그의 딸을 점찍고 사돈 맺을 의향을 비치자 일부러 대취하여 혼수 상태(昏睡狀態)에 빠지기를 육십여 일, 끝내 상대방이 말 붙일 기회를 주지 않았다는 일화도 있다.

그의 조카 완함(阮咸) 역시 지조 있는 사람이자 대단한 술꾼

阝〔阜〕	甲骨		金文		小篆	
元	甲骨		金文		小篆	

이었다. 한번은 바가지로 술을 퍼마시다가 감질이 난 나머지 아예 단지째로 들이켰는데 그 냄새를 맡고 온 이웃집 돼지와 함께 머리를 박고 마셨다는 일화가 전해진다. 당시 사람들은 그에게 완적을 칭할 때 '완장'이라 하여 공경의 뜻을 담았다.

요즘 거의 뿌리를 내리려는 듯하지만 아무래도 인정하기 망설여지는 호칭이 '삼촌'이다. 남의 '삼촌'을 부를 때, 호칭이 아니라 복제(服制) 계산법인 '삼촌'보다는 차라리 '완장'을 쓰는 것이 나을 듯하다. 사실이지 사촌형을 '사촌 형님' 오촌 당숙을 '오촌님'이라 불러보라. 얼마나 어색한가?

阮(완)은 阝(부)와 元(원)으로 이루어진 글자이다. 阝(부)는 阜(부)의 약자(略字)인 셈인데 阜(부)는 옛날 특히 황하(黃河) 유역의 사람들이 거주지로 삼던 토굴을 오르내리기 쉽도록 판 '발디딤 자리 두어 개'의 상형이었다. 뒤에 이 발디딤 자리를 토굴 양측에 세운 나무기둥에 새기기도 하였다. 또 이것이 흙계단으로도 바뀌다보니 그 의미가 확대되어 '흙더미가 계단처럼 쌓인 언덕'의 뜻으로도 쓰였고 마치 이것이 본뜻처럼 되어버렸다. '언덕'이라는 알려진 뜻은 여기에 근거한다.

元(원)은 '머리 부분을 특히 강조해서 그린 서 있는 사람'의 상형이다. "지사는 죽임을 당하여 시체가 구덩이에 버려지는 것을 두려워하지 않는다(志士不忘在溝壑 : 지사불망재구학)"와 짝

丈	甲骨		金文		小篆	
長	甲骨		金文		小篆	

이 되는 "용사는 목 하나쯤 날아가는 것을 두려워하지 않는다 (勇士不忘喪其元 : 용사불망상기원)"고 할 때의 元(원)은 본뜻대로 쓴 용례가 된다.

이렇게 구성된 완(阮)자는 성(姓)으로 널리 알려져 있는데 추사 김정희 선생이 존경하였던 당시의 청나라 학자로는 완원(阮元)이 있었고, 백여 개가 넘는 추사의 대표적 호 가운데 하나인 완당(阮堂)이 여기서 나온 것임은 다 아는 일이다.

丈(장)은 '손으로 지팡이를 들고 있는 모양' 의 상형이다. 소전에서는 마치 十(십)자처럼 변해 있지만 이것이 지팡이의 상형이었으며, 나머지는 '손' 의 상형 又(우)가 변한 것이다. 본뜻은 '지팡이' 이며 본뜻처럼 알려진 '10척' 은 파생된 뜻이다. 뒷날 이 파생된 뜻이 널리 쓰이자 杖(장)을 만들어 본뜻을 보존해두었다.

완장(阮丈)에서의 丈(장)은 '어르신' 이란 뜻을 가진 長(장)의 가차자로 쓰였다. 長(장)은 '머리칼 긴 사람' 의 상형으로 '길다' 가 본뜻으로 보이며 '오래다' 로 널리 쓰이는 뜻은 파생된 의미로 보인다.

왜
倭
왜국 왜

미운 정 든 사람끼리 서로 부르는 비칭(卑稱)이 있듯이 우리는 중국을 '되놈', 일본을 '왜놈'이라 부르고, 중국은 우리를 '까오리빵즈〔高麗棒子 : 고려놈이라는 뜻〕', 일본을 '르번꾸이즈〔日本鬼子 : 일본의 악귀놈이라는 뜻〕'라 부르며, 일본은 중국을 '창코로〔中國人〕', 우리를 '조센진〔朝鮮人〕'이라 부른다. 글자로만 보아서는 삼국 가운데서 일본이 욕설을 제일 안 하는 편인 듯도 하다.

그런데 많은 사람들이 '왜놈'이라고 할 때의 이 '왜'자를 '키 작은 사람'이라는 뜻으로 잘못 알고 있다. 당 고종(高宗)과 그의 처 측천무후(則天武后)가 나란히 앉아 정사(政事)를 맡던

	甲骨		金文		小篆	
委	甲骨		金文		小篆	
寇	甲骨		金文		小篆	
本	甲骨		金文		小篆	

당나라 초에 왜(倭)국의 사신이 찾아와 자기네 나라가 해 뜨는 곳 가까이 있다 하여 '일본(日本)'이라 불러달라고 하기 전에는, 그들을 '왜국(倭國)' 혹은 '왜노국(倭奴國)'이라 불렀던 중국인들도 왜(倭)에 키 작다는 의미를 담은 적은 없다.

倭(왜)는 人(인)과 委(위)를 합친 글자이다. '벼'의 상형 禾(화)와 '여자'의 상형 女(녀)를 합한 '委'는 '여자가 볏단을 등에 진 모양'을 본뜬 것으로 '뒤따르다' '순종하다'라는 뜻을 가졌다. 이 '倭(왜)'를 키 작다고 여기게 된 것은 그들에 비해 우리 민족이 상대적으로 컸던데다 '키 작을 矮(왜)'자와 혼동하였기 때문이 아닌가 싶다.

우리나라를 괴롭혀온 기록이 『삼국사기(三國史紀)』「신라본기(新羅本紀)」를 필두로 무수히 보이는 왜(倭)를 우리는 '왜구(倭寇)'라 불러왔는데 寇(구)는 무슨 뜻을 가진 글자일까? 갑골문을 보자. 집〔宀〕과, 막대기를 손에 든 사람이 보이고 몇 개의 점으로 형상화된 부서진 기물(器物)이 보인다. 남의 집에 들어가 기물을 파괴하는 도적(盜賊)의 포악한 행위를 나타낸 글자인 것이다. 금문을 보자. 기물 대신 '머리 큰 사람'의 상형 元(원)과 몽둥이를 든 손의 상형 攴(복)이 들어 있다. 그러므로 완

末	甲骨		金文	犬犬		小篆	末
朱	甲骨	米	金文	米米米		小篆	米

전할 完(완)과 攴(복)의 의미를 합한 것으로 패(敗)나 적(賊)처럼 '해침〔暴〕'을 본뜻으로 하는 글자이다.

참고로, 日(일)이 '해'의 상형임은 말할 필요도 없겠다. 本(본)은 '나무'의 상형 木(목)의 뿌리 부분에 그곳이 뿌리 부분임을 나타내기 위해 몇 개의 점을 찍은 글자에서 비롯된 것임을 보기의 금문에서 확인할 수 있다. 소전에서 이 세 개의 점이 연결되어 한 줄이 되었다. 본뜻은 당연히 '뿌리' '근본(根本)'이다. 그리고 木(목)의 윗부분에 한 점을 찍어 나무의 끝부분임을 의미한 글자가 末(말)이며, 가운뎃부분에 점을 찍거나 짧은 금을 그어 그곳이 수간(樹幹), 즉 나무 줄기임을 나타낸 글자가 朱(주)임을 고문자를 통해서 알 수 있다. 이 글자가 발음이 같다는 이유로 '붉다'는 뜻으로 가차되어 널리 쓰이자 본뜻 보존을 위해 만든 글자가 株(주)이다.

외가
外家
바깥 외   집 가

우리나라에서는 '외가'가 '어머니의 친정'을 뜻하는 말로만 쓰이고 있다. 그러나 중국에서는 장가든 남자의 처갓집과 시집온 여자의 친정집을 지칭하는 데에도 쓰였다.

家(가)자에 대해서는 이 책 첫머리의 '가족(家族)'란에서 상세히 설명한 바 있으니 생략하기로 한다.

外(외)는 저녁 夕(석)과 점 卜(복)을 합한 글자로, 저녁에 치는 점에서 연유한 '멀다'가 본뜻이라고 한다. 달 月(월)자와 비슷한 夕(석)자는 저녁 무렵에 뜬 달을 그린 것이다. 은(殷)나라 사람들은 저녁점이 신명(神明)도 피곤해서 잘 맞지 않는다고 생각하였다. 그래서 外(외)자에 '맞지 않는다'라는 뜻과 '멀다’‘다르다’등의 뜻이 생겨났다. 한나라 허신(許愼)도『설문해자(說文解字)』에서 “점을 치는 시간은 이른 아침이 최고인데 지금 저녁에 점을 치니 점치는 일에 있어서는 예외라 하겠다(卜尙平旦, 今夕卜, 於事外矣:복상평단, 금석복, 어사외의)”고 하였으며 본뜻을 ‘멀다(遠矣:원의)’라 하였다. 지금도 점보러 갈 때는 꼭두새벽이나 이른 아침에 가야 한다고 여기는 데는 오랜 근거(?)가 있다고 하겠다. 外(외)자에 대한 다른 해석도 없지 않으나 이보다 더 적당한 것 같지는 않아 보인다.

　外(외)자에 멀다는 뜻이 있고 보면 아마도 외가라는 용어가 생길 당시에는 처가, 외가, 친정을 의도적으로 멀리하게 하려고 또는 멀리하려고 했던 것이나 아닌지? 하긴 우리도 오랫동안, ‘처갓집과 측간(厠間)은 멀수록 좋다’고 하지 않았던가.

요구

要求

구할 **요** 구할 **구**

세상살이하는 동안 사람은 유형무형의 수많은 요구(要求)에 부대끼고 시달리며 살아간다. 그 요구들은 때로 사람을 더욱 힘차게 살아가게 하는 자극(刺戟)이 되기도 하고, 포기(抛棄)나 절망(絶望)의 수렁에 빠지게도 한다.

要(요)의 원형은, 갑골문에 보이는 것처럼, '머리까지 그려진 여인〔'여자'의 상형인 女(녀)에는 머리 부분이 두드러지게 나타나 있지 않다〕'과 이 '여인의 허리께를 감싸고 있는 두 손'의 상형으로 구성되어 있었다. 학자들은 이 두 손을 여인 자신의 손으로 보기도 하고, 여인의 허리를 감싸안고 들어올리는 남자의 손으로 보기도 하는데 그림을 보면 뒤의 주장에 공감이 간다. 어

| 要 | 甲骨 | | 金文 | | 小篆 | |
| 求 | 甲骨 | | 金文 | | 小篆 | |

쨌든 본뜻이 '허리'임에는 이의가 없다. 뒷날 두 손과 머리가 서녘 西(서)나 덮을 襾(아)와 비슷한 현재의 형태로 변하여 오늘에 이르고 있지만 두 글자와는 아무 관련이 없다. 要(요)가 발음이 같다는 이유로 해당 글자가 없던 '요구하다' '요망하다'의 뜻으로 더 널리 쓰이게 되자 본뜻을 살리기 위해 다시 만든 글자가 허리 腰(요)이다.

求(구)의 원형은 '짐승 가죽으로 만든 털옷'의 상형이었다. 글자의 모양이 많이 변했지만 그래도 求(구)에는 '웃옷'의 상형인 衣(의)자의 흔적이 어렴풋이 남아 있다. 내리찍고 치켜올리고 삐친 네 개의 점과 단선(短線)으로 처리된, 제삼획부터 제육획까지가 '털'의 상형이다. 갑골문에도 좌우로 그려놓은 털이 보인다. 이 글자 역시 발음이 같다는 이유로 '구하다' '찾다'라는 뜻으로 더 널리 쓰이게 되자 본뜻을 살리기 위해 다시 만든 글자가 옷 衣(의)를 하나 더한 갖옷 裘(구)이다.

요정
妖精

요괴 **요**   정할 **정**

깜찍한 여배우나 귀여운 여자 체조선수를 흔히 '요정'이라 부른다. 과연 그렇게 불러도 좋은 것인가?

妖(요)는 '앉아 있는 여자'의 상형 女(녀)와 '달리는 사람'의 상형으로 '구부리다'를 본뜻으로 하는 夭(요)로 구성되어 있다. 그러므로 '누군가를 유혹하기 위한 고혹적(蠱惑的)인 자세의 여자'가 아닐까 하는 엉뚱한 상상을 펼 수도 있을 것인데 여기에는 '요염(妖艶)'이라는 단어에서의 쓰임이 빌미가 되었을 것이다. 그러나 『설문해자』는 이 글자가 女(녀)와 발음기호인 芺(요)로 구성된 형성자 '媄'의 속자이며 본뜻은 "예쁘고 똑똑하다"라고 하였다. 『설문해자』는 또 이 글자가 女(녀)와 㗛(소)

女	甲骨		金文		小篆	
天	甲骨		金文		小篆	

를 합한 회의자일지도 모른다고 했는데 이 경우 본뜻은 '웃는 모습'이다. '요괴 요'가 본뜻이겠거니 했을 사람들에겐 의외일 것이다. 그러나 이 글자는 오래지 않아 '괴이한' '음란한' '사악한' '요물' 같은 부정적 의미가 파생되어 본뜻보다 더 널리 쓰이게 된다.

妍〔간 : 간음하다〕, 姦〔간 : 간사하다〕, 奻〔난 : 시끄럽게 다투다〕, 妄〔망 : 망령되다〕, 妬〔투 : 시기하다〕, 妨〔방 : 방해하다〕, 婬〔음 : 음탕하다〕, 嫉〔질 : 미워하다〕, 嫌〔혐 : 싫어하다〕 등의 글자를 떠올리며 女(녀)자가 들어 있는 글자는 대부분 나쁜 뜻일 것이라는 선입견을 가진 분들이 적지 않다. 그리고 그 까닭은 여자를 혐오하는 사람이 한자를 만들었기 때문이라는 재미있는 생각도 한다. 더 나아가 한자가 만들어지기 이전의 오랜 기간 동안 여성이 모든 것을 주도하던 모계사회가 있었고 그때 온갖 천대와 구박을 받던 남성들이 압박과 설움에서 해방된 후에 글자를 만들다보니 그럴 수밖에 없었을 것이라는 그럴싸한 말을 하기도 한다. 이러한 생각이 반드시 옳은 것은 아니다. 女(녀)자가 들어간 글자를 두루 살펴보면 나쁜 면보다 좋은 면, 즉 '곱다' '정숙하다' '아름답다' '여유 있다' 등을 나타내는 글자가 더 많기 때문이다. 자전을 펼쳐보기만 하면 알 것이므로 예를 들지는 않는다.

米	甲骨		金文		小篆	米
小	甲骨		金文		小篆	小

　精(정)은 米(미)와 발음부호 靑(청)으로 구성된 형성자로 '고르다〔擇:택〕'가 본뜻이다. 쌀이 주식이 되고부터 쌀과 관계되는 글자들이 많이 생겼다. 그 덕택에 米(미)는 부수자(部首字)가 되었다. '가루 粉(분)'의 가루는 '쌀가루'에서 의미를 추출하였으며, '알 粒(립)'의 알 역시 '쌀알'에서 뜻을 취했다. '죽 粥(죽)'의 죽은 '쌀죽'이며 '풀 糊(호)'의 풀은 '쌀풀'이다. 粹(수)는 '불순물이 없는 쌀'이며 糧(량)은 '모든 쌀'이다.

　보기의 갑골문을 보아 알 수 있듯이 米(미)는 벼이삭의 상형이다. 가운데의 횡선은 이삭의 '줄기'이며 나머지는 벼의 '알'이다. 그러니까 오늘날의 자형 米(미)에서 세로획은 원래는 각각 떨어져 있던 두 개의 낟알의 상형이었다.

　靑(청)은 生(생)과 丹(단)으로 이루어진 글자다. 生(생)은 원래 屮(철)과 '一'로 구성된 글자였다. 屮(철)은 풀의, '一'은 땅거죽의 상형이다. 땅을 뚫고 돋아난 푸른 '풀 한 포기', 여기에서 '나다' '생명' 등의 뜻이 생겼다. 뒤에 '一'이 흙 土(토)로 변하여 오늘날의 글자 모양이 되었다. 丹(단)은 광구(鑛口)의 상형에다 광석을 의미하는 점(點)을 더한 글자로 본뜻은 색깔 있는 돌이다. 바로 광석의 총칭이다. 그런데 광석에는 붉은색을 최고로 쳤으므로 丹(단)에 '붉다'라는 의미가 생겼다. 광석 가운데서 '풀'처럼 푸른색의 광석이 靑(청)이다. 금문과 소전에서

少	甲骨		金文		小篆	
青	甲骨		金文		小篆	

볼 수 있는 것처럼 원래 고문자에서는 生(생) 아래 丹(단)을 받친 형태였다가 예서(隸書)부터 오늘의 모양으로 바뀌었다. 한번 더 말하거니와 靑(청)의 본뜻은 '푸른색 광석'이며 널리 쓰이는 '푸르다'는 뜻은 여기에서 파생되었다.

米(미)와 靑(청)을 합한 精(정)의 본뜻이 '고르다'라고 하지만 본뜻대로 쓰인 예는 거의 없고 정화(精華)나 정수(精粹)에 쓰이는 것처럼 '가장 빼어난 것'이란 뜻으로 널리 쓰였다.

글자 그대로라면 '요물' 가운데 '가장 빼어난' 것인 妖精(요정)에는 여러 가지 뜻이 있다. '유성(流星)' '요괴(妖怪)' '요부(妖婦)' '흉악한 놈' 등이다. 이처럼 만들어진 지 천사백여 년간 좋은 뜻으로 쓰인 예는 거의 없다. 요즘은 그렇게 생각하는 사람들이 없겠지만 옛 사람들은 '유성'을 국가에 변란을 몰고 오는 불길한 징조로 여겼다. 여러 뜻 가운데 '요괴'가 가장 빈번한 용례인데, 온갖 요괴가 총망라되는 『서유기(西遊記)』에서 우마왕(牛魔王)의 아들 홍해아(紅孩兒)를 '요정'이라 칭하는 것을 보면 요정은 반드시 여성인 것도 아닌 모양이다.

아이러니의 요소가 없지 않지만, 체조선수나 여배우 같은 '괜찮은' 여성들에겐 요괴(妖怪)나 요부(妖婦)라는 뜻인 이 말보다는 다른 비유가 필요할 것 같다.

용서
容恕

받아들일 **용** 어질 **서**

우리 시대의 점잖은 어른들은 도저히(?) 이해할 수 없을 젊은이들의 말을 들어보자.

"과거는 용서해도 못생긴 것은 절대 용서할 수 없다!"

"못생긴 것은 용서해도 배 나온 것은 용서할 수 없다."

"배 나온 것은 용서해도 대머리는 절대 용서할 수 없다."

첫번째는 장가가고 싶은 요즘 총각(總角)이 신부감을 두고 한다는 말이다. 두번째, 세번째는 과년(瓜年)한 처녀가 신랑감을 두고 한다는 말이다.

容(용)은 宀(면)에 谷(곡)을 더한 글자이다. 宀(면)은 집 한 채의 외형을 본뜬 글자로 '집'을 본뜻으로 삼은 글자이다. 谷(곡)

容	甲骨		金文		小篆	
宀	甲骨		金文		小篆	
谷	甲骨		金文		小篆	

의 네 획까지는 '계곡(溪谷)'의 상형으로, 네 줄기 산등성이가 넉 줄의 빗금으로 형상화되어 있고, 여기에서 口는 입의 상형 口(구)가 아니라 그 '계곡의 입구'를 형상화한 것이다. 또 네 획까지를 계곡을 흐르는 물로 보고 아래의 '口'를 바윗돌로 보아 '계곡에서 쏟아지는 물이 바위에 부딪혀 부서지며 흘러내리는 모양'의 상형으로 보기도 한다. 어쨌든 계곡을 흘러내리는 물과 관계 있는 글자임에는 틀림없다. 容(용)의 본뜻은 '받아들임'이다. 사람과 가재도구 등 많은 것을 포용하는 집과, 낮은 곳에 처.함으로써 골골의 물을 다 수용하는 계곡의 이미지를 유추하여 '받아들이다'를 본뜻으로 삼은 것이다.

恕(서)는 如(여)와 心(심)을 더한 글자이다. 如(여)에서의 女(녀)는 '다소곳이 앉아 있는 여자'의 상형이 아니라 '묶인 채 꿇어앉은 전쟁 포로'의 상형이며 그 옆의 口(구)는 신문당하는 포로가 털어놓아야만 하는, 실정(實情)에 비추어 추호(秋毫)의 가감(加減)도 없는 말을 의미한다. 널리 쓰이는 '같다'라는 뜻은 여기서 추출됐다. 한편 『설문해자』에서 말하는 본뜻이 '따르다〔從隋 : 종수〕'이므로 가부장으로부터 명령을 듣고 순종의 의사를 밝히는 '여자〔女〕의 입〔口〕'에서 본뜻을 추출했다고 보기도

如	甲骨		金文		小篆	
心	甲骨		金文		小篆	

한다.

　그러나 허신은 恕(서)를, 형부(形符) 心(심)과 성부(聲符) 如(여)로 구성된 형성자로 보고 그 본뜻을 '착한 마음', 즉 '인(仁)'이라 하였다.

　모든 죄악을 '받아들이는 어진 마음'을 본뜻으로 하는 용서(容恕)의 첫 용례는 의외로 법 집행에 용서(容恕)가 있으면 범죄를 조장(助長)하는 결과가 된다 하여 감형(減刑)을 극력 반대한,『후한서(後漢書)』에 실린 장민(張敏)의 상소문에 등장한다.

　요즘 젊은 세대들의 외모 지상주의(外貌至上主義)를 용서해야 하나 말아야 하나? 용서하건 말건 아무 소용 없겠지만 말이다.

용인술
用人術
쓸 **용**　사람 **인**　방법 **술**

　　소설가와 역사가 사이에 간웅(奸雄)과 영웅(英雄)으로 평가가 엇갈리는 조조의 용인술은 당시만 해도 전례 없는 놀라운 파격(破格)이었다. 난세 평정의 대업을 위해서라면 자잘한(?) 하자는 문제될 것 없으며 청렴하지만 능력 없는 자보다는 형수를 욕보인 자이건 뇌물을 먹고 손가락질받는 자이건 재능만 있다면 추천하라는 '구현령(求賢令)'을 내렸던 것이다. 천하의 '인재'들이 구름처럼 모여들었고 그들은 마침내 위(魏)나라 건국의 바탕이 되었으며, 조조의 독특한 용인술은 후세의 한 전형(典型)이 되었다.

　　用(용)은 '나무통'의 상형이다. 갑골문을 비롯한 고문자를

686

	甲骨		金文		小篆	
用	甲骨		金文		小篆	
甬	甲骨		金文		小篆	
人	甲骨		金文		小篆	
行	甲骨		金文		小篆	
朮	甲骨		金文		小篆	

통해 그 형태가 여러 가지였음을 알 수 있는데 예서(隸書)에 이르러서야 오늘날의 형태로 정리되었다. 통의 용도에서 파생된 '쓰다' 라는 뜻으로 널리 쓰이자, 위에다 손잡이를 단 甬(용)이나 재료가 나무임을 밝힌 桶(통)자를 만들어 본뜻을 보존하였다.

人(인)은 '한 사람이 서 있는 모양' 을 상형한 글자이다.

術(술)은 行(항)과 朮(출)로 이루어진 글자이다. 行(항)은 '네거리'를 상형한 글자인데, 뒷날 본뜻인 '네거리'에서 점차 '거리' '걷다' '움직이다' 등의 뜻이 생겨나 본뜻보다 더 널리 쓰이고 있다. 朮(출)은 고량주의 원료로 알려진 '수수'의 상형이다. 형체가 유사한 풀이름〔백출(白朮), 창출(蒼朮) 등〕으로도 쓰이자 다시 秫(찰수수 출)자를 만들어 본뜻을 보존하였다. 術(술)의 본뜻은 '큰 마을에 난, 수수밭을 낀 길' 이다. '수단' '방법' 등의 뜻은 '길' 에서 파생되었다.

"사람을 의심하거든 쓰지 말고, 사람을 썼거든 의심하지 말라

(疑人勿用, 用人勿疑 : 의인물용, 용인물의)." 『명심보감(明心寶
鑑)』에 전하는 옛 용인술의 교훈이다. 한번 썼으면 끝까지 믿고
맡긴다는 점은 오늘날에도 살아 숨쉬는 용인술의 전범(典範)이
라 하겠다.

새삼스럽지만 우울증 환자 수가 증가 일로(增加一路)에 있다고 한다.

憂(우)의 윗부분인 여덟 획까지가 頁〔혈 : '머리 부분을 강조해서 그린 사람'의 상형〕의 변형이고, 가운데 心(심)은 여기서는 '심장'의 상형이 아니라 '머리를 감싼 두 손'의 잘못된 변형이며, 아래의 夊(천천히 걸을 쇠)는 '발'의 상형 止(지)의 변형이다. 이처럼 憂(우)는 '두 손으로 머리를 감싼 채 걷고 있는 사람'의 상형이다. 그 뜻은 '우울을 떨쳐버리기 위해 어디론가 가다'에서 급기야 '편한 마음으로 걷다'가 되었으며, 넉넉하고 여유 있다는 의미의 優(우)자도 이런 배경에서 만들어졌다. 그

憂	甲骨		金文		小篆	
愿	甲骨		金文		小篆	
頁	甲骨		金文		小篆	

러므로 이 글자는 널리 알려진 훈(訓)과는 달리 ‘우울하다’ 라는 뜻이 들어 있지 않다. ‘우울하다’ 라는 뜻을 나타낸 글자는 頁(혈) 아래 心〔역시 두 손의 변형〕을 받친 愿(우)이다. 바로 ‘고뇌(苦惱)에 젖어 두 손으로 머리를 감싼 채 쭈그리고 있는 사람’의 상형인 글자이다. 그러나 어찌 된 일인지 ‘우울’을 뜻하는 글자로 頁(혈) 아래 心(심)을 받친 이 자형을 쓰지 않고 이미 우울의 뜻을 떨쳐버렸던 憂(우)가 대신 쓰이고 있으니 愿(우)로서는 기막힌 일이 아닐 수 없다.

鬱(울)의 원형은, 갑골문에서 볼 수 있는 것처럼, ‘숲속에서 땅바닥에 엎드린 사람’과, ‘위에서 그를 짓밟고 있는 사람’을 상형한 글자이다. 현행 글자 윗부분의 숲〔林〕 사이에 있는 缶〔부:예시된 이 글자의 고문자를 살펴보자. 윗부분은 질그릇을 만들 때 흙을 다지는 데 쓰는 ‘공이’이며, 아랫부분은 ‘거푸집’이다. 바로 질그릇 제조과정을 형상화한 것이다. 소전에서 볼 수 있는 것처럼 뒷날 공이는 午(오)로 형태가 정형화하여 글자가 된다. 그러나 간지(干支)로 가차되어 널리 쓰이자 본뜻을 보존하기 위해 다시 杵(저)자가 만들어진다〕는 ‘서 있는 사람’의 상형인 大(대)가 잘못 변한 것이며, 가운데의 冖(멱)은 ‘유린(蹂躪)당하고 있는 사

| 鬱 | 甲骨 | | 金文 | | 小篆 | |
| 缶 | 甲骨 | | 金文 | | 小篆 | |

람'을 뜻하는 人(인)자가 잘못 변한 것이다. 그 아래의 복잡한 글자는 발음부호 '울'의 역할을 맡은 글자[鬱: 요즘은 쓰이지 않는다]의 윗부분이 생략된 형태이다. 무슨 '억울'한 일로 숲속으로 끌려가 밟히고 차이는 상황을 압축한 '억울하다'가 본뜻이며, '답답하다' '막히다' 등은 파생된 뜻이다.

"우울이 병을 낳고, 병이 심해지면 죽는다(憂鬱生疾, 疾困乃死: 우울생질, 질곤내사)." 『관자(管子)』「내업(內業)」편에 보이는 우울(憂鬱)의 첫 용례이다. 아직 우울이 병으로 취급되기 전의 소견인데 이미 병으로 취급하고 있는 오늘날의 우리에게도 시사(示唆)하는 바가 크다.

원단
元旦
으뜸 **원**　아침 **단**

　　한 해가 시작하는 첫날을 원단(元旦)이라 한다.

元(원)은 '옆으로 서 있는 사람'을 본뜬 글자이다. 머리가 특히 강조되어 그려졌는데 본뜻은 '머리'이다. 이 글자가 만들어졌던 은(殷)나라 때부터 '시작'의 뜻으로도 쓰였고, 뒤이어 하늘, 처음, 으뜸, 원래 등의 의미도 생겨났다.

　근년에 중국의 산동(山東)지역 옛 무덤에서 여러 개의 도기(陶器) 조각이 발굴되었다. 연대 측정 결과는 4천5백여 년 전, 용도는 술동이였다. 거기에는 그림 같기도 하고 부호 같기도 하며 글자의 원형으로 보이기도 하는 것이 8종이나 새겨져 있었다. 보기에 예시된 두 가지를 일부 학자들은 '아침 旦(단)'의

元	甲骨		金文		小篆	
旦	陶文		甲骨	金文	小篆	

원형으로 본다. 왼쪽의 그것은 구름 위에서 빛나는 해로 보이고, 오른쪽의 그것에는 웅장한 산, 산봉우리를 감싸고 있는 아침의 구름, 그 위에서 찬란히 빛나고 있는 태양이 선명하다. 만약 이것이 글자였다면 이른바 한자의 조상이라는 갑골문보다도 최소한 1천여 넌이나 앞선다. 그렇다면 지금까지 만들어진 8만6천여 자의 한자 가운데에서 가장 먼저 만들어진 글자 중 하나가 된다.

갑골문에서의 旦(단)은 보기의 여러 자형을 보아 알 수 있듯이 아침 바다 위로 솟아오르는 '해'와 수면에 비친 '해'로 구성되어 있다. 아랫부분의 네모나 원으로 그려진 것이 '수면에 비친 해'다. 금문에서도 이러한 상황이 반영되어 있었으나 소전(小篆)에 와서 마치 한 一(일)자처럼 변했고 사람들은 그것이 지평선이겠거니 했다.

旦(단)자의 그 힘찬 기상이 마음에 들었던 조선 태조는 이름을 성계(成桂)에서 旦(단)으로 고쳤고, 그후 태조의 휘〔諱 : 죽은 사람의 이름을 '휘'라고 한다〕를 아무 데나 써서는 안 된다고 하여 이 글자가 들어갈 부분에 역시 아침을 의미하는 朝(조)를 대신 썼다. 이를 기휘(忌諱)라고 하는데 이 때문에 봉건시대가 종식된 지 오래인 오늘날에도 새해 첫날을 원조(元朝)라고 쓰는 경우가 있는 듯하다.

말이 나왔으니 하는 말이지만 '기휘'는 정말 웃기는 일이다. 수많은 실례가 있지만 성(姓)과 명(名)에 해당하는 두 가지 예만 들어보자. 당나라 사람들은 모든 전적(典籍)에서 연개소문(淵蓋蘇文)을 천개소문(泉蓋蘇文)이라 썼다. 당연히 그 아들 연남생(淵男生)도 천남생(泉男生)이 되었다. 제멋대로 남의 성을 갈아놓은 것이다. 그 이유는 당태종 이세민(李世民)의 아비 고조(高祖)의 이름이 연(淵)이었기 때문이다. 당나라 때는 世(세) 자와 民(민)자도 쓰지 못하게 해서 世(세) 대신 代(대)를, 民(민) 대신 人(인)을 썼다. 한(漢)나라 때의 대학자 정현(鄭玄)은 죽은 지 1500여 년이 지난 청나라 초엽인 17세기 중반부터 청나라가 망한 20세기 초까지 이름이 원(元)이라 바뀌었다. 청나라 성조(聖祖) 강희제(康熙帝)의 성명 애신각라 현엽(愛新覺羅 玄燁)에 '玄' 자가 있었기 때문이란다.

원인

原因

근원 **원**　원인 **인**

원인 없는 결과가 없다는 걸 모르는 사람은 없다. 그런데 어찌된 일인지 수백만 명의 일자리를 잃게 하였고 5천만 국민 전체를 위기감과 절망감의 구렁텅이로 밀어넣었던 이른바 IMF 사태의 정확한 원인이 어디에 있었는지 속시원히 알려지지 않았다. 너무나 복합적이어서 그랬던가?

原(원)의 厂(엄)은 '돌 한 덩이'의 상형이지만 그보다는 '절벽'의 뜻으로 널리 쓰이는 글자이다. 절벽은 대개 돌덩이로 이루어져 있기 때문이다. 泉(천)은 윗부분이 예서(隷書)시대부터 '사람 머리'의 상형 白(백)과 같은 모양이 되었지만, 원래는 돌 틈 사이로 물이 솟구치는 '샘터'의 상형이었으며, 아래의 水

厂	甲骨		金文		小篆	
泉	甲骨		金文		小篆	
因	甲骨		金文		小篆	

(수)는 솟구쳤다 흐르는 '샘물'의 상형이었음을 갑골문을 통해 쉽게 알 수 있다. 이렇게 구성된 原(원)의 본뜻은 물의 '근원(根源)'이다. 훗날 '넓고 평탄한 땅', 즉 '들판'을 뜻하던 邍(원)과 발음이 같다는 이유로 가차되어 더 널리 쓰이게 되자, 본뜻 '근원'에만 쓰도록 다시 만든 글자가 源(원)이다.

因(인)은 '囗〔'국'이나 '위'가 아님〕'과 大(대)로 이루어진 글자이다. 여기에서의 囗은 왕골이나 골풀로 얽어 짠 '돗자리'의 상형이며 大(대)는 그 위에 팔다리를 뻗고 편히 '누운 사람'의 상형이다〔因(인)자 전체를 '돗자리 무늬'의 상형으로 보기도 한다〕. 이렇게 구성된 因(인)의 본뜻은 '돗자리'이며, 그 기능에 근거하여 '의지하다' '근거하다' 등이 파생되었다. '까닭' '때문' 등의 뜻은 그러한 글자로 가차되어 쓰인 결과이다. 그래서 본뜻을 보존하기 위해 다시 만든 글자가 자리 茵(인)이다.

"군자는 (잘못의 원인을) 자신에게서 찾고 소인은 다른 사람에게서 찾는다(君子求諸己, 小人求諸人 : 군자구저기, 소인구저인)." IMF 사태와 관련된 집단과 조직, 계층의 일원으로 『논어』에 보이는 공자님의 이 말씀에 승복(承服)하기 주저(躊躇)했던 사람일수록 그 뜻이 시사(示唆)하는 바가 지금도 클 것이다.

월북
越北

건너갈 **월** 북녘 **북**

어찌된 일인지 이북에서 남쪽으로 내려온다는 뜻으로 쓰이는 '월남(越南)'이 '탈북(脫北)'에 밀려 거의 사라져버렸다. 그러나 월남과 상대되는 월북(越北)은 가끔 쓰이고 있다. 그렇다면 탈북과 더불어 탈남(脫南)도 있어야겠는데 그런 말은 아예 생기지도 않았다.

越(월)은 달릴 走(주)와 도끼 戉〔월 : 鉞의 본자〕로 구성된 글자이다. 走(주)가 처음 등장한 금문(金文)을 보면 윗부분이 土(토)가 아니라 '팔을 앞뒤로 흔들며 달리고 있는 사람'의 상형이었음을 어렵지 않게 읽을 수 있다. 금문의 두번째 자형에는 그가 달리고 있는 장소가 '거리'임을 나타내는 彳〔行〕의 생략

走	甲骨		金文	㞢 㞢	小篆	走
戉	甲骨	ᒑ ᒉ ᒑ ᒑ	金文	ᒌ ᒍ ᒎ	小篆	ᒋ

형〕이 들어가 있다. 그 아래의 네 획은 '발'의 상형 止(지)이다. 달리는 모양을 그렸지만 미진(未盡)했던지 그 아래 발을 더 그려넣어 달리는 중임을 더욱 구체화한 것이다. 戉(월)은 통치자의 '위엄'을 나타내는 '의장용 도끼'를 상형한 글자이다. 갑골문의 첫번째 자형으로 본다면 오른쪽에 '긴 자루와 삐쭉한 날'의 상형인 戈(과)가 있고, 왼편에 '크고 둥근 도끼날'의 상형이 변한 C〔궐 : 뒷날 'ㄴ'로 변하였다〕이 있는데, 관운장(關雲長)이 휘둘렀다는 청룡언월도(靑龍偃月刀)의 칼날 부위를 연상케 한다. 그런데 청룡언월도도 이 戉(월)처럼 실전용 무기가 아닌 의장용이었다. 소설『삼국지』에서 관우는 82근짜리 청룡언월도를 젓가락처럼 휘둘러 적장(敵將)의 목을 무 자르듯 하지만 사실 관우는 이 칼을 본 적도 없다. 청룡언월도는 의장용일 뿐 아니라 삼국시대에는 아직 없었던, 후대에 만들어진 것이기 때문이다. 戉(월)은 越(월)에서 발음부호 역할도 하지만 '통치자의 위엄'이란 뜻을 나타낸다. '큰 도끼'의 상형인 王(왕)자에서도 확인할 수 있는 것처럼, 도끼는 원래 권위의 상징이었다. 그러니까 越(월)의 본뜻은 멀리까지 미친〔走〕 통치자의 위엄〔戉〕이다. 여기에서 '넘어가다' '건너다'와 같은 널리 쓰이는 뜻이 파생되었다.

　北의 원발음은 '배'이며, '두 사람이 서로 등지고 있는 모양'

王	甲骨		金文		小篆	
北	甲骨		金文		小篆	

을 상형한 글자로 본뜻은 '등'이다. 남향으로 집을 짓던 인류의 오랜 관습으로 볼 때, 집의 뒷면인 북쪽은 사람의 등과도 같으므로 北(북)에 '북쪽'이란 파생된 뜻이 생겼고 마치 본뜻처럼 쓰인다. 그래서 본뜻을 보존하기 위해 만든 글자가 背(배)이다.

월북(越北)과 그 상대어인 월남(越南)은 사정이야 어떻든 정치적, 이념적 동기로 각각 북쪽과 남쪽으로 넘어간다는 뜻이다. 그러나 한자 문화권에서 이 단어들을 이런 뜻으로 쓰는 곳은 우리나라밖에 없다. 물론 이른바 삼팔선이 그어지고 분단시대가 된 다음부터인데 요즘 돌아가는 상황을 보면 이 단어들의 수명도 다 되어가는 듯하다.

위기
危機
위태할 **위** 기미 **기**

정치 경제의 질서가 흐트러진 채 우리 사회가 위기(危機)에 처해 있음을 알리는 적신호(赤信號)가 도처(到處)에 켜져 있다. 깊은 우환의식을 느끼지 않을 수 없다. 그러나 그보다도 문화적 정체성의 위기가 더 심각한 상황이라면 세상 모르는 백면서생의 잠꼬대일까?

危(위)는, 소전(小篆)에 근거할 때 원래는 '돌'의 상형 石(석)의 원형이지만 '절벽'의 의미로 널리 쓰이는 厂(엄), '그 위에 서 있는 사람'의 상형 人(인), 그 사람을 떼밀어 죽일 기회를 노리며 '후미진 곳에 웅크리고 있는 사람'의 상형인 卩(절)로 구성된다. 널리 알려진 '위태'라는 뜻은 여기에서 나왔을 것

危	甲骨		金文		小篆	
木	甲骨		金文		小篆	

이다. 그러나 아래의 卩(절)이 㠯〔이 : 땅을 갈아 흙덩이를 일으키는 데 쓰이는 농기구 '보습'의 상형이라고 한다〕의 변형으로 발음부호로 쓰였을 뿐이라는 주장도 있다.

또 이러한 주장들이 소전도 포함되는 뒷날의 와전(訛傳)된 자형을 보고 지어낸 억설(臆說)이며, 원래 危(위)는 임금의 방심(放心)을 경계하기 위해 옥좌(玉座)의 우측에 두었던 '의(欹)라는 기구'를 상형한 것이라는 주장도 있다. 의(欹)는 물을 담는 도구로 물이 "모자라면 기울고 알맞으면 수평을 유지하고 넘치면 뒤집어진다(虛則欹, 中則正, 滿則覆 : 허즉의, 중즉정, 만즉복)"는 정교(精巧)한 물건인데, 임금이 정사(政事)를 펼 때 매사에 공평하지 않으면 그것이 기울거나 뒤집어지듯 국가가 '위태'해진다는 경고(警告)를 담았다고 한다. 이 해석이 최초의 한자인 갑골문의 글자 형태에 가장 충실한 학설로 보인다.

木(목)과 幾(기)로 구성된 機(기)의 본뜻은 '베틀'인데, 발음이 같다는 이유로 幾(기)를 대신해 쓰이다가 '위기(危機)' '기회(機會)' 등의 단어에서처럼 '기미(幾微)'라는 뜻까지 넘겨받아 쓰이고 있다.

幾(기)의 윗부분 絲(유)는 '두 가닥 실'을 상형한 글자이다. 幺(요)는 '한 가닥 실'의 상형인 糸(멱)의 밑부위를 생략한 글자로, 한 줄기 실보다도 '약하고' '미미하며' '취약하다'라는

幾	甲骨		金文		小篆	
戍	甲骨		金文		小篆	

뜻의 글자이다. 두 개를 나란히 놓아도 의미는 마찬가지이다. 아랫부분인 戍(수)는 '병사〔人〕가 창〔戈〕을 메고 파수 보는 모양'을 상형한 글자임을, 지금의 자형보다 갑골문에서 더 쉽게 알아볼 수 있다. 그리하여 幾(기)는 '취약(脆弱)한지를 살핌'에서 추출한 '기미' '살핌' 등의 뜻을 가졌다.

　서양의 고급문화야 그런 대로 가치 있다 하겠지만 우리 사회를 휩쓰는 서양의 문화가 '저질'이라는 데 문제의 심각성이 있다.

　우리는 과연 이 문화적 위기를 극복하고 한민족의 정체성(正體性)을 회복할 수 있을 것인가?

유골
遺骨
남길 **유**　뼈 **골**

1998년 초에 "지난 연말에 동해안으로 침투했던 북한 특수공작원들의 '유골(遺骨)'을 판문점을 통해 송환했다"는 소식이 매스컴을 통해 대대적으로 보도된 적이 있다. 사실 이 소식을 듣고 의아해했던 국민이 적지 않았을 것이다. 죽은 지 기껏 두어 달 만에 '유골'이 될 수 있을까 하고 말이다. 왜냐하면 그 '유골'이란 다름아니라 '화장을 한 뒤 남은 재'였기 때문이다.

遺(유)는 貴(귀)에 辶(착)을 더한 글자이다. 貴(귀)의 윗부분은 '두 손으로 흙을 움켜들고 있는 모양'을 본뜬 것인데 이 흙은 제의(祭儀)에 쓰이던 것으로 보이며 차츰 변형되어 지금의

遺	甲骨		金文		小篆	
貴	甲骨		金文		小篆	
辵	甲骨		金文		小篆	
骨	甲骨		金文		小篆	

모양이 되었다. 아랫부분은 한동안 돈으로 쓰였던 '조개'의 상형이다. 제의에 쓰이는 흙과 돈, 모두 귀한 것이기에 '귀하다'라는 뜻이 자연스레 생겼을 것이다. 辵(착)자에서 윗부분은 '네거리'의 상형인 行(항)의 변형이며, 아랫부분은 '발'의 상형인 止(지)의 변형으로, '거리를 걷다'가 본뜻이다. 이렇게 구성된 遺(유)는 귀한 물건을 들고 다니다가 '잃어버리다'가 본뜻이며, '남다' '주다' 등의 뜻도 파생되었다.

骨(골)은 원래 '살'의 상형인 아랫부분 月(육)이 없이 쓰이던 글자로, 점칠 때 쓰이던 '소 어깨뼈'를 본뜬 글자이다. 윗부분 가운데의 두 획이 바로 점칠 때의 개탁(開坼)된 모양을 본뜬 卜(복)이다. 뒤에 오늘날의 형태로 변했는데 언제부터인가 그 뜻 또한 원래의 '쇠뼈'에서 차츰 사람을 포함한 다른 모든 동물의 '뼈'를 뜻하게 되었다.

유골(遺骨)은 사람이나 동물이 죽어 살이 썩은 뒤에 '남은 뼈'로 유해(遺骸)와 같은 뜻이며, 시체나 뼈를 화장한 뒤에 남은 것은 골회(骨灰)이다. 양자는 당연히 구분되어야 한다. 참고

卜	甲骨		金文		小篆	
灰	甲骨		金文		小篆	
又	甲骨		金文		小篆	

로 灰(회)의 갑골문을 보자. '손에 막대기를 들고 불탄 찌꺼기를 뒤적이는 모습'의 상형인데, '재'라는 본뜻은 여기에서 추출되었다. 그 의미를 좀더 명확히 한 것이 소전(小篆)의 자형인데 '손'의 상형 又(우)와 '불'의 상형 火(화)를 합해 손으로 움킬 수 있는 불, 바로 '재'를 나타낸 것이다.

정확히 말하면 우리는 그때 북한에 침투 공작원들의 '유골(遺骨)'이 아니라 '골회(骨灰)' 즉 '뼈재'를 돌려주었던 것이다.

유괴
誘拐
좋은말 **유** 속일 **괴**

　아무리 가중처벌(加重處罰)을 하고 지탄(指彈)에 지탄을 더해도 유괴(誘拐) 사건은 근절(根絕)될 것 같지 않다. 너무 '쉬운' 범죄이기 때문일까? 유괴(誘拐)는 유인(誘引)과 괴편(拐騙)의 첫 글자를 따 만든 말이다.

　誘(유)는 言(언)과 秀(수)를 합한 글자이다. 言(언)은 여러 차례 설명한 바 있어 생략한다. 秀(수)는, 예시된 소전(小篆)에서 볼 수 있듯, '머리에 벗단[禾]을 인 사람[그러니까 아랫부분은 부사어(副詞語)로 쓰이는 이에 乃(내)가 아니라 사람 亻(인)의 변형이다. '농작물이 익어 고개 숙인 모양의 상형'으로 보기도 한다]'의 상형으로 벼가 잘 익었다는 뜻을 가졌다. '빼어나다'

| 秀 | 甲骨 | | 金文 | | 小篆 | |

| 引 | 甲骨 | | 金文 | | 小篆 | |

'뛰어나다' 등은 이에서 파생된 뜻이다. 그러므로 이를 합한 誘(유)는 '빼어난 말' '좋은 말'이 그 본뜻이며 더 잘 알려진 파생된 뜻으로 '꾀다' '유혹하다' 등이 있다.

引(인)은 '활'과 '화살'의 상형으로 구성된 글자라는 오래된 해석이 있다. 당연히 오른쪽이 화살이 된다. 그리고 '활 몸체'와 '줄'의 상형으로 보는 견해도 있다. 오른쪽을 활에 메기는 줄로 보는 것이다. 어쨌든 전체적으로 활이 틀림없고 '끌어당기다'라는 뜻이 생겨난 것은 너무나 당연한 일이라고 하겠다. 따라서 誘引(유인)은 '좋은 말로 타인을 자기 가까이 오게 하다'라는 뜻이 된다.

拐(괴)는 원래 손 扌(수)에 冎〔과〕를 더한 모양이었다가 뒷날 현재의 모양으로 잘못 변한 글자이다. 그러므로 그 뜻은 입〔口〕이나 힘〔力〕과는 아무 관련이 없다. 扌(수)는, 금문(金文)에서 볼 수 있듯, '다섯 손가락'과 '팔뚝'의 상형인 手(수)를 편의상 줄인 형태로, 손으로 하는 모든 동작을 뜻한다. 冎는 살을 발라낸 뼈다귀의 상형이다. 그러므로 拐(괴)는 손으로 사람의 살을 발라내고 뼈만 남긴다는 뜻을 가진 글자인 것이다. 옛 중국의 형벌 가운데 剮〔과 : 여기서의 口(구)는 쓸데없이 들어간 군더더기이다〕가 있다. 죄인을 꼼짝 못 하게 묶어놓고 예리한 칼〔刂 : 도〕로 살점을 야금야금 떼내어 뼈를 드러내는 잔혹하기 비할 데 없

手	甲骨		金文		小篆	
丮	甲骨		金文		小篆	

는 악형으로, 능지(凌遲)라고도 한다. 剮(과)가 칼을 주로 쓴다면 拐(괴)는 손을 주로 쓰는 것이 다를 뿐이다. 拐(괴)는 이처럼 남의 생명을 빼앗는다는 의미의 글자인데 차츰 생명과도 같은 재산을 빼앗는다는 뜻으로도 쓰이게 되었고, '속이다' 라는 뜻의 騙(편)과 낱말이 되어 '다른 사람의 생명이나 재산을 속여서 빼앗다' 라는 뜻으로 통용되었다.

　다른 범죄도 그러하지만, 어린이 유괴(誘拐)만은 없는 사회가 언제나 올지…….

유교
儒教
선비 **유** 가르칠 **교**

죄 짓고 달아난 대신이 있었다. 왕이 사람을 보내 그가 소장하던 국보급 구슬의 행방을 물었다. 달아나는 길에 연못에 버렸다고 둘러댔다. 구슬을 찾느라 연못 물을 퍼냈다. 물고기가 다 죽었다. 『여씨춘추(呂氏春秋)』에 보이는 이 고사에서 유래한 앙급지어(殃及池魚)는 죄없이 화를 당한다는 뜻이다.

환란(換亂) 등이 아시아 경제를 뒤흔들었을 때 그 원인을 유교(儒教)에서 찾으려는 국내외 일부 논자들의 시각이 있었다. 과연 온당(穩當)한 것이었을까?

儒(유)는 亻(인)과 需(수)로 이루어진 글자이다. 亻(인)은

	甲骨		金文		小篆	
人						
需						
雨						

'사람'의 상형이다. 需(수)에서의 雨(우)는 '비'를 본뜻으로 하여 만들어진 글자로, 보기의 갑골문 첫 글자가 원형이다. 윗부분 'ㅡ'은 하늘을 뜻하며, 나머지는 모두 빗방울의 상형이다. 그 이후의 자형에서 첨가되는 'ㄇ[멀다는 뜻의 '경'이 아니다]'를 허신(許愼)은 '구름'이라 하였는데 일리 있는 주장이라 하겠다. 而(이)는 '턱수염'의 상형[최초의 자형인 갑골문을 보면 첫 획이 아래턱, 나머지는 수염]이다. 그리하여 需(수)는 '수염까지 비에 축축이 젖은 사람'을 뜻한다. '필요하다'라는 뜻의 글자와 발음이 같았기 때문에 차용되어 널리 쓰이게 되자 물 氵(수)를 더한 濡(젖을 유)를 만들어 본뜻을 보존해두었다. 儒(유)는 따라서 세상에 필요한[需] 사람[人]이다. 혹자는 雨(우) 아래의 글자가 而(이)가 아니라 '머리를 강조해서 그린 사람'의 상형 天(천)이나 '버티고 선 사람'의 상형 大(대)로 보아 需(수)가 '비를 맞고 있는 사람'이라고도 한다. 그러나 보기에 있는 天이나 大의 고문자를 자세히 대조해보면 '而'와 '天' '大'는 형체상의 차이가 있음을 발견할 수 있다.

敎(교)는 셈에 쓰이는 나뭇가지를 엇갈리게 놓은 모양인 爻(효)와, '어린아이'의 상형 子(자), '막대기를 오른손에 든 모

而	甲骨		金文		小篆	
天	甲骨		金文		小篆	
大	甲骨		金文		小篆	
教	甲骨		金文		小篆	

양 을 본뜬 攵(복)을 합한 글자로, 아이들에게 매를 때리며 셈을 가르친다는 의미로 만들어진 글자이다. '가르치다' 라는 본뜻은 여기에서 나왔다.

유교(儒敎)는 '현실사회에 필요한 가르침' 이라는 뜻이다. 이 敎(교)자에는 '종교' 의 의미가 들어 있지 않다. 2천5백여 년 전에 공자(孔子)에 의해 이론 체계를 갖춘 유교는 아직껏 그 이상(理想)이 제대로 실현된 적이 없다.

지난 시기 우리 경제 파탄(破綻)의 원인을 널리 알려진 대로 정부, 재벌, 일부 국민의 천박성(淺薄性)에서 찾고 있음은 사리의 당연한 귀결이다. 천박성은 오히려 유교 교화(敎化)의 대상(對象)이다.

유언비어
流言蜚語

흐를 **류** 말씀 **언** 떡풍뎅이 **비** 말씀 **어**

한자학에 육서(六書)라는 전문 용어가 있다. 그 가운데 상형(象形), 지사(指事), 회의(會意), 형성(形聲)은 한자 제작의 원리라 하고 전주(轉注)와 가차(假借)는 한자 운용의 원리라고들 한다. 그러나 여섯 가지 모두가 한자 제작의 원리라는 주장도 만만하지 않다. 육서 가운데 다섯번째인 '가차'는 빌릴 가(假), 빌릴 차(借)라는 글자 그대로 '빌린다'는 뜻이다. 그 뜻을 나타낼 만한 글자를 만들 재간이 없어서 빌린 경우도 있지만, 이미 만들어져 쓰이는 글자가 있으면서도 다른 글자 가운데에서 발음이 같거나 비슷한 글자를 빌려 쓰는 경우도 있다. 이런 것이 '가차'인데 사람을 헷갈리게 하는 점에서는 둘 다

712

蜚	甲骨		金文		小篆	
流	甲骨		金文		小篆	
飛	甲骨		金文		小篆	

같다. 한문이 어렵다고 하는 데에는 '가차' 때문인 경우가 많다.

늘 쓰이는 '流言蜚語(유언비어)'의 '蜚(비)'자는 날 飛(비)의 가차자이다. 그러므로 蜚(비)자에서 '비어'의 뜻을 찾아서는 안 된다. 蜚(비)는 고약한 냄새를 풍기는 떡풍뎅이나 짐승의 똥을 굴리는 쇠똥구리이다. 대개 떡풍뎅이와 연관시켜 이 말의 뜻을 풀이하는데 이는 억측(臆測)에 지나지 않는다. '語(어)'자에 빗대어 곁가지 하나 그려보자. 공자(孔子)의 일상생활 습관을 위주(爲主)로 기록한 『논어(論語)』「향당(鄕黨)」편에 '식불어(食不語)'라는 구절이 있다. 대부분의 해석자들은 "(공자께서는) 음식을 잡수실 때 말씀하지 않으셨다"라고 보지만 훈고학(訓詁學)에 정통한 학자들은 식사와 소화에 해로운 "변론성 대화 내지는 논쟁성 대화를 하지 않으셨다"가 '불어(不語)'의 정확한 의미라고 주장한다. 그것이 사실이라면 우리 조상들이 유교 문화에 젖어 있던 수백 년 동안 지켜왔던 식사 때의 '침묵 강요'는 우스운 일이 되고 마는 셈이다.

流(류)는, 금문(金文)과 소전(小篆)에서 볼 수 있는 것처럼, 둘 혹은 세 개의 '물 水(수)'와 '아이 子(자)'로 구성되었던 글자이다. 지금의 자형은 예서(隷書)에서 굳어진 것인데 이 자형

語	甲骨		金文		小篆	
吾	甲骨		金文		小篆	
五	甲骨		金文		小篆	
口	甲骨		金文		小篆	

을 통해서도 두 개의 물 水(수)자와 거꾸로 놓인 아이 子(자)자가 보인다. 요사(夭死)한 어린아이를 물에 버리던 고대 황하 유역의 풍습이 반영된 글자라고 한다. 물에 흘려보낸 어린아이의 시체, 여기에서 '흐르다' 라는 본뜻을 추출했다.

言은 여러 번 나온 글자이니 생략하기로 한다.

飛(비)는 '새가 공중에서 천천히 날고 있는 모양'을 상형한 글자로, '날다'가 본뜻이다.

語(어)는 言(언)과 吾(오)로 이루어진 형성자로, 본뜻은 '변론(辯論)', 즉 '말로 따지다'이다. 五(오)는 숫자 다섯을 나타내기 위해 고안해낸 부호(符號)이다. '실감개'의 상형이란 주장도 있었지만 사실이 아닌 것으로 밝혀졌다. 口(구)는 '입'의 상형이다. 口(구)에 발음부호 五(오)를 더한 吾(오)가 어떻게 '나'를 의미하게 되었는지 정확히 알 수 없지만 늘 '나'라는 뜻으로만 쓰였다.

유언비어는 글자 그대로 '흐르고 날아다니는 근거없는 말'일 뿐이다.

육포단
肉蒲團
고기**육** 부들**포** 둥글**단**

　중국 고대 성애소설(性愛小說)에 등장하는 색광(色狂) 가운데 대표적 인물로는 단연코 『금병매(金瓶梅)』의 서문경(西門慶)과 『육포단(肉蒲團)』의 미앙생(未央生)을 꼽는다. 두 사람 중 음욕의 정도를 따진다면 '색욕이 끝없는 사나이'란 숨은 뜻을 가진 미앙생이 한 수 위일 것이다. 『금병매』는 우리에게도 널리 알려진 색정소설인 동시에 명나라 말엽의 혼란한 사회상을 훌륭하게 형상화(形象化)한, 그런 대로 성공한 사회소설이기도 하다. 그러나 『금병매』의 아류(亞流)인 『육포단』은 천하의 오입쟁이들에게 '남의 여자를 넘보다 제 마누라 빼앗긴다'라는 섬뜩한 교훈(?)을 주겠노라는 그럴싸한 표방(標

肉	甲骨		金文		小篆	
蒲	甲骨		金文		小篆	
團	甲骨		金文		小篆	

榜)에도 불구하고 색정의 묘사에 지나치게 붓을 놀리다가 그만 중국 최고 수준의 도색소설(桃色小說)이 되고 말았다. 오랫동안 금서(禁書)로 낙인(烙印) 찍혀 은밀(隱密)히 읽혀지던 이 소설이 마침내 한 시절을 만나 영화로 만들어져 우리나라에서도 맥 빠진 일부 중년 사내들을 극장으로 꽤나 불러들였다고 한다. 흥행에 성공하여 속편까지 제작된 〈옥포단(玉蒲團)〉이 바로 그 것이다. 肉(육)을 玉(옥)으로 살짝 고쳐놓았는데 옥기(玉肌), 즉 옥처럼 희고 윤택한 여성의 살결을 부각시키려는 의도가 뻔히 엿보인다. 어쨌든 포단(蒲團)은 부들〔蒲〕로 짠 둥근 자리〔團〕로 원래는 스님들이 좌선(坐禪)을 하거나 부처님께 절할 때 깔던 것이다. 스님은 '포단' 위에서, 미앙생은 벌거벗은 여체를 뜻하는 '옥포단' 위에서 도를 닦은 셈(?)이니 이런 극명(克明)한 대비(對比)가 또 어디 있을까? 그런데 그 희대의 명화(?) 〈옥포단〉이 누군가의 실수로 〈옥보단〉으로 바뀌어 널리 회자(膾炙)되었다. 실수라기보다 여성의 은밀한 곳을 연상시키려는 엉큼한 속셈을 드러낸 것이 아닌가 한다. 색욕을 추구하다 삶의 허무를 절감하고서 '옥포단'을 버리고 '포단'으로 옮겨 각고(刻苦) 수행해서 득도(得道)하는 미앙생도 작중에서 쓴웃음을 참

甫	甲骨		金文		小篆	
專	甲骨		金文		小篆	

지 못할 것이다.

肉(육)은 '고깃덩어리'의 상형이고, 蒲(포)는 ⺿(초)에, ⺡(수), 甫(보)를 합하여 '물가'를 의미하는 浦(포)를 더한 글자이며, 團(단)은 □(위)와 專(전)으로 구성된 글자다.

甫(보)의 갑골문을 보면 '밭'의 상형 田(전)과 그 위에 돋아난 풀〔屮 : 철〕로 이루어진 글자임을 알 수 있는데, '밭'이 본뜻이다. 흥보(興甫), 놀보(㗚甫) 등에도 쓰이는 것처럼 '사나이'라는 뜻으로 널리 쓰이자 본뜻 보존을 위해 '둘러싸다'라는 뜻을 가진 □(위)를 더해 만든 글자가 圃(포)이다. 專(전)의 갑골문을 보면 베짜기에 쓰이는 '북과 이를 들고 있는 손'의 상형임을 알 수 있다. 본뜻은 '북'이며, '북'은 쉴새없이 '구르는' 것이라는 데에 착안한 '구르다'는 뜻과, 조심스레 신경써서 다루어야 하는 물건이라는 데에서 추출한 '오로지 하다'는 등의 파생된 의미로 널리 쓰이고 있다. 뒷날 파생된 의미 가운데서도 '오로지 하다'가 의미를 독점하다시피 하자 '구르다'는 뜻을 위해 轉(전)자를 다시 만들었다.

은닉

隱匿

숨을은 숨을닉

隱 (은)의 원형은 소전(小篆)에 보이는 것처럼 왼쪽의 阝(부)와 오른쪽 아래의 心(심)이 없는 글자였다. 위로부터, '손'의 상형이면서 '손톱'의 뜻으로 널리 쓰이는 '爪(조)', 무언지 모를 '조그만 물건'을 의미하는 '工('공' 자가 아니다)', '오른손'의 상형 又(우)로 이루어진 이 글자는 두 손바닥을 합하여 속에 든 어떤 물건을 보이지 않게 하는 모양에서 말미암은 '숨기다'를 본뜻으로 한다. 이 본뜻을 강화하기 위해 때로 시야(視野)를 가로막아 그 너머에 있는 사물을 보이지 않게 하는 언덕 阝(부)를 왼쪽에 첨가하고, 남에게 숨기고자 하는 마음의 의미를 담은 心(심)을 하단에 추가하여 널리 쓰이는 오

	甲骨		金文		小篆	
匿	甲骨		金文		小篆	
匿	甲骨		金文		小篆	
若	甲骨		金文		小篆	

늘의 형태가 되었다. 본뜻은 여전히 '숨기다'이다.

匿(닉)은 匸[부수자의 하나로 '터진입구'라 불리는 '물건을 담는 그릇'의 상형인 '방'이 아니다]와 若(약)으로 구성된 글자이다. 여기에서의 '匸'는 '토굴(土窟)'이나 몸을 숨기기에 적당한 '피신처'의 상형이며, 若(약)은 '머리를 풀어헤친 채 두 손을 쳐들고 흔들며 기뻐하는 사람'의 상형이 변한 것이다. 갑골문이나 초기의 금문(金文)을 보면 그러한 모양임을 쉽게 알 수 있다. 이 둘을 합한 匿(닉)의 본뜻은 '숨다'이다. 황급히 꼭꼭 몸을 숨겼으므로 잡히는 신세를 면한 뒤 환호하며 기뻐하는 도망자의 모습과 상황을 보는 듯하다.

은닉(隱匿)의 첫 용례는 『묵자(墨子)』에 보인다. "넉넉한 재물을 썩히면서 나누어주지 않고, 올바른 도리를 은닉해놓고 가르치지 않는다(腐朽餘財不以相分, 隱匿良道不以相敎 : 부후여재불이상분, 은닉량도불이상교)." 모두가 함께 사는 바른 도리를 은닉해놓고 남이야 죽건 말건 나 몰라라 하다니 이런 은닉은 은닉 중에서도 참으로 고약한 은닉이라고 하겠다.

음모
陰謀
어두울 **음**　꾀 **모**

陰(음)은 阜(부)의 생략형인 阝(부)와 今(금), 그리고 云(운)으로 구성된 글자이다. 阜(부)는 '언덕'의 상형이자 본뜻이 '언덕'으로 널리 알려졌다. 그러나 최근의 연구 성과는, 阜(부)는 원래 '흙계단'의 상형이었고 '언덕'은 여기에서 유추된 뜻이라는 확실한 소식을 알려주고 있다. 云(운)은 '구름'의 상형이다. 今(금)은 갑골문을 보면 △와 그 아래 찍힌 한 점선으로 구성되어 있다. 그 구조가 이렇게 간단함에도 불구하고 내원에 있어 정설이 없다. 윗부분의 △를 '거푸집', 아래의 점선을 '구리 용액(溶液)'으로 보아, 청동기를 만드는 거푸집에서 구리 용액이 흘러나오는 형상(形狀)을 나타낸 글자이며,

阝〔阜〕	甲骨		金文		小篆	
今	甲骨		金文		小篆	

거푸집과 쇠 두 덩어리로 구성된 金(금)자의 생략형으로, 널리 쓰이는 '지금'이라는 뜻은 본뜻이 아니라 가차의(假借義)라는 주장이 있다. 今(금)은 이 陰(음)자에서 성부(聲符)인 솞(음)의 주요 요소가 된다. 형성자인 '陰(음)'은 '구름 가득 낀 언덕'이 본뜻이며, '어둡다' '음흉하다' 등은 파생된 뜻이다.

謀(모)는 言(언)과 某(모)로 구성된 글자이다. 言(언)은 이미 앞에서 여러 번 거론되었으므로 생략한다.

某(모)는 甘(감)과 木(목)을 합한 글자로, 甘(감)의 넷째 획은 '입에 든 음식물'의, 나머지는 '입'의 상형이다. 나무〔木〕에 달린 과일 가운데 처음에는 시지만 오래 물고 있으면 신맛이 빠지고 '단' 맛이 나는 '매실'이 바로 某(모)의 본뜻이다. 그리하여 쓰라림을 참아가며 이런저런 논의〔言〕를 통해 어려움을 극복해가는 사정이 바로 '謀(모)'자가 만들어진 배경이라 하겠다.

음모는 원래 나쁜 뜻이 아니었다. 『관자(管子)』에 중국 고대 성군(聖君)의 한 사람인 은나라 탕(湯)을 음모가라 하였고, 『사기(史記)』에는 주나라 문왕과 강태공이 음모하였다고 쓰고 있다. 여기에서의 음모는 비공개적인 논의나 기획의 뜻일 뿐이다. 그러나 음모는 차츰 나쁜 뜻으로 쓰이게 된다. 중국 역사상 수많은 나쁜 음모가 있었겠지만 그중 크게 '성공한 음모(?)'의 하나가 진시황이 순시(巡視) 도중 급사(急死)하자, 조서(詔書)를

云	甲骨		金文		小篆	
某	甲骨		金文		小篆	
甘	甲骨		金文		小篆	

위조하여 진시황의 맏아들 부소(扶蘇)를 자결케 하고 지차(之次) 자식인 호해를 제위(帝位)에 오르게 한 이사(李斯)와 조고(趙高)의 음모이다.

음모는 이익 앞에서 정의와 양심을 저버릴 때 일어나는 더럽고 추악한 비행(非行)으로 언젠가는 진상(眞相)이 드러나고 대가를 치르게 된다. 비참한 최후를 맞았던 위의 성공한 음모의 주모자들처럼. 이는 사필귀정(事必歸正)과 다른 차원에서 작용하는 인간 세상의 한 질서(秩序)이다.

음주
飮酒
마실 **음**   술 주

국가의 지도층이 미친 듯 술을 마셔대다 끝내 나라를 망쳤던 첫 사례로는 중국 고대 은(殷)나라가 손꼽힌다. 군주인 제신〔帝辛 : 죽은 뒤의 시호가 紂(주)다〕과 신하들이 술로 가득 채운 못을 만들고 그 주위에 구워 먹을 고기를 주렁주렁 걸어놓은 뒤 벌거벗은 젊은 남녀들을 그 사이에서 뛰어놀게 하고는 밤새도록 술을 퍼마시게 했다고 사마천(司馬遷)의 『사기(史記)』는 전하고 있다. 이 광태(狂態)가 이른바 주지육림(酒池肉林)의 고사를 낳았다. 사마천의 구체적인 기록 이전에도, 제신의 배다른 형 미자(微子)가 기자(箕子)와의 대화에서 술 때문에 나라가 망하게 되었다고 탄식하고 있으며, 형인 무왕(武

酒	甲骨		金文		小篆	
飲	甲骨		金文		小篆	

王)을 도와 주나라를 세운 주공(周公)이 강숙(康叔)과 성왕(成王)에게 준 말 가운데에서도 은나라가 망한 원인 가운데 술이 가장 큰 것이라고 말하며 술을 절제하기를 신신당부하고 있다. 이러한 내용은 각각 『상서(尚書)』의 「미자(微子)」 「주고(酒誥)」 「무일(無逸)」편에 보인다.

'술동이'의 상형으로 '술'을 뜻하던 酉(주, 유)가 간지(干支)의 하나로 널리 쓰이자 물 氵(수)를 더하여 '술'의 뜻으로만 쓰도록 한 글자가 酒(주)라고 한다. 飮(음)은 밥 食(식)과 하품 欠(흠)으로 구성된 글자이다. 그러나 이 글자가 만들어지던 초기의 형태를 보면, 왼쪽의 食(식)은 '뚜껑 있는 밥그릇'의 상형이 아니라 '술동이[酉]'의 상형이고, 오른쪽의 欠(흠)도 '입 벌리고 하품하는 사람'의 상형이 아니라, 갑골문을 통해 알 수 있는 바와 같이, '술동이에 머리 처박고 술을 마시고 있는 사람'의 상형이었다. 이런 사람은 주당들도 경음(鯨飮)이라 부르며 경외(敬畏)할 것이다. 그러니까 飮(음)은 처음부터 술고래의 형상으로 술의 마성(魔性)을 잘 환기시키는 글자이다. 참고로 食(식)의 갑골문을 보면, 위로부터 '식기 뚜껑' '밥' '그릇'의 상형임을 볼 수 있다. 가운데의 삼각형 부분이 밥이다. 일부 자형에 보이는 몇 개의 '점'은 '김'을 형상화한 것인데 오늘날의 자형에서는 제3획, 즉 점 하나로 고착되었다.

| 食 | 甲骨 | | 金文 | | 小篆 | |
| 欠 | 甲骨 | | 金文 | | 小篆 | |

　우리나라의 1인당 술 소비량이 세계에서 다섯 손가락 안에 들었다고 한다. 우리가 들이켠 하루치의 술만으로도 은나라 주왕(紂王)의 '酒池(주지)'를 수천 개나 만들고도 남음이 있었겠다.

의리

義理

의리 **의**　이치 **리**

'**사**람으로서 지켜야 할 바른 도리(道理).' 의리(義理)의 사전 풀이이다. 그러나 깡패나 창녀가 제 맘에 안 드는 동료를 '의리 없는 새끼' '의리 없는 쌍년'이라고 욕한다고 해도 누구 하나 의리 두 글자가 못 들어갈 곳에 들어갔다고 생각하지 않는다. 의리(義理)의 함의(含意)와 용례가 무척 넓어진 것이다.

義(의)는 갑골문에 보이는 초형(初形)에서 알 수 있듯이, 창류(槍類)에 속하는 '무기(武器)'의 상형이다. 오늘날의 형체에서도 아랫부분은 '톱니 모양의 날이 달린 무기'의 상형 我(아)임에 틀림없으나 윗부분은 마치 '양'을 정면에서 상형한 羊

726

義	甲骨		金文		小篆	
我	甲骨		金文		小篆	

(양)자처럼 보이지만 실은 아니다. 그것은 새〔아마 꿩이었을 것이다〕의 깃털로 만든 장식(裝飾)이다. 이는 아름다울 美(미)도 마찬가지이다. 美(미)는 '머리에 장식용 새 깃을 꽂고 서 있는 사람'의 상형인 것이다〔그러나 성(姓)으로 쓰이는 姜(강)은 羊(양)과 女(녀)로 이루어진 글자이다〕. 義(의)의 본뜻은 '새의 깃털로 장식한 무기'이다. 그러나 이것은 살상용이 아닌 의장용(儀仗用)이었다. 발음이 같다는 이유로 '마땅하다'라는 뜻으로 널리 쓰이자 본뜻 보존을 위해 만든 글자가 바로 儀(의)이다. 그런데 '마땅하다'라는 뜻으로 쓰인 글자는 따로 있었다. 바로 '宜(의)'이다. 宜(의)는 宀(면)과 且〔조 : 이 글자가 부사나 접속사로 쓰일 때에는 '차'라 발음한다〕로 구성된 글자이다. 宀(면)은 '지붕'과 '두 기둥'의 상형으로 '집'이 본뜻인 글자, '且'는 제시된 고문자에서 볼 수 있듯 제수(祭需)를 담아 제탁(祭卓)에 올려놓는 '나무틀'의 상형이다. 그 안에 든 제수는 고깃덩어리이다. 각각 아래위 칸에 들어 있는 고깃덩어리〔夕 : 이 글자가 바로 月(육) 혹은 肉(육)의 원형이다〕를 합하면 '多(다)'가 되는데 바로 '제수로 바친 고깃덩어리들'이며, 이에서 추출한 '많다'를 본뜻으로 한다. 이 고깃덩어리 多(다)와 '반달'의 상형으로 '저녁'의 뜻으로 널리 알려진 夕(석)자가 비슷한 면도 있지만 갑골문을 보면 초기의 형태에서는 전혀 달랐음을 알 수 있다.

美	甲骨		金文		小篆	
宜	甲骨		金文		小篆	

　　오늘날의 자형(字形) '且'에는 두 가지 내원(來源)이 있다. 다시 한번 말하거니와, 위에서 말한 '제사에 올리는 고기를 담은 틀'이 그 하나인데, 뒤에 도마 俎(조)를 만들어 그 뜻을 더욱 분명히 하였다. 俎(조)의 왼편 네 획은 肉(육)자에서 고깃덩어리의 윤곽(輪廓)인 '冂'를 뺀, 잘려진 단면(斷面)에 드러난 고기 '살결'의 상형이다. 그리고 도마 俎(조)의 '도마'는 위에서 말한 '아래위 두 칸으로 만든 나무틀'인 제구[祭具 : 다른 제구의 하나인 豆(두)와 합한 '俎豆'라는 용어가 널리 쓰였다]이지 부엌에서 쓰는 그런 도마가 아니다. 부엌의 도마에 해당하는 글자를 따로 만들지 못하여 '俎'를 빌려쓴 지도 오래되어 혼동할 수밖에 없지만 말이다. '남성 성기의 상형' 且(조)가 그 내원의 다른 하나로, 고문자 특히 갑골문에서 볼 수 있다시피 귀두(龜頭) 부분까지 그려져 있다. 필자는 몇 해 전 중국 남경박물관에서 신석기시대 유물의 하나인 토조(土且), 즉 '흙좆'을 보았는데 정말 근사하였다. 바로 그것을 문자화(文字化)한 것이 且(조)이다. 이 글자가 돌을 깎아 무덤 양편에 세워놓은 망주(望柱)와 흡사한 이유를 짐작할 수 있을 것이다. 망주는 남아선호사상에 바탕한 기자(祈子) 신앙에서 만들어진 것이다. 이 글자 또한 뒤에 조상 祖(조)를 만들어 그 뜻을 더욱 분명히 하였다. 이 且(조)자를 '신주(神主)'의 상형으로 여기는 사람들도 있는데 신주가 남

且	甲骨		金文		小篆	
多	甲骨		金文		小篆	

성 성기의 모양을 딴 것으로 보이므로 '신주'는 파생된 의미로 보아야 할 것이다.

남성 성기를 가리키는 다른 말인 '좆'이 '且(조)'에서, '자지'가 '찌른다'는 뜻의 '자지(刺之)'에서 온 말이라는 설(?)도 있고 보면 옛날 우리 조상들은 도무지 욕설(?)이라고는 못 했던 순하디순한 사람들이었던 모양이다. '刺之'는 동양 최고의 성의학서(性醫學書)『소녀경(素女經)』에 성행위의 의미로 자주 등장한다. 필자는 이처럼 '좆'과 '자지'의 어원을 달리해서 설명해보았지만 두 단어의 기원형이 같다고 보는 주장도 있다. 그에 의하면 '늙다~낡다' '묽다~맑다' 등에서 보듯이 모음교체에 의한 어형 변화로 보는 것이다. 즉 '좆'이 모음교체되어 '잦'이 되고 여기에 접미사 '이'가 더해진 '잦이'가 다시 '자지'로 변한 것으로 보는 것이다. 어쨌든 '좆'과 '且(조)' 사이에 무언가 관련이 있는 듯도 한데 학설로 인정되는 것은 아니다.

다시 이야기를 宜(의)로 돌리자. 이렇게 宀(면)과 且(조)로 구성된 宜(의)는 '마음을 편하게 하는 곳'이 본뜻인데 '조상의 신주(神主)를 모신 사당〔宀〕의 제탁에 희생의 고기를 담은 제기(祭器) 且(조)를 올려놓고 나니 마음이 편하고 떳떳하고 마땅하며 옳다'는 의미를 담은 글자인 것이다. 널리 쓰이는 몇 가지 의미가 이에 근거한 것임은 말할 필요도 없겠다. 우리가 쓰는 모

夕	甲骨		金文		小篆	
玉	甲骨		金文		小篆	
里	甲骨		金文		小篆	

든 단어 속의 '義(의)'는 '宜(의)'의 동음가차이다.

理(리)는 '둥근 옥 세 조각을 실로 꿰어놓은 모양'의 상형 玉(옥)과 里(리)로 이루어진 글자이다. 里(리)는 '밭'의 상형 田(전)과 '흙덩이'의 상형 土(토)를 합한 글자로 본뜻은 '밭이 있는 땅'에서 추출한 '거주지'이다. '마을'은 이에서 파생된 뜻이다. 理(리)에서의 里(리)는 발음부호일 뿐이다.

理(리)의 본뜻은 '옥을 다루다'이다. 옥을 다루는 것을 일러 탁(琢)이라고도 한다. 널리 알려진 절차탁마(切磋琢磨)의 한 가지인데 절(切)의 대상은 뼈〔骨〕, 차(磋)의 대상은 상아(象牙), 마(磨)의 대상은 돌〔石〕이라 하고 각각 그것을 자르고〔切〕 문지르고〔磋〕 쪼고〔琢〕 가는 것〔磨〕이라 하지만, 실은 어느 것이라도 절차탁마의 전 과정을 다 거쳐야 어엿한 물건이 될 수 있을 것이다. 理(리)는 옥과 돌이 뒤섞인 옥돌〔璞〕을 다루어 옥기(玉器)로 만들 때 옥의 결, 즉 무늬를 잘 살려야 하므로 '무늬'라는 뜻도 가지게 되었다. 이 부드럽고 고른 옥의 무늬에서 유추(類推)하여 '이치(理致)' '도리(道理)' '사리(事理)' 등의 뜻이 생겨났다. 한때 리(理)는 하늘을 대신하는 최고의 지위에까지 오른다. 정자(程子), 주자(朱子)와 그 후학들은 '하느님'의 중국

식 표기였던 '상제(上帝)'와 '천(天)'을 밀어젖혀놓고 그 자리
에 '理(리)'를 앉혔던 것이다.

"제아무리 완벽한 의리를 지닌 사람이라 하더라도 군주가 반
드시 그를 쓰는 것은 아니다(義理雖全, 未必用也 : 의리수전, 미
필용야)." 인재를 알아보지 못하는 임금의 어리석음을 경계하는
전국시대 사상가 한비(韓非)의 이 말이 '의리(義理)'의 첫 쓰임
이다.

의사 醫師

의원 **의**　스승 **사**

　　이제 워낙 여러 번 등장하여 독자들에게 익숙한 책 『설문해자(說文解字)』는 후한(後漢)의 허신(許愼)이 그 당시에 쓰이던 9353자를 해설한 책으로 문자학을 공부하는 사람들에게는 경전적(經典的) 저작이다. 그래서 오래 전에 유가(儒家) 경전에 포함시키자는 논의가 활발했던 적도 있었다. 우리나라는 역대로 이 책을 등한시하였다. 그리하여 내로라하는 선비들 가운데 이 책을 만져보지도 못한 사람이 많았으니 그 내용에 관해 캄캄했을 것임은 말할 필요도 없다. 우리나라에서 이 책에 조예가 가장 깊었던 분으로는 겨우 두 사람을 꼽을 수 있는데 가위 주머니 속의 물건 주무르듯 했던 다산(茶山) 정약용

醫	甲骨		金文		小篆	
師	甲骨		金文		小篆	

(丁若鏞)과 거꾸로도 외울 수 있었던 성대(惺臺) 권병훈(權丙勳)이 그들이다. 특히 한말 일제시대를 살았던 권병훈은 수십 년간의 오랜 연구 끝에 방대한 저술『육서심원(六書尋源)』을 남겼다. 단일 저술로는 그 분량에 있어서도 우리나라 역사상 그 유례가 없을 것이다. 한때 경성에서 여관방을 전전하던 그의 기재(奇才)를 알아본 위당(爲堂) 정인보(鄭寅普)가 소매를 당겨 집으로 데려갔다. 잠시 숙식을 보살펴주기 위한 것이다. 성대는 대뜸 위당의 한자 실력을 시험했다. ‘寅’자를 설명해보라는 것이다. 이는 바로 위당의 이름자가 아닌가? 그러나 위당이 대답하지 못했음은 당연한 일〔『설문해자』식의 寅字 해석은 무척 복잡하다〕이었고, 천하의 큰 선비인 위당이 자기 이름의 첫 글자도 모르는 사람이니 도저히 한자리에 앉아 학문을 논할 수 없다면서 자리를 박차고 일어서는 성대를 만류하느라 위당은 식은땀이 다 날 지경이었다…… 사실 여부를 확인할 길 없는 구전되는 이야기이다. 이『설문해자』는 ‘醫(의)’를 어떻게 설명했을까? 그 대강의 풀이는 다음과 같다.

"醫(의)는 병을 고치는 사람이다. ‘殹(의)’는 자세가 삐딱하다(惡姿 : 악자)는 뜻인데 의사의 성정(性情)이 그러하다. 술을 약물로 삼아 치료 보조제로 쓰므로 술병을 상형한 酉(주)자를 더한 것이다. 이상은 왕육(王育)의 설이다. 어떤 사람은 ‘殹

(의)'는 병자의 신음 소리이며 아래의 酉(주)는 복용하여 병을 고치는 음료라고 한다. 『주례(周禮)』에 의(醫)라는 이름의 술이 나온다. 옛날 무팽(巫彭)이 처음으로 의사가 되었다고 말하기도 한다."

허신은 두 가지 설을 소개하면서 나름대로의 판단은 내리지 않았다. "자세가 삐딱"하다는 것도 몸의 자세가 비스듬하게 한쪽으로 기울어져 있는 환자를 대하는 일부 의사의 오만한 자세를 뜻하는 것인지, 자기의 재능에 대한 자신감에서 생긴 괴팍(乖愎)한 마음가짐을 뜻하는 것인지 분명하지 않다. 고문자에 대한 과학적인 연구를 진행하고 있는 현대 학자들은, 醫(의)를 수술 도구함인 옆구리 터진 상자 匚(방), 곪은 부위를 째는 데 쓰이는 화살 矢〔시 : 수술 칼의 역할을 했을 것이다〕, 여기에서는 '끝이 뭉툭한 수술도구와 이를 잡는 손'을 의미하는 殳(수), 그리고 마취나 소독 혹은 약제로 쓰였던 술〔酒, 酉〕로 구성된 글자로 본다. 보기만 해도 대수술의 분위기가 저절로 느껴지는 글자가 아닐 수 없다. 이 글자의 첫부분을 이루는 '医'는 독립된 글자이기도 하다. 이때의 이 글자는 화살과 활을 넣어 등에 지는 멜 가방인 '동개 예'이다. 같은 矢(시)자이지만 상황에 따라 살상용 무기가 되기도 하고 치료용 도구가 되기도 한다. 이것이 한자의 유연성이자 가변성이다.

師(사)는 '정찰(偵察)에 유리한 언덕'의 상형 自(퇴)와 군부대의 표지(標識)로 세운 '깃발'의 상형인 帀(잡)을 합한 글자로 본뜻은 '주둔군'이지만 '스승' '우두머리'의 뜻도 가지게 되었다.

요즘은 인턴만 되어도 '의사 선생님'이라 불리지만 옛날에는 어림없는 일이었다. 기원전 3세기 이전에 지어진 『주례(周禮)』
에 처음 보이는 '의사'는 천하의 의약(醫藥)에 관한 모든 일을
총괄하는 고관(高官)이었기 때문이다.

'의사'에다 나이 많고 학식 있는 사람에게 쓰는 존칭인 '선
생', 그리고 '님'까지 더해 부르는 환자들의 심리를 '의사 선생
님'께서는 잘 아시리라.

이력

履歷

밟을 이(리) 지낼 **력**

'**지**금까지 거쳐온 삶의 내력'이 이력(履歷)의 사전적 풀이이다. 그런데 듣자 하니 저승에서도 이승에서의 이력을 꼬치꼬치 따진다고 하니 사람은 살아서나 죽어서나 그 굴레를 벗을 수 없나보다(?).

履(이)의 금문(金文)에서의 모양을 보자. 위로부터 눈썹과 눈을 더한 眉(미), 止〔발〕, 프〔신〕의 순으로 그려져 있다. 학자들은 눈에 짙은 화장을 한 귀족이나 무당이 신전(神殿)이나 종묘(宗廟) 같은 성스러운 곳으로 들어가기 전에 신을 신는 의식을 반영한 글자로 본다. 신은 마치 일본 신의 상징처럼 되어 있는 게다같이 생겼는데〔사실 일본 게다는 위진남북조(魏晉南北朝)

736

履	甲骨		金文		小篆	
歷	甲骨		金文		小篆	

시대에 유행하던 극(屐)이라 불리던 나막신이 일본으로 건너가 유행한 것이다), 평소에 신는 신이 아닌 특수한 신이었을 것이다. 그래서 이 글자의 본뜻은 '신'이 되었다. 소전(小篆)에서는 형태상 큰 변화가 생긴다. '사람'의 상형인 尸〔시 : 죽은 사람이 아니다〕가 眉(미) 대신 들어가고, 行(항)의 약자로 '걷는다'라는 뜻을 나타내는 彳(행)도 추가되었으며, 凵〔신〕은 90도 위치를 바꾼 채 놓여져 있고 그 아래 止〔발〕도 거꾸로 그려져 있다. 履(이)가 지금은 마치 尸(시)와 復(복)을 더한 것처럼 보이지만 간다는 뜻의 '彳' 외에 尸(시)나 復(복)은 아무런 관련이 없다. 널리 쓰이는 '밟다'는 파생된 뜻이다.

　歷(력)은 厂(엄), 秝(력), 止(지)로 이루어진 글자이다. 그러나 갑골문을 보아 알 수 있듯이, 원래는 언덕을 의미하기 위해 뒤에 들어간 厂(엄)이 없었다. 秝(력)은 '벼 두 포기'의 상형, 여기에서는 '밭의 벼가 적당한 간격으로 자랐다'라는 의미로 쓰였다〔한자에서 두 개의 같은 글자는 다수를 의미한다〕. 고대 중국에는 무논〔水田〕이 없었으므로 벼도 밭에서 재배되었다. 止(지)는 '발자국'의 상형으로, 여기서 '걷다'는 의미로 쓰였다. 그러므로 歷(력)은 '밭 사이로 난 길을 지나가다'에서 추출한 '지나다'를 본뜻으로 하였다. 이 견해는 이 글자를 회의자(會意字)로 보는 시각에 바탕한 것이고, 秝(력)과 止(지)를 합한 형성자(形聲字)라는 시각도 있다.

> 옛날에 상경에 살았을 때도(疇昔家上京 : 주석가상경)
> 여섯 해 동안 몇 번은 돌아왔었지(六載去還歸 : 육재거환귀)
> 오늘 오랜만에 다시 돌아오니(今日始復來 : 금일시부래)
> 아픔 속에 슬픔이 더하는구나(惻愴多少悲 : 측창다소비)
> 밭고랑 길 옛적 그대로이나(阡陌不移舊 : 천맥불이구)
> 마을의 집들 전과 다르네(邑屋或時非 : 읍옥혹시비)
> 옛집을 한 바퀴 돌아보니(履歷周故居 : 이력주고거)
> 이웃 늙은이들 남은 이가 드물구나(鄰老罕復遺 : 인로한부유)
> 걸음마다 옛 자취 찾아보는데(步步尋往迹 : 보보심왕적)
> 어떤 곳은 특히도 생각에 젖게 한다(有處特依依 : 유처특의의)
> 꿈결같이 흘러가는 인생살이를(流幻百年中 : 유환백년중)
> 계절이 날마다 앞으로 떠미네(寒暑日相推 : 한서일상추)
> 늘 죽는 날이 올까봐 두렵구나(常恐大化盡 : 상공대화진)
> 노년이 시작된다는 오십도 못 되었는데(氣力不及衰 : 기력불급쇠)
> 이런 것 밀쳐두고 생각지 말고(撥置且莫念 : 발치차막념)
> 술잔 기울여 취해나보세(一觴聊可揮 : 일상료가휘)

이 시는 도연명이 몇몇 고을의 미관말직(微官末職)을 지내고 고향에 돌아온 뒤에 지은 시 「옛집에 돌아와서(還舊居 : 환구거)」이다. 일곱째 행에 履歷(이력)의 첫 용례가 보이는데, 오늘의 뜻의 원형이다.

이해
利害

이로울 **리**　해로울 **해**

이 세상의 얽히고 설킨 크고 작은 수많은 사건들은 하나같이 이해(利害)에서 비롯된다고 할 수 있을 것이다.

利(리)는 과연 생긴 모양처럼 벼 禾(화)와 칼 刂(도)를 합한 글자일까? 禾(화)가 '벼포기'의 상형으로 첫 획이 익어서 고개 숙인 열매, 둘째 획이 '좌우로 뻗은 잎', 셋째 획이 '줄기', 나머지 두 획이 '뿌리'의 상형이라는 견해엔 이의가 없다. 그러나 여기에서의 '刂'가 '칼'의 상형이라는 설은 갑골문에 대한 연구가 심화되면서부터 수정된다. 이 刂(도)는 칼이 아니라 밭갈이에 쓰이는 '가래'의 상형이었던 것이다. '가래'의 상형으로 독립되어 쓰이고 있는 글자로 力(력)이 있는데 여기에서의 刂

利　甲骨　　　　　金文　　　　小篆

(도)는 力(력)과 동의이체자(同義異體字)인 셈이다. 그리하여
利(리)는 '벼농사를 짓는다'에서 추출한 '이롭다'가 본뜻이 된
다. 야생의 곡물을 찾아다니며 먹는 것보다 농사를 지어 대량
수확해 먹는 것이 더 이롭다는 옛 사람들의 생각과 경험이 형상
화된 글자이다. 利(리)의 중요한 뜻 가운데 하나인 '날카롭다'
는 칼의 날카로움에서 추출된 것이 아니라 '가래끝'의 뾰죽함에
서 추출된 것으로 보아야 할 것이다.

　害(해)의 원형은 현재의 글자 모양을 구성하는 집 宀(면), 줄
기에 '무성한 잎이 달린 풀'의 모양인 丯(봉), '입'의 상형인 口
(구)와는 아무 관련이 없었다. 그것은 금문에서의 형태를 자세
히 보면 짐작할 수 있듯 청동기를 만들 때 거푸집 아래 윗부분
의 아구가 맞지 않아 '잘못 만들어진 주물(鑄物)'을 상형한 글
자였다. 널리 알려진 '해롭다'라는 뜻은 이런 사정에서 나온 것
이라고 한다. 한자에는 청동기를 제조하면서부터 생긴 글자가
적지 않은데 이 글자나 金(금), 鼎(정), 鐘(종) 등의 글자가 그
대표적인 예이다.

　利(리)는 만들어진 뒤 한동안 좋은 뜻으로만 쓰였다. 『주역
(周易)』「계사전(繫辭傳)」에 보이는 "진실과 허위가 끼리끼리
감응하여 이와 해가 생긴다(情僞相感而利害生 : 정위상감이리
해생)"는 구절이 그 대표적 사례다. 진실과 진실의 감응이 리
(利)를, 허위와 허위의 감응이 해(害)를 만든다는 진술이다. 그
러나 뒷날의 인간들이 사리(私利)를 지나치게 추구한 나머지 그

害	甲骨		金文		小篆	

폐단(弊端)으로 하여 의미의 절반을 반대의 뜻인 해(害)와 같게
만들고 말았다.

인물

人物

사람 **인**　만물 **물**

람의 자세가 여러 가지이므로 이를 상형한 글자도 여러 가지다. 大(대)는 '팔을 벌리고 선 사람'의 상형, 卩(절)이나 㔾(절)은 '꿇어앉은 사람'의 상형, 尸(시)는 '쪼그리고 앉은 사람'의 상형, 匕(화)는 '숟가락'의 상형 匕(비)와 흡사하지만 '거꾸로 선 사람'의 상형〔이 글자가 거꾸로 선 사람의 상형임은 보기의 化(화)에서 확인된다〕이다. 그 가운데 '사람'이라는 뜻으로 가장 널리 쓰이는 글자는 서 있는 사람을 옆에서 상형한 亻(인)에서 변형한 人(인)이다. 예서체에서 이렇게 변했는데 쓰기야 편해졌지만 선 자세를 알아보기에는 오히려 못해지고 말았다. 그래서 人(인)자를 보고 '두 사람이 서로 기대

大	甲骨		金文		小篆	
卩	甲骨		金文		小篆	
尸	甲骨		金文		小篆	

어 서 있는 모양을 본뜬 것인데 여기에는 사람은 홀로 살 수 없으며 남과 서로 돕고 의지하며 살아야 한다는 세상 이치가 담겨 있다' 라는 제법 그럴듯한 헛소리를 늘어놓는 사람들도 간혹 생기게 되었다.

物(물)은 '쇠머리 모양' 을 본뜬 牛(우)와 勿(물)을 합한 글자이다. 勿(물)은 아직 정확히 밝혀지지 않은 글자이다. '쟁기〔力 : 력〕' 와 쟁기로 갈아엎어놓은 '흙덩어리〔갑골문에 보이는 두 세 개의 점〕' 를 본뜬 것이라고 하나 갑골문에서의 모양을 보면 반드시 그런 것 같지도 않다. 금문(金文)에서의 모양을 보고 '칼〔刀 : 도〕' 과 '핏방울' 의 상형을 더한 것으로 보아 칼로 짐승을 죽인다는 뜻이라고도 하는데 매우 그럴듯하여 믿는 사람이 많다. 그렇다면 '죽는다' 라는 뜻의 단어에 物故(물고)가 있는데 여기에서의 物(물)자는 본뜻대로 쓰였다 할 것이다. 뒤에 '여러 색깔의 흙' 이나 '잡색(雜色)의 소' 를 뜻하다가 나아가 '물건' 이나 '만물' 도 의미하게 되었다.

人物(인물)은 "나〔人〕와 남〔物〕 사이의 이해관계로 본성을 어지럽혀선 안 된다(不以人物利害相攖 : 불이인물이해상영)"는 『장자(莊子)』「경상초(庚桑楚)」편의 한 구절이 첫 쓰임이며, 뒤

化	甲骨		金文		小篆	
人	甲骨		金文		小篆	
牛	甲骨		金文		小篆	
勿	甲骨		金文		小篆	

이어 '사람과 사물'도 뜻하게 되었다. 오늘날 잘 쓰이는 '걸출한 재능과 인품을 갖춘 사람'의 뜻은 후한(後漢) 때 생겨났다.

인물에는 '외모'의 뜻도 있는데 새삼스럽지만 겉모양만 번듯해서야 어디 큰 인물이 되겠는가?

인민

人民

사람 **인**　백성 **민**

오늘날 중국과 북한 같은 사회주의 사회에서는 국가의 구성원을 '인민'이라 부른다. 대개 '인'과 '민'을 같은 뜻으로 알고 있지만 실은 처음 만들어질 때에는 상대적인 말이었다.

人(인)은 한 사람이 서 있는 모양을 그린 것이다. 두 사람이 서로 기대어 서 있는 모양으로 사람은 서로 의지하고 도와야 하는 뜻을 나타낸 글자라는 매우 그럴듯한 해석을 하는 경우를 가끔 보는데 이는 터무니없는 부회(附會)일 뿐이다. 그런데 이 人(인)자 위에 臼〔'절구'의 상형 '구'와 형태는 같으나 '구'가 아니라 '머리 양쪽을 묶은 어린아이 머리 장식'의 상형이다. 이것을 총

人	甲骨		金文		小篆	
民	甲骨		金文		小篆	

각(總角)이라고도 하고 艸(관)이라고도 한다. '총각'은 뿔처럼 묶었다는 뜻이고, '관'은 그 모양을 상형한 것이다)를 그린 글자가 兒(아)다.

民(민)은 뾰족한 쇠꼬챙이에 눈이 찔린 모양을 그린 글자이다. 옛날 어느 한때, 전쟁 포로의 한쪽 눈을 까서 병신을 만들어 노예로 부린 시절이 있었다고 한다. 그런 참혹한 상황을 반영하고 있는 이 글자는 바로 '없다' '달아나다' 등의 뜻을 가진 亡(망)과 눈 目(목)을 더한 눈멀 盲(맹)자의 원형인 셈이다. 고문자 가운데 갑골문(甲骨文)과 금문(金文)을 보면 어렵지 않게 알 수 있다.

중국의 경우, 대략 기원전 21세기부터 6세기까지의 1,500여 년 동안 유지되었던 노예제 사회에서 人(인)은 지배계층을, 民(민)은 피지배계층을 뜻하였다. 이러한 엄격한 구분이 무너지기 시작한 것은 노예제에서 봉건제로 이행되면서부터였다.

민주사회에서 인민이라는 말 대신 국민(國民)을 쓴 것은 그런대로 괜찮은 선택으로 보인다. 참고로 國(국)자를 한번 살펴보자. 國(국)의 본자는 或(역)이었다. 或(역)의 가운뎃부분인 口〔입 口가 아님〕는 어느 특정 구역을 의미하고 戈(과)는 '긴 창'의 상형이며 왼쪽 아랫부분의 '一'는 외부의 침입을 막기 위해 설치한 '장애물'이다. 이 '장애물'이 발전한 것이 성을 둘러싼

兒	甲骨		金文		小篆	
或	甲骨		金文		小篆	

해자(垓字)라고 한다. '장애물을 설치하고 무기로 지키는 구역', 바로 '나라'인 것이다. 이 或(역)이 '혹은' '혹시' 등의 의문부사로 널리 쓰이며 발음까지 변하자 본뜻을 보존하기 위해 만든 글자가 에울 □(위)를 더한 國(국)이나 흙 土(토)를 더한 域(역)이다. 或(역), 國(국), 域(역)은 발음은 서로 다르지만 본뜻은 같은 글자이다.

인사

人事

사람 **인**　일 **사**

人 (인)은 '사람이 옆으로 선 모습'의 상형이다. 事(사)는 '장식 달린 붓을 손에 든 모양'의 상형으로 '기록하는 일을 맡은 사관(史官)'을 뜻하다가 차츰 '일'만을 의미하게 되었다. 알고 보면 이 글자의 내원(來源)은 史(사)나 吏(리)와 같다고 한다. 갑골문, 금문 등을 통해 알 수 있지만 모두가 '윗부분을 장식한 붓〔무엇인지 알 수 없다는 주장도 있는데 가운데 中(중)자와는 형태가 유사하나 내원이 다르다〕을 쥐고 있는 모양'의 상형이었다. 『설문해자』에서 정의하고 있는 것처럼 史(사)는 "일을 기록하는 사람(記事者也 : 기사자야)", 吏(리)는 "사람을 다스리는 자(治人者也 : 치인자야)", 事(사)는 "직책(職

人	甲骨		金文		小篆	
事	甲骨		金文		小篆	
史	甲骨		金文		小篆	
吏	甲骨		金文		小篆	

也：직야)”으로 각각 분화되었지만 원래는 같은 형태에서 비롯
되었다는 것이다.

　“하지(夏至)가 되도록 보리가 익지 않았다면, 이는 땅의 비옥
정도, 기후 조건 및 ‘농부가 한 일〔人事〕’에 차이가 있었기 때문
이다(至於日至之時, 皆熟矣. 雖有不同, 則地有肥磽, 雨露之養,
人事之不齊也 : 지어일지지시, 개숙의. 수유부동, 즉지유비교,
우로지양, 인사지부제야).” 이는 맹자(孟子)의 말씀으로, ‘농부
가 한 일’이 바로 ‘인사’의 첫 쓰임이다. 그 뒤로 ‘사람이 마땅
히 해야 할 일’ ‘인정과 사리’ ‘관리의 승진과 파면’ ‘안부를 묻
거나 예를 표함’ 등의 다양한 뜻으로 쓰이게 되는데, 심지어는
‘성욕(性慾)’을 뜻하기도 하였다.

　마누라와 누이가 치고 받고 싸울 때, 마누라가 백번 잘했더라
도 마누라를 두들겨패서 싸움을 그치게 하는 것이 도리이며, 이
럴 때 본마음과는 달리 체면치레로 때리는 것을 ‘인사’라 한다
고 정다산은 『흠흠신서(欽欽新書)』에 적고 있다. 참으로 별난
인사도 다 있다.

인색

吝嗇

아낄 **린**　아낄 **색**

　　아껴 쓰지 않으면 안 되는 시대를 맞아 절약(節約)을 강조하다보니 자린고비 같은 인색(吝嗇)도 미화(美化)되고 있다.

　　吝(린)은 文(문)과 'ロ〔'입'의 상형이 아니다〕'로 이루어진 글자이다. 文(문)은 '가슴에 문신을 한 사나이가 버티고 서 있는 모양'의 상형으로, 본뜻은 '문신(文身)'이다. 하지만 '문화' '문명' '문학' 등에서 보는 것처럼, 파생된 뜻인 '꾸미다'와 관련하여 널리 쓰인다. 吝(린)은 시신(屍身)에 문신(文身)을 해서 매장했던 중국 고대 어느 한 시절의 특이한 장례 풍속이 반영된 글자이다. 여기서의 文(문)은 '문신한 시신'이며, 'ロ'는 이 시

文	甲骨		金文		小篆	
吝	甲骨		金文		小篆	
嗇	甲骨		金文		小篆	
回	甲骨		金文		小篆	

신을 매장하기 위해 파놓은 흙구덩이이다. 오랫동안 같이 지내던 사람을 매장(埋葬)하는 일은 슬프고 안타깝고 주저되는 일이다. 이에 바탕하여 널리 알려진 뜻 '아깝다' '아끼다' '아까워하다' 가 파생되었다.

嗇(색)은 '수확하여 밭에 쌓아놓은 볏단' 을 상형한 글자로, '농작물을 수확하다' 가 본뜻이다. 윗부분은 '벼' 의 상형 禾(화)를 나란히 쓴 秝(역)이 변한 것이며, 아랫부분은 '소용돌이치는 물' 의 상형 回(회)가 아니라, '밭' 의 상형 田(전)이 변한 것이다. 농기구도 농사 기술도 발달하지 못했던 고대에 애써 지어 거둔 곡식을 어떻게 아끼지 않을 수 있었겠는가? '아까워하다' 라는 뜻은 이렇게 생겨났다.

이렇게 본뜻이 아닌 파생된 뜻이 생겨나 널리 쓰이자 본뜻 보존을 위해 다시 만든 글자가 여기에다 '벼' 의 상형인 禾(화)를 더한 穡(색)이다.

인색(吝嗇)의 처음 뜻은 『주역(周易)』에 쓰인 대로 '보존하다' '꼭 잡고 놓지 않는다' 였다. 그러다가 오늘날 우리가 쓰고 있는 '지나치게 아까워하다'라는 뜻으로 쓰이기 시작한 시기는 단어가 만들어진 지 한참 뒤인 4세기부터였다.

인색(吝嗇)은 '마땅히 써야 하는데도 쓰지 않는 것(當用而不用:당용이불용)'이므로 결코 미덕(美德)이 아니다.

인류의 스승 공자(孔子)가 가장 이상적인 인간형으로 존앙하던 사람은 형인 무왕(武王)을 도와 주나라를 세운 주공(周公) 희단(姬旦)이었다. 그러나 공자는 다음과 같이 말했다. "만일 주공과 같은 아름다운 재주를 지녔을지라도, 거만하고 '인색'하다면 그 나머지는 볼 것이 없느니라(如有周公之才之美, 使驕且吝, 其餘不足觀也已 : 여유주공지재지미, 사교차린, 기여불족관야이)."

인수
引受
끌 인　받을 수

야당(野黨)에 의한 정권 교체가 명실공히 처음 이루어지던 1998년 겨울, 경제 위기로 5천만이 어깨가 처지고 고개 숙인 그 엄동설한(嚴冬雪寒)에도 눈에 힘주고 다니는 사람들은 암행어사(暗行御史) 출두라도 부른 듯한 '인수' 위원들뿐인 것 같았다. 앞으로도 어떤 형태로든 정권이 바뀔 때마다 그럴 것으로 보인다.

引(인)은 弓(궁)과 ㅣ(곤)으로 이루어진 글자이다. 갑골문의 활을 의미하는 글자는 '시위를 탱탱히 메긴 활의 모양'을 상형한 것이었다. 오랫동안 그런 형태로 쓰이다가 뒷날 전서(篆書) 시대에 와서 시위는 안 보이고 활대만 남은 오늘날의 모양과 비

弓	甲骨		金文		小篆	
引	甲骨		金文		小篆	

슷한 글자로 바뀌었다. 引(인)에서의 丨(곤)은 그 '시위'의 상형이다. 이렇게 구성된 引(인)은 '활시위를 끌어당기다'에서 추출한 '끌어당기다'가 본뜻이다. 弓(궁)을 '시위 메긴 활'의 상형으로, 丨(곤)을 '화살'의 상형 矢(시)의 생략형으로 보기도 하지만 '당기다'를 본뜻으로 하는 데에는 이의가 없다. 역시 '활'과 관계되는 글자 弘(홍)을 살펴보자. 아랫부분의 한 점〔丶〕을 뺀 것이 '활'의 상형이며, 점(點)은 활의 가장 단단한 부분을 나타내기 위한 부호로서 지사자(指事字)이다. 이 글자를 성부(聲符)로 하는 글자에 强(강)자가 있는데 그 본뜻은 기(蚚), 즉 곡식을 갉아먹는 '바구미'이다. 그러니까 '강력(强力)'에 쓰이는 '강(强)'은 가차자인 셈이다. 바구미 한 마리의 힘이 '강(强)'의 본뜻이라니…… 『장자(莊子)』의 첫머리 「소요유(逍遙遊)」편은 다음과 같은 힘찬 문장으로 시작된다.

북쪽 바다에 물고기가 있는데 그 이름은 곤(鯤)이다. 곤의 크기는 몇천 리나 되는지 모른다. 새로 변하면 그 이름을 붕이라 한다(北冥有魚, 其名爲鯤, 鯤之大, 不知其幾千里也. 化而爲鳥, 其名爲鵬 : 북명유어, 기명위곤. 곤지대, 부지기기천리야. 화이위조, 기명위붕).

754

弘	甲骨		金文		小篆	
受	甲骨		金文		小篆	

　이 글을 통해 세상에 널리 알려진 물고기 곤(鯤)의 본뜻이 피라미보다 더 작은 ‘물고기 새끼〔魚子〕’라니 이 또한 의외의 일이다. 중국인들의 반어적 수사법은 하여튼 재미있다.

　受(수)는 ‘두 손과 그릇 하나’를 상형한 글자이다. 윗부분은 ‘건네는 손’의, 아랫부분은 ‘받는 손’의 상형이 변한 것이며, 가운데의 ‘一’는 음식을 담는 盤(반)이나 술을 담는 盞(잔)의 아랫부분인 그릇 皿(명)이 변하면서 생략된 것이다. 이는 갑골문과 금문의 보기를 살펴보면 쉽게 알 수 있다. 이를 ‘배’의 상형 舟(주)의 생략형으로 보아 受(수)를 형성자(形聲字)로 여기는 견해도 있으나 잘못이다.

　원래는 이 한 글자로 주고받음을 모두 의미했으나 뒷날 손 手(수)를 하나 더한 授(수)를 만들어 ‘주는 것’을, 기존의 受(수)는 ‘받는 것’만을 뜻하도록 하였다. 글자 뜻대로의 인수(引受)는 ‘끌어당겨서 받음’이니 실은 빼앗는 것에 다름아니다.

　인수(引受)는 근대 일본에서 ‘남의 빚을 떠맡다’는 의미로 만든 경제 용어이다.

인형
人形
사람 인 모양 형

人 (인)은 '서 있는 사람'을 측면에서 상형한 글자이다. 形(형)에서 왼쪽 부분은 '우물'의 상형인 井(정)의 변형으로 이 글자에서는 발음부호 역할을 한다. 井(정)의 본 글자가 가운데 한 점을 더 찍은 丼(정)이라는 견해가 있는데 사실과 거리가 있는 것임을 보기의 고문자에서 확인할 수 있다. 금문의 일부 자형과 소전에 두레박을 의미하는 점(點)이 찍혀 있지만 가장 오래된 자형인 갑골문을 보면 '우물 난간'의 상형일 뿐이다. '터럭 삼'으로 알려진 彡(삼)은 늘어진 머리털〔毛 : 모〕, 색을 칠한 장식〔飾 : 식〕, 붓으로 그린 필획(筆劃), 꽃무늬〔文 : 문〕 등을 모두 포함하는 다의성(多義性)을 가진 글자이다. 그리하

人	甲骨		金文		小篆	
形	甲骨		金文		小篆	
井	甲骨		金文		小篆	

여 대체로 '빛난다' 는 의미를 가진 글자에 들어가 쓰인다. 그 예로 文質彬彬(문질빈빈)의 彬(빈), 表彰(표창)의 彰(창), 彫刻 (조각)의 彫(조), 修養(수양)의 修(수) 등을 들 수 있다.

形(형)은 '물체의 형상을 그리다' 가 본뜻이며, '형상' '모양' 등의 파생된 의미도 가지고 있다.

'인형(人形)'은 글자 그대로라면 '사람의 모양' 이지만 뒤에 생긴 '꼭두각시' 라는 의미로 더 널리 쓰이고 있다. 인형이라는 용어가 생기기 이전에, 그것은 俑(용) 혹은 偶(우)라 불리며 주술용(呪術用)이나 노리갯감으로 쓰이기도 했지만 주로 순장(殉葬)과 관련되어 사용되었다. 이것을 처음 만든 사람은 누구였을까? 그는 공자의 무서운 저주를 받았다. "인형을 처음 만든 자는 자손이 끊어졌을 것이다(始作俑者, 其無後乎 : 시작용자, 기무후호)." 공자는 흙이나 나무로 인형을 만들어 부장품(副葬品)으로 쓴 데에서 순장이 비롯되었다고 여겼던 것이다. 공자의 이러한 생각은 실은 역사적 진실과 거리가 있는 것이다. 고대사회에서는 생매장으로서의 순장(殉葬)이 먼저 실행되었기 때문이다. 그러나 공자의 이 말은 공자가 얼마나 대단한 인도주의자였느냐를 증명하는 것으로서 효용(效用)을 다한다. 그러므로 실증적인 논란거리가 될 수 없는 것이다.

중국의 경우 16세기 명나라 중엽까지도 황제가 죽으면 아름다운 궁녀들을 교수(絞首)하여 함께 묻는 순장이 자행되었다. 참으로 오래되고 끔찍한 악습이었다. 남경 자금산(紫金山)에 있는 명 태조 주원장의 무덤에 십수 명의 궁녀가 생매장되었고 북경 교외 명십삼릉(明十三陵)의 명 성조(成祖)의 무덤에도 십수 명이 생매장되었다.

그런데 언제부터인가 사람 모양이 아닌 동물 모양의 노리개를 '곰모형' '돼지 모형'이 아니라 '곰인형' '돼지 인형' 등으로 부르고 있는데 이는 재고해볼 문제가 아닐 수 없다.

임거정
林巨正

성 림   클 거   바를 정

몇 해 전에 방영되었던 텔레비전 드라마 〈林巨正〉에서 꺽정이는 옛 기록과 다르게 장렬히 전사하였다. 이상적 사회주의자 벽초(碧初) 홍명희(洪命憙)의 미완의 대작 『林巨正』에서 영웅으로 되살아난 꺽정이는, 관군(官軍)의 말을 빼앗아 타고 달아나다 잡혀 죽었다는 옛 기록과 달리 민중의 영웅답게 장렬한 죽음을 맞이하도록 예정되어 있었다.

林(림)은 두 개의 나무 木(목)으로 구성된 글자이다. 木(목)의 첫 획은 '양쪽으로 뻗은 가지'의, 제2획은 '줄기'의, 3, 4획은 '뿌리'의 상형이다. 두 개의 木(목)으로 구성된 林(림)의 본뜻은 나무가 빽빽이 서 있는 '숲'이다.

林	甲骨		金文		小篆	
巨	甲骨		金文		小篆	
正	甲骨		金文		小篆	

　巨(거)는 옛 목공(木工)들의 필수 도구인 '곡척(曲尺)'의 상형이다. 금문을 보아 알 수 있듯이 工(공)자 모양으로 생긴 이 '커다란 자'와 '이를 손에 잡고 있는 사람'의 상형인 大(대)를 나란히 쓴 형태도 있었는데 大(대)는 뒷날 생략되었다. 巨(거)의 가운뎃부분은 이 '큰 자를 잡고 있는 손'의 상형이 변한 것이다. 뒷날 본뜻인 '曲尺(곡척)'은 矩(구)나 榘(구)가 만들어져 대신하게 되었고 巨(거)에는 '크다' '거대하다'와 같은 파생된 뜻만 남았다.

　正(정)은 '一'과 '발'의 상형인 止(지)를 합한 글자이다. 갑골문에서 '一'은 '囗'로 되어 있었다. 그것이 발[止]로 걸어갈 목표라는 설과 전쟁시에 공격할 대상, 즉 적(敵)의 성(城)을 의미한다는 설이 있다. 어쨌든 正(정)은 만들어진 초기에는 가서 잘못된 것을 바로잡아준다는 '정벌(征伐)'의 의미로 널리 쓰였다. '바로잡다' '바르다' 등의 널리 알려진 뜻은 이에서 파생되었다. 이러한 파생된 뜻이 널리 쓰이자 본뜻 보존을 위해 만든 글자가 征(정)이다.

　'巨正'은 실은 순 우리말 이름인 '꺽정'의 한자식 표기이겠지만 글자 그대로의 뜻으로 보면 '크게 바로잡는 사람'이다. 여

전히 바로잡아야 할 데가 많은 세상이지만 이제 사람들은 더이
상 거정이를 그리워하지 않는 것 같다. 그 동안 수많은 거정이가
있었지만 문제없는 세상이 없었기 때문인가? 아니면 조용히 작
게나마 바로잡는 小正(소정)이가 요구되는 시대이기 때문인가.

자기
自己
스스로 **자** 몸 기

'**자**기(自己)'가 어쩌다 연인끼리나 젊은 부부간의 정겨운 호칭이 되어 있는 것일까? 自(자)는 사람의 '코'를 상형한 글자로 본뜻은 '코'이다. 그러나 老子(노자)가 주장하는 "인위적 조작 없이 저절로 다스려진다(無爲自化 : 무위자화)"나 『논어(論語)』에 보이는 "벗이 멀리서 찾아오니 정말 즐겁지 아니한가(有朋自遠方來, 不亦樂乎 : 유붕자원방래, 불역락호)" 등의 구절에 쓰인 것처럼 '저절로'나 '~로부터'가 새로운 뜻으로 널리 쓰이게 되자 다시 코 鼻(비)를 만들어 본뜻을 보존해두었다. 두 손으로 물체를 드는 모양인 '畀(비)'는 여기에서는 발음부호일 뿐이다. 自와 鼻는 지금은 '자'와 '비'로

自	甲骨		金文		小篆	
畀	甲骨		金文		小篆	
己	甲骨		金文		小篆	

읽히고 있지만 글자가 만들어지던 때에는 동음(同音)이었고, 自의 원음도 '자' 보다는 '지' 에 가까운 것이다.

己(기)는 '몇 군데 매듭을 지어놓은 새끼줄의 상형' 이라고도 하고 '신표(信標)로 삼는 나뭇조각에 새긴 부호의 모양' 이라고도 한다. 오랜 옛날에 매듭은 약속을 의미하는 '기록' 의 대용이었는데, 뒤에 그 뜻이 '몸' 이나 '간지(干支)의 하나' 로 더 널리 쓰이자 본뜻을 나타내는 기록할 '紀(기)' 를 만들게 되었다는 일부 학자들의 설명을 듣고 보면 앞의 설이 옳은 듯하다. 한자에는 이러한 글자가 적지 않다. 예를 들면, 널리 알려진 대로 '태우다' '타다' 라는 본뜻을 가진 然(연)이 '그렇다' '그러하다' 라는 뜻으로 빈번히 쓰이게 되자, 사실은 군더더기인 火(화)를 하나 더한 燃(연)을 만들어 본뜻을 보존하고 있는 경우를 들 수 있다.

그리고 보니 '자기' 의 본뜻은 '코' 와 '새끼줄' 이다. 한 이십여 년 전부터 애인이나 부부끼리 '자기' '자기' 하는데, '코' 를 맞대어 호흡을 같이하고 '새끼줄' 로 두 몸을 묶어 하나가 된 사이여서 그런다면 그럴 수도 있겠지.

자녀

子女

아들 **자**   계집 **녀**

자녀를 하나밖에 가질 수 없도록 엄격히 제한하고 있는 중국에서는 모두들 아들을 낳으려고 난리들이다. 하기야 이 세상에 중국보다 남존여비(男尊女卑)의 역사가 오래된 나라가 있을까? 기원전 6세기에 편집된 『시경(詩經)』「사간(斯干)」편에 이미 다음과 같은 시구가 있다.

사내아이를 낳으니(乃生男子 : 내생남자)

침대에 누이고(載寢之牀 : 재침지상)

비단옷을 입히고(載衣之裳 : 재의지상)

옥으로 만든 노리개를 쥐여주네(載弄之璋 : 재롱지장)

子	甲骨		金文		小篆	
女	甲骨		金文		小篆	

계집아이를 낳으니(乃生女子 : 내생여자)
땅바닥에 누이고(載寢之地 : 재침지지)
포대기를 걸쳐놓고(載衣之裼 : 재의지체)
흙으로 만든 노리개를 쥐어주네(載弄之瓦 : 재롱지와)

참으로 태어나자마자 대접이 하늘과 땅 차이이다. 그런데 사실 이 '子(자)' 자가 처음 만들어질 때에는 아들 딸 구별없이 아기의 모양을 그대로 그린 것일 뿐이었는데 일부 학자들은 두 다리가 보이지 않는다는 데 착안하여 '강보(繈褓)에 싸인 아기' 라고 보기도 한다. '아들 자' 라는 훈(訓)은 뒷날 생긴 것이고 '자식 자' 라고 해야 원래의 뜻에 맞다.

이왕 '여자' 라는 단어가 나온 김에 '공자님을 위한 변명' 한마디 하자. 중국 선진시대에 '女子(여자)' 는 훗날의 용례처럼 '모든 여성' 이나 '아내' 를 포함하는 말이 아니었다. 그것은 '딸' '처녀' '첩' 의 뜻으로 쓰이던 말이었다. 위의 시에서는 '딸' 의 의미로 쓰였고, "오직 여자와 소인은 기르기가 어렵다. 가까이하면 불손해지고 멀리하면 원망한다(子曰, 唯女仔與小人爲難養也, 近之則不孫, 遠之則怨 : 자왈, 유녀자여소인위난양야, 근지즉불손, 원지즉원)" 는 공자님의 말씀에서는 '첩' 의 의미로 쓰였다. 그런데 공자님의 이 말씀이 '처' 를 포함하는 '모든 여

弄	甲骨	(갑골문 자형)	金文	(금문 자형)	小篆	(소전 자형)
玉	甲骨	(갑골문 자형)	金文	(금문 자형)	小篆	(소전 자형)
慶	甲骨	(갑골문 자형)	金文	(금문 자형)	小篆	(소전 자형)

성'을 의미하는 것으로 오해(?)한 페미니스트들의 비난과 공격이 있었는데 공자님으로서는 정말 억울한 일이다.

이 시에 근거하여 아들을 낳은 경사(慶事)를 농장지경(弄璋之慶)이라 하고, 딸을 낳은 경사를 농와지경(弄瓦之慶)이라 하였다. 이 두 말에 두루 쓰인 弄(롱)은 玉(옥)과 廾(공)으로 이루어진 글자이다. 玉(옥)은 '둥근 옥[이런 옥을 璧(벽)이라 한다] 여러 개를 끈으로 꿰어놓은 모양'을 상형한 글자다. 갑골문에서 볼 수 있는 것처럼 네 개도 있었지만 차츰 세 개로 고착되었고, 금문에 와서는 임금 王(왕)자와 비슷한 모양이 되었다. 廾(공)이 무엇인가를 들고 있는 '두 손'의 상형임은 여러 번 설명한 바 있다. 이 둘을 합한 弄(롱)은 '가지고 놀다' '희롱하다'가 본뜻이다. 원래의 대상은 당연히 옥(玉)이었겠지만 뒤에 그 범위가 확대되어 모든 것을 포함하게 되었다. '쓸데없는 물건을 가지고 노는 데 팔려 소중한 자기의 본심을 잃음'을 의미하는 완물상지(玩物喪志)의 玩(완)자와 弄(롱)은 같은 글자다. 慶(경)자는 어떤 글자일까? 처음으로 이 글자를 해석한 허신(許愼)은 사슴 鹿(록), 마음 心(심), 천천히 걸을 夊[쇠:이 글자는 '발바닥'의 상형 止(지)를 거꾸로 그린 것이다]를 합한 뒤 鹿(록)의 일부분을 생략한 것으로 보았다. 나아가 경사로운 일에 사슴 가죽을 선물하던 옛 풍속에 자의(字意)를 연결시켜 '가서 남을 축하한다'가 본뜻이라 하였다. 그러나 고문자에서의 자형을 보면 아무래도 그것은 '사슴'의 상형과는 거리가 멀다. 그것은 '한 마리 짐승'의 상형인데 특이한 것은 심장이 강조되어 형상화되어 있다는 것이다. 야수(野獸)의 하나로 심장이 귀한 약재(藥材)로 쓰이는 이 짐승을 잡으면 축하할 일이라는 데에서 '경사(慶事)'라는 의미가 생긴 것으로 보인다. 금문(金文)에서의 모양이 '해채(獬豸)', 즉 '해태'의 상형과 흡사하다 하여 그렇게 주장한 사람도 있으나 그 실존 여부를 알 길이 없으니 우선 밀쳐둘 수밖에.

　고향을 떠나 호적이 없는 곳을 전전(轉轉)하며 아들 딸 가리지 않고 하나밖에 낳을 수 없는 국법을 어기고 팔자에 없는 아들을 낳으러 다니는 오늘날의 일부 중국 부부들을 일러 '생산유격대(生産遊擊隊)'라고 한다. 세상엔 별의별 유격대도 다 있다.

자당
慈堂
사랑할 **자**　집 **당**

　　"**자**당께서도 강녕(康寧)하신지요?" 요즘은 듣기가 흔치 않은 말이지만 따스한 정(情)이 듬뿍 담긴 말이다. 자당은 다른 사람의 어머니를 뜻한다.

　　동한(東漢)의 허신(許愼)은 慈(자)를 愛(애)라고 풀이하였다. 윗부분의 玆(자)는 갑골문에 보이듯이 '두 뭉치의 명주 실타래'를 본뜬 것이므로 여기에서 생긴 따뜻한 온기(溫氣)가 이 글자를 대표하는 의미가 되었다. 아래의 心(심)은 심장(心臟)을 본뜬 글자이다. 옛 사람들은 심장이 생각을 담당하는 기관(器官)이라 생각하였다. '마음'이란 뜻은 여기서 생겨났다. 따뜻한 온기〔玆〕와 마음〔心〕이 모인 '慈(자)' 자가 어머니의 마음

兹	甲骨		金文		小篆	
心	甲骨		金文		小篆	

을 뜻하는 것은 너무나 자연스러운 것이겠다.

尙(상)과 土(토)를 합한 堂(당)자는 둔덕〔土〕 위에 지은 집이라는 뜻이다. 둔덕의 양지바른 곳에 반듯하게 잘 지은 집이 어머님을 모실 만한 곳이 아니겠는가! 여기서의 尙(상)은 발음부호로 쓰여진 것으로 보이는데 그 자원(字源)은 아직 밝혀지지 않았다.

부모는 자식에게 자애(慈愛)로워야겠지만 지나치다보면 자식을 오도(誤導)하는 경우도 있으므로 아버지가 악역(?)을 맡아야 했던 것은 아닐까? 그래서 엄부자모(嚴父慈母)란 말이 생긴 것인지도 모르겠다. 요즘은 아버지가 직무를 유기(遺棄)한 것인지 아니면 여권(女權)이 드세진 때문인지 자부(慈父) 엄모(嚴母)의 가정이 적지 않은 듯하다.

'두 뭉치 명주 실타래'의 상형 兹(자)를 다룬 김에 하는 말이지만, 다산의 형 정약전(丁若銓)이 흑산도 유배생활 중에 지은 책 가운데 『해족도설(海族圖說)』이 있다. 다산은 이 책의 명칭이 적절치 않다고 여겨 『자산어보(兹山魚譜)』라 고쳤다. 『흑산어보(黑山魚譜)』라 해도 좋겠지만, 다산은 늘 형님이 계신 곳이 음침하고 겁나는 黑山(흑산)인 것이 마음에 들지 않아 黑(흑)자와 같은 의미를 가진 兹(자)를 써서 자산(兹山)이라 불러오던 터였다. 그런데 근간에 이 글자의 발음이 '현'이어야 한다는 주장이 있어왔고 급기야 이를 따르는 경우가 있게 되었다. 사실 중국의 문자학계에서 이 글자의 발음이 '현'이냐 '자'냐에 대한 천 년도 넘는 오랜 논란이 지금도 진행중이다. 그러므로 우리는 다산이 읽었던 대로 읽을 수밖에 없다.

다산 시대의 대표적 자서(字書)인 『설문해자』는 '자'라고 읽었다. 또한 대표적 운서 『규장전운(奎章全韻)』은 '자'로 발음하는 글자 난에 이 글자를 싣고 "흑야(黑也)"라 하였다. 그리고 '현'으로 발음하는 글자 난에서도 이 글자를 흑적(黑赤)이 본뜻인 玄(현)자에 이어 수록하고 "玄(현)자와 같은 뜻이다"라고 하였다. 玄(현)자는 '검을' 현이란 일반적으로 알려진 훈(訓)과는 달리 "흑적(黑赤)"을 본뜻으로 하는 글자이다. 결국 원래의 사정이 어떠하건 간에 『규장전운』에 의하면 '자'로 읽을 때는 '흑색'이고, '현'으로 읽을 때는 '흑적색'인 것이다. 다산이 흑산도의 대칭(代稱)을 그냥 "현산(玄山)"이라 하지 않고 "자산(玆山)"이라 한 까닭이 여기에 있다. 그러므로 종래대로 『자산어보』라 읽는 것이 옳을 것이다.

다산 선생이 거론된 김에 한마디 더 하자. 2001년 여름, 한국 고미술계는 다산이 유배되어 거처하던 다산초당의 풍경을 담은 그림이 발견되어 떠들썩하였다. 초의선사(草衣禪師)로 널리 알려진 의순(意洵)이 그렸다는 〈다산초당도(茶山草堂圖)〉가 실전된 지 50여 년 만에 발견되었다는 것이다. 당연한 것인지는 알 수 없지만 초의선사의 그림 실력에 대한 이 분야 전문가들의 격찬이 이어졌다. 그런데 그 그림은 초의가 그린 것이 아니라 다산이 그린 것이었다.

"가경 임신년(1812) 가을에 나는 다산에서 백운동으로 놀러 가서 하루를 지내고 돌아왔다. 못다 한 미련이 오랫동안 사그라지지 않아서 중 의순을 시켜 〈백운도〉를 그리게 하고 백운동의 12가지 아름다운 일을 읊은 나의 시를 그림 밑에 써서 주었다. 말미에 〈다산도〉에 덧붙여 우열을 드러내었다.(嘉慶壬申秋, 余自茶山遊白雲洞, 一宿而反. 餘戀久而未衰, 令僧洵作白雲圖, 續之以十二勝事之詠以遺之. 尾附茶山圖, 以見優劣 : 가경임신추, 여자다산유백운동, 일숙이반. 여련구이미쇠, 령승순작백운도, 속지이십이승사지영이유지. 미부다산도, 이현우열)."

두 폭의 그림과 12수의 시를 담은 『백운도첩』에 쓴 다산의 친필발문이다. "말미에 〈다산도〉를 덧붙여 우열을 드러내었다"는 구절을 의역하면 "화첩의 말미에 내가 서투른 솜씨로 그린 〈다산도〉를 덧붙여 의순의 〈백운도〉가 얼마나 잘 그린 작품인지를 드러나게 하였다"이다. 의순의 그림 재능을 아끼고 격려하는 다산의 따뜻한 배려가 묵향(墨香)처럼 배어 있다고 하겠다. 그러니까 이 『백운첩(白雲帖)』에 실린 〈백운동도〉는 초의가 그린 것이고 〈다산초당도〉는 다산이 그린 것이다. 다산이 그림에도 상당한 조예가 있었고 여러 폭의 작품이 남아 있다는 것은 세상이 다 아는 일이다. 아내가 귀양지로 보내온 헌 치마에 그려 딸에게 주었던 유명한 〈화조도(花鳥圖)〉는 이 일이 있은 이듬해인 계유년(1813)에 그린 작품이다. 한문 한 구절을 잘못 읽으면 이런 엉뚱한 일이 벌어지기도 한다. 필자도 가끔 이런 우(愚)를 범할 때가 있으니 누구를 탓할 것도 못 된다. 그저 한문이 어려운 글이란 생각을 하고 신중하게 뜯어보아야 한다는 사례로 삼아야 할 뿐이다.

자매

姊妹

손윗누이 **자** 손아랫누이 **매**

　중국 최초의 자전(字典)이자 유가(儒家) 십삼경(十三經)의 하나인 『이아(爾雅)』에 다음과 같은 규정이 있다. "남자로서 먼저 난 자를 형(兄)이라 하고 뒤에 난 자를 제(弟)라 한다. 남자가 자기보다 먼저 난 여자를 자(姊)라 하고 뒤에 난 여자를 매(妹)라 한다(男子先生爲兄, 後生爲弟. 男子爲女子先生爲姊, 後生爲妹 : 남자선생위형, 후생위제. 남자위녀자선생위자, 후생위매)." 이처럼 자매(姊妹)의 원뜻은 오빠나 남동생이 여동생이나 누이를 부르는 호칭이었다.

　姊(자)의 의부(義符)를 구성하는 왼쪽은 '꿇어앉은 여자'의 상형이다. 성부(聲符)를 구성하는 오른쪽은 발음이 '자'이며,

朮	甲骨		金文		小篆	
未	甲骨		金文		小篆	

‘풀이 더 자라나지 못하도록 장치를 해놓은 모습’의 상형이라는
오래된 설도 있고, ‘볏단 한 묶음’의 상형으로 ‘만억 秭(자)’의
본자라는 새로운 설도 있다. ‘만억’은 억(億)의 만배(萬倍)라는
뜻이다. ‘자’는 여기에서 발음부호 역할만 한다. ‘대로 짠 자리’
를 뜻하는 ‘笫(자)’에서도 발음부호로 쓰였는데 笫(자)는 때때
로 竹(죽)과 弟(제)를 합한 뒤 弟(제)의 첫 두 획이 생략된 ‘第
(제)’와 혼동(混同)되기도 한다. 姉(자)의 뜻은 여형(女兄), 즉
‘누님’이다. 이 글자 대신 ‘姊’가 쓰이기도 하는데 그 역사가 비
록 오래되었다 하나 형태의 유사에서 빚어진 오자(誤字)임에 틀
림없다. ‘朮’은 네 획의 글자로 발음이 ‘불’이기 때문이다〔亠
(두)와 巾(건)을 합한 다섯 획의 市(시)와는 다른 글자이다〕. 중국
에서는 발음이 같은 姐〔우리 발음은 ‘저’, 본뜻은 ‘어머니’〕를 쓰
는 경우가 더 많다.

　妹(매)의 오른쪽 未(미)는 고문자에서 볼 수 있듯이, ‘가지 무
성한 나무’의 상형이다. 가차된 뜻 가운데 ‘아직 ……하지 못하
다’ ‘아니다’라는 뜻이 있는데 女(녀)와의 결합에서는 그런 의
미가 쓰였다. 妹(매)는 여제(女弟), 즉 ‘아직 어린 여동생’이 본
뜻이다.

　형제는 싸워서 남이 되는 경우도 없지 않지만 자매는 그런 불
상사(不祥事)가 별로 없는 듯하다. 그래서 그런지 자매결연(姉

妹結緣), 자매기관(姉妹機關), 자매도시(姉妹都市), 자매지
(姉妹紙), 자매편(姉妹篇), 자매학교(姉妹學校), 자매회사(姉
妹會社) 등에 거의 '자매'가 쓰이는데 '자매'를 '형제'로 바꿔
놓으면 어쩐지 어색한 느낌이 든다.

나리타 킨(成田金)과 가나에 긴(蟹江銀)은 일본의 유명한 쌍
둥이 장수(長壽) 자매인데 언니는 2000년 1월에 107세로, 동생
은 2001년 2월에 108세를 일기(一期)로 죽었다. 서로 아끼고 돌
본 일이 장수의 비결 가운데 하나라 한다. 골육상쟁(骨肉相爭)
도 하는 형제보다는 자매가 더 사이가 나은 게 아닌가 하는 생
각이 든다.

장

葬

장사지낼 **장**

좁은 땅덩어리에 많은 사람이 북적대며 살다보니 이제는 죽은 뒤의 몸뚱어리 처리도 큰 걱정거리인 세상이 되었다. 사체 처리에 별의별 방식이 다 있지만 우리나라의 경우 화장(火葬)과 매장(埋葬) 가운데 하나를 택할 수밖에 없는 형편이다. 화장이 아직은 권장 사항이지만 사정상 법제화될 날이 머지않은 듯하다. 우리는 여러 가지 이유로 화장을 기피하고 있으나 알고 보면 화장이 매장보다 망자(亡者)에게 훨씬 융숭한 대접이기도 했다. 불교에서 고승대덕(高僧大德)에게만 화장을 했던 시절도 있었기 때문이다. 화장은 때로 거적때기에 싸거나 나무관에 넣어 묻어버리는 매장보다 그 비용이 더 드는 장례 방식이기도 했던 것이다. 아무튼 '사체 처리 방식'의 뜻으로 쓰이고 있는 '葬(장)'의 본뜻을 알아보자.

葬(장)을 의미하는 갑골문에서의 글자는 보기의 자형을 자세히 보면 알 수 있듯이 관(棺), 시체, 침상으로 구성되어 있었다. 이처럼 오늘날의 자형과는 사뭇 다른 모양이었다. 원래 침상의 용도는 중환자의 운명(殞命)과 저승행을 돕기 위한 데 있었다. 이 침상을 부장품(副葬品)으로 삼은 것을 보면 망자의 지위가 상당했던 것으로 보인다. 소전(小篆)시대에 와서야 오늘날의 자형(字形)에 근사(近似)한 형태로 변한다.

葬(장)은 풀 무성할 茻(망)과 죽을 死(사)로 구성된 글자이다. '풀 한 포기'의 상형은 屮(철)인데, 더 무성해질수록 艸(초), 卉(훼), 茻(망)으로 표시된다. 死(사)는 '사람의 앙상한 해골'의 상형 歹(알)과 '그 앞에 꿇어앉은 사람〔人〕'으로 구성되어 있다. 葬(장)의 소전(小篆)에서는 이렇게 구성된 死(사)자 아래 한 줄의 가로획〔一〕이 그어져 있는데 시체를 싸는 '거적'이나 '초석(草席)'이라고도 하고 '나무 판자'라고도 한다. 이것이 예서(隸書)에서는 없어져서 오늘날의 자형이 되었다.

葬(장)은 그러니까 풀밭에 시체를 버린 상태를 본뜬 글자로 인류가 가장 먼저 그리고 가장 오랫동안 이행하였던 시체 처리 방식을 적나라하게 보여주고 있는 글자이다. 풀이 우거진 구렁텅이에 버려진 부모의 시신이 온갖 짐승과 벌레에 뜯어먹히며 썩어가는 것을 지나가다 보고 미안한 마음이 생겨, 땅을 파고

死 　甲骨 　　　　　　　　　　金文 　　　　　　　小篆

흙으로 덮게 된 것이 무덤의 유래라고 맹자(孟子)는 설명하고 있다.

아직 숨이 끊어지기도 전에 버려지기도 했고, 죽은 뒤 아무 데나 던져지기도 했으며, 풀더미에 싸여 버려지기도 했고, 나무에 높이 매달려 새의 먹이가 되기도 했으며, 땅속에 묻히기도 하고, 불 태워져 한줌의 재가 되기도 하는 사람의 몸뚱어리……정신없이 분주한 삶의 와중에서 한번쯤 자신의 장례 방식을 미리 생각해보는 것은 어떨까.

장롱
欌籠

장롱 **장** 삼태기 **롱**

기원전부터 한자 문화와 접촉해온 우리 민족은 필요에 따라 많은 한자를 만들었다. 한말 영해지역에서 활약했던 의병장 신돌석의 이름에 들어가 유명해진 乭(돌), 전답이라 할 때의 畓(답), 엇시조에 쓰이는 旕(엇) 등 국자(國字)라 불리는 이런 글자들은 150여 자에 이른다. 책장, 옷장, 찬장 등 우리 생활에 널리 쓰이는 欌(장)도 국자(國字) 중 하나이다.

欌(장)은 木(목)과 藏(장)으로 이루어진 글자다. '한 그루 나무'의 상형인 木(목)은 여기서 '나무 상자'의 뜻으로 쓰였다. 藏(장)은 艹(초)와 臧(장)으로 구성되어 있다. 艹(초)는 '두 포기 풀'의 상형으로 모든 풀의 총칭으로 쓰인다. 臧(장)은 원래

木	甲骨		金文		小篆	
臧	甲骨		金文		小篆	
竹	甲骨		金文		小篆	
龍	甲骨		金文		小篆	

는 '부릅뜬 눈'의 상형 臣(신)과 '창'의 상형 戈(과)를 합한 글자였다. 창의 삐쭉한 옆날이 전쟁 포로의 눈을 찌르는 형상을 그린 것인데, 옛날 포로들은 이런 비참한 형(刑)을 받고 노예가 되기도 하였다. 금문(金文)시대에 와서, '침상을 세워놓은 모양'의 상형으로, 여기에서는 발음부호 역할을 하는 뉘(장)을 앞에다 더했다. 이 두 글자를 더한 臧(장)의 본뜻은 '노예'이다. 어쩌면 '풀더미〔++〕에 몸을 숨긴 노예〔臧〕'에서 비롯되어 '숨다' '감추다'와 같은 뜻이 추출되었을지도 모르겠다. 우리 조상들은 木(목)과 臧(장)을 합해 欌(장)을 만들어 '물건을 감추어 두는 나무 상자'의 뜻으로 썼다.

籠(롱)은 '대나무'의 상형인 竹(죽)과, 어떤 짐승의 상형인지 정설이 없는 글자로 여기에서는 발음부호로 쓰인 龍(룡)을 더한 글자이다. 본뜻은 대나무를 얽어 만든, 주로 흙을 담는 데 쓰는 '바구니'이다. 파생된 뜻 가운데 '총괄하다' '통틀다'가 있고, 이에서 '물건을 넣는 데 쓰는 도구'라는 뜻이 생겨났다.

외환 위기가 한창이었을 때 우리 서민(庶民)들은 欌(장)과 籠

(롱)을 활짝 열었고 각종 금붙이들이 한 곳으로 모였다. 그 가운
데 얇고 가느다란 돌반지에 유난히 시선이 갔는데, 아직도 그
기억이 생생하다.

장모
丈母

어른 **장** 어미 **모**

6세기 북제(北齊) 사람 안지추(顔之推)의 『안씨가훈(顔氏家訓)』에 다음과 같은 구절이 있다. "경향 각지의 사람들이 장인의 처를 천박스럽게도 장모(丈母)라 부른다(中外, 丈人之婦, 猥俗呼爲丈母 : 중외, 장인지부, 외속호위장모)." 이로 보아 지금은 경칭인 '장모'가 당시에는 천박한 호칭이었음을 알 수 있다. 그 이전에는 '외고(外姑)'라고 하였다.

丈(장)자는 '긴 막대를 손에 든 형상'으로 '지팡이[杖]에 의지한 노인'으로 보기도 한다. 앞서 말한 바 있지만, 丈(장)의 뜻이 도량형의 단위로 파생되어 널리 쓰이게 되자 본뜻을 보존하기 위해 杖(장)자를 만들었다.

丈	甲骨		金文		小篆	
母	甲骨		金文		小篆	

母(모)자는 ‘무릎 꿇고 앉은 여자’와 ‘유방〔글자 가운데 아래 위에 찍은 두 점이다〕’을 그린 것이니 아기에게 젖을 먹이는 엄마가 아니겠는가?

원(元)나라에서 고관의 처를 뜻하던 ‘마누라’나, 퇴계 율곡 같은 성인에 버금가는 분들께 한정되어 쓰이던 ‘선생’ 같은 어휘가 이제는 더이상 존칭이 되지 못하는 게 현실이다. 뿐만 아니라 어떤 때는 상대를 비꼬는 어투로 쓰이기도 한다. 중국에서도 원래는 스승에 대한 존칭인 사부(師傅)가 지금은 아무 직업에나 다 쓰이고, 심지어 길을 물으려고 상대방을 부를 때 쓰기까지 한다. 처가의 주도권을 잡고(?) 계신 ‘장모님’이 처음에는 천박한 느낌을 주었던 표현이고 보면 영고성쇠의 부침(浮沈)은 글자의 세계에서도 존재함을 알겠다.

장원
壯元

씩씩할 **장** 으뜸 **원**

일찍이 그 오류가 지적되었는데도 줄기차게 틀린 채로 쓰이고 있는 한자어가 있다. '壯元(장원)'이 바로 그것이다.

중국의 경우 수나라 때 시작되어 청나라 말까지 1300년간, 우리나라에서는 고려 초부터 조선 말까지 937년간 존속했던 과거제도하에서 '장원급제'는 모든 독서인의 열망이자 꿈이었다.

당나라 때의 과거에는 진사과, 명경과 등 십여 과가 있었고, 합격자 발표 전에 시험관은 각 과의 합격자 명단을 주장(奏狀)에 기록하여 임금에게 올렸다. 이 보고서〔狀〕에는 당시 최고 인기과였던 진사과의 명단부터 나열하였는데 그 첫머리〔元〕에 이

壯	甲骨		金文	壯壯	小篆	壯
狀	甲骨		金文		小篆	狀

름이 오른 사람만을 가리켜 '장원(狀元)' 혹은 '장두(狀頭)'라 불렀다. 장원은 바로 여기에서 비롯된 말이다.

'크다(大:대)'가 본뜻인 壯(장)은 爿(장)과 士(사)로 이루어진 글자이다. 爿(장)은 '침상을 세워놓은 모양'의 상형으로서 발음부호 역할을 하며, 여기에서의 士(사)는 '도끼'의 상형이다. 금문(金文)의 첫째 글자에서 아랫부분의 둥그스름한 부분이 도끼날이다. 이로부터 무기를 든 '무사'의 뜻으로 쓰이게 되었으며, 인원이 많거나 전쟁이 없을 때 일부가 실직해서 문서 담당 하급관리로 신분이 바뀌었을 때에는 선비[士]의 뜻도 가지게 되었고, 차츰 성년 남자의 의미로도 쓰이게 되었다. 이렇게 만들어진 壯(장)은 '심신이 건강한 남자'라는 뜻을 가졌다.

갑골문에서의 元(원)은 위 上(상)자의 원형[二]과 '측면에서 본 사람'의 상형[亻]을 더한 회의자(會意字)로 보인다. 그러나 보기의 금문(金文) 끝자에서는 머리 큰 사람의 그림이 분명하므로 상형자(象形字)로 여겨진다. 회의설을 따르더라도 사람 몸의 윗부분은 머리이므로 뜻에서는 차이가 없다. 허신(許愼)은 본뜻을 "시작(始作)"이라 하였지만 아무래도 그것은 파생의(派生義)로 보이고 본뜻은 '머리'였고 널리 쓰이는 '으뜸'은 이에서 파생된 뜻으로 생각된다.

우리나라에서 언제부터 '狀元(장원)'이 엉뚱하게도 '壯元(장

| 士 | 甲骨 | | 金文 | 土 士 | 小篆 | |
| 元 | 甲骨 | | 金文 | | 小篆 | |

원)'으로 변했을까? 조선 중기의 책인 성현(成俔)의 『용재총화(慵齋叢話)』에는 '狀元'으로 표기하고 있으니 적어도 고려 초에 과거가 실시되고부터 조선 중기까지는 바르게 썼음을 알 수 있다.

정약용 선생이 일상 용어에서의 잘못된 것을 알자는 의미에서 붙인 책이름인 『아언각비(雅言覺非)』에서 '壯元(장원)'은 '狀元(장원)'의 잘못임을 지적한 지도 이미 2백여 년이나 되었다.

장인
丈人
어른 **장**　사람 **인**

아 내가 고우면 '어른' 이 되고, 미우면 '영감' 이 되는 장인은 언제부터 생긴 말일까? 장인(丈人)의 첫 용례는 덕을 갖춘 현명한 노인에 대한 존칭으로 쓰였는데 『주역(周易)』「사괘(師卦)」에 보인다. 이 외에도 가장(家長), 남편, 친척 어른에 대한 호칭 등으로 쓰이기도 했다. '아내의 아버지' 라는 뜻으로 처음 쓰인 것은 5세기에 나온 배송지(裵松之)의 『삼국지주(三國志注)』에서였다. 그러므로 『삼국지』가 씌어진 진(晉)나라 때까지만 해도 이 단어에는 그런 뜻이 없었고, 배송지가 살던 5세기 유송(劉宋)시대부터 '아내의 아버지' 라는 뜻으로 널리 쓰였음을 알 수 있다. 그러므로 '장인어른' 이라는 뜻으로

丈	甲骨		金文		小篆	
人	甲骨		金文		小篆	

쓰인 지는 적어도 1500년은 되었으며, 우리나라에 온 지도 줄잡아 천 년은 되었을 것이다. 그 이전에는 '외구(外舅)'라 하였는데, 우리나라에서도 오랫동안 글 속에서는 이 말이 쓰였다.

丈(장)자는 '긴 막대를 손에 든 형상'으로 제1획과 제2획의 절반까지가 '무언가를 매단 막대기'의 상형이 변한 것이며, 그 나머지 반과 제3획이 손 手(수)자와 같이 '손'을 의미했던 글자의 변형인데, 이것이 글자의 본뜻인 듯하다. 길이의 단위나 사나이 '대장부'라고 할 때의 쓰임은 발음이 같았기 때문에 빌려 쓴 가차의(假借義)이며, 가차의로 더 널리 쓰이자 본뜻인 지팡이나 몽둥이의 뜻을 살리기 위해서 다시 만든 글자가 나무 木(목)을 더한 杖(장)자이다.

人(인)은 '한 사람이 서 있는 모양'을 옆에서 그린 글자이다.

장인(丈人)은, 비교적 초기의 용례인 『논어(論語)』에서도 늙은이에 대한 존칭으로만 쓰였다. 우리나라에서는 처의 아버지를 '장인어른'이라 부르고 있으니 실로 극존칭(極尊稱)인 셈이다.

서구화가 급속히 이루어지면서부터 우리 고유어나 한자어에 뿌리를 둔 말을 불문하고 우리말이 영어에 급속히 잠식(蠶食)되고 있음이 사실이다. 아무리 그렇기로서니 설마 장인이 '파더 인 로(father-in-law)'에게 먹히기야 하겠는가?

재상 宰相

재상 **재**　도울 **상**

스스로 호(號)를 '늘 즐거운 노인', 즉 '장락로(長樂老)'라 지은 중국 오대십국(五代十國)시대의 풍도(馮道)는 특이한 이력(履歷)의 인물이었다. 그는 후당(後唐), 후진(後晉), 후한(後漢), 후주(後周) 네 나라의 재상(宰相)을 역임하였고 받들어 모신 황제가 모두 열 명이었다. 모시던 임금들이 쫓겨나 죽임을 당하고 나라가 망해도 자약(自若)했던 그의 처세(處世)에 대한 후세의 평가는 크게 엇갈린다. 간도 쓸개도 없는 비열(卑劣)한 인간, 굴욕을 참고 난세의 민생을 도탄(塗炭)에서 구한 끈기의 인물. 정말이지 천양지차(天壤之差)이다.

宰(재)는 宀(면)과 辛(신)으로 이루어진 글자이다. 宀(면)은

| 宰 | 甲骨 | | 金文 | | 小篆 | |
| 相 | 甲骨 | | 金文 | | 小篆 | |

'집 외곽'의 상형으로 집을 뜻하는 글자인데, 여기에서는 관청(官廳)을 뜻한다. 辛(신)은 죄인에게 묵형(墨刑) 등 형벌을 가할 때 쓰던 끌의 상형. 여기에서는 형벌(刑罰)의 뜻으로 쓰였다. 宰(재)의 본뜻은 '형벌을 관장하는 관청'이며, 파생된 뜻에 '주관하다' '맡아 다스리다'가 있다.

相(상)은 木(목)과 目(목)으로 이루어진 글자이다. 木(목)은 '한 그루 나무'의 상형, 目(목)은 한쪽 눈의 상형이다. 相(상)의 본뜻은 어린 묘목[木]의 생장을 눈[目]으로 관찰한다는 데에서 추출한 '보다' '살피다'이다. '돕다' '보좌하다'라는 뜻은 이에서 파생되었다.

전국시대에 등장한 용어인 재상(宰相)은 전대(前代)의 태재(太宰), 총재(冢宰), 태사(太師)와 후대(後代)의 승상(丞相), 상국(相國), 대학사(大學士) 등과 같은 말이며, 만인지상 일인지하(萬人之上一人之下)의 영광스런 직책이자 살얼음을 밟는 듯한 조심스러운 자리이기도 하였다.

재앙

災殃

재앙 **재**　재앙 **앙**

산을 등지고 물을 앞에 둔 배산임수(背山臨水)의 지형이 거주하기에 가장 좋은 곳이지만 세상에 그런 명당은 흔치 않은 법이다. 그리하여 시냇가나 큰 강가에 부락을 이루고 살았던 사정은 옛 사람들의 부득이한 선택이었다. 중국의 경우에도 황하와 장강 연안을 중심으로 도시가 발달했던 것은 이 때문이다. 그런데 그들에게 가장 무서운 것은 바로 홍수였고, 홍수는 재앙 災(재)자에 그대로 각인되어 있다. ≋, 이 무슨 부호와도 같은 것이 홍수의 재앙을 형상화한 글자이다. 거센 물살이 옆으로 넘쳐흘러 농지와 거주지를 덮치는 광경이 눈에 보이는 듯하다. 그 뒤 ∭의 형태로 변하였고, 마침내 巛로 정착

巛, 災, 灾	甲骨		金文		小篆	
歺	甲骨		金文		小篆	

되었다. 뒤이어 '지붕과 기둥'을 상형한 宀(면)과 '타오르는 불꽃'의 상형인 火(화)를 더한 灾(재)가 출현하였다. 이 글자에는 날름대는 불길이 순식간에 집을 삼키는 장면이 형상화되어 있다. 현재 가장 널리 쓰는 災(재)는 바로 이 두 글자의 의미를 합하여 가장 늦게 나타난, 수재와 화재 등 모든 재앙을 포함하는 글자이다.

災(재)와 같은 의미인 殃(앙)은 뜻을 나타내는 歹(알)과 여기에서는 발음부호로만 쓰인 央(앙)을 더한 글자이다. 歹(알)은 '앙상한 해골'의 상형인데 같은 뜻의 글자인 歺(알)이 원형에 더 가깝다. 보기의 갑골문을 자세히 보면 팔뼈, 척추, 골반, 대퇴부의 잔골이 보인다.

央(앙)에는 '베개〔冂〕를 베고 누운 사람〔大〕'의 상형이라는 설과, '어깨에 담가〔擔架 : 冂을 담가로 본 것이다〕를 멘 사람〔大〕'의 상형이라는 설이 있다. 그런데 갑골문을 살펴보면 아무래도 베개설이 더 맞는 듯하다. 담가라면 머리 양편의 종선(縱線)이 위를 향하고 있어서는 안 되기 때문이다. 어쨌든 베개는 '가운데'를 베어야 하며 짐을 멜 때도 '가운데'를 메어야 한다는 데에서 추출한 '중앙'이 본뜻이다.

災(재)와 殃(앙)은 원래 신이나 자연이 조성한 파멸의 뜻으로 쓰였으나 이제는 신보다 더 강한 힘을 가지게 된 인간(?)이 조

央	甲骨		金文		小篆	
殃	甲骨		金文		小篆	

성하는 환난도 의미하게 되었다.

　"하늘이 만든 재앙은 피할 수 있지만 인간이 만든 재앙은 피할 길이 없다(天作孼, 猶可違. 自作孼, 不可逭 : 천작얼, 유가위. 자작얼, 불가환)." 『맹자(孟子)』에 인용된 진본 『상서(尚書)』 「태갑(太甲)」편의 한 구절이다.

재원

才媛

재주 **재** 아름다운 여자 **원**

입학 시험의 수석 합격자나 각종 경연대회의 입상자를 소개할 때 재원(才媛)이란 말이 널리 쓰인다.

才(재)는 '풀이 땅 위로 돋아나는 모양'이라는 오랜 해석을 가진 글자이다. ㅡ은 '지면'을, 윗부분은 '돋아난 새싹'을, 아랫부분은 '뿌리'의 상형이라 한다. 그러나 才(재)가 在(있을 재)의 본디 자이며[在(재)는 才(재)에 흙 土(토)를 더한 것] 그 뜻은 어떤 지점이나 범위를 나타내기 위하여 땅에 꽂은 표지(標識)라는 무시할 수 없는 새로운 주장도 있다. 갑골문을 보면 아무래도 새싹을 그린 것 같지는 않기 때문에 수긍하는 것이다. 才(재)는 차츰 재목 材(재)의 통용자로 쓰이면서 이른바 본래

才	甲骨		金文		小篆	
女	甲骨		金文		小篆	

의 뜻은 거의 퇴색하였다.

媛(원)은 女(녀)와 爰(원)으로 구성된 글자이다. 女(녀)는 '여자가 꿇어앉아 있는 모양'의 상형이다. 爰(원)은 '막대기로 웅덩이나 함정에 빠진 사람을 구해내는 장면'의 상형으로, '구하다'가 본뜻이다. 갑골문을 보면 막대기[丨] 아래위로 이를 꽉 잡은 구난자(救難者)와 조난자(遭難者)의 두 손[又] 모양이 뚜렷하다. 주나라 때 널리 쓰인 글자체인 금문(金文)에서부터 윗부분이 역시 '손'의 상형이면서 '손톱'의 뜻으로 널리 쓰이는 爪(조)로 바뀌기 시작하여 오늘에 이르고 있다. 뒷날 爰(원)이 '이에'라는 어조사로 널리 쓰이게 되자 한 손을 더 그려넣은 援(원)을 만들어 본뜻인 '구하다'를 살려두었다. 媛(원)에서 爰(원)은 발음부호일 뿐이다.

媛(원)은 '아름다운 여자'이다. "정말 이런 여자야말로 나라를 대표하는 미인이라네(展如之人兮, 邦之媛也 : 전여지인혜, 방지원야)." 『시경(詩經)』「군자해로(君子偕老)」편의 한 구절로, 여기에서의 媛(원)은 나라에서 가장 아름다운 여인, 즉 국색(國色)의 뜻으로 쓰였다.

미모에다 재능까지 두루 갖춘 여자, 이가 바로 재원(才媛)이다. 여성에 대한 형용 가운데 이보다 더 큰 찬사가 있을까? 그런데 이 말이 가끔 엉뚱하게도 '재능 있는 남자'를 표현하는 데

| 爰 | 甲骨 |  | 金文 |  | 小篆 | |

에도 쓰이고 있는데, 설마 유니섹스 풍조의 영향 때문은 아니
겠지?

저축

貯蓄

쌓을 저 쌓을 축

저축 하면 여전히 박봉을 아낀 돈과 은행 등이 연상된다. 여러 가지 사정으로 저축하는 사람들이 현격히 줄었으나 대단한 이재와 정보가 요구되는 증권 투자 등에 서투른 사람들은 여전히 원시금융(?)이랄 수 있는 저축(貯蓄)에 힘쓴다. 지난 시절 우리 서민들의 사연 많은 저축은 경제 개발과 기업의 자금(資金)으로 융통되어 국부를 이루는 데 얼마나 크게 기여하였던가. 이 시대에도 저축은 여전히 건실한 미덕(美德)이다. 저축을 할 줄 알아야 소비(消費)도 미덕임을 알고 소비하며, 투기 아닌 투자도 할 줄 알 것이다.

貯(저)에서의 貝(패)는 '조개'의 상형으로 돈을 의미한다.

宁	甲骨		金文		小篆	
畜	甲骨		金文		小篆	

宁(저)는, 고문자에서 확인되듯, '뒤주'의 상형이다. 우리나라
에서는 대개 뒤주에 곡식을 담아두었는데, 역시 고문자에서 확
인할 수 있는 바와 같이 중국에서는 곡식 이외에도 돈이나 귀한
물건을 담아두었다. 貝(패)가 반드시 돈만을 가리키는 것은 아
니긴 하지만 말이다. 뒤주 속의 물건을 밖에 표시해놓은 글자가
貯(저)자이다. 알고 보면, 宁(저)와 貯(저)는 같은 글자였다.

'우두커니 서 있다'를 '저립(佇立)'이라 한다. 佇(저)는 '뒤
주〔宁〕처럼 우두커니 서 있는 사람〔亻〕'을 의미하는 글자이다.
佇(저)자를 보노라면 뒤주도 뒤주지만 그 속에서 기막힌 표정으
로 뒤주처럼 저립하기도 했을 사도세자(思悼世子)의 모습이 연
상되기도 한다. 그 참극(慘劇)에 쓰였던 대궐의 뒤주는 사람의
키를 넘는 큰 것이었다고 한다.

쌓을 蓄(축)은 艸(초)와 畜(축)으로 이루어진 글자이다. 그런
데 그 본래 형태는 艸(초)가 없는 '畜(축)'만이었다. 畜(축)은,
고문자에서 볼 수 있듯, 윗부분은 '짐승의 창자〔腸子〕'의 상형,
아랫부분은 '위(胃)'의 상형이다. 위(胃)와 장(腸)의 위치가 거
꾸로이지 않느냐고 의문을 던질 수도 있겠는데 고문자에서 상
하전후가 뒤죽박죽인 현상은 아주 흔하다. 위장은 먹은 음식물
과 소화된 뒤의 찌꺼기가 쌓이는 곳이다. '쌓이다' '쌓다'라는
본뜻은 이에서 추출된 것이다. '짐승 위장'의 상형이었던 까닭

으로 '가축'이라는 의미도 생겨 널리 쓰이게 되자 '쌓다'라는 의미만을 표현하기 위하여 蓄(축)을 만들었다. 짐승 중에서도 초식 동물의 경우 위장 속에 쌓이는 것은 풀이므로 풀 艸(초)자를 넣은 것이다. 그러므로 畜(축)은 '소의 위장'을 상형한 것으로 보인다. 이후 蓄(축)은 의미가 확대되어 '모든 쌓이는 것'을 의미하였다. 그리고 오늘처럼 畜(축)의 자형(字形)이 玄(현)과 田(전)으로 굳어진 계기는 소전(小篆)에서 그 비슷한 형태가 되었기 때문이다.

저축(貯蓄)은 당나라 때부터 쓰이기 시작한 단어인데 저축의 대상은 돈이 아니라, '재능(才能)과 학술(學術)' 등이었고, 이를 저축하여 공을 세워 가문과 나라를 빛내야 한다는 맥락으로 쓰였다. 오늘날처럼 그 대상이 돈으로 굳어지다시피 한 것은 훨씬 뒷날의 일이었다.

전쟁
戰爭
싸움 **전**　다툴 **쟁**

과장(誇張)과 비유(比喩)는 적절히 사용되기만 하면 금상첨화(錦上添花)겠지만 지나친 경우는 오히려 사용하지 않음만 못하다. 요즘 함부로 쓰이고 있는 전쟁(戰爭)도 그 중 하나이다. 귀가 전쟁, 귀성 전쟁, 무역 전쟁……

戰(전)은 홀로 單(단)과 창 戈(과)로 구성된 글자이다. 單(단)은 '무기(武器)'의 상형이다. 이것은 갑골문에 보이듯이 Y자형의 나무 막대기 끝의 벌어진 부분 양편에 돌덩이를 달아놓은 원시적인 무기이다. 戈(과) 역시 무기인 '창'의 상형이다. 이 둘을 더한 글자인 戰(전)의 본뜻을 '싸움'으로 한 것은 너무나 자연스럽다 하겠다. 戈(과)는 '긴 창'의 상형으로 찌를 때뿐

單	甲骨		金文		小篆	
戈	甲骨		金文		小篆	
爭	甲骨		金文		小篆	

아니라 휘두를 때나 끌어당길 때에도 살상이 가능한 무기였다. 그러고 보니 戰(전)의 두 구성 단위는 '무기'의 상형이다.

爭(쟁)은, 지금의 형태에서는 분명히 보이지 않지만, 보기의 갑골문을 보면 '두 사람의 손이 어떤 물건을 서로 차지하려고 잡아당기고 있는 모양'의 상형임을 금방 알 수 있다. 그러니까 현재 자형에서의 爭(쟁)은 위와 가운데가 '손'의 형상이며, 아래로 그은 한 획은 '서로 빼앗으려는 물건'의 변형이다. 이 물건을 '쇠뿔'이라 하기도 하고 무기인 '창' 혹은 '몽둥이'라고도 한다. 그것이 창이라면 이미 다투는 정도가 아니라 생사를 건 결투인 셈이다.

단어 '전쟁(戰爭)'은 막강한 무력으로 전국시대를 종결하고 천하를 통일한 진시황의 일대기를 기록한 사마천의 『사기(史記)』「진시황본기(秦始皇本紀)」에 처음 보인다. 위대하신 황제 폐하 덕분에, "백성들은 편히 살며 생업에 만족하게 되었고 더 이상 전쟁을 걱정하지 않게 되었습니다(人人自安樂, 無戰爭之患 : 인인자안락, 무전쟁지환)." 당시 인구의 거의 절반이 희생된 오랜 전쟁이 끝난 뒤 진시황의 위업(?)을 그 면전(面前)에서 찬양한 주청신(周靑臣)이란 자의 아첨이다.

전철
前轍

앞 **전** 바퀴 자국 **철**

앞 前(전)의 애초 형태는 '발과 대야'를 그린 것이었다. 갑골문의 윗부분이 '발'을 뜻하는 止(지)이며 그 아래는 '대야'의 상형이다. 조상신을 모신 종묘(宗廟)에 들어가기 '앞서' 반드시 '발'을 '대야' 물에 담가 깨끗이 씻어야 했다. '앞서' '먼저' 등의 뜻은 이렇게 해서 생겼다 한다. 갑골문의 일부 자형에는 발 닦을 때 튀는 물방울까지 그려져 있어 실감을 더한다. 금문(金文)에 와서 이 대야는 마치 오늘날의 달 月(월)자처럼 변하기도 했고, 소전(小篆)에 와서는 배 舟(주)처럼 잘못 변해〔'대야'의 상형과 '배'의 상형이 비슷하게 생긴 탓이다〕통용되었다. 발 止(지) 아래 배 舟(주)를 받친 㑥가 앞 前(전)

前	甲骨		金文		小篆	
車	甲骨		金文		小篆	

의 고자(古字)라 하여 자전(字典)에 버젓이 올라 있는데 사실은 잘못된 글자이다. 그러나 이 대야가 글자로 독립하지 못하고 달 月(월)이나 배 舟(주), 그릇 皿(명) 이 세 글자의 형태를 마치 숙주(宿主)처럼 이용하여 빌붙어 있으니 글자의 세계에도 생물의 세계와 비슷한 면이 있다고 하겠다.

뒷날 止(지)의 형태는 현재 자형〔前〕에서 볼 수 있는 것처럼 윗부분 세 획으로 생략되었고, 역시 현재 자형에서 칼 刂(도)가 없는 肯이 되었다. 이 글자를 발음부호로 삼고 칼 刂(도)를 더하여 '자르다' 라는 뜻을 담도록 한 글자가 前(전)이다. 그런데 이 前(전)자가 '자르다' 라는 뜻보다도 '앞' 이라는 뜻으로 가차되어 널리 쓰이면서 오늘에 이르렀다. 너무나 생명력 강한 글자를 발음부호로 삼다가 졸지에 자기가 나타내고자 했던 뜻을 잃어버린 이 글자를 위해 다시 만든 글자가 아래에 칼 刀(도)를 더 쓴 剪(전)이다.

허신(許愼)은 轍(철)을 형부(形符) 車(거)와 성부(聲符) 徹(철)을 합한 뒤 '徹'에서 'ㅓ'이 생략된 형성자로 보았다. 허신의 말대로 이 글자가 형성자임에는 틀림없으나, 발음기호로 쓰인 글자가 徹(철)의 생략형이 아니다. '㪿' 은 보기의 갑골문과 금문을 통해서 알 수 있듯이 원래는 세발 솥 鬲(력)과 손의 상형 又(우)를 더한 회의자(會意字)였다. 보기의 소전란에 별도로

散　　甲骨　　　　　　　　　　金文　　　　　　　　小篆

첨부한 徹(철)자의 소전 가운데 부분에서 확인할 수 있듯 鬲
(력)이 엉뚱하게도 育(육)자처럼 변해버리긴 했지만 말이다. 이
는 손으로 솥을 씻는 일을 형상화한 글자인데 솥은 무겁고 속이
깊어서 깨끗하게 씻기가 쉽지 않았던 데서 '철저히' 라는 의미를
추출하게 되었다 한다. 금문의 일부 자형에는 又(우) 대신 손에
'무엇' 인가를 들고 있는 모양의 상형 '攴(복)'이 들어간 것도
보이는데 攴(복)은 놓인 위치에 따라 손에 든 도구의 종류를 달
리하는 가변성 있는 글자이다. 여기서의 '무엇' 은 '수세미' 나
'솔' 일 것이다. 轍(철)에서의 散은 발음부호로 쓰였으며 轍(철)
의 본뜻은 '수레바퀴 자국' 이다.

　일상에서 자주 만나는 '徹(철)' 은 어떤 글자일까? 이는 네거
리의 상형 行(행)의 생략형 '彳'을 형부(形符)로, 散(철)을 성
부(聲符)로 한 형성자인데 '네거리는 어디로든 통한다' 에서 추
출한 '통하다' 가 본뜻인 글자이다.

　전철(前轍)은 '앞서간 수레바퀴 자국' 으로, '과거의 착오와
그 교훈' 의 비유로 널리 쓰여왔다.

　"앞수레가 이미 뒤집혀졌는데 뒤에 오는 자가 길을 바꿀 줄
모른다(前車已覆, 後未知更 : 전거이복, 후미지경)"는 『순자(荀
子)』의 한 구절이 그 의미론상 첫 용례이다. 옛 중국 속담 "앞 수
레가 뒤집혔으니 뒷수레는 경계하세(前車覆, 後車戒 : 전거복, 후
거계)"는 이에서 비롯되었고, 전거가감(前車可鑒), 전철가감(前
轍可鑒) 등의 숙어(熟語)는 위 두 용례를 배경으로 만들어졌다.

전철

電鐵

번개 **전**　쇠 **철**

오늘날에도 '기차(汽車)'는 있는 것일까? 학도병(學徒兵)과 가족이 이별하는 일제 말기 플랫폼이나, 콩나물 시루처럼 피난민(避難民)을 가득 싣고 달리는 6·25 전쟁 당시를 그린 영화의 한 장면에서 등장하는 걸 보면 아직 어딘가에 있기는 있는 모양이다. 그러나 이제는 '거의 없다'고 해도 지나치지 않을 것이다. 汽車(기차)의 汽(기)는 '수증기(水蒸氣)의 기'로 그 동력이 수증기임을 가리킨다. 바다에서 더이상 기선(汽船)을 찾아보기 힘들듯 철로(鐵路)에서도 기차(汽車)를 보기가 어려워졌다. 1899년에 서울 인천 간에 처음 나타났던 기차(汽車)는 백 년 미만에 수명을 다했고 전차(電車)가 기

申	甲骨		金文		小篆	
電	甲骨		金文		小篆	
雷	甲骨		金文		小篆	

차를 대신(代身)하고 있다. 전차를 보통 전철(電鐵)이라 하는데 무엇의 준말인지 아리송하다. 전기 철도(電氣鐵道)? 전기 철로(電氣鐵路)? 전기 철마(電氣鐵馬)?

번개 電(전)의 본자는 윗부분의 雨(우)가 없는 글자였다. 그것은 바로 '번개'의 상형으로, 쓰기에 쉽도록 뒷날 그 형태를 가다듬은 것이 申(신)이다. 이 글자가 상(商)나라 당시에 날짜를 기록하던 간지(干支)의 한 글자로 널리 쓰이자 본뜻을 보존하기 위해 비 雨(우)를 더한 電(전)을 만들면서 발음도 약간 달라졌다. 마른하늘에 번개가 치는 일도 가끔 있어 청천벽력(靑天霹靂)이란 말이 생기기도 했지만, 번개와 비의 상관성을 생각하면 적절한 조처(措處)라 할 것이다.

참고로 번개와 형제라고 해도 좋을 우레 雷(뢰)를 살펴보자. 이 글자의 원형은 보기에서 알 수 있다시피 電(전)자의 원형인 申(신)의 아래위에 우레를 의미하는 두 개의 점을 찍어놓은 것이었다. 금문에서는 네 개의 '우레'가 형상화되어 있었고, 소전에서는 세 개로 줄어들었으며 예서에서는 하나로 줄어들었다. '우레'가 마치 밭 田(전)자처럼 보여 '밭에 내리는 비'쯤으로 오해할 수도 있겠다.

| 金 | 甲骨 | | 金文 | 傘 傘 傘 金 金 金 金 | 小篆 | 金 |
| 全 | 甲骨 | | 金文 | 全 | 小篆 | 全 |

'검은 쇠〔黑金〕'를 본뜻으로 하는 鐵(철)자가, 金(금)을 의부로, 戴(철)을 성부로 삼은 형성자라는 데 이의가 없다. 그러나 여기에서 발음부호로 쓰인 戴(철)의 정체에 관해서는 아직 아무도 시원하게 밝혀내지 못했다. 鐵(철)의 이체자에 銕(철)이 있다. 夷(이)라면 활 잘 쏘는 동이(東夷)를 떠올리고 동이가 우리 민족의 조상이라고 굳게 믿는 사람들을 들뜨게 하고 온갖 상상력을 발동시키기에 넉넉한 글자이다. 최초로 鐵(철)을 만든 사람들이 우리의 조상인 동이족이라 여길 수 있기 때문이다. 그러나 夷(이)가 동이만을 가리키는 것은 아니며, 동이는 중국 동부지역에 살던 민족을 가리키고, 銕(철)자에서의 夷(이)는 형체가 비슷한 글자 弟(제)의 오류라는 설이 있음도 알아야 할 것이다. 金(금)은 土〔흙〕 속에 두 점으로 표시된 쇠붙이와 그 위에 발음부호인 수(금)이 더해져 변형된 형성자라는 허신(許慎)의 설은, 더 이전의 자형(字形)을 보지 못했기 때문에 생긴 오류이다. 金(금)은, 금문(金文)의 여러 형태에서 볼 수 있듯이, 원래 녹인 쇳물을 부어 여러 가지 기물(器物)을 만드는 데 쓰이는 거푸집과 청동기 제조과정에서 흘러나온 쇳물을 본뜬 글자였다. 그래서 필자는 이 글자의 본뜻이 '거푸집'이거나 '청동기(靑銅器)'였을 것이라고 여긴다. 이 글자가 만들어지던 시기는 아직 철기시대가 시작되기 전의 청동기시대였기 때문이다. 이 책에

자주 등장하는 '금문(金文)'의 '금(金)'은 바로 청동(靑銅)을 말한다.

이 거푸집에서 '흘러나온 쇳물'의 상형을 뺀 글자가 仝(전)이다. 자형을 통해 살펴보자. 거푸집 윗부분의 상형인 '入'아래에 있는 것은 무엇인가? 금문(金文)에 보이는 '王'은 큰 도끼의 상형인 王(왕)이나 둥근 옥 세 조각을 꿰어놓은 모양을 상형한 玉(옥)이 아니며, 소전(小篆)에 보이는 '工' 또한 어떤 도구의 상형인 '工(공)'이 아니다. 그것은 거푸집 몸체의 상형이다. 소전(小篆)에서 금문에 비해 보다 간략하게 변했다가 예서(隸書)에서 다시 금문에서의 형태로 돌아온 것이다. 그러니까 仝(전)은 거푸집이 온전하게 닫혀 있는 모양이거나 쇳물을 부어넣고 알맞은 온도에서 식힌 뒤 아직 개탁(開坼)하지 않은 상태를 의미하는 글자이다. '완전하다'는 본뜻은 이런 상황에서 추출된 것이다.

절체절명

絕體絕命

끊을 **절**　몸 **체**　끊을 **절**　목숨 **명**

'**매**우 급박한 경우'를 뜻하는 絕體絕命(절체절명)이 때 때로 絕對絕命(절대절명)으로 잘못 쓰이고 있다.

絕(절)은 糸(멱)과 色(색)을 합한 글자이지만 色(색)자와는 관계가 없는 글자이다. 원래는 이런 형태가 아니었음을 갑골문을 통해 볼 수 있다. 원래의 모양은 두 개의 실타래[헝클어진 실타래를 의미한다]에 자른다는 뜻의 선[一]을 세 줄이나 그어놓은 것이다[이런 글자를 '지사자'라 한다]. 금문(金文)에 와서는 더 구체적으로 칼[刀]을 그려넣었고, 소전(小篆)에 와서 실 糸 (멱)에, 칼 刀(도), 그리고 발음을 표시하는 卩(절)로 재구성 되었음을 알 수 있다. 卩(절)은 '꿇어앉은 사람'의 상형이다.

	甲骨		金文		小篆	
絶	甲骨		金文		小篆	
卩	甲骨		金文		小篆	
色	甲骨		金文		小篆	

色(색)자의 소전(小篆)에도 이 글자 卩(절)이 보이는데 여기에서는 여자를 의미하며, 그 위에 올라탄 형국의 人(인)자는 남자를 의미한다. 바로 '성행위 장면'의 상형인 것이다. 그렇다면 色骨(색골), 色狂(색광), 色魔(색마) 등에서의 색은 본뜻으로 쓰인 셈이다. 다시 한번 환기하거니와, 絶(절)자의 오른편 윗부분은 이 책에서 쓰이고 있는 자형과는 다른 刀(도)가 들어가야 정확한 것이며, 色(색)자의 윗부분은 사람 人(인)의 변형이 제자리에 들어간 것이다.

體(체)는 骨(골)과 豊(예)를 합한 글자이다. 骨(골)의 원형은, 갑골문에서 보는 것처럼, 아래의 속칭 '육달월(月)'이 없는 글자였다. 그것은 '소의 어깨뼈'를 상형한 것이며, 가운데의 선(線)은 이 뼈로 점칠 때 갈라진 금을 의미하는데 卜(복)자로 독립되어 있기도 하다. 글자가 생긴 지 적어도 1300년이 지난 진(秦)나라 때 정비한 소전(小篆)부터 '잘라놓은 고깃덩어리'의 상형인 肉(육)의 본자인 月(육)을 더한 형체로 변하였다. 여기에서 발음부호 역할과 의미 부분을 동시에 담당하는 豊(예)는 '제사 그릇'의 상형인 豆(두) 위에 두 개의 玉(옥)인 珏(각)을 담은 그릇〔凵 : '입 벌릴 감'이나 '웅덩이 감'이 아님〕을 얹은 글

骨	甲骨		金文		小篆	
豊	甲骨		金文		小篆	
命	甲骨		金文		小篆	

자로 禮(예)의 본자이다. 신을 섬기는 제사의 예물은 많을수록 좋았으므로 '여러 가지' '갖가지' 등의 뜻도 생겨났다. 뼈에 눈, 코, 귀, 입과 팔다리 등 '갖가지' 기관이 붙어 신체를 이루므로 '몸' 이란 뜻이 생겨났다.

금문(金文)에 그 형체가 처음 등장하는 命(명)은 그 윗부분을 무엇으로 보느냐에 따라 다르게 해석된다. 아래를 향해 있는 사람의 입[口]으로 보는 사람들은 이를 꿇어앉은 사람[卩 : 절]을 꾸짖고 명령하는 상급자의 입이라 여긴다. 아래에 있는 또하나의 입[口]은 영(令)을 듣고 대답하는 사람의 입으로 여긴다. 그런데 이를 '지붕'의 상형으로 보아 '집에서 주인이 입으로 명령을 내리고 하인이 이를 듣는 모양'의 상형으로 여긴다. 이 경우 아랫부분 왼쪽의 입은 명령하는 주인의 입이 된다. 그러나 윗부분을 '명령하는 입'의 상형으로 볼 경우에는 대답하는 하인의 입이 되고 마니 상당한 차이가 있는 해석이라 하겠다. 널리 쓰이는 '목숨'은 파생된 뜻인데 혹 주인(노예주)의 한마디에 왔다 갔다하는 하인(노예)의 파리 '목숨'에서 파생된 것이 아닌가 생각된다.

용어로서 절체와 절명이 최초로 등장한 예는 『장자(莊子)』의

「도척(盜跖)」편과 『상서(尙書)』의 「고종융일(高宗肜日)」편이
다. 그 뜻은 각각 ‘몸을 희생시킨다’ ‘스스로 목숨을 끊는다’였
다. 비슷한 뜻의 두 단어를 사자성어(四字成語)로 만들어 ‘급박
함’의 뜻으로 쓴 것은 일본에서 비롯되었다.

접안
接岸
가까이할 **접**　언덕 **안**

적지 않은 경비를 들여 어렵사리 마련한 독도(獨島)의 접안(接岸)시설을 철거(撤去)하라고 일본이 생떼를 쓴 적이 있었다.

接(접)은 扌(수)와 妾(첩)으로 이루어진 글자이다. 扌(수)는 '손'의 상형 手(수)의 변형이다. 手(수)의 제3획까지는 '다섯 손가락'과 '손바닥 부분'의, 마지막 획은 '손목과 팔뚝'의 상형이다. 妾(첩)은 辛(신)과 女(녀)를 합한 글자이다. 辛(신)은 갑골문에서도 볼 수 있듯이, 이마를 찢은 다음 먹을 발라 상처가 아문 뒤에도 흔적(痕迹)이 남게 하여 죄인임을 알리는 경형(黥刑)에 주로 쓰였던 형구(刑具)로서의 '끌'의 상형으로, 아랫부

手	甲骨		金文		小篆	
妾	甲骨		金文		小篆	

분은 끌의 '몸체'이며 윗부분은 '손잡이'이다. 女(녀)는 '두 손을 모으고 꿇어앉아 다소곳이 고개 숙인 여자'의 상형이다. 이러한 妾(첩)은 원래 포로로 잡혀온 여자들이나 중죄(重罪)로 사형당한 죄인의 처나 딸로 경형에 처해진 뒤 노비(奴婢)가 된 여자였다. 여러 사정으로 고대사회에서는 이런 일이 너무나 흔했다. 그중 일부는 주인의 성적(性的) 노리갯감이 되기도 했는데 널리 알려져 쓰고 있는 첩(妾)이나 드물게 쓰이는 폐(嬖)는 바로 여기에서 비롯된 것이다. 扌(수)와 妾(첩)을 합한 接(접)의 본뜻은 '가까이하다'이다. 이 본뜻은 손〔扌〕의 기능에서 파생된 것이며, 妾(첩)은 그 대상을 대표하며 함축(含蓄)되어 있다.

 岸(안)의 본뜻은 '언덕'이다. 가운뎃부분 厂〔'엄'과 '한'의 두 발음이 있다〕은 원래는 '돌'의 상형으로 石(석)자의 원형이나 언덕의 뜻으로 널리 쓰이는 글자이다. 아래의 干(간)은 공격도 할 수 있는 무기인 '방패'의 상형인데 여기에서는 발음부호로 쓰였다. 금문(金文)과 소전(小篆)의 일부 厂자에는 干(간)자가 들어가 있는 형태도 보인다. 이 글자의 구성 요소로는 가장 늦게야 돌언덕이 높다는 뜻을 더하기 위해 山(산)을 더했다.

 접안(接岸)은 접근(接近)과 안벽(岸壁)의 줄임말로 배를 안벽이나 육지에 댄다는 뜻이다. 접근의 近(근)은 형부(形符) 辶(착)과 성부(聲符) 斤(근)을 더한 형성자이다. 辶(착)은 여러 번

	甲骨	金文	小篆
辛			
屵			
厂			

설명한 바와 같고, 斤(근)은 '긴 자루 달린 돌도끼'의 상형으로 본뜻이 '도끼'이다. 壁(벽)은 辟(벽)과 土(토)를 더한 글자이다. 辟(벽)은, 갑골문에 보이는 것처럼, '묵형(墨刑)을 당하고 있는 사람'의 상형으로 본뜻은 '형벌'이다. 글자의 왼쪽이 '꿇어앉아 형을 당하고 있는 죄인', 오른편은 경형(黥刑)에 쓰이는 '끌'의 상형인 신(辛)이다. 갑골문에서의 이 글자를 자세히 보자. 우측 두 개의 자형에서부터 왼편의 尸(시)자 아래에 하나의 원〔○〕이 들어가서 소전에서는 '口'〔입 口(구)가 아니다〕의 형태가 된다. '잘려 떨어진 사람의 머리'라느니 '둥근 옥인 璧(벽)의 원형'이라느니 하지만 다 믿을 수 없고 원뜻을 모르고 덧붙인 것이라는 '증식(增飾)'설이 실상으로 보인다. 그러니까 '口'는 쓸데없이 들어간 것이다. 형벌 가운데 가장 큰 형벌, 즉 대벽(大辟)은 사형을 의미한다. 이 辟(벽)에 女(녀)를 받친 글자가 위에 거론한 嬖(폐)이다. 귀족에게 총애(寵愛)받는 비천(卑賤)한 여자라는 뜻의 글자로 성적(性的) 노리개를 뜻하는 것이다. 土(토)는 '흙무더기'의 상형이다. 이 둘을 합한 壁(벽)에서의 辟(벽)은 발음부호 역할을 한다. 좀 전에 嬖(폐)자를 거론한 바 있는데, '폐인(嬖人)' '폐행(嬖幸)' 등에서 쓰이는 것처럼 글자의

	甲骨		金文		小篆	
干	甲骨		金文		小篆	
斤	甲骨		金文		小篆	
辟	甲骨		金文		小篆	

아랫부분을 女(녀)가 받치고 있음에도 불구하고 군주의 총애를 받는 '남자 신하'를 뜻하기도 하였다. 그들이 군주의 동성연애 상대였기 때문이 아닌가 한다. 여인들의 숲속에서 놀기에 싫증 난 일부 군주들에게 남은 쾌락이라고는 '계간(鷄姦)' '남색(男色)' 또는 '비역'이라 불리는 그것뿐이었던 것은 아닌지…….

 일본측의 요구는 당시 해양수산부 장관의 말대로 부산항에 건설된 부두를 철거하라는 억지와 다를 바 없는 것이었는데 언제 또 무슨 망언과 요구를 해올지 늘 신경(神經)이 쓰인다.

정년
停, 定年

머무를 **정**　　정할 **정**　해 **년**

　　직장(職場)마다 '정년' 제도를 두어 인위적인 신진대사(新陳代謝)가 이루어지고 있다. 장수(長壽)의 시대가 열리고 있음을 차치하고라도 나이가 들수록 힘이 나는 노익장(老益壯)한 분들이나 대기만성(大器晩成)형의 사람들에겐 여간 억울한 일이 아닐 수 없다. 그런데 '정년'을 위한 기념식이나 모임에 가보면 '停年(정년)'이라 써놓은 것을 보게 되는데 그때마다 당사자에게 무척 미안해진다. 왜 하필이면 '정지(停止)'의 뜻으로 쓰인 '停年(정년)'인지? 그 나이가 되면 모든 것이 끝나고 멈춰져서 더 나아갈 수 없단 말인지? 복잡한 지구 사정을 생각해서 이제 그만 떠나달라는 말인지? 설령 그렇더라도

816

停	甲骨		金文		小篆	停
亭	甲骨		金文		小篆	亭
丁	甲骨	▢ ○ ○ ◐ ● ∣	金文	● ● ◖ ○ ○	小篆	个

‘이왕이면 다홍치마’ 라고 말은 좋게 하는 것이 좋겠다. ‘멈추는 해’ ‘그치는 해’ 라는 뜻인 ‘停年(정년)’ 보다는 ‘편안하기 시작한 해’ 라는 뜻인 ‘定年(정년)’ 이 더 낫지 않을까?

停(정)은 人(인)과 亭(정)을 합한 글자이다. 人(인)은 ‘서 있는 사람’ 의 상형, 亭(정)은 ‘2층 이상의 집’ 을 상형한 高(고)자에서 창고에 해당하는 아래의 ‘口’ 를 생략하고 발음부호 丁(정)을 넣은 글자이다. 보기에서 알 수 있듯이, 丁(정)의 갑골문, 금문에서의 형태는 대체로 검은 점 하나이며 소전(小篆)에 이르러서야 오늘날의 모양을 갖추었다. 丁(정)의 자원(字源)에는 정설(定說)이 없다. 허신이 ‘못〔鐕:잠, 釘:정〕’ 이라 했으나 분명한 증거가 없다. 근래의 학자 가운데에는 ‘물고기 눈깔’ 의 상형으로 본 사람도 있고, ‘둥근 떡 모양의 금덩어리’ 상형이라 주장한 사람도 있으며 ‘사람 머리’ 의 상형이 분명하다고 주장한 사람도 있다. 많은 학자들이 심혈을 기울여 연구하고 있으므로 언젠가는 풀릴 날이 있을 것이다. 亭(정)은 ‘집’ 이 그 본뜻이며 ‘여관’ 의 뜻으로 많이 쓰였다. 여기에 人(인)을 더한 停(정)은 ‘그치다’ 가 본뜻이다.

定(정)은 宀(면)과 正(정)을 더한 글자이다. 宀(면)은 ‘지붕

	甲骨		金文		小篆	
定	甲骨		金文		小篆	
宀	甲骨		金文		小篆	
正	甲骨		金文		小篆	
年	甲骨		金文		小篆	

과 두 기둥'의 상형으로 집을 뜻한다. 正(정)은, 고문자에서 알 수 있는 것처럼, 첫 획이 '一'이 아니라 '口'였다. 그것은 공격해야 할 적국의 성(城)이다. 그 아래의 止(지)는 '발바닥'의 상형으로 '발바닥'이 본뜻이며 '간다'라는 파생된 의미도 가졌다. 正(정)은 적의 성을 향해 공격해 들어간다는 뜻의 글자로, 바로 정벌할 征(정)의 본자이다. 일방적이긴 하지만 정벌의 목적이 상대방의 잘못을 바로잡는 것이었으므로 '바르다' '바르게 하다' 등의 의미가 파생되었다. 이렇게 구성된 定(정)은 '편안하다' 혹은 '편안하게 하다'가 본뜻이다.

年(년)은 보기의 고문자에서 확인할 수 있듯, '볏단'을 이고 있는 사람, 즉 '수확한 농작물을 옮기고 있는 농부'의 상형으로 '곡식이 익다'가 본뜻인 글자이다. 이 글자가 만들어진 상대(商代)에는 본뜻으로만 쓰이다가 주대(周代)에 들어와서는 '한 해'의 뜻으로 쓰이기 시작했다. 사실이지 주나라의 판도(版圖)에서는 일모작만 이루어졌기 때문에 '한 해'란 의미가 널리 받아들여졌지만 이모작이 가능한 남중국도 주나라 판도였다면 '한 해'

라는 의미는 생기지 않았을 것이다.

제수
弟嫂

아우 **제**　형수 **수**

아우의 처에 대한 호칭으로 널리 쓰이는 '제수(弟嫂)'는 우리나라에서 만든 한자말이다. 글자의 의미를 따져볼 때, 과연 말이 되는지 살펴보자.

弟(제)는 기원전 11세기 이전의 은(殷)나라 때 만들어진 글자로, 처음 생겨날 때에는 아우라는 뜻과는 거리가 먼 것이었다. 그것은 '끈으로 어떤 물건을 묶어놓은 모양'을 상형한 글자로, 그 물건이 막대기처럼 길쭉한 것은 분명하나 정확히 무슨 물건인지는 밝혀지지 않았다. 다만 끈을 차례차례 고르게 감았다는 데에서 유래한 차서(次序), 차제(次第), 차례(次例) 등의 의미가 본뜻이 되었고 여기에서 '아우'라는 뜻도 생겨났다. '아

弟	甲骨		金文		小篆	
嫂	甲骨		金文		小篆	

우' 라는 뜻으로 확대되어 쓰이기도 한 시대가 은나라 때부터라 하니 정말 나이먹은 글자가 아닐 수 없다.

嫂(수)에서의 女(녀)는 '꿇어앉은 여인의 모양'을 상형한 글자이며, 叟(수)의 원래 모양은 보기에 있는 것처럼 위로부터 아래로, '지붕과 두 기둥'의 상형으로 집을 본뜻으로 하는 宀(면), '불'의 상형 火(화), '오른손'의 상형 又(우)를 합한 것이었다. 여기에서의 지붕은 움집이나 귀틀집 정도가 아닌 제법 규모 있는 집을 뜻하고, 火(화)는 횃불을, 又(우)는 이 횃불을 들고 있는 손을 의미한다. 밤에 횃불을 들고 넓은 집의 구석구석을 비추며 무언가를 찾고 있음을 형상화한 이 글자의 본뜻은 '찾다'인데 여기에서는 발음부호로 쓰였다. 이 글자는 宀(면), 火(화), 又(우)를 더한 형태로 오랫동안 쓰이다가 기원전 2세기 초인 진말한초(秦末漢初)에 등장한 새로운 글자체 예서(隷書)에서 '叟(수)'로 변하였다. 嫂(수)의 본뜻은 '형의 처'이다. 『장자(莊子)』「도척(盜跖)」편에 제환공(齊桓公)이 "형을 죽이고 형수를 처로 삼았다(殺兄入嫂: 살형입수)"는 말이 있는데, 오래된 용례 가운데 하나이다.

'弟嫂(제수)'는 글자대로라면 '아우의 형수'가 되니 형의 입장에서 보면 바로 자기의 처인 것이다. 아우의 처를 '제수'라 하고, 거기에다 '씨'까지 덧붙인 것은 망발이 아닐지 모르겠다.

<table>
<tr><td>叟</td><td>甲骨</td><td></td><td>金文</td><td>小篆</td><td></td></tr>
</table>

중국에서는 제부(弟婦), 제식부(弟媳婦), 제매(弟妹) 등으로 부르지, '제수'라고 부르지 않는다.

조상

祖上

조상 **조**　위 **상**

祖(조)는 示(기)와 且(조)로 구성된 글자이다. 示(기)는 '돌 제탁(祭卓)'의 상형으로 갑골문의 첫 글자에 보이는 것처럼 원래는 T자 모양이었다. 차츰 더해진 그 위의 한 획은 '엎어놓은 희생'의 상형이며, 좌우의 두 점은 '희생에서 흐른 핏방울'을 의미한다. 이 글자에서의 且(조)는 宜(의)자에서의 且(조)가 제수용 고기 덩이를 담던 이층통의 상형이었던 것과는 달리 남근(男根)의 상형이다. 모계사회를 대체한 부계사회의 남근 숭배사상에 따라 만들어진 '조상'을 본뜻으로 하는 글자인 것이다. 원래는 단독으로 쓰였으나 뒷날 발음까지 변해 가면서 부사(副詞)나 접속사(接續詞)로 널리 쓰이게 되자 본뜻

示	甲骨		金文		小篆	
且	甲骨		金文		小篆	
上	甲骨		金文		小篆	

을 보존하기 위해 示(기)를 첨가한 祖(조)를 만들게 되었다는 것이다. 갑골문 등 고문자에 그려진 모양과 흡사한, 흙이나 돌로 만든 남근들이 지금도 중국의 여러 박물관에 전시되어 있어 이 설을 뒷받침해주고 있다. 우리나라에도 여러 곳에 남근석이 남아 있는데 월악산(月岳山) 국립공원 경내(境內)의 덕주사(德周寺) 산문(山門) 옆에는 어른 키를 넘는 그것이 자못 홍조(紅潮)를 띤 채 우뚝 서 있다. 남근 상형설에 의하면 且(조)는 바로 생명의 원천이기에 '조상' 이란 본뜻을 가지게 되었다는 것이다.

上(상)은 전형적인 지사자(指事字)이다. 이른바 한자를 만든 원리 가운데 가장 널리 알려진 상형(象形)이 물체를 구체적으로 그린 구상화에 비유할 수 있다면 지사는 추상화에 비길 수 있다. 갑골문에서 上(상)은 지평선일 수도, 수평선일 수도 있는 긴 횡선〔一〕 위에 더 짧은 횡선(橫線)을 그은 형태였다. '위' 라는 본뜻과 '올라가다' 라는 뜻이 파생된 것은 너무나 자연스런 일이겠다. 그 뒤 위의 짧은 횡선이 종선(縱線)으로 바뀌어 '⊥' 처럼 되었다가 상단 오른쪽에 점 하나를 더 찍은 오늘날의 형태가 처음 나타난 것은 보기에서도 알 수 있듯이 금문(金文)에서부터였다.

낱말 '조상(祖上)'은 생각보다 늦은 14세기부터 쓰이기 시작
했으며 원산지 중국에서는 같은 의미인 '조선(祖先)'에 밀린 지
오래이다.

증조부의 휘〔諱 : 죽은 분의 이름을 '휘'라 한다〕를 모르는 2,
30대가 태반(太半)인데다 제사를 걷어치우는 집들이 속출(續
出)하는 세태를 내려다보시고, 이 시절 그 조상님들 영령(英靈)
은 참 쓸쓸하시겠다.

조선

朝鮮

아침 **조** 신선할 **선**

'**조**선(朝鮮)'이란 국호는 중국 진한(秦漢) 교체기를 산 유학자 복승(伏勝)과 그의 제자들이 지은 『상서대전(尚書大全)』에 처음 보인다. 기원전 1027년, 은(殷)이 망한 뒤 기자(箕子)가 조선으로 가버리자 주무왕(周武王)이 기자를 조선 땅에 봉(封)하였다는 기록에서이다. 그러나 이 '조선'은 은말 주초의 중국 판도 내 변경 지역에 불과하였거나 기록자들이 오인한 것으로 보인다.

'조선'이 한반도 일부에 웅거한 나라를 의미한 것은 진나라가 천하를 통일한 후, "영토가 동으로는 발해와 조선에 이르렀다(地東至海暨朝鮮 : 지동지해기조선)"는 『사기(史記)』「진시황

826

朝	甲骨		金文		小篆	
明	甲骨		金文		小篆	
鮮	甲骨		金文		小篆	

본기(秦始皇本紀)」의 기록부터가 아닌가 싶다.

朝(조)는 아래위로 나누어 배치한 풀 艸(초), 그리고 日(일)과 月(월)로 구성된 글자이다. 무성한 풀숲〔艸, 䒑〕이 펼쳐진 대지, 떠오르는 아침 해〔日〕, 아직 서녘 하늘 가에 걸려 있는 달〔月〕. 이른 새벽의 상황이다. 갑골문의 첫번째와 두번째 자형(字形)이 이를 구체적으로 증거하고 있다. 갑골문의 세번째 자형을 보자. 전에는 이 글자를 보통 日(일)과 月(월)을 합한 明(명)자로 알았다. 그러나 이 글자는 朝(조)자의 원형 가운데 하나임이 밝혀졌다. 明(명)은 '창문'의 상형인 囧(경)과 月(월)을 더한 글자로, '창문으로 비쳐드는 밝은 달빛'에서 추출한 '밝음'을 본뜻으로 삼은 글자이다. 朝(조)자의 오른쪽을 구성하는 月(월)자가 금문(金文)에서는 물 水(수)자와 비슷한 형태로도 쓰였고 이 글자가 만들어진 지 대략 1천 년 뒤의 자체인 소전(小篆)에서 배 舟(주)처럼 쓰이기도 했다가 예서(隸書)에서는 다시 月(월)로 돌아와 오늘날까지 쓰이고 있다.

鮮(선)은 각각 '물고기'와 '양'의 상형인 魚(어)와 羊(양)을 합한 글자이다. 본뜻은 맥국(貊國)에서 나는 물고기 이름이다. 뒤에 발음이 같다는 이유로 가차되어 '신선하다' '드물다'라는 뜻으로 널리 쓰이면서부터 본뜻은 거의 묻혀버리고 말았다. '신선하다'를 본뜻으로 하는 글자는 鱻(선)이며, '드물다'를 본뜻으로 하는 글자는 '尠(선)'이다. 그러므로 조선의 원래 표기는 좀 괴상하긴 하지만 '조선(朝鱻)'이며 그 뜻은 '해뜨는 이른 아침의 신선한 나라'이다.

이 조선의 맑디맑은 피를 이은 동포로서 어쩌다 중국 땅에 사는 이른바 '조선족'들과, 조선 땅에 살고 있는 한국인들이 반세기의 단절을 어렵게 견뎌내고 활발한 왕래를 튼 지 십여 년에, 남은 거라곤 상호간의 멸시와 반감뿐이라니 할말이 없다. '한국 사람'은 팔자에 없던 봉(鳳)이 되어 속고 뜯겼던 불쾌한 감정이 없지 않고, '조선족'은 천덕꾸러기나 거지 취급당한 모멸감에 차 있다. 온 세계에 창피한 이러한 알력(軋轢)을 어떻게 풀어야 할까? 새삼스레 동포애를 되뇌어보아도 아무래도 개운치 않다. 이는 결국 일제 식민 지배와 분단이 빚은 또다른 문제이니 분단 시대의 극복이야말로 진정한 대안이 될 것 같다.

좌우 左右

왼 **좌**　오른 **우**

좌우(左右)는 왼쪽, 오른쪽이고, 좌익(左翼), 우익(右翼)은 왼 날개, 오른 날개이며, 좌파(左派), 우파(右派)는 왼쪽 물결, 오른쪽 물결이 그 본뜻이다. 그러나 좌우지간 이 '좌우' 두 글자를 바탕으로 하는 대부분의 단어가 반세기 가까운 긴 세월 동안 우리 민족의 뇌리(腦裏)에 깊은 상흔(傷痕)을 남겼음을 부인하는 사람은 아무도 없을 것이다.

左(좌)는 屮(좌)와 工(공)으로 이루어진 글자이다. 屮(좌)는 '왼손'의 상형으로 본뜻이 '왼손'이다. 工(공)은 목수의 필수품인 '곡척(曲尺)'의 상형이라고도 하고 '손도끼'의 상형이라고도 한다. 어쨌든 이것이 공구(工具)임에는 이의가 없다. 이 둘

屮	甲骨		金文		小篆	
工	甲骨		金文		小篆	
又	甲骨		金文		小篆	
口	甲骨		金文		小篆	

을 합한 左(좌)의 본뜻은 '공구를 들고 일을 돕는다'는 데에서 추출한 '돕다'이다. 그런데 어찌된 일인지 이 글자는 본뜻을 잃고 '왼쪽'의 뜻으로 널리 쓰이게 되었다. 그래서 다시 '돕다'는 뜻을 위한 전용자(專用字)로 만든 글자가 '佐(좌)'이다.

右(우)는 又(우)와 口(구)로 이루어진 글자이다. 又(우)는 '오른손'의 상형으로 본뜻이 '오른손'이다. 口(구)는 '입'의 상형, 이 둘을 합한 右(우)의 본뜻도 '돕다'이다. 손과 입으로 남의 일을 돕는다는 뜻에서 추출되었다. 이 글자 또한 어찌된 셈인지 본뜻보다는 '오른쪽'이라는 뜻으로 널리 쓰이게 되었다. 그래서 '돕다'라는 본뜻을 보존하기 위해 만든 글자가 '佑(우)'이다.

좌수(左手)와 우수(右手), 좌심방(左心房)과 우심방(右心房), 좌의정(左議政)과 우의정(右議政)의 상호작용에서 볼 수 있듯, 좌우는 대립과 대척의 관계가 아니라 상보상성(相補相成)의 보완(補完)관계에 있다.

그러나 지난 세기 좌우 대립의 와중(渦中)에서 흘린 수천만 생령(生靈)의 피를 망각(忘却)의 세월(歲月) 속에 묻기엔 너무나 착잡(錯雜)하다.

좌절
挫折

꺾을 **좌**   꺾을 **절**

1997년 겨울에 한파(寒波)처럼 몰아닥친 금융 위기는 고속 성장을 계속해온 한국 경제가 처음 겪는 큰 좌절(挫折)이었다.

挫(좌)는 扌(수)와 坐(좌)로 이루어진 글자이다. '손'의 상형인 扌(수)는 손으로 하는 여러 동작을 다 포괄하는데, 여기에서는 '끌어당기는 동작'을 의미하기 위해 쓰였다. 坐(좌)는 소전(小篆)의 오른쪽에 있는 자형을 보아 알 수 있듯이 두 사람[人：인]과 흙[土：토]을 합한 글자로, '두 사람이 땅 위에 마주 보며 앉아 있는 모습'의 상형이다. 그 장소는 실외(室外)인 것으로 보인다. 보기의 소전은 틀린 설명과 자형을 제시하였으므로, 위

手	甲骨		金文		小篆	
坐	甲骨		金文		小篆	

의 설명과 맞는 전국시대의 자형을 소전 오른편에 덧붙였다. '지붕'의 상형으로 집을 뜻하게 된 广(엄)을 씌우면 이 글자는 座(좌)가 되는데, 座(좌)의 본뜻은 실내의 '자리'이다. 挫(좌)는 사람을 억지로 꿇어앉히는 동작에서 비롯한 '앉히다'가 본뜻으로 보이며, 널리 쓰이는 '꺾다' '부러뜨리다'는 이에서 파생된 뜻이다.

折(절)은, 갑골문을 보아 알 수 있는 것처럼, 원래 '도끼〔斤 : 근〕로 나무〔木 : 목〕를 찍는 장면'을 상형한 글자였다. 왼쪽은 원래 '가운데가 잘린 나무'의 상형이었는데 그 뒤 한동안 수직으로 놓인 두 개의 屮〔철 : 풀포기의 상형. 이렇게 되면 '풀을 자르다'가 된다〕로 오해받다가 끝내 '손'의 상형 扌(수)로 잘못 변한 글자이다. 斤(근)은 처음에는 '돌도끼'의 상형이었다가 청동기, 철기시대가 되면서부터는 '쇠도끼'를 의미하게 된 글자이다. 折(절)의 본뜻은 '나무를 찍어넘기다'에서 비롯한 '부러뜨리다'이다. 그러므로 나무와 도끼를 합한 쪼갤 析(석)과는 거의 같은 의미로 쓰인 글자라 하겠다.

좌절(挫折)은 한(漢)나라 때부터 '전쟁에 지고 달아나다'라는 뜻으로 쓰인 이래 '굴복하다' '욕보다'라는 뜻으로도 쓰여온 낱말이다.

우리 경제가 정말이지 굴복도 했고 욕도 보았다. 과연 그 좌

座	甲骨		金文		小篆	坐
折	甲骨		金文		小篆	

절을 딛고 제대로 일어설 수 있을 것인가. 지금도 앞으로도 참
담(慘憺)하게 반성하는 가운데 얼마든지 이보전진(二步前進)을
위한 일보후퇴(一步後退)의 계기로 삼을 수 있다고 믿는다.

주역

周易

두루 **주** 바꿀 **역**

조선왕조 5백 년 역사에서 박식(博識)으로 으뜸이라면 정조(正祖) 때의 인물 금대(錦帶) 이가환(李家煥 : 1742 ~1801)을 들어야 할 것이다.

공의 기억력은 고금에 유례없어 한 번 본 글은 평생토록 잊지 않았고, 한 번 입을 열면 단번에 수천 구절을 외는데 마치 병에서 물이 쏟아지고 비탈길에서 공이 구르는 것 같았으며, 구경(九經), 사서(四書), 이십삼사(二十三史)에서부터 제자백가(諸子百家)와 시(詩), 부(賦), 잡문(雜文), 총서(叢書), 패관(稗官), 상역(象譯), 산율(算律)의 학, 우의(牛醫), 마무(馬巫)의 설과 악

창(惡瘡), 옹루(癰漏)의 처방(處方)에 이르기까지 글자로 씌어
진 것이면 무엇이든 한 번 물으면 조금도 막힘없이 쏟아놓는데
모두 연구가 깊고 사실을 공부하여 마치 전공한 사람과 같으니
물은 자가 매우 놀라 귀신이 아닌가 의심할 정도였다(其强記之
性, 超絶古今, 一經眼, 終身不忘. 遇有觸發, 一誦數千百言, 如
鷗夷吐水, 流丸轉阪. 九經四書二十三史, 以至諸子百家, 詩賦雜
文叢書稗官象譯算律之學, 牛醫馬巫之說, 惡瘡癰漏之方, 凡以
文字爲名者, 一叩皆輸寫不滯. 又皆硏精核實, 一似專治者然. 問
者駭愕, 疑其爲鬼神：기강기지성, 초절고금, 일경안, 종신불망.
우유촉발, 일송수천백언, 여치이토수, 유환전판. 구경사서이십
삼사, 이지제자백가, 시부잡문총서패관상역산율지학, 우의마무
지설, 악창옹루지방, 범이문자위명자, 일고개수사불체. 우개연
정핵실, 일사전치자연. 문자해악, 의기위귀신).

다산 정약용의 기록이다. 다산이 38세 때 58세이던 금대를 찾
아가『주역』에 대해 물었다.“다른 경은 대략 통하였으나『역경』
은 알 수 없으니 어찌하면 알 수 있습니까?”“나는『주역』에 대
해 알지 못하고 죽을 거라고 단정하고 있네. 그러니 묻지 말게.”
다산은 조선과 중국 역대의 저명 주석서를 거명하며 그 수준을
물어본다. 금대는 모두 보았지만 역의 이치를 알 수 없었다고
답한다. 금대는 이 외에도 다산이 접해보지 못한 주석서 수십
종을 열거하고는 모두 다 보았지만 역을 알 수 없었다고 말한
다. 그리고는 역학은 어리석은 자나 하는 것이니 하지 말기를
권하고 “저 궁벽한 시골에 평생 동안『역경』을 읽고는 드디어
노주역(盧周易)이니 최주역(崔周易)이니 하는 자들이 수없이

| 周 | 甲骨 | 周 田 曲 用 | 金文 | 田 田 曲 曹 曹 曹 周 周 | 小篆 | 周 |
| 易 | 甲骨 | | 金文 | | 小篆 | 易 |

많은데 자네도 이런 무리가 되려는가?" 하고는 한바탕 크게 웃었다. 역시 다산의 기록이다.

周(주)는 농사가 잘 되어 '농작물이 빽빽이 들어선 밭'의 상형이다. '빽빽하다'라는 본뜻은 여기에서 추출된 것이다. 관련 고문자의 여러 형태가 이를 증명해주고 있다. 고문자에서 '밭'의 상형 田(전) 가운데 찍힌 점들은 '농작물'이다. 뒷날 첨가된 '입'의 상형 口(구)는 여기에서는 '사람'을 뜻하는데, 농작물을 의미하는 점들을 찍는 일이 번거로웠기에 생략되는 과정에서 밭 田(전)자와 구별하기 위해 들어간 것이다. 본뜻은 '빽빽한 농작물'에서 추출한 '빽빽하다'이며, '두루' '골고루' 등의 뜻은 이에 근거하여 파생되었다. 섬서성(陝西省) 기산(岐山) 일대의 넓은 들판에서 농경생활을 하던 종족에게 이 글자가 족명(族名)이 되었고 그들 나라의 이름도 되었다.

易(역)자에는 분분한 해석이 있었다. 대표적인 것 몇 가지만 든다.

첫째, '해와 달의 상형설'인데 갑골문, 금문을 보면 터무니없음을 알 수 있다. 소전(小篆)의 아랫부분도 '달'의 상형과는 거리가 멀다.

둘째, '도마뱀'의 상형으로 蜴(척)의 본자라는 설. 이 또한 고문자를 보면 실체와 거리가 멀다. 이는 허신의 설인데 도마뱀의 변

錫　　甲骨　　　　　　　　　　　　　　　金文　鍚　　　　　　　小篆　錫

화에 적응하는 능력을 의식한 발상에서 나온 것이 아닌가 한다.

　셋째, 주석 錫(석)자의 본자로 보는 설. 보기의 갑골문 두번째 글자의 형태를 근거로, 왼쪽은 '주석 덩어리 모양'이고 오른쪽은 '용액(溶液)'의 상형이라는 견해이다.

　넷째, '두 손으로 그릇에 있는 물을 다른 그릇에 붓는 모양'의 상형인 溢(일)자의 원형 '益'의 약자라는 설이다(제시된 갑골문의 첫 글자 참조). 즉 이처럼 복잡했던 글자가 생략되는 과정에서 그릇의 손잡이 부분과 옮겨 붓는 물을 상징하는 세 점만 남았다는 견해이다. 이 경우 '다른 그릇에 물을 붓다'에서 추출한 '더하다'가 본뜻이고 여기에서 '주다'라는 파생된 의미가 생겼으며 바로 이러한 의미를 가진 錫(석), 賜(사)와 같은 글자의 원형이 된다. 주면 받게 되고 결과적으로는 서로 바꾸는 일이므로 易(역)자가 가진 대표적인 의미는 이런 데에서 생겨난 것이라는 것이다. 이 네번째 설이 전문학자들의 지지를 가장 많이 받고 있다.

　『주역(周易)』은 하대(夏代)의 『연산(連山)』, 은대(殷代)의 『귀장(歸藏)』과 함께 중국 고대의 점서(占書)를 대표하는 책의 하나로 『주례(周禮)』『좌전(左傳)』『장자(莊子)』『국어(國語)』 등 전국시대(기원전 475～221)의 책에 '주역(周易)'이라는 이름으로 나타나며 그 이전에는 그냥 '역(易)'이라 불렀다. 약 3천여 년 전인 주나라 초기에 기본 구도가 잡혀진 한 권의 책 『주역』은 아직도 그 구성 원리가 시원히 밝혀지지 않고 새로운 연구자를 기다리고 있다. 묘한 책이다.

주유
注油

물댈 **주** 기름 **유**

우리나라 대학가(大學街)에는 '주유소'가 많고 장사가 엄청 잘 된다고 한다. 자동차도 없는(?) 학생들이 무슨 '주유'를 한단 말인가 하겠지만 하여튼 흥청망청 붐비고 매상 최고 기록이 자주 깨어진다고 한다. '酒有所(주유소)'이기 때문이란다. 또한 대학가에는 '주식회사'가 적지 않게 들어서는데 이 또한 사세(社勢)가 만만치 않다고 한다. '酒食會社(주식회사).'

각설하고, 注(주)는 물 氵(수)와 주인 主(주)로 이루어진 글자이다. 主(주)는 원래 '횃불'의 상형으로 현재의 모습과 차이가 있음을 보기의 갑골문자를 통해 알 수 있다. 애초 상형에서

主	甲骨		金文		小篆	
王	甲骨		金文		小篆	
胄	甲骨		金文		小篆	

아래의 木(목)처럼 생긴 부분이 ‘얽어놓은 나무 등걸’ 의 상형이
며 윗부분의 점〔丶:발음이 ‘주’ 이다〕은 ‘불꽃’ 의 상형이다. 목기
(木器)시대가 가고 청동기시대가 되어 청동 등잔이 등장하면서
현재의 모습으로 변하였다. 역시 보기의 소전에서 볼 수 있듯,
불꽃의 모양을 본뜬 丶(주)에, 현재처럼 쇠등잔의 모양을 그린
‘王’ 을 더한 글자로 변하였는데, 본뜻은 여전히 ‘불꽃’ 이다. 따
라서 主(주)의 아랫부분을 구성하는 王은 임금 王(왕)과 같은
형태로 보이지만 실은 모양도 유래도 다르다. 참고로 임금 王
(왕)은 ‘자루를 끼우지 않은 큰 도끼’ 의 상형이다. 이 도끼를 대
월(大鉞)이라고도 하는데 바로 무력(武力), 권력(權力)의 상징
이었으며 최고 지도자를 의미하게 되었다. 등잔의 불을 댕기고
관리하는 사람은 당연히 그 집의 주인이므로 ‘주인’ 이라는 뜻이
생겨났다. 그러자 ‘불꽃’ 이란 본뜻이 점점 희박해졌으므로 본뜻
을 살리기 위해 만든 글자가 炷(주)다. 그런데 注(주)에서의 主
(주)는 발음부호로 쓰였을 뿐이며 注(주)의 본뜻은 ‘물을 대다’
‘부어넣다’ 이다. 주입식(注入式) 교육이라면 글자 그대로 빈 통
에 물을 부어넣듯 그저 머릿속에 지식을 부어넣기만 하는 교육
이란 뜻이다.

油(유)의 성부(聲符)를 구성하는 由(유)는 冑(주)의 약자이며, 油(유)의 뜻 '기름'과는 무관하다. 冑(주)의 고문자를 살펴보면 윗부분은 '투구'의 상형, 그 아래는 '눈〔目〕'의 상형임을 알 수 있는데 눈이 사람의 머리를 대표해서 쓰인 사례로 고문자에서는 예사로운 일이다. 由(유)와 冑(주)는 내원(來源)이 같은 글자이지만, "누군들 밖에 나갈 때 문을 경유하지 않고 나갈 수 있겠는가? 그런데 어찌하여 이 도(道)를 따르는 이가 없는가?(誰能出不由戶, 何莫由斯道也 : 수능출불유호, 하막유사도야)"라는 공자님의 탄식에서 보듯, 由(유)는 '경유하다'나 '따르다' 등으로 널리 쓰이고 있고, 冑(주)는 '투구〔甲冑〕'나 '맏손자〔冑孫〕'의 뜻으로만 쓰이고 있다.

주체
主體
주인 **주** 몸 **체**

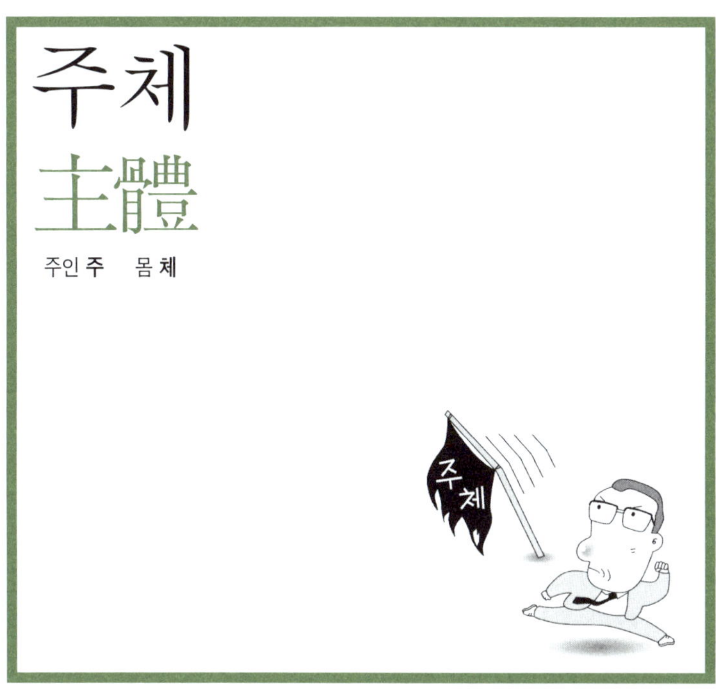

　　북한의 김씨 부자 우상화(偶像化)의 도구가 되고 만 주체사상의 창안자가 고뇌(苦惱) 끝에 망명(亡命)의 길을 택해 세계를 놀라게 하였었다.

　　主(주)는 원래 만들어지던 은나라 초기에는 '한 다발 횃불'의 상형이었다. 윗부분의 점이 타오르는 '불꽃'의 상형인 丶(주)이며 아랫부분은 싸리나 갈대 등의 잘 타는 나무와 풀을 한 움큼 묶은 '홰'를 상형한 글자였다. 이처럼 丶(주) 아래 木(나무 목)을 받친 것이 主(주)의 원형이었다. 뒷날 춘추전국시대에 청동 등잔이 이 홰를 대체하게 되자 丶(주) 아래 '청동 등잔'의 상형인 王〔'임금 왕'이 아님〕을 받친 主(주)가 등장하였다. 그

主	甲骨		金文		小篆	
骨	甲骨		金文		小篆	

당시의 글자 형태를 소전(小篆)에서 쉽게 확인할 수 있다. 고대 사회에서 불은 매우 중요한 것이었다. 그래서 불을 켜고 끄는 일은 집안의 주인이 맡아서 하는 긴요한 일이었다. 主(주)에 '주인'이라는 뜻이 생긴 것은 이런 배경에서 나온 것이다.

體(체)는 骨(골)과 豊(예)를 합한 글자이다. 骨(골)은 원래 '소 어깨뼈'의 상형이다가 뒤에 사람까지 포함한 모든 동물의 뼈를 뜻하게 되었다. 豊(예)는 '제사 그릇'의 상형인 豆(두) 위에 두 개의 玉(옥)인 珏(각)을 담은 그릇〔凵 : '입 벌릴 감'이나 '웅덩이 감'이 아님〕을 얹은 글자로 禮(예)의 본자이다. 신을 섬기는 제사의 예물은 많을수록 좋았으므로 '여러 가지' '갖가지' 등의 뜻도 생겨났다. 뼈에 눈 코 귀 입과 팔다리 등 갖가지 기관이 붙어 신체를 이루므로 骨(골)과 豊(예)를 합해서 '몸'이라는 뜻이 생겨났다.

"위로는 주체를 굳건히 하고, 아래로 만백성을 편하게 한다(上以安主體, 下以便萬民 : 상이안주체, 하이편만민)." 『한서(漢書)』에 보이는 주체의 첫 용례로 그 뜻은 '군주의 통치 지위'였다. 오랜 봉건시대가 끝날 때까지 주체에는 오직 이 뜻이 있었을 뿐이다. 주체가 객체와 상대를 이루는 철학 용어로 쓰이기 시작한 것은 현대에 와서의 일이다.

주체사상의 창안자는 우리 민족의 주체적 자각을 위해 이 사

豐	甲骨		金文		小篆	

상을 만들었다고 주장하지만 그 의도와는 달리 시대착오적인
새로운 봉건체제를 위해 봉사하고 말았다. 낱말의 태생적 숙명
때문이라고 해야 할지 묘한 느낌을 준다.

준비
準備
미리 **준**   갖출 **비**

　　'**준**비된 대통령', 이 한마디가 '국민의 정부'를 탄생시키는 데 끼친 영향이 컸음은 누구나 인정할 것이다. 갈팡질팡하던 그 시절, 그만큼 준비된 사람이 절실히 필요했기 때문이리라.

　　準(준)은 氵(수)와 隼(준)으로 이루어진 글자이다. 氵(수)는 '흐르는 물'의 상형인 水(수)의 변형. 隼(준)의 윗부분 隹(추)는 鳥(조)와 마찬가지로 '한 마리 새'의 상형인데 여기에서는 사냥에 쓰이는 매를 뜻한다. 아래의 十〔열 십이 아님〕은 이 매가 앉아 있는 '나뭇가지'의 상형이라고도 하고 '사냥꾼 팔뚝'의 상형이라고도 한다. 準(준)의 본뜻은 '수평(水平)'. 일단 사냥

	甲骨		金文		小篆	
水						
隼						
甫						

물을 발견하면 수직(垂直)으로 내리꽂히듯 하강(下降)하지만 그 이전에는 유유히 수평(水平)으로 날아다니는 매의 습성(習性)이 글자에 반영(反映)되었다고 한다. 파생된 뜻이 여러 가지인데 여기서 쓰인 '미리'도 그 가운데 하나이다.

備(비)는 亻(인)과 甫(비)로 이루어진 글자이다. 亻(인)은 '서 있는 사람'의 측면의 상형. 甫(비)는 갑골문을 보아 쉽게 알 수 있듯이, '화살통과 거기에 거꾸로 꽂혀 있는 화살'의 상형이다. 윗부분의 풀 艹(초)로 잘못 굳은 부분은 화살깃 부위가 변한 것이고, 그 아래 用(용)자로 잘못 정착한 부분의 가운데를 수직으로 꿰뚫은 선이 화살 아랫마디이며, 나머지는 화살통이다. 甫(비)는 언제나 뽑아 쓸 수 있도록 준비된 화살을 부각한 글자이다. 이를 합한 備(비)의 본뜻은 '신중(愼重)'인데 모든 준비는 신중하게 해야 한다는 데에서 추출된 것이라 한다.

준비(準備)는 '미리 안배하거나 계획하다'라는 뜻으로 송나라 때부터 쓰여왔으니 이미 1천 년의 역사를 가진 말이다.

지록위마
指鹿爲馬

가리킬 **지** 사슴 **록** 할 **위** 말 **마**

지록위마는 말 그대로는 '사슴을 가리키며 말이라 하다' 이다. "윗사람을 농락하여 권세를 마음대로 휘두르는 짓" "모순된 것을 끝까지 우겨 남을 속이려는 짓", 사전의 풀이이다.

……조고(趙高)가 모반(謀反)을 하려 하는데 여러 신하들이 제 말을 따르지 않을까 걱정이 되어 시험을 해보기로 하였다. 사슴 한 마리를 이세(二世)에게 바치면서 말했다. "말입니다." 이세(二世)가 웃으며 말했다. "승상이 잘못 본 것 아니오? 사슴을 말이라니요?" 좌우의 신하들에게 물었다. 대답이 없는 자도 있

旨	甲骨		金文		小篆	
鹿	甲骨		金文		小篆	

었고, 말이라 하여 조고의 뜻에 영합하는 자도 있었으며, 사슴이라고 말하는 자도 있었다. 조고는 비밀리 사슴이라 했던 자들을 법률을 어겼다고 중상하여 해쳤다. 이로부터 신하들은 모두 조고를 겁냈다(……趙高欲爲亂, 恐羣臣不聽, 乃先設驗, 持鹿獻於二世, 曰 ‘馬也’. 二世笑曰, ‘丞相誤邪? 謂鹿爲馬’. 問左右, 左右或默, 或言馬以阿順趙高. 或言鹿者, 高因陰中諸言鹿者以法. 後羣臣皆畏高 :……조고욕위란, 공군신불청, 내선설험, 지록헌어이세, 왈 ‘마야’. 이세소왈, ‘승상오야? 위록위마’. 문좌우, 좌우혹묵, 혹언마이아순조고. 혹언록자, 고인음중제언록자이법. 후군신개외고).

『사기(史記)』「진시황본기(秦始皇本紀)」의 한 단락으로 고사성어(故事成語) 지록위마의 출전(出典)이다. 그 당시 그 자리에 있었던 신하들로서 그 상황이 조고가 자기를 반대하는 자들을 가려내기 위한 음모(陰謀)임을 몰랐던 사람도 있었을까? 그렇다면 그들은 일본말로 바카〔馬鹿〕이다. 바카야로〔馬鹿野郞〕란 말이다. 그런데 그 자리에 바카인 진나라 이세(二世) 황제(皇帝) 호해(胡亥) 외에 상황 파악을 못 해서 사슴이라 대답한 사람도 있었을까? 그렇다면 그가 진짜 바카이다. 그렇지만 그런 바카는 없었을 것이다. 통일제국 진나라에서 대신의 지위에 오

麗	甲骨			金文		小篆	
爲	甲骨			金文		小篆	

른 사람들을 바카로 본다면 그런 사람이야말로 바카이다. 사슴이라 했던 사람들은 죽음도 각오했던 진나라의 충신(忠臣)들이었던 것이다.

指(지)는 '손'의 상형 扌(수)와 旨(지)로 이루어진 글자이다. 旨(지)는 갑골문에서 보이듯 '숟가락'과 '그릇'의 상형이다. 금문에서는 그릇 가운데 점이 하나 찍혔는데 이는 '부를 召(소)'자와 구분하기 위한 것이라고 한다. '맛있다'가 旨(지)의 본뜻이다. 그러므로 맛있는 음식을 지미(旨味)라 하고 맛있는 술을 지주(旨酒)라 한다. 우리나라 현모양처의 전범(典範) 가운데 한 분인 갈암(葛庵) 이현일(李玄逸) 선생의 어머니 정부인(貞夫人) 안동 장씨(安東張氏)가 언문(諺文)으로 쓴 요리책 『음식디미방』의 한자 표기를 '知味方'이라 하는데 아무래도 '旨味方'이 나을 듯하다. '맛보다'라는 뜻의 嘗(상)자는 이 旨(지)에다 발음부호인 尚(상)을 더한 형성자(形聲字)이다. 이 글자가 본뜻과는 다르게 '일찍이'란 뜻으로 더 널리 쓰이자 본뜻 보존을 위해 嚐(상)을 만들었음도 참고할 만하다. 아무튼 旨(지)에 扌(수)를 더한 指(지)는 '음식맛을 보는 손가락', 즉 '식지(食指)'가 본뜻이었을 것이고, 널리 알려진 '손가락'은 확대된 의미일 것이다.

鹿(록)은 '한 마리 사슴'의 상형이다. 이 사슴은 물론 멋있는 뿔이 있으나, 麗(려)로 상형된 보다 더 크고 근사한 한 쌍의 뿔

| 象 | 甲骨 | | 金文 | | 小篆 | |
| 馬 | 甲骨 | | 金文 | | 小篆 | |

을 단 사슴보다는 못하다. 옛날 왕들의 원유(園囿)에는 각종 사슴이 우글거렸다는 기록이 『맹자(孟子)』에 나온다. 사슴떼가 달리며 일으키는 먼지가 塵(진)이다. 여기서의 土(토)는 '흙먼지'의 의미로 쓰였다.

爲(위)의 고문자를 자세히 들여다보면 아랫부분은 '한 마리 코끼리'의 상형이고 윗부분은 그 긴 코를 잡고 있는 '손[又]'의 상형이다. 꼭 손으로 코를 잡았을까만 이렇게 형상화하여 코끼리를 '부리다'라는 뜻으로 썼다. '코끼리'의 상형에는 잘 알려져 있는 '象(상)'자도 있다. 爲(위)의 널리 알려진 뜻 '하다'는 '코끼리를 부려 일하다'에서 추출된 것임을 알 수 있다.

馬(마)는 '말'의 상형이다. 한자에는 동물의 상형이 많다. 소[牛], 토끼[兔], 용[龍], 개[犬], 돼지[豕], 범[虎], 곰[能], 외뿔소[兕], 양[羊], 뱀[它], 거북이[龜], 맹꽁이[黽], 제비[燕], 물고기[魚] 등이다.

지록위마라면 모두 서슴지 않고 비웃지만 교묘한 위기의 상황에서 오늘날에도 '사슴'을 '말'이라 하는 사람들이 다수이고 '사슴'을 '사슴'이라 하는 사람들은 소수일 것으로 보인다. 또 시대가 시대이니 해보는 말인데 목숨보다 더 소중한(?) 권력(權力)과 금력(金力) 앞에서도 마음 흔들리지 않는 사람이 몇이나 될까?

지옥

地獄

땅 **지**　감옥 **옥**

'**흙** 덩이'의 상형 土(토)와 '여성 음부'의 상형 也(야)로 이루어진 地(지)는 그 원형이 지금의 모양과는 많이 달랐다. 옛 형태는 왼쪽에 '언덕'의 상형으로 쓰인 阝(부), 오른쪽에 '산돼지'의 상형인 彖(단), 그 아래 가운데다 土(토)를 받친 모양이었다. 그 뒤 전국시대 초(楚)나라에서 彖(단) 대신 '뱀'의 상형인 它〔사 : 갑골문에는 '발바닥'의 상형 止(지)와 몸통을 꼿꼿이 세운 파충류가 그려져 있는데 이것이 사람을, 특히 발을 깨무는 뱀이 아니고 무엇이겠는가? 금문에서는 止(지)가 생략되었고 지시대명사 등 다른 뜻으로 널리 쓰이자 소전(小篆)시대에 蛇(사)자를 만들어 본뜻을 보존하였다〕로 바뀌면서

土	甲骨		金文		小篆
也	甲骨		金文		小篆
地	甲骨		金文		小篆

부터 오늘날의 모양과 가깝게 되었다. 길짐승이 떼지어 달리는 황하(黃河) 유역의 평원지대에서는 산돼지〔彖〕가, 파충류가 우글거리는 장강(長江) 이남에서는 그 대신 뱀〔它：사〕이 들어간 것이다. 여기에서 시간뿐 아니라 환경에 따라서도 글자가 바뀐다는 사실을 알 수 있다. 它(사)가 '다른'이라는 뜻으로도 쓰이며 '타'라고 발음되자 다시 한번 언급하거니와 본뜻을 보존하기 위해 虫(훼)를 더한 蛇(사)를 만들어 '뱀' 전용자로 쓰게 되었다. 虫(훼) 역시 '뱀 한 마리'의 상형인데 벌레 蟲(충)의 약자로 널리 쓰인다. 그 뒤에 阝(부)가 생략되고 它(사)는 형체의 유사성 때문에 也(야)로 잘못 변하여 오늘의 모습, 地(지)가 된다. 그러므로 地(지)는 의미상으로 흙과 뱀을 합한 글자로 '파충류(爬蟲類)가 기어다니는 땅'이 본뜻이다. 하지만 也(야)가 '여성 음부(陰部)'의 상형으로 모성(母性)과 생산(生產)을 상징하므로 地(지)는 땅을 가리키는 글자로 더없이 적절(適切)해졌다 하겠다. 한편 也(야)는 문장(文章)의 종지사(終止辭)로 쓰였으니 지호자야(之乎者也)로 날을 보낸 옛 선비님들은 자신도 모르는 사이에 하루에도 수없이 음담(淫談)을 읊으신 셈이다(?).

獄(옥)은 '마주 보며 짖는 두 마리의 개'를 상형한 글자이다.

	甲骨		金文		小篆	
象	甲骨		金文		小篆	
它	甲骨		金文		小篆	
獄	甲骨		金文		小篆	

왼쪽 犭(견)은 개 犬(견)의 변형이며 가운데의 言(언)은 이 글자에서는 개 짖는 '소리'를 뜻하는데 원래의 자형에서는 言(언)이 아니라 죄를 의미하는 辛(천 : 역시 '죄'를 뜻하는 '辛'과 유사한 글자)자였다는 주장도 있다. 言(언)으로 볼 경우 송사(訟事)로 다투는 두 사람의 말이 마치 개 짖는 소리 같다 하여 만든 글자로 본뜻인 '쟁송(爭訟)'에 이어 '감옥'의 뜻도 파생되었다.

지옥(地獄)은 고대 인도어 '나라카', 즉 '괴로운 세계'를 의역(意譯)한 한자말이다. 불교에서 이를 오래 습용(襲用)하고 있고 한자 문화권의 기독교계에서도 말일(末日)의 심판 후에 죄지은 자들이 영원히 형벌을 받는 곳의 뜻으로 차용(借用)하고 있다.

주체사상의 대부(代父) '황장엽'씨가 북한을 '생지옥(生地獄)'이라 하였다. 이를 무시하고 있는 듯한 국민의 정부가 취하고 있는 햇볕 정책은 생지옥을 극락으로 바꾸기 위한 위대한 역사(役事)일 것인가? 오판에서 비롯된 거대한 실수일 것인가?

차선

次善

버금 **차**　좋을 **선**

운동 경기에서 은메달을 딴 우리나라 선수들의 표정이 외국인들의 눈에는 너무나 이상하게 보여 화제(話題)에 오른 적이 있다. 오직 금메달을 위해 심혈(心血)을 쏟다가 실패하였으니 그럴 수도 있겠다 하겠지만 무표정이라면 차라리 다행이겠는데 고개를 떨구고 분해하는 듯한 표정을 짓는다는 것은 사실 문제가 아닐 수 없겠다. 우리는 이런 현상이, 최선(最善) 다음에는 차선(次善)도 있다는 것을 그다지 의식하지 않는 우리 민족의 특질 때문이 아닌가 한번쯤 반성해볼 필요도 있겠다.

次(차)는 ' 冫 '와 欠(흠)으로 이루어진 글자이다. 여기에서의

次	甲骨		金文		小篆	
欠	甲骨		金文		小篆	
冰	甲骨		金文		小篆	
善	甲骨		金文		小篆	

冫〔정해진 발음이 없다〕는 '얼음 덩어리'를 상형한 冰〔빙: 보기〕
의 금문을 보자. 水(수)는 '흐르는 물'의 상형. 오른쪽의 두 점은
물 위에 떠다니는 얼음 덩어리의 상형이다. 거듭 말하거니와 소전
과는 달리 통일된 자형이 없는 갑골문, 금문에서 각개 글자의 위치
는 매우 자유롭다. 흔히 쓰는 '氷(빙)'은 약자이다〕의 水(수)를 생
략한 冫(빙)이 아니다. 그것은 사람의 입에서 튄 '침방울'이다.
欠(흠)은 제2획까지가 '벌린 입'의 상형이 변한 것이며, 아래의
두 획은 '사람〔人〕'의 상형이다. '하품'이라는 뜻으로 널리 알
려진 글자이지만 여기에서는 하품하는 입이 아니라 벌린 입이
다. 그리하여 次(차)는 말할 때 침을 튀기거나 음식 앞에서 침을
흘리는 것은 고상(高尙)하지 못한 행위이므로 '최선이 못 되는'
'다음의'와 같은 뜻을 가지게 되었다.

  善(선)의 원형은 '양'의 상형인 羊(양)의 아래 좌우에 言(언)
을 두 개 더한 형태였다. 言(언)의 해석에는 '입, 혀, 그리고 입
기운'의 상형이라는 설과, '관악기와 이를 부는 입'의 상형이라
는 설이 팽팽히 맞서고 있다. 전자라면 '양 두 마리가 대화하듯

하면서 다정스레 걷는 모양' 의 상형이 되며, 후자라면 '대롱 두 개를 불어 소리내는 양뿔 모양 관악기' 의 상형이 된다. 두 경우 모두 그 소리가 듣기에 좋다 하여 '좋다' 라는 본뜻과 '착하다' 라는 파생된 뜻이 생겼다 한다.

창업, 수성
創業, 守成

비롯할 **창** 업 **업**   지킬 **수** 이룰 **성**

 ‘**창**업’과 ‘수성’은 국가의 창건과 계승을 의미하던 말이었다. 그런데 언제부터인가 기업(企業)들의 운명에도 비유되고 있다. ‘창업’이라 하면 ‘기업을 처음 일굼’을, ‘수성’이라 하면 ‘후계자가 창업자의 사업을 유지하는 것’을 자연스레 떠올리니 말이다.

　‘창업’은 ‘왕업(王業)을 처음으로 세운다’라는 뜻으로 맹자(孟子)가 처음 말했고, ‘수성’은 ‘창업 군주의 성취와 업적을 계승한다’라는 뜻으로 유학자(儒學者) 숙손통(叔孫通)이 한고조 유방에게 한 말이 문헌상 첫 쓰임이다.

　“이 두 가지 중 어느 것이 더 어려운 것인가?” 당태종(唐太

刅	甲骨		金文		小篆	
倉	甲骨		金文		小篆	
業	甲骨		金文		小篆	

宗)이 신하들에게 던진 물음이다. 창업에 참여했던 방현령(房玄齡)은 창업이라 했고, 그후에 참여한 위징(魏徵)은 수성이라고 대답했다.

이처럼 국가 규모의 守成(수성)이 가끔 성 하나를 지킨다는 뜻인 守城(수성)과 혼용되고 있는데, 그 스케일의 크기가 매우 다르다 하겠다.

創(창)은 倉(창)과 'リ'로 구성된 글자로 본뜻이 '상처(傷處)'인 형성자이다. '비롯하다' '처음 시작하다' 등에서의 쓰임은 가차적(假借的) 용법이며 '비롯하다'라는 뜻의 본글자는 刀(도)자의 양편에 점이 찍힌 모양인 '刅'이었으며 발음은 '창'이었다. 여기서의 刀(도)는 力(력)의 변형이며 力(력)은 '가래'이고 두 점은 '가래에 일구어진 두 덩이의 흙'을 의미한다. 이 글자가 다시 '㓞(창)'의 형태로 되어 쓰이다가 創(창)에게 제자리를 빼앗기고 말았다.

倉(창)은 '양곡 창고'의 상형이다. 보기의 그림을 보면 옛날 우리나라의 농가에서도 흔히 볼 수 있었던 여러 쪽의 직사각형 나무 판자를 차례로 막아올린 모양처럼 보이기도 하는데, 가운뎃부분이 한 쪽의 문(門)임을 알 수 있다.

	甲骨		金文		小篆	
守						
成						
戍						
丁						

業(업)은 '여러 개의 갈고리가 달린 나무로 만든 틀'의 상형으로, 많은 물건을 걸어둘 수 있는 쓸모 있는 도구라는 설과 편경(編磬), 편종(編鐘) 같은 악기들을 걸도록 만든 걸개라는 설이 있는데 모두 나무로 만든 쓸모 있는 도구라는 공통성이 있다. 학업(學業), 공업(功業), 산업(産業), 직업(職業)에서 보듯, '일'이라는 뜻으로 쓰이게 된 것은 아마도 業(업)이 여러모로 유용한 물건이었음에 바탕하여 파생된 것이 아닌가 한다.

守(수)는 宀[면: '지붕과 두 기둥'의 상형으로 '집'이 본뜻]과 寸[주: 이를 寸(촌)이라 보는 설은 틀린 것으로 보인다. 여기서의 발음은 寸(주)로 팔꿈치 肘(주)의 본자이며 대체로 팔로 하는 동작을 표시하는 데 쓰이는 글자이기 때문이다]를 합한 글자이다. 여기서의 宀(면)은 정사(政事)를 보는 정청(政廳)을, 寸(주)는 팔로 하는 동작을 뜻하며, '지키다'는 뜻은 이에서 추출되었다.

成(성)은 戌(술)과 丁(정)을 합한 글자인데, 옛날에는 戊(무)와 丁(정)을 더한 글자인 줄로 알았다가 갑골문이 발견되고 문자학이 발전되면서부터 그렇지 않은 것을 알았다. 그러나 戌

戌	甲骨		金文		小篆	
戍	甲骨		金文		小篆	
戎	甲骨		金文		小篆	
戒	甲骨		金文		小篆	

(술)이나 戊(무)는 모두 '의장용(儀仗用) 무기'를 상형한 것으로 모양에 있어 약간의 차이가 있을 뿐이다.

　참고로 戌(술)과 거의 비슷한 글자로 戍(수)가 있는데 이는 '사람〔人〕과 창〔戈〕'의 상형을 더한 것으로 그림을 보면 쉽게 알 수 있다. '창을 메고 변방을 지키다'가 본뜻인데 '衛戍令(위수령)' '戍(수)자리' 등에 쓰인다. 비슷한 글자인 戎(융)은 갑옷을 의미하는 '十〔甲(갑)자의 원형이다〕'과 '창'의 상형 戈(과)를 합하여 '무기'를 본뜻으로 하는 글자이며, 戒(계)는 '창〔戈〕과 이를 쥔 두 손〔廾〕'의 상형을 합한 글자로 '경계(警戒)'가 본뜻이다.

창피
褙被
띠 아니 맬 창   옷 걸칠 피

　'**체**면이 깎일 일을 하여 부끄럽다'를 한자어로 '창피(褙被)'라고 한다. 褙(창)은 의미를 나타내는 옷 衣(의)와 발음부호 역할을 하는 창성할 昌(창)으로 이루어진 글자이다. 衣(옷)는 '윗옷'의 상형인데 고문자의 윗부분〔한글의 시옷자 같은 부분〕이 목덜미를 감싸는 '옷깃'의 상형이다. 널리 알려져 있다시피 衣(의)는 윗옷, 裳(상)은 아래옷을 의미한다. 昌(창)은 아침 해가 막 수면 위로 솟아오른 시각의 광경을 그린 글자이다. 윗부분은 '태양'의 상형인 日(일)이며 아랫부분은 曰(왈)이 아니라 '수면에 비친 태양의 그림자'이다〔입과 그 입 가운데서 나오는 말, 즉 언어를 표시하는 짧은 획으로 이루어진

	甲骨		金文		小篆	
衣	甲骨		金文		小篆	
昌	甲骨		金文		小篆	
曰	甲骨		金文		小篆	
被	甲骨		金文		小篆	
皮	甲骨		金文		小篆	
盾	甲骨		金文		小篆	

曰(왈)의 고문자의 형태와는 판연히 다르다).

皮(피)는 '가죽으로 만든 방패를 손으로 잡고 있는 모양'의 상형으로, 방패의 원료가 가죽이라고 해서 '가죽'이라는 의미로 널리 쓰이게 되었다. 방패를 의미하는 글자에 盾(순)이 있다. 고문자를 보면 얼굴을 대표하는 눈과 방패의 표면 그리고 손잡이가 형상화되어 있다. 裮(창)은 '옷을 입고 허리띠를 안 맨 상태'이며, 여기에서의 被(피)는 '상의를 어깨에 걸친 모습'의 뜻으로 쓰였다. 이 말은 처음 쓰일 당시부터 이미 '방종하여 제멋대로 행동한다'라는 뜻을 내포하고 있었다.

창피가 처음 쓰이기 시작한 시기는 대략 2300여 년 전인 중국 전국시대 말엽이다. 몰락 일로에 처해 있던 조국 초(楚)나라의 운명을 걱정하던 끝에 환갑도 넘은 나이에 멱라강(汨羅江)에

투신자살하여 사간(死諫)을 감행한 위대한 우국 시인 굴원(屈原)이 지은 「이소(離騷)」에 처음 나온다.

망국(亡國)의 군주 걸(桀)과 주(紂)는 어찌 그리도 창피한 짓을 했던가? 첩경(捷徑)만 가려다가 진퇴양난되었네(何桀紂之猖被兮, 夫唯捷徑以窘步 : 하걸주지창피혜, 부유첩경이군보).

猖被(창피)는 猖披(창피), 昌披(창피), 倡被(창피) 등으로 표기되기도 하므로 한 글자씩 해석해서는 안 되는 단어, 즉 두 개의 글자가 하나의 뜻을 이루는 연면사(聯綿詞)로 보기도 한다.

책임
責任
꾸짖을 **책**　맡길 **임**

責(책)은 '가시 돋친 나무로 만든 회초리'의 상형으로 '채찍'을 본뜻으로 하는 朿(자)와, '조개'의 상형으로 '돈' '재물'이 본뜻인 貝(패)를 합한 글자였다. 쓰기에 편한 지금 모양으로 변한 것은 뒷날의 일이다. '돈'이나 '재물'을 빌렸다가 약속대로 갚지 못하면 때로 '채찍'질하고 '꾸짖으며' 갚기를 독촉했던 옛 풍습과 관련된 責(책)의 본뜻은 '빚'이었다. 파생된 뜻인 '꾸짖다'가 더 널리 쓰이자 債(채)를 만들어 본뜻을 살려두었다. 그러니까 責(책)은 債(채)의 본자이다.

任(임)은 人(인)과 壬(임)을 합한 글자이다. 길쌈할 紝(임)의 본자인 壬(임)은 '베틀〔아직 씨줄과 날줄이 걸려 있지 않은 베틀

束	甲骨		金文		小篆	
貝	甲骨		金文		小篆	

을 가리킨다. 날줄이 걸린 베틀의 상형은 經(경)의 본자인 巠(경)
이다]'의 모양을 본뜬 글자로, 여기서는 발음부호로 쓰였다. 任
(임)은 글자가 만들어진 은나라 때부터 중앙의 관리나 지방 수
령의 뜻으로 쓰였으며 '맡다' '일하다' 등의 뜻은 여기에 근거
한다. 지금도 특히 공무원 사회에서 '임지'나 '부임' 등의 말이
널리 쓰이고 있는데 물론 고대 이래 뿌리 깊은 관료제 사회의
한 유습이다. 일상생활에서의 뜻과는 달리 책임(責任)은 '진 빛
을 갚기 위해 일한다'가 본뜻에 가장 가까운 풀이가 된다. 이 뜻
은 오늘날에도 이 말의 좁은 뜻인 '범법자에 대한 민사법 또는
형사법적인 제재'에 살아 있다.

한자 문화권에서 사회적 책임을 완수(完遂)한 사람의 표상
(表象)으로 요(堯), 순(舜) 같은 성군(聖君)이 꼽혔다. 그들은
천하를 잘 다스리는 일을 자기의 책임(以天下爲己任 : 이천하위기
임)으로 생각하고 진심진력(盡心盡力)하여 사람들의 가슴 속에
불멸(不滅)의 기념비를 세웠다. 우리나라의 경우 세종대왕(世
宗大王), 이황(李滉), 이순신(李舜臣), 김구(金九) 같은 분들은
왕으로서, 신하로서, 백성으로서 자기 시대의 사회적 책임을 다
한 대표적인 분들이라 하겠다.

책임 떠넘기기기의 극치(極致)를 보여주고 있는 오늘의 세태
(世態)를 우리 모두 개탄(慨嘆)한다. 그러나 과연 이러한 현상

人	甲骨		金文		小篆	
壬	甲骨		金文		小篆	

이 일부 사람들의 책임일 뿐일까?

처 첩

妻妾

아내 **처** 첩 **첩**

흥부가 세번째 박을 타지 않았더라면 흥부의 처는 두고 두고 속 터질 일은 없었을 것이다. 뜻밖에도 박 속에서 천자(天子) 서방 마다하고 벼락부자 연흥부〔延興夫 : 興甫(흥보)라 표기하기도 한다〕의 첩이 되겠다는 절세미녀(絶世美女) 양귀비가 교태(嬌態)를 부리며 걸어나왔기 때문이다. 그리하여 흥부는 그녀를 별당에 모시고(?) 사는 늘어진 팔자가 되었던 것이다.

보기의 갑골문에서 妻(처)자를 보자. 긴 머리칼을 푼 채 꿇어앉은〔이 자세는 고대사회에 있어 남녀 공통의 기본자세이지 반드시 '굴종'을 의미하는 것은 아니다〕 여성이 보이고 그 옆에 손 하

妻	甲骨		金文		小篆	
妾	甲骨		金文		小篆	
辛	甲骨		金文		小篆	

나가 그려져 있다. 이 손을 누구의 손으로 보느냐에 글자 속의 상황은 판이하게 달라진다. 첫째, 시녀의 손으로 보는 견해가 있다. 이 경우 여인의 신분은 귀족이다. 시녀에게 머리 손질을 맡긴 채 앉아 있는 귀부인이 되는 것이다. 둘째, 남자의 손으로 보는 견해가 있다. 이 경우 여자는 우악스런 남자에게 머리채를 잡힌 채 끌려가는 가련한 여자가 된다. 이 설을 주장하는 학자는 고대사회에 한때 유행했던 약탈혼(掠奪婚)을 반영한 글자로 본다. 처(妻)는 은나라 때부터 지금까지 정식으로 혼례를 치른 '아내'를 뜻한다.

妾(첩)은 辛(신)과 女(녀)로 이루어진 글자이다. 辛(신)은 주로 경형(黥刑)에 쓰이던 刑具(형구) '끌'의 상형이다[辛(신)은 '살상(殺傷)하다' '고생(苦生)하다' '맵다' 등의 파생된 뜻을 가졌다]. 그러므로 妾(첩)은 경(黥)친 여인이다. 경을 친 이유는 무엇일까? 죄인이기 때문이다. 어떤 죄였을까? 주로 반역죄였다. 여자가 무슨 반역을? 아버지, 남편, 오빠, 자식들 중 누군가가 저지른 반역이었다. 때로 그녀의 신분은 전쟁에서 지고 적국에 잡혀온 포로이기도 했다. 그리하여 이긴 자, 강한 자의 성적 노리개가 되었다. 후세에는 '정식으로 혼례를 치르지 않고 데리고 사는 여자'를 지칭하기도 했다.

　한때 첩이라고 하기 뭣하여 소실(小室), 소가(小家)라고 부르기도 했지만, 이제는 이런 말들도 '세컨드'에 밀려 서서히 사라지고 있다.

천착

穿鑿

뚫을 **천**　뚫을 **착**

학자의 회갑 기념 모임이나 정년 퇴임 기념 모임에 가 보면 이젠 귀에 설지도 않을 정도로 자주 듣는 말이 있다.

"선생님께서는 이 분야에 깊은 '천착(穿鑿)'을 하셨습니다."

이렇게 다른 사람의 깊은 연구를 추어올려 '천착'이라고들 하는데 그래도 되는 것일까?

穿(천)은 穴(혈)과 牙(아)를 더한 글자이다. 穴(혈)은 宀(면)과 '八'을 더한 글자인데 여기서의 '宀(면)'은 갱구(坑口)의 윗부분을, 아래의 '八'은 '두 개의 나무 기둥', 즉 '지주목(支柱木)'의 상형이다. 이 글자는 바로 '두 개의 나무 기둥으로 지탱

穿	甲骨		金文		小篆	
穴	甲骨		金文		小篆	
牙	甲骨		金文		小篆	

해놓은 광혈(鑛穴)'의 상형인 것이다. 牙(아)는 아래위가 맞물려 있는 '짐승 이빨'의 상형이라는 설과 '도구의 맞물려 있는 톱니'의 상형이라는 설이 있는데 필자는 뒤의 설이 옳다고 본다. 어쨌든 牙(아)는 차츰 '사람의 이'도 뜻하게 되었다.

鑿(착)은 원래 아랫부분의 金(금)이 없던 글자로, 그 원형을 보기의 갑골문에서 살펴볼 수 있다. 갑골문 첫 글자의 왼쪽이 '끌'의 상형[뒤에 '辛(신)'자로 굳은 글자와 여기서 쓰인 제10획까지의 모양은 모두 '끌'의 상형이다]이며 오른쪽은 '손으로 망치를 잡고 있는 모양'의 상형인데 뒤에 殳(수)로 굳어졌다. 바로 '어떤 물건에 끌을 대고 망치로 치고 있는 모양'을 상형한 것이다. 그 물건이 '절구'의 상형 臼(구)로 굳어졌으나 사실은 방형(方形)의 물건에서 '끌로 일부를 파내고 난 뒤에 남은 凹(요)자 모양 물건'의 상형이다. 金(금)은 끌의 재질(材質)이 쇠임을 나타내기 위해 뒤에 더한 것이다.

그러므로 천착의 본뜻은 '후벼서 구멍을 뚫는다'인데, 적어도 옛날에는 한 번도 좋은 뜻으로 쓰인 적이 없다. 오직 사리에 어긋나는 행동이나 주장으로 억지를 부린다는 데에만 쓰여왔을 뿐이다. 천착에는 어김없이 부회(附會)라는 말이 따라다니는데

鑿	甲骨		金文		小篆	
臼	甲骨		金文		小篆	

이는 견강부회(牽强附會)와 동의어이다.

자기의 학문이 별것 아니라는 겸양에서 "칭찬해주셨지만 실은 저의 학문은 천착에 지나지 않는 것입니다"라고 말할 수 있다. 이처럼 자기의 학문을 겸양해서야 얼마든지 쓸 수 있는 것이지만 다른 사람의 연구나 업적을 '천착' 했다고 마구 깎아내려도 되는 것인가?

그런데 천착하기를 좋아하는 나로서도 정말 이해하기 힘든 것은 정년 퇴임하는 학자를 위한 모임에서 축사(?)를 하는 사람들이 이 말을 할 때 더욱더 미안한 듯한 표정을 지으며 앉아 있는 당사자들의 속내이다.

# 청구 靑丘

푸를 **청**　언덕 **구**

청구(靑丘)는 진단(震檀), 근역(槿域) 등과 함께 우리나라를 가리키는 아름다운 이름 가운데 하나이다.

靑(청)은 生(생)과 丹(단)으로 이루어진 글자다. 生(생)은 원래 屮(철)과 '一'로 구성된 글자였다. 屮(철)은 '풀'의, '一'은 '땅거죽'의 상형이다. 땅을 뚫고 돋아난 푸른 '풀' 한 포기, 여기에서 '나다' '생명' 등의 뜻이 생겼다. 뒤에 '一'이 흙 土(토)로 변하여 오늘날의 글자 모양이 되었다.

丹(단)은 광산(鑛山)의 '광구(鑛口)나 막장'의 상형에다 '광석'을 의미하는 부호〔丶〕를 더한 글자로 본뜻은 색깔 있는 돌이다. 바로 광석의 총칭〔'붉은색'이라는 의미는 광석 가운데 붉은

872

青	甲骨		金文		小篆	
生	甲骨		金文		小篆	
丹	甲骨		金文		小篆	
丘	甲骨		金文		小篆	
土	甲骨		金文		小篆	
山	甲骨		金文		小篆	
岳	甲骨		金文		小篆	

색을 띠는 것이 많은 데서 생긴 것이다)인 것이다. 광석 가운데 '풀'처럼 푸른색이 나는 광석이 靑(청)이다. 금문과 소전에서 볼 수 있는 것처럼, 원래 고문자에서는 生(생) 아래 丹(단)을 받친 형태였다가 예서(隷書)부터 오늘의 모양으로 바뀌었다. 靑(청)의 본뜻은 '푸른색 광석'이며 널리 쓰이는 '푸르다'는 여기에서 파생되었다.

丘(구)는 '언덕'의 상형이다. '흙 한 더미'의 상형이 土(토), '두 더미'가 丘(구), '세 더미'가 山(산), '山(산) 위에 두 더미 더한 것'이 岳(악)이다.

중국은 오래 전부터 우리나라를 청구(靑丘)라 부르며 선초(仙

草), 영약(靈藥), 감액(甘液), 옥영(玉英)과 같은, 신선이 먹고 마시는 진기한 보물로 가득한 이상향(理想鄉)으로 여기기도 하였다. "위풍을 청구에 떨쳤다(威風振於靑丘 : 위풍진어청구)." 고구려 동명성왕(東明聖王)의 업적을 그린 『삼국사기(三國史記)』 문무왕(文武王) 기사의 한 구절로 우리나라에서의 청구(靑丘)의 첫 용례이다.

유서(遺緒) 깊은 이 단어를 상호(商號)로 쓰며 혜성(彗星)처럼 나타나 빛을 발하던 기업이 쓰러져 우리의 가슴을 아프게 했지만 그러나 '청구(靑丘)'야 어찌 무너질 리 있겠는가?

청문회

聽聞會

들을 **청**　알릴 **문**　모일 **회**

갑골문(甲骨文)에서의 聽(청)은 귀 耳(이)와 입 口(구)를 합한 글자로 입이 둘인 형태도 보인다. '여러 사람의 말을 귀기울여 듣는다' 라는 뜻의 글자이다.

금문(金文)에서는 왼쪽에 귀 耳(이), 그 아래에 壬〔정: '흙더미〔土〕 위에 우뚝 선 사람〔人〕'의 상형. 예시된 갑골문에서도 흙더미와 그 위의 사람을 볼 수 있다. 사람 人(인)자 아래의 둥근 부분이 흙더미이다〕을, 오른쪽에 口(구), 十(십), 口(구)를 수직(垂直)으로 놓은 낯선 형태로 변하였다. 듣는 사람은 여전히 한 사람이지만 말하는 사람은 열 명이 더 늘어난 것이다.

그러다가 이 글자는 진(秦)나라 때 쓰인 소전(小篆)에 와서

聽	甲骨		金文		小篆	
壬	甲骨		金文		小篆	

耳(이)에다 그 귀의 주인공이자 발음부호 역할도 하는 壬(정), 그리고 '능력'이 본뜻이며 '얻다[得]'라는 파생된 뜻을 가진 德(덕)자의 오른쪽 부분을 합한 오늘날과 비슷한 형태로 정착한다.

聞(문)은 문 門(문)과 귀 耳(이)의 합성이지만, 원래의 자형은, 갑골문의 보기에서 알 수 있듯, '유난히 귀가 큰 사람이 앉아서 손으로 입을 막은 채 누군가의 말을 귀기울여 듣고 있는 모양'의 상형에서 변화(變化)와 대체(代替) 끝에 이루어진 글자이다. 門(문)이 가진, '외부로부터 들어오는 입구'라는 뜻이, 귀의 기능인 '밖에서 들려오는 소리를 듣는 기관'이란 뜻과 유사하다 하여 위에서 설명한 형태의 '사람'을 대체(代替)하였는데 핵심인 耳(이)는 남겨두었다. 이는 진시황 때의 일이며 본뜻은 여전히 '듣다'이다.

이 글자의 원형을 처음 만들어 쓴 은(殷)나라 사람들은 조상숭배관념이 어느 종족보다 철저하여 무릇 재난이 생기면 반드시 조상신에게 알렸기에 어떤 소식을 윗사람에게 '알리다' '보고하다'라는 뜻도 담게 되었다.

會(회)의 3획까지는 '그릇 뚜껑'을, 가운뎃부분은 '그릇에 담긴 음식'을, 아랫부분은 '그릇 몸체'를 상형한 글자이다. 본뜻은 '합하다'이며 '모이다' '모으다'는 파생된 뜻이다. 그런데

聞	甲骨		金文		小篆	
會	甲骨		金文		小篆	

그 ‘음식’이 짐승의 생살을 의미하는 ‘회’이며 당연히 본뜻이 ‘회’였는데 ‘모이다’라는 뜻으로 가차되어 널리 쓰이자 본뜻을 보존하기 위해 膾(회)자를 만들었다는 설도 있다.

청문회는 글자 그대로 궁금한 것을 물어서 ‘듣고’, 아는 사실을 ‘알리는’ ‘모임’이다. 바야흐로 우리 사회에도 청문회 문화가 자리잡는 듯한데 과연 ‘문화’라고 불러도 좋을 청문회가 될 수 있을 것인지?

체육

體育

몸 **체**　기를 **육**

　　지능을 계발하고 지식을 함양하는 지육(智育), 도덕의식을 높이고 정서를 길러주는 덕육(德育), 이들과 함께 전인교육(全人敎育)의 한 측면을 이루는 체육(體育)의 중요성은 새삼 강조할 필요가 없다. 운동을 통해 체력을 기르고 체질의 강화를 그 목적으로 하는 체육에 계절의 구애(拘礙)가 있을까만 무더위에 지친 몸을 추슬러야 할 가을이야말로 체육(體育)의 계절이라 할 수 있겠다.

　　體(체)는 骨(골)과 豊(예)를 합한 글자이다. 骨(골)의 윗부분은 원래 은나라 때부터 점을 칠 때 사용하던 '소 어깨뼈'의 상형이다가 뒤에 사람까지 포함한 모든 동물의 뼈를 뜻하게 된 글

骨	甲骨		金文		小篆	
豊	甲骨		金文		小篆	
每	甲骨		金文		小篆	
育	甲骨		金文		小篆	

자인데 밑에다 '살'의 상형인 月(육)을 더한 것은 뒷날의 일이다. 豊(예)는 '제사 그릇'의 상형인 豆(두) 위에 玉(옥) 두 개〔珏:각〕를 담은 그릇〔凵〕을 얹은 글자로 禮(예)의 본자이다. 신을 섬기는 제사의 예물은 골고루 많았으므로 '여러 가지' '갖가지' 등의 뜻도 생겨났다. 따라서 體(체)는 '뼈'에 눈 코 귀 입과 팔다리 등 '갖가지 기관'이 붙어 있는 '몸'을 가리킨다. 오래 전부터 사람 亻(인)에 근본 本(본)을 더한 体(체)가 약자로 쓰이는데 몸이 사람의 근본이니만큼 매우 적절한 약자라 하겠다.

育(육)은 기를 毓(육)의 약자이다. 갑골문과 해서를 번갈아 보면서 이 글자의 원래 구조를 살펴보기로 하자. 毓(육)에서 每(매)의 아랫부분 母(모)는 '앉아 있는 여자'의 상형 女(녀)에 '유방'을 가리키는 두 점을 찍은 글자이며 그 위의 것은 '머리장식'이다. 每(매)의 본뜻은 '성장(盛裝)한 여자'이지만 여기에서는 '산모(産母)'의 뜻으로 쓰였다. 充(류)의 윗부분은 산모의 자궁에서 갓 태어난 아기〔'子(자)'를 거꾸로 놓은 글자〕이며 아래의 세 획은 출산시 흘리는 양수(羊水)를 형상화한 것이다〔흐를 流(류)자의 오른편 아래의 세 점이 강물을 의미하는 물 水(수)인 것과는 다르다). 이와 같이 毓(육)은 '아기를 낳고 있는 산모의 모습'을 상형한 글자이다. 진(秦)나라 때부터 약자인 '育(육)'이 만들어져 본자와 함께 쓰이고 있는데 중국과는 달리 우리나라에서는 약자만 널리 쓰이고 있다. 부연하거니와 育(육)의 윗부분은 태어나고 있는 아기의 모습을 뜻하고, 아랫부분은 여기서는 사람의 몸을 의미하는 月(육)이다.

예부터 신외무물(身外無物), 즉 '몸 건강한 것이 최고'라고 하였다.

초상

初喪

처음 **초** 죽을 **상**

사람이 죽으면 '초상이 났다'고 하고 그 장례의 수행을 '초상을 치른다'고 말한다. '초상'의 뜻을 살펴보기에 앞서 두 글자의 구조부터 알아보자.

初(초)는 '목을 두른 깃과 긴 소매 달린 저고리의 모양'을 본뜬 衣(의)와 '외날 칼'의 모양을 본뜬 刀(도)로 이루어진 글자로, '옷감을 마름질하다'가 본디 뜻이었다. 옷감에 칼을 대는 일이 마름질의 출발이므로 '처음' '시작'의 뜻도 생겨났다.

喪(상)은 '뽕나무 한 그루와 그 가지에 걸린 대바구니들'을 상형한 글자로, 최초의 한자인 갑골문에서의 모습을 보면 많을 경우 대바구니가 다섯 개씩이나 걸려 있는데 글자의 형태가 상

| 初 | 甲骨 | | 金文 | | 小篆 | |
| 喪 | 甲骨 | | 金文 | | 小篆 | |

당히 변한 지금도 여전히 두 개의 대바구니가 덩그러니 걸려 있다. 본뜻은 '뽕잎을 따다'였으며 뽕나무 자체로 보아서는 다른 나무와 달리 잎을 모두 잃어버리는 것이니 여기에서 '잃어버리다' '죽다' 등의 뜻이 파생되었다.

'초상'은 중국에서 '처음 상을 당했을 때'라는 뜻으로 아주 드물게 쓰이기는 하였지만 우리처럼 '상을 당하고부터 장례가 끝날 때까지의 일'이란 뜻으로 쓰인 적은 없었다. 우리 조상들은 상을 당했을 때의 최초의 깊은 슬픔을 장례가 끝날 때까지 그대로 지녀야 한다는 취지를 '초상'에 함축시켰다고 할 수 있겠다. 그런데 주지하듯이, 오늘날 통례화된 초상은 삼일장이나 오일장이지만 근대 이전에는 사정이 달랐다. 보통 죽은 지 3개월 후에야 장례를 치르게 마련이었다. 그리하여 한자말 '삼월이장(三月而葬)'은 누구나 다 아는 상식이었던 것이다.

시일이 흐름에 따라 그 어떤 슬픔도 조금씩 감소하는 것이 인지상정(人之常情)이라 하겠지만, 사회 환경과 생활 양식의 변화 때문인가, 경우에 따라 실제 시간으로 하루하고 반나절쯤일 뿐인 초상 기간에도 때로 고인과의 영결(永訣)의 슬픔을 까맣게 잊기도 하는 요즈음의 세태는 이 시대 삶의 부박성(浮薄性)을 다시금 되새겨보게 한다.

초 청

招請

부를 **초** 청할 **청**

명사(名士) 아무개 선생 초청 강연회라는 데를 가보면 그 강연 내용이란 대부분 이미 써먹어 보도된 바 있거나 출판된 적이 있는 낡은(?) 이야기의 재탕(再湯)에 지나지 않는다. 이른바 한번 '떴다' 하면 다투어 불러대는 주최측과 재충전(再充電)의 여유도 갖지 못한 채 달려온 명사(?)의 야합(野合)이 빚어내는 촌극(寸劇)이다.

招(초)는 扌(수)와 召(소)로 이루어진 글자이다. 扌(수)는 '손'의 상형인 手(수)의 약자로 뒷날 첨가된 것이다. 召(소)는 고문자의 여러 자형(字形)에서 볼 수 있듯, '두 손으로 구기〔匕〕를 쥐고 술동이〔酉〕의 술을 떠내는 모양'을 상형한 상당히 복잡한 글자였다. '酉' 혹은 생략되어 '口' 로 표기된 술동이 아래의 이상한 물건은 술을 데우는 온주기(溫酒器)라 한다. 이 정도의 구성이라면 '접대하기 위해 손님을 부르다' 라는 뜻을 나타내기에 넉넉해 보인다. 금문(金文) 말기나 소전(小篆)에 와서 대부분 생략되어 구기와 술동이를 의미하는 '口' 만 남았다. 그런데 召(소)가 '부르다' 라는 뜻 이외에도 지명, 국명 등으로 널리 쓰이자 본뜻을 보존하기 위해 招(초)자를 다시 만들었다.

　請(청)은 言(언)과 靑(청)으로 이루어진 형성자(形聲字)이다. 言(언)의 첫 획은 '말' 을 뜻하는 추상적 부호이고, 둘째, 셋째, 넷째 획이 '내민 혀' 의, 그 나머지가 '입' 의 상형인데 본뜻은 '말' 이다. 靑(청)은 生(생)과 丹(단)으로 구성된 글자이다. 生(생)은 원래 屮(철)과 '一' 로 만들어진 글자였다. 屮(철)은 '풀' 의, '一' 은 '땅거죽' 의 상형이다. 땅을 뚫고 돋아난 푸른 '풀' 한 포기, 여기에서 '나다' '생명' 등의 뜻이 생겼다. 뒤에 '一' 이 흙 土(토)로 구체화되어 오늘날의 글자 모양이 되었다.

　『설문해자(說文解字)』에 의하면 請(청)의 본뜻은 '알현(謁見)' 이다. '윗사람을 알현하여 자기의 뜻을 말함' 에서 추출(抽出)한 뜻이라 하는데, 그렇다면 여기에서의 靑(청)을 뜻 情(정)자의 생략형으로 볼 수도 있다. 널리 쓰이는 뜻 '청하다' 도 자신의 뜻을 말한다는 데에서 파생된 것으로 보인다.

　'招請(초청)' 은 『삼국지(三國志)』에서 처음 보인다. "원술(袁術)이 예를 갖추어 초청했지만 장범(張範)은 병을 칭탁하고 가

青　甲骨　　　　　　　金文　㵼　　　　小篆　青

지 않았다(袁術備禮招請, 範稱疾不往 : 원술비례초청, 범칭질
불왕)." 알고 보니, '초청'의 첫 용례에서 초청을 받은 사람은
초청을 거절(拒絶)하였다!

초청은 오랜 역사를 가진 중국 본토산(本土産)이지만 오늘날
우리나라와 일본에서만 널리 쓰이고, 정작 중국에서는 '요청(邀
請)'에 밀려 별로 쓰이지 않는다.

인터넷의 보급이 나날이 확장되고 있는 추세이다. 대중을 동
원하는 초청 강연회의 정경도 앞으로 사라질 것들 가운데 하나
가 아닐까 싶다. 특히 새로울 것도 없는 재탕 삼탕류의 강연회
라면 더더욱.

추석
秋夕
가을 **추**　저녁 **석**

음력 팔월 보름을 명절로 보내는 나라는 동북아시아에서 이제 우리나라뿐이다. 중국에서는 명절에서 제외한 지 이미 오래고, 일본에서는 그저 둥근 달이 뜬 여느 날일 뿐이다. 우리나라의 풍속을 기록한 『동국세시기(東國歲時記)』가 알려주고 있듯, 추석은 이미 삼국시대부터 있어온, 토종닭〔黃鷄：황계〕잡고 막걸리〔白酒：백주〕빚어 온 마을 사람들과 배불리 먹고 마시며 즐기는 우리의 가장 큰 명절이다.

秋(추)의 갑골문에서의 형태는 '한 마리 메뚜기'의 상형이었고 '가을'이란 뜻으로 사용하였다. 더듬이 대가리 몸체 날개 다리를 일일이 묘사한 십여 개의 갑골 자형을 보면 가을을 뜻하는

秋	甲骨		金文		小篆	
禾	甲骨		金文		小篆	
夕	甲骨		金文		小篆	

메뚜기가 얼마나 다양하게 그려졌는지 알 수 있다. 그런데 맨 뒤의 자형에는 독특하게도 타오르는 불꽃의 상형 火(화)가 들어가 있다. 이 불은 바로 농작물이 익어가는 동안 가장 큰 피해를 끼치는 메뚜기떼를 유인하기 위해 밭두둑에 피운 불이라 한다. 밤에 불을 피우면 메뚜기떼는 본능적으로 모여들게 마련이다. 또 그 불가에 구덩이를 파놓고, 불에 뛰어들어 타죽었거나 불가에 모여든 메뚜기떼를 묻어버리는 메뚜기 박멸의 풍속을 반영한 것이라 한다. 특히 수확기인 가을에 이런 일이 많았을 것이다. 송나라 때까지도 이런 메뚜기떼 박멸법이 있어왔음을 『시경(詩經)』「대전(大田)」편에 대한 주자(朱子)의 주(註)를 통해서도 알 수 있다. "밤에 불을 피우고 불가에 구덩이를 파놓고 (모여드는 메뚜기떼를) 태워 죽이기도 하고 묻어 죽이기도 한다(夜中設火, 火邊掘坑, 且焚且瘞：야중설화, 화변굴갱, 차분차예)." 주자는 이것이 고래(古來)의 메뚜기떼 박멸법(撲滅法)이라 하였다. 소전체에서는 메뚜기가 빠져버리고 그 대신 가을의 상징 가운데 하나인 '고개 숙인 벼'의 상형 禾(화)가 들어간다. 이것이 가을 추(秋)자의 역사이다. 그러나 한동안 이 秋(추)의 본자가 '메뚜기'의 상형인지를 몰랐던 탓에 형태가 유사한 거북 龜

(귀)로 오해하고 그 아래 불 火(화)를 더한 글자로 쓰기도 했다.
그 뒤에 禾(화)까지 더 보탠 복잡한 글자가 되기도 했지만 모두
잘못된 것임이 판명되었다.

夕(석)은 '달'을 상형한 月(월)에서 가운데 한 획이 빠진 글
자로 '희미한 달'이 본뜻이며 아직 달이 희미하게 보이는 '저
녁'이란 뜻을 갖는다.

축대

築臺

쌓을 축   집 대

해마다 여름이면 여러 곳에서 축대가 무너지고 사상자가 발생한다. 이제는 마치 없으면 안 될 연중행사(年中行事)처럼 되어버렸으니 기가 막힌 일이다.

筑(축)과 木(목)으로 구성된 築(축)에는 옛 건축술의 기초 정지(整地) 작업 상황이 반영되어 있다고 한다. 여기서의 木(목)은 흙을 다질 때 쓰던 통나무로 만든 공이를 뜻한다. 건물을 세우기에 앞서 여럿이서 우선 거대한 통나무 공이로 땅을 단단히 다졌는데 이 힘든 작업을 할 때 음악의 절주(節奏)로 흥을 돋우었고, 이때 가장 널리 쓰인 악기가 바로 筑(축)이었다는 것이다. 筑(축)은 전국시대에 유행하던 현악기(絃樂器)로, 굵은 대

筑	甲骨		金文		小篆	𥯓
築	甲骨		金文		小篆	築

나무를 반으로 쪼개어 그 표면에 적게는 5현, 많게는 21현을 매고 대막대기로 현을 쳐서 소리를 냈다. 보기의 소전(小篆)을 보자. 윗부분의 竹(죽)은 그 재질(材質)을 의미하고, 工(공)처럼 생긴 부분이 악기 몸체를, 그 나머지는 구부리고 앉은 사람과 두 손을 의미한다. 그러니까 현재 자형에서의 凡(범)은 '악기를 타고 있는 사람'의 상형이 잘못 변한 것이다. 어쨌든 築(축)은 노동과 리듬의 밀접한 상관성을 확인시켜주는 글자로 본뜻은 '다지다'이며 '쌓다'는 파생된 뜻이다.

중국 역사 고사에서 축(筑)이 가장 감동적인 소도구로 등장하는 부분은 진시황을 암살하러 길을 떠나는 형가(荊軻)를 위한 역수(易水) 가의 전별(餞別)에서 고점리(高漸離)가 돌아올 수 없는 길을 떠나는 친구를 위해 연주했을 때이다. 치성(徵聲)으로 하자 모두 눈물을 흘렸으며 우성(羽聲)으로 하자 모두 비분강개(悲憤慷慨)하여 머리털이 다 섰다는 것이다.

臺(대)의 원형은 之(지), 高(고), 至(지)가 세로로 연결된 모양이라고 한다. 之(지)는 원래 '발'을 상형한 止(지)와 '땅 표면'을 상형한 一을 합한 글자로 '가다'가 본뜻이고, 高(고)는 '2층 이상 건축물'의 상형으로 '높다'가 본뜻이며, 至(지)는 원래 '떨어지는 화살〔矢 : 시〕'과 '땅 표면〔一〕'을 합한 글자로 '닿다'가 본뜻이다. 지금 쓰이고 있는 臺(대)는 윗부분의 之(지)가

臺	甲骨		金文		小篆	
至	甲骨		金文		小篆	

士〔'사'가 아님〕로 변하고 高(고)의 아래위가 생략된 글자이다.
본뜻은 '높은 곳으로 가다'이며 '높이 지은 건물'이라는 파생된
뜻도 갖는다. 그러나 또 한편으로는 이 글자가 이렇게 복잡하게
구성된 것이 아니라 그냥 '한 채의 높이 지은 건물'의 상형이라
는 주장도 있다.

　낱말로서의 축대(築臺)를 우리는 옹벽(擁壁)이나 '쌓은 벽'
이란 뜻으로 사용하지만 다른 한자 문화권에서는 '높은 건물을
짓는다'라는 원래의 뜻으로 쓰고 있다. 본뜻으로 본다면 오늘날
의 고층 아파트는 대(臺)일 수도 있겠는데 그다지 단단히 다져
〔築:축〕지지 못한 대(臺)에 사는 우리가 장마철이 되면 어찌 전
전긍긍(戰戰兢兢)하지 않을 수 있겠는가?

축하

祝賀

빌 **축**　하례 **하**

　　세상을 살다보면 위로해야 할 일과 축하해야 할 일이 반반인 듯하다. 축하가 훨씬 많았으면 좋겠지만 말이다.

祝(축)은 示(기)와 兄(형)으로 이루어진 글자이다. 示(기)는 '돌 제탁(祭卓)'의 상형으로 원래는 T자 모양이었다. 그 위의 한 획은 '바쳐진 희생'의 상형이며 좌우의 두 점은 '희생이 흘린 핏방울'을 의미한다고 한다. 兄(형)은 벌린 입[口]과 사람[人 : 원래는 꿇어앉아 있었다]을 합한 것으로, 제사 주재자(主宰者)를 의미하는 글자이다. 먼 옛날부터 주재자는 언제나 맏아들이기에 '맏'이라는 뜻도 생겼다. 祝(축)은 이렇게 구성된 兄(형)에다 제사의 대상인 귀신[示]까지 나타내 그 행위의 의미

祝	甲骨		金文		小篆	
加	甲骨		金文		小篆	
力	甲骨		金文		小篆	
貝	甲骨		金文		小篆	

를 더욱 분명히 하였다. 祝(축)이 가진 '빌다' 라는 뜻은 이렇게 만들어졌다.

賀(하)는 加(가)와 貝(패)로 이루어진 글자이다. 加(가)에서의 力(력)은 밭갈이에 쓰이는 '가래' 의 상형이며 口(구)는 '입'의 상형이다. 이 둘을 더한 加(가)는 가래질하는 사람에게 더욱더 힘내라고 소리친다는 글자라고 한다. '더하다' 라는 뜻은 여기에 바탕을 두었다. 한편 이 口(구)를 '가래로 판 구덩이' 로 보기도 한다. 貝(패)는 '조개' 의 상형이다. 그러나 이 조개는 바닷가에서 지천으로 주울 수 있는 조개가 아니다. 그것은 색색으로 무늬지고 예쁘게 빛나는 귀한 조개, 즉 보배〔寶貝〕인데, 산에서 금이나 옥을 캐기가 힘들었던 것처럼 무척이나 구하기 어려운 것이었다. 이렇게 희귀한 貝(패)가 한동안 '화폐' 로 쓰인 것은 당연한 일이다. 賀(하)의 본뜻은 '남에게 재물을 보태줌' 이다.

글자 그대로의 축하(祝賀)는 잘 되기를 빌어주면서 돈도 얹어주는 것이다. 우스개로 하는 소리지만 '축하합니다' 가 글자의 의미대로 더 잘 되기를 축원하고 반드시 돈도 보태준다는 뜻으로 쓰였다면 '축하'를 그렇게 자주 입에 올릴 수 없었을 것이다.
아마 '축하합니다'가 아니라 '축합니다' 혹은 '축원합니다'가
되지 않았을까…….

춘곤
春困
봄 춘　괴로울 곤

봄 날의 따사로운 햇살이 수면제 듬뿍 먹인 화살이 되어, 우리의 몸에 사정없이 내리꽂히면 세포(細胞)는 나른히 풀리고 졸음이 온다. 이런 상태를 예부터 춘곤(春困)이라 불러왔다.

　먼 옛날, 한자를 처음 만들던 사람들의 눈에 봄은 어떤 현상으로 비쳤을까? 그것은 봄 春(춘)자의 구성 요소를 살펴보면 쉽게 드러난다. 春(춘)은 진시황 통치 시절에 만들어진 예서체(隷書體)의 모양이고 그 이전에는 수풀 林(림), 풀 艸(초), 날 日(일), 어려울 屯(준) 이 네 글자가 둘 혹은 셋이 모이기도 하고, 혹은 넷이 다 모이기도 한 여러 형태가 있었다. 그것들의 중

春	甲骨		金文		小篆	
屯	甲骨		金文		小篆	

심인 屯(준)은 『주역』 제3괘의 명칭이기도 한데 '발아(發芽)한
새싹이 땅거죽을 뚫고 나오는 모양' 을 상형한 것이다. 그 첫 획
'一'이 '땅의 표면' 이며 나머지 屮(철)은 '돋아오르는 초목' 의
싹이다〔갑골문에서는 풀 싹보다 아래에 그어져 있어 사실감을 더
한다〕. 그러므로 그 뜻인 '어려움' 이란 바로 성장의 어려움이
다. 따스한 햇살이 내리쬐고 겨우내 얼어붙었던 대지(大地)에
아지랑이 피어오를 때, 땅거죽을 뚫고 자신을 드러내느라 안간
힘을 쓰는 새싹의 이미지, 이것이 그들의 눈에 비친 봄이었던
것이다. 잿빛 기계문명시대의 우중충한 감성과 무척 대조되는
신선한 생태학적 관찰력이 감동적이다. 이렇게 屯(준)을 중심으
로 구성된 春(춘)자의 본뜻은 '밀어올리다〔推：추〕'이다. '만물
이 소생하도록 밀어올리다' 에서 추출된 것임을 짐작하기 어렵
지 않다.

　困(곤)의 갑골문에서의 모양을 보자. 나무〔木〕가 어떤 틀〔口〕
속에 갇혀 있는 모양이다. 이 외에도 보기의 두번째, 세번째 자
형에서 알 수 있는 것처럼 어린 묘목인 나무를 짓밟거나 찬다는
의미로 발〔止〕 아래 나무〔木〕를 받친 글자도 있었는데 이 역시
발음이 '곤', 의미 또한 같았다. 두 글자는 만들어진 후 거의 천
여 년 동안 병용(竝用)되다가 결국은 困(곤)이 적자생존(適者生
存)하게 된 것이다.

困　甲骨　　　　　　　　　　　　　金文　　　　　　　　　　小篆

　　동한(東漢)의 문자학자 허신(許愼)은 이 글자의 본뜻이 낡아 빠진 집〔故廬 : 고려〕이라 했지만 아무래도 그것이 본뜻 같지는 않고 널리 쓰이는 '괴롭다' '곤궁하다' 가 본뜻으로 생각된다.
　　첨단(尖端) 사무기기(事務器機)로 둘러싸인 도시의 사무실에서 춘곤증에 시달리다가 고향집 황토담에 비스듬히 기대앉아 맑고 따사로운 봄햇살에 온몸을 맡긴 채 한바탕 봄꿈에 빠져보고 싶은 생각이 간절한 도시인들이 많을 것이다.

춘부장
椿府丈

대춘나무 **춘** 곳집 **부** 어른 **장**

춘부장은 다른 사람의 아버지를 일컫는 말이다. 椿(춘)은 대춘나무라는 상상 속의 나무이다. 이 나무는 8천 년을 봄으로, 8천 년을 가을로 삼아 살았다는 기록이 『장자(莊子)』에 보인다. 대춘나무의 일 년은 인간 세상의 3만 2천 년에 해당하는 셈이니, 장수를 상징하는 뜻은 이에 근원한다.

椿(춘)은 木(목)과 春(춘)을 더한 형성자(形聲字)로, 木(목)은 이것이 나무의 한 종류임을 나타내고 있다. 春(춘)의 원모양은 수풀 林(림), 풀 艸(초), 날 日(일), 어려울 屯(준), 이 네 글자가 하나씩 빠지기도 하고 혹은 다 모이기도 하며 이룬 다양한 형태였다. 이는 일곱 형태의 갑골문 자형(字形)에서 확인할 수

	甲骨		金文		小篆	
春						
屯						
付						
丈						

있다. 앞의 '춘곤(春困)' 란에서 상세히 설명한 바 있으니 생략한다.

府(부)는 '지붕'의 상형 广(엄)과, 손〔寸:마디 '촌'이 아니라 팔꿈치 肘(주)의 본자이다〕으로 앞사람〔亻〕의 등을 툭 쳐서 무언가 물건을 건네준다는 뜻을 가진 付(부)를 합한 글자이다. 그러나 여기서의 付(부)는 발음부호로 쓰였으며 이를 합한 府(부)의 뜻은 재물이나 문서를 넣어두는 큰 집이다. 뒤에는 큰 벼슬 하는 사람의 집도 府(부)라고 하였다. 남의 집을 높여서 부르는 뜻도 여기에서 파생된 것이다.

丈(장)은 '막대를 손에 든 모양'의 상형이다. 丈(장)자에는 여러 가지 뜻이 있지만 여기에서는 어른에 대한 존칭, 즉 '어른'의 뜻이다. 아버지는 어느 집이나 그 집안의 기둥이다. 그래서 대춘나무처럼 오래 사시기를 기원하는 뜻에서 椿(춘)자를, 지체 높으신 어른이라는 뜻과 관련하여 府(부)자와 丈(장)자를 각각 쓴 것이다.

요즘 젊은 세대들에게 "자네 춘부장께서는 무고하신가?"라고 물으면, 아마도 무슨 외국어를 듣는 것만큼이나 생소하게 여길 것이다. 상대방의 아버지가 부디 오래 사시길 기원하는 아름다운 마음씨와 정이 듬뿍 담긴 이 말이 이제는 낯선 말이 되어가고 있어 안타깝다.

출마
出馬

날 출   말 마

‘**선**거에 후보로 나서는 일’을 의미하는 ‘출마’는 원래 ‘말을 몰고 나오다’ ‘말을 나라에 바치다’는 뜻이었으며 문헌상의 첫 쓰임은 각각 『춘추좌씨전(春秋左氏傳)』과 『한서(漢書)』에서였다.

‘후보’가 거론되었으니 덧붙이는 바이지만, ‘어떤 직위에 오르거나 신분을 얻으려고 자격을 갖추어 나섬 또는 그 사람’이라는 의미로 국어사전에 등록되어 사용되는 데에는 문제가 있다. 왜냐하면 候(후)는 기다린다는 뜻이고, 補(보)는 보충이라는 뜻으로 ‘보충을 기다리다’가 후보의 본뜻이기 때문이다.

보충이란 결원이 생겼을 때 하는 것이므로 결원이 아니라 임

	甲骨		金文		小篆	
出	甲骨	(갑골문 자형)	金文	(금문 자형)	小篆	(소전 자형)
馬	甲骨	(갑골문 자형)	金文	(금문 자형)	小篆	(소전 자형)
侯	甲骨	(갑골문 자형)	金文	(금문 자형)	小篆	(소전 자형)

기가 다 된 뒤 새 임기를 맡을 사람을 선출하는 데 나선 사람을 '후보'라 부를 수 없다. 사실 이런 뜻으로 쓴 것은 일본인들이다. 중국에서는 선거에 출마한 사람을 일러 후선인(候選人), 즉 '선발되기를 기다리는 사람'이라 한다.

出(출)은 산(山)을 겹쳐놓은 것도, 풀이 자라는 모양을 본뜬 것도 아니다. 갑골문을 보아 쉽게 알 수 있듯이 윗부분은 '발바닥'의 상형 止(지), 아랫부분은 혈거시대의 거주지인 '동굴 모양'을 본뜬 凵(감)의 변형으로, '걸어서 굴집 밖으로 나간다'가 본뜻이다.

馬(마)는 말의 모양을 실감나게 본뜬 글자이다. 보기의 갑골문과 금문의 일부 글자엔 눈알까지도 실감나게 그려져 있다.

'출마'에는 '싸움터에 나가다'라는 뜻도 있는데 이는 16세기 말엽에 일본인들이 새로 부여한 의미이다. 19세기 말에 이르러 그들은 이에 근거하여 오늘날 쓰이는 의미도 추가하였다.

수단과 방법을 가리지 않아 사생결단의 싸움터처럼 보이는 요즘 일부 선거운동 상황을 대변하는 듯도 하다. 하지만 일본에서는 이미 한물간 말을 주워서 쓰고 있는 우리 국어의 실정이 안쓰럽다.

衣	甲骨	⟨갑골문 자형⟩	金文	⟨금문 자형⟩	小篆	⟨소전 자형⟩
甫	甲骨	⟨갑골문 자형⟩	金文	⟨금문 자형⟩	小篆	⟨소전 자형⟩

　이왕 '후보(候補)'가 거론된 김에 두 글자에 대해 살펴보자. 候(후)가 만들어진 과정을 아는 관건(關鍵)은 글자의 우측을 구성하는 부분에 있다. 그것은 보기의 고문자 가운데 소전(小篆)의 자체(字體)가 변한 것으로, 윗부분 'ㄅ'가 '사람'의 상형, 'ㄏ'는 '표적(標的)', 그 아래는 '화살'의 상형 矢(시)다. 바로 '활을 잘 쏘는 사람', 즉 '명사수'를 뜻하는 글자이다. 어떤 학자는 '제후(諸侯)'의 본뜻이 '여러 명사수들'이라고 하는데 일리가 있다고 하겠다. 고주몽(高朱蒙)과 이성계(李成桂)의 경우에서 보는 것처럼, 우리나라의 신궁(神弓)들은 제후 정도가 아니라 아예 왕(王)이 되지 않았던가? ㄅ, ㄏ, 矢(시)로 구성된 이 글자에서 '사람〔ㄅ〕'을 뺀, 화살과 표적으로 이루어져서 '표적'을 본뜻으로 하는 글자를 이 글자의 원형인 갑골문과 금문에서 볼 수 있다. 그런데 ㄅ, ㄏ, 矢(시)로 구성된 글자가 의외로 '표적'의 뜻으로 널리 쓰이자 본뜻인 '명사수'를 살리기 위해 亻(인)을 하나 더 넣은 侯(후)를 만들었다. 그렇다면 候(후)는 어떻게 생긴 글자일까? 이 글자가 바로 侯(후)의 원형이다. 侯(후)에서는 '표적'의 상형 'ㄏ'가 'ㅡ'로 줄어들었음에 비해 원모양대로 그린 것이 바로 候(후)이다. '살피고 바라보다'가 본뜻이라 하지만 이 역시 위의 '표적'을 뜻하는 글자의 파생의(派生義)일 뿐이다.

補(보)는 형부(形符) 衣(의)와 성부(聲符) 甫(보)로 구성된 형성자로 본뜻은 '옷을 기우다' '옷을 수리하다' 이다. 衣(의)는 '옷'의 상형. 甫(보)는 갑골문을 보아 알 수 있듯이 '밭'의 상형 田(전)과 그 위에 돋아난 '풀〔屮〕'로 이루어진 글자로 '밭'이 본뜻이다. '사나이'가 원뜻인 父(부, 보)와 발음이 비슷하다는 이유로 차용(借用)되어 널리 쓰이자 본뜻 보존을 위해 만든 글자가 圃(포)다.

충신
忠臣

충성 **충**　신하 **신**

요즘은 "너 누구 충신(忠臣)이지?" 하면 '비굴한 아첨꾼'의 뜻이 포함된 모욕(侮辱)이 된다고 한다. 단어의 의미는 세월이 감에 따라 더 풍부해지고 약간은 변질되기도 하는 속성(屬性)이 있지만 이것은 예상외의 심한 변질로 여겨진다.

忠(충)은 가운데 中(중)과 마음 心(심)을 합한 글자이다. 그런데 中(중)자처럼 간단한 글자 구조와는 달리 이설(異說)이 분분(紛紛)한 글자도 드물다. 中(중)자의 가장 원시적인 형태인 갑골문의 왼쪽 두 글자를 보자. 큰 세로획〔丨〕은 '긴 장대'의 상형으로 본다. 부족사회 시절에 마을의 한가운데 있게 마련

| 中 | 甲骨 | | 金文 | | 小篆 | 中 |
| 心 | 甲骨 | | 金文 | | 小篆 | |

인 족장의 거처에 세워 부족의 상징으로 삼은 것이라 한다. 여기서의 口는 부족의 거주 범위를 나타낸 것으로 본다. 이 글자가 한때 백중숙계(伯仲叔季) 같은 위계(位階)의 차례를 나타내는 데 쓰이자 갑골문의 나머지 자형에서 볼 수 있는, 장대 아래위에 깃발을 단 글자를 만들어 구분해 썼다. 口에 대해 많은 이설이 있는데 '바람의 방향을 측정하기 위해 장대의 가운데 부분에 달아놓은 얇은 판(板)'의 상형, '장대의 그림자로 해의 방향을 통해 시간을 재기 위해 가운데에 달아놓은 나무틀'의 상형, '해〔日〕의 변형'으로 정오를 뜻한다는 설 등이 그것이다. 어쨌든 中(중)은 '마을의 한가운데 세운 깃발'에서 추출한 '가운데'가 본뜻이었을 것이다. 이와는 달리 心(심)은 '심장'의 상형임에 이설이 없다. 忠(충)은 마치 주군의 중심〔中〕은 이리저리 흔들려도 자기의 마음〔心〕은 오로지 한결같아야 한다는 충신의 심정을 시사(示唆)라도 하는 듯하다. 忠(충)은 '남을 위해 자기의 진심을 다함'이 본뜻이다.

臣(신)은 결박되어 무릎 꿇고 고개 숙인 채 치켜뜬 '전쟁 포로의 눈'을 상형한 글자이다. 臣(신)의 본뜻은 이처럼 '포로'나 '노예'였지만 차츰 군주의 뜻을 받들어 백성들을 감시하는 '신하' '관리'를 뜻하게 되었다. 여기에는 군주를 위해서라면 노예 같은 부림도 달게 여기겠다는 신하의 자기 비하적(自己卑下的)

臣　甲骨　　　　　　　金文　　　　小篆

비굴함이 깔려 있음은 물론이다.

낱말로서의 충신(忠臣)은 중국 전국시대 중산국(中山國)의 군주가 사용하던 청동솥에 새겨진 글에 처음 보인다. 이 솥에 근거한다면 역사상 충신(忠臣)의 첫 타이틀은 주(賙)라는 신하가 차지한다. 흩어진 천하의 통일을 위해 열국이 서로 다투던 시대이니만큼 주군을 위해서라면 목숨도 초개(草芥)같이 여기는 충신의 등장은 시대적 요청이었을 것이다.

그러므로 자기의 주군에게 불충(不忠)한 신하는 부도덕한 자로 간주되었다. 오왕(吳王) 부차(夫差)의 대신으로 월왕 구천(勾踐)에 매수되어 내통을 했던 백비(伯嚭)는 오나라가 망하자마자 오히려 구천에게 죽임을 당하는데 죄목은 불충이었다. 후백제군과의 마지막 전투에서 승리를 거둔 고려 태조 왕건(王建)이 항복한 후백제 신하 가운데서 능환(能奐)을 죽이는데 그 죄목 역시 불충이었다. 절대적인 충성을 요구하던 시대 상황의 반영이었던 것이다.

어떠한 문맥에서 사용되느냐에 따라 그럴 수도 있겠지만, 오직 나라의 주인인 국민을 위하는 충신이 목마르게 기다려지는 오늘날, 아무려면 '충신(忠臣)'이 '비굴한 아첨꾼'의 뜻이 되어서야 되겠는가?

취임
就任

나아갈 **취** 맡은 일 **임**

就(취)는 京(경)과 尤(우)로 이루어진 글자다.

京(경)은 '세 개 이상의 긴 말뚝을 박고 그 위에 지은 집'의 상형이다. 이 집은 은나라 때부터 있어왔던 독특한 건축 양식이다. 아랫부분〔小〕이 말뚝의 변형이며 가운데〔口〕가 방, 그 위〔亠〕가 지붕이다. 지금도 중국 동북부 지역 여러 곳에 남아 있는 고구려시대 각 가정의 곡식 창고인 부경(桴京)과 매우 흡사하여 양자간에 무언가 근원적인 연관성이 있지 않을까 생각되기도 한다. '높다' '크다' 라는 뜻은 그 형태에 바탕하여 생겼다.

尤(우)는 '손과 그 손의 상처난 손가락' 의 상형이다. 윗부분

就	甲骨		金文		小篆	
京	甲骨		金文		小篆	
尤	甲骨		金文		小篆	
任	甲骨		金文		小篆	

의 한 점〔丶〕이, 상처가 나 사마귀처럼 굳은 손가락의 흉터를 가리키며, 나머지는 '손 전체'의 상형 又(우)가 변한 것이다. 문제의 손가락이 다른 손가락과 구별된다는 데에서 추출한 '다르다'가 본뜻이다.

이 둘을 합한 就(취)에 '나아가다'라는 뜻이 부여되어 있다고 『설문해자』는 밝히고 있는데, 나아가는 곳이 전과 다르며 높고 큰 곳임은 말할 것도 없겠다. '이루다'라는 뜻은 이에서 파생되었다.

任(임)은 亻(인)과 壬(임)으로 이루어진 글자이다. 亻(인)은 서 있는 사람을 측면에서 상형한 글자. 壬(임)은 '베틀'의 상형으로 紝(임)의 본자이며, 여기에서는 발음부호로 쓰였다. 任(임)의 본뜻으로 '보증하여 추천하다'가 부여되었으며 '믿다' '맡기다' '직책' 등은 이에서 파생된 뜻이다. 취임(就任)의 통상적인 뜻인 '높은 직위나 직책을 새로 맡아 일하게 되는 것'은 각각 '나아가다'와 '직책'을 조합하여 만들어진 것이다.

어느 자리, 어느 직책이건 취임 당시의 포부를 시종일관(始終

一貫)한다면 성공적으로 임무를 완수하는 것이 명백한데도 대체로 그렇지 못한 원인은 어디에 있는 것일까? 화장실 가기 전과 나온 뒤의 마음이 다르다는 비유가 여기에도 적용되는 것일까?

치매

癡呆

어리석을 **치** 어리석을 **매**

의학의 비약적인 발달로 인간의 수명이 늘어나는 한편, 대뇌의 퇴행으로 기억, 지능 등이 상실되는 질병인 치매(癡呆)가 갈수록 심각한 사회적 문제가 되고 있다.

癡(치)는 병들어 기댈 疒(역)과 의심할 疑(의)로 구성된 글자이다. 疒(역)은 '침대에 누워 있는 중환자'를 상형한 글자로서 처음 두 획인 ㅗ는 '누워 있는 환자'의 상형이 변한 것이며, 나머지는 '침대'와 '침대의 다리'가 변한 것이다. 애초에 수평으로 놓여 있던 침대가 어쩌다 수직으로 놓여버렸는데 이는 한자가 그림에서 글자로 변하거나 대나무 쪽〔竹簡 : 죽간〕에 수직으로 쓰여지면서부터 자주 일어났던 현상이다. 疑(의)의 원래

疒	甲骨		金文		小篆	
疑	甲骨		金文		小篆	

형태는 '지팡이를 짚은 노인이 갈림길에 서서 머리를 흔들며 무엇인가 골똘히 생각하고 있는 모양'을 상형한 것이었다. 이 또한 오랜 세월에 걸쳐 형태의 변화를 겪다가 현재의 모양으로 변했다. 본뜻은 '골똘히 생각하다'이나 이에 바탕해서 생긴 '의심하다'라는 뜻이 더욱 널리 쓰이고 있다. 이 두 글자를 더한 癡 (치)의 본뜻은, 병적인[疒] 의심[疑]에서 야기되는 '어리석음' 이다. 언제부터인가 이 글자 대신 疒(역)과 知(지)를 더한 痴 (치)가 쓰이고 있다. 병[疒]든 지능(知能)이란 뜻도 되니 속자 (俗字)치고는 제법 그럴듯하다고 하겠다. 그러나 이 경우의 '知'는 발음부호의 역할을 맡았을 뿐이다.

呆(매)는 입 口(구)와 나무 木(목)을 더한 글자가 아니다. 이 는 강보(襁褓)에 싸여 있는 갓난아기의 모양을 본뜬 글자인데, 윗부분은 '아기의 머리', 가운데는 '두 팔', 아랫부분은 '다리를 감싼 강보'의 상형이며, 본뜻은 '기르다' '보호하다'이다. 강보 에 싸인 아기는 아무것도 몰라 바보천치와 다를 바 없으므로 '어리석다' '멍청하다'라는 뜻이 생겼다.

치매는 송(宋)나라 때의 소설 『실수로 최녕을 죽이다(錯斬崔 寧 : 착참최녕)』에 보이는 "멍청하고 어벙함이 천진한 건 아니라 네(懵懂癡呆未必眞 : 몽동치매미필진)"이라는 구절에 처음 등장 한 이래 한자 문화권에서 널리 쓰이게 되었다.

<table>
<tr><td>呆</td><td>甲骨</td><td>金文</td><td>小篆 呆</td></tr>
</table>

이제 치매의 극복은 생명력의 진정한 연장에 있어 회피할 수 없는 과제가 되었다. 현대 의학에 다시 기대를 건다.

친척
親戚
친할 **친** 겨레 **척**

척은 '친족(親族)과 외척(外戚)'의 준말이다. 대개 같은 5대조(五代祖)를 모신 10촌 이내의 겨레붙이를 친족이라 하고, 외가와 처가의 친속을 외척이라고 한다.

親(친)은 원래 辛(신)과 見(견)으로 이루어진 글자였다. 辛(신)은 죄인에게 경형(黥刑)을 가할 때 쓰던 '끌'의 상형으로, 여기에서는 발음부호 역할을 했을 것이며, 見(견)은 目(목) 아래 人(인)을 받친 글자로 눈을 크게 강조해서 그린 '사람'의 상형으로, 그 본뜻은 아마도 '가까이에서 눈으로 보다'였을 것이다. 뒤에 더해진 '나무'의 상형 木(목)은 보는 대상을 구체화한 것으로 보인다. 그러므로 허신(許愼)도 이 글자의 본뜻을 '지

親	甲骨		金文		小篆	
戚	甲骨		金文		小篆	

(至)', 즉 '밀접하다'라고 추정하였던 것이다. 이처럼 親(친)은 원래 '직접 눈으로 본 것'을 뜻하다가 '가까운' '밀접한' 등을 의미하게 되었고, 부모, 형제, 일가의 뜻으로까지 넓어졌다.

戚(척)은 보기의 갑골문에서 볼 수 있듯이 戌(술), 戉(월), 戊(무) 등 글자와 마찬가지로 '도끼'의 상형인 글자였다. 그러다가 소전(小篆)에서 볼 수 있듯 발음부호 尗〔叔:숙〕을 더한 형성자로 변했지만 본뜻은 여전히 '도끼'였다. '도끼를 휘두르며 추는 춤'의 뜻으로 널리 쓰이다가 '피붙이'를 뜻하는 말과 발음이 같았기 때문에 가차되어 쓰이기 시작한 것은 전국(戰國)시대부터이다.

봉건사회에서는 권력자의 친척들도 으레 권력을 나누어 가지게 마련이었다. 권력을 남용할 때에는 좋았겠으나 때로 멸족(滅族)이라는 무서운 대가를 치러야 했다. 멸족은 심한 경우 부족(父族), 모족(母族), 처족(妻族)의 삼족(三族)에까지 미쳤다. 여기에 해당하는 남녀노소를 불문곡직하고 죽이거나 노예로 삼았던 것이다.

칠판
漆板
옻칠할 칠 널빤지 판

흑 판(黑板)과 칠판(漆板)은 무엇이 다른가? "흑판은 까만색을 칠한 것이고, 칠판은 청록색을 칠한 것입니다." 한 학생의 대답이다.

漆(칠)은 氵(수)와 桼(칠)로 이루어진 글자이다. 桼(칠)은 금문과 소전(小篆)에서 볼 수 있듯이, 나무 木(목)과 대여섯 개의 점(點)으로 구성되어 있었다. 이 나무는 옻나무이며 점은 진액(津液)이다. 그러므로 옻을 채취하기 위해 그어놓은 칼자국에서 '진액이 흐르고 있는 옻나무'의 상형인 것이다. 그러므로 桼(칠)의 본뜻은 '옻'이다. 여기에 氵(수)를 더한 漆(칠)은 중국 섬서성(陝西省)에 있는 강이름으로, 청탁(淸濁)을 가린다는

| 泰 | 甲骨 | | 金文 | | 小篆 | |
| 反 | 甲骨 | | 金文 | | 小篆 | |

뜻의 단어 '경위(涇渭)'의 위(渭), 즉 위수(渭水)의 지류(支流)라고 한다.

말이 나온 김에 경위(涇渭)에 대해 한 가지 오해가 있는데 이 기회에 밝혀보기로 하자. 칠수를 받아들인 위수는 다시 경수(涇水)와 합류한다. 『시경(詩經)』「곡풍(谷風)」편에 '경이위탁(涇以渭濁)'이란 구가 있다. 당연히 '경수는 위수 때문에 탁해진다', 즉 '맑던 경수가 탁한 위수와 섞이는 바람에 탁해진다'는 뜻이다. 그런데 엉뚱하게도 우리나라에서는 경수가 탁하고 위수가 맑은 것으로 알아왔다〔대부분의 국어사전에도 그렇게 실려 있다〕. 그 이유는 주자(朱子)가 『시집전(詩集傳)』에서 "경수는 탁하고 위수는 맑다(涇濁渭淸)"라고 거꾸로 주석을 달아놓았고, 또 이에 따라 그 시구를 '경수로 위수를 탁하게 한다'는, 문법에도 맞지 않은 억지 해석을 해왔기 때문이다. 중국 천하가 장강(長江)을 분계(分界)로 하여 금(金)과 남송(南宋)으로 나뉘어 있던 분단시대를 살았던 주자가 북쪽 금나라 지역이던 섬서성에 가보지 못했기 때문에 생긴 하찮은 오류이지만 두 강에 대한 뒷사람들의 인식에 적지 않은 영향을 끼쳤다.

한자에는 漆(칠)자처럼 고유명사가 일반명사나 동사로 쓰이는 경우가 가끔 있는데, '溫(온)'자도 이러한 경우에 속한다. '溫(온)'은 지금 그 뜻이 '따뜻하다'이지만, 본래는 강이름이며

'昷(온)'이야말로 '따뜻하다'를 본뜻으로 하는 글자인 것이다. 漆(칠)자도 본뜻은 '강이름'이지만 '옻칠을 하다'로, 또 이에서 추출한 '칠하다'는 뜻까지 가지게 되었다.

板(판)은 木(목)과 反(반)으로 이루어진 글자다. 木(목)은 나무의 '상형'이고, 反(반)은 고문자에서 드러나듯이 원래는 '돌'의 상형으로 石(석)자의 원형이지만, 높은 언덕이나 깎아지른 절벽(絶壁)을 가리키는 글자로 널리 쓰이는 厂〔'엄' '한' 두 가지 발음이 있다〕과 '손'의 상형 又(우)를 합한 것으로, '손으로 절벽을 기어올라감'을 의미하는 글자 攀〔반 : 무엇을 붙잡고 오를 반〕의 본자라 한다. '반대'라는 널리 알려진 뜻은 가차의(假借義)인 셈이다. 이외에도 '厂'을 모피(毛皮)를 의미하는 부호로 보고 이를 원료로 하여 무엇을 만들기 위해 손〔又〕으로 '뒤집는' 모양이라는 해석도 있는데, 일반적인 의미와 직통하는 풀이라 하겠다. 板(판)에서 反(반)은 발음부호 역할만 한다. 이렇게 구성된 板(판)의 본뜻은 '널빤지'이다.

칠판(漆板)은 '옻칠을 한 판'이다. 옻은 검은색이니 흑판이라 부르기도 한다. 이제 칠판은 OHP(over head projector)의 강력한 도전에 직면하고 있다.

침대
寢臺
잠잘 **침**　집 대

　　뜻한 온돌보다 침대(寢臺)를 잠자리로 쓰는 가정이 나날이 늘어가고 있다. 이러한 현상을 서구화의 일단으로 볼 수 있겠지만 중국의 경우는 우리와 다르다. 적어도 기원전 13세기부터 위독한 환자 전용의 침대가 있었고, 그 편리함 때문에 주나라 때부터는 귀족층이 쓰게 되면서 차츰 일반화되어 위진남북조시대(약 3~6세기)에는 이미 흔한 가구가 되어 있었다.

　　寢(침)은 원래 집 宀(면)과, '빗자루'의 상형인 帚〔추 : 보기의 갑골문에서 그 흔적을 볼 수 있듯, 위가 쓰는 부분이며 아래가 빗자루가 쓰러지지 않도록 받치는 받침대이다. 그러니까 帚는 '거

| 寢 | 甲骨 | | 金文 | | 小篆 | |
| 帚 | 甲骨 | | 金文 | | 小篆 | |

꾸로 세워놓은 빗자루'의 상형이다)로만 구성된 글자였다. 집에서 비로 깨끗이 쓴 곳, 그곳이 바로 쉬고 눕고 자는 방이었다. 그 뒤 소전(小篆)에서는 사람〔人〕과 빗자루를 잡은 손〔又〕을 더한 글자가 되었다가, 빗자루의 손잡이를 생략한 寢(침)이 쓰였다. 그러다가 언제부턴가 '비〔帚〕로 깨끗이 청소한 방〔宀〕에 놓인 침상〔爿〕'으로 구성된, 원래 '병들어 침대에 눕다'는 뜻의 글자였던 寢(침)으로 바뀌어 오늘에 이른다. 그러니까 '침대'라 할 때 쓰이는 '寢'은 가차되어 쓰이는 글자이고 본자(本字)는 '寢'인 것이다. '침상'의 상형인 爿(장)을 중국에서는 '판목(判木)', 즉 반으로 쪼갠 나무라 하였고 우리나라에서는 '조각널'이라 하였다. 그러나 이는 '침대'의 상형임을 몰라서 생긴 오해이다. 爿을 반시계 방향으로 90° 돌려놓으면 이를 쉽게 알 수 있다. 寢(침)은 臺(대)나 牀(상)처럼, 구조물을 의미하는 글자를 동반하지 않아도 이미 '침상'이 들어 있는 글자이다.

臺(대)는 위로부터 아래로 之(지)와 高(고), 그리고 至(지)가 연결된 형태였다고 한다. 그러다가 '간다'라는 뜻의 之(지)가 士(사)로 변하고 高(고)의 아래위가 생략된 글자라는 것이다. 본뜻은 '높은 곳으로 가다'이며, '높이 쌓은 구조물' '네모난 물건으로 위로 솟은 것'이란 파생된 뜻도 가지고 있다.

그러나 臺(대)가 위의 설처럼 그렇게 복잡한 생략과정을 거친

920

仒	甲骨		金文		小篆	
臺	甲骨		金文		小篆	

것이 아니라 윗부분에 장식이 있고 아랫부분에 계단이 있는 '높은 건축물'의 상형이라고 보는 견해도 있다. 이에 의하면 윗부분의 '土'가 장식, '口'가 전망대, '冂'은 축대, '至'는 양편으로 돌이나 나무 기둥을 열지어 늘어놓은 계단이 되는 것이다.

수천여 년간 중국 문물의 영향을 받으면서도 의연히 고수해 왔던 온돌의 잠자리 방식이 서구와 접촉한 지 겨우 백여 년 만에 앞다투어 침대로 바뀌고 있다. 이 땅을 휩쓴 서구화의 강도가 어느 정도인지는 이것만으로도 짐작된다 하겠다.

침장
沈藏

담글 **침**　감출 **장**

　　어느 나라인들 특히 겨울철에 갈무려 먹는 음식이 없을까만 우리나라처럼 갈무리 음식을 만드는 일인 김장이 국가 차원의 연례 행사처럼 치러졌던 나라도 없을 것이다. '침장(沈藏)', 이 낯선 단어가 김장의 어원(語源)이다.

　　沈〔침 : 나라 이름과 성씨로 쓰일 때는 '심'이라 읽는다〕의 원형은 보기의 갑골문에서 볼 수 있듯 일정한 간격을 두고 세로로 굴곡 있게 내리그은 두 선〔강 양 끝의 둑이다. 가운데를 흐르는 '물'의 상형을 합하면 川(천)이 되며, 川(천) 가운데 섬을 의미하는 점을 찍은 것이 州(주)이다. '섬'이 본뜻인 州(주)가 '고을'이라는 뜻으로 쓰이자 본뜻을 보존하기 위해 만든 글자가 洲(주)이

沈	甲骨		金文		小篆	
州	甲骨		金文		小篆	
艹	甲骨		金文		小篆	

다. 대륙(大陸)도 알고 보면 물로 싸여 있기 때문에 대주(大洲)라 부르게 되었다] 사이에 소 牛(우)를 그려넣은 글자였다. 그것이 뒤에 '尤'의 형태로 변하게 되는데, 첫 획과 둘째 획의 끝에 강둑의 흔적이, 세로 두 획에는 牛(우)의 흔적이 남아 있다. 뒷날 이 글자가 '임'으로 읽히며 '가다' '행진하다'는 뜻으로도 쓰이자 본뜻을 보존하기 위해 氵(수)를 더했다. 沈(침)은 원래 황하(黃河)에 소를 던지던 상(商)대의 제사 이름이다. 한때 열 마리를 썼다는 기록이 갑골문에 새겨져 전한다. 던져진 희생은 가라앉게 마련이므로 '가라앉다'는 뜻이 파생되었다. '담그다'라는 뜻도 이에 근거하여 파생된 뜻이다.

藏(장)은 艹(초)와 臧(장)으로 이루어진 글자이다. 艹(초)는 '두 포기 풀'의 상형으로, 草(초)의 본글자이자 모든 풀의 총칭이다. 臧(장)은 보기의 갑골문에 선명히 그려져 있듯이, '튀어나온 눈'의 상형 臣(신)과 '창'의 상형 戈(과)를 합한 글자이다. 창의 뾰족한 옆날이 전쟁 포로의 눈을 찌르고 있다. 고대 노예제 시대의 포로들은 이런 비참한 형벌을 받고 노예가 되었던 것이다. 뒷날 앞에다 발음부호 역할을 하는 爿(장)을 더했다. 爿(장)은 '목제 가구'의 상형으로, 식탁을 뜻할 때도 있고 소반을

臧	甲骨		金文		小篆	
臣	甲骨		金文		小篆	
戈	甲骨		金文		小篆	

뜻하기도 하며 때로 침상(寢牀)을 의미하기도 했다. 하나의 형태를 가지고 이렇듯 다양한 용도로 사용하지 않았더라면 한자는 어느 단계에서 수명이 끝나고 말았을지도 모른다. 臧(장)의 본뜻은 당연히 '노예'이다. 이 臧(장)에 풀을 얹은 藏(장)은 '풀 더미에 몸을 숨긴 노예'에서 비롯한 '숨다' '감추다'가 본뜻이며, '갈무리'는 여기에서 다시 파생된 뜻이다. 그러므로 침장(沈藏)은 채소를 소금물에 '담가' 땅 속 깊이 '갈무리'하는 일을 나타내는 단어가 되었다.

쾌유
快癒
쾌할 쾌 병 나을 유

병실을 방문하여 위문(慰問)할 때, '쾌유(快癒)'라고 쓴 봉투(封套)를 치료비나 먹을 것을 사는 데 보태 쓰라고 환자의 베개 밑에 밀어넣는 것은 우리 풍속의 미덕(美德) 가운데 하나이다.

快(쾌)의 忄(심)은 '심장'의 상형 心(심)의 변형인데 마음의 상태를 나타내는 글자에는 으레 들어 있다. 夬(결)은 '엄지에 깍지 낀 오른손'의 상형이 변화한 것〔두 획까지가 깍지, 세 획의 중간까지가 엄지, 나머지는 다른 손가락과 팔뚝〕으로, 본뜻은 시위를 놓는다는 데서 추출한 '결단'이다. 이렇게 구성된 快(쾌)는 결단을 내린 마음에서 추출한 '상쾌하다' '시원하다' '기쁘

快	甲骨		金文		小篆	夬
兪	甲骨		金文	㑑 㑑	小篆	兪
疒	甲骨	狀 狀 狀 狀 狀	金文	疒 疒	小篆	疒

다' 등의 뜻으로 널리 쓰이고 있다.

癒(유)의 원형은 兪(유)이다. 兪(유)는 '수술용 칼'과 '피고름을 받아내는 그릇'의 상형을 합한 글자이다. 보기의 금문을 보자. 좌측의 月(월)자처럼 보이는 부분이 '그릇'의 상형[이 글자는 그릇 盤(반)의 원형인데 배 舟(주) 모양으로 잘못 변한 채 남아 있다]이며 나머지는 '날이 세모꼴인 칼'과 그 '손잡이'의 상형이 변한 것이다[3획까지를 '모으다'는 뜻의 亼(집)으로, 月(월)을 배 舟(주)의 변형으로, 나머지 두 획을 물 水(수)의 생략형으로 보아 가운데가 빈 통나무를 모아 만든 배라는 주장도 있으나 믿기 어렵다]. 兪(유)의 본뜻은 외과 수술을 해서 '병이 낫다'이다. 兪(유)가 만들어진 지 오래지 않아 나라 이름이나 성(姓)의 하나로 널리 쓰이기 시작하자 疒[역：침대에 누워 있는 '중환자'의 상형. 처음 두 획인 亠는 사람 人(인)의 변형으로, 누워 있는 환자이며 나머지는 침대와 침대의 다리]을 더한 瘉(유)나 이 아래 마음 心(심)을 받친 癒(유)를 만들어 본뜻을 보존하였다. 이상에서 알 수 있다시피 兪(유), 瘉(유), 癒(유)는 모두 같은 뜻의 글자였다.

위에서 兪(유)자의 아래 좌측의 月(월)자처럼 보이는 부분이

般	甲骨		金文		小篆	
舟	甲骨		金文		小篆	

‘그릇’의 상형이며 ‘그릇 반(盤)’의 원형이라 말한 바 있다. 盤
(반)의 원형은 般(반)이다. 般(반)의 오른쪽 부분에 대해서는
두 가지 설이 있다. 하나는 ‘공구(工具)를 잡은 손’의 상형으로
보는 것이다. 이에 의하면 般(반)은 ‘나무 반(盤)을 만드는 모
양’의 상형으로 본뜻이 ‘반’이다. 다른 하나는 ‘두드리는 도구
를 잡은 손’의 상형으로 보는 것인데, ‘반을 두드리며 흥겹게 노
는 것’을 의미하는 글자로 본뜻은 ‘즐겁다’라는 것이다. 그런데
본뜻과는 달리 ‘크다’ ‘같다’는 뜻으로 널리 쓰이자 본뜻을 보
존하기 위해 만든 글자가 아래에 그릇 皿(명)을 더한 ‘盤(반)’
인데 ‘반’과 ‘즐겁다’는 뜻을 다 가지고 있다. 다시 사족(蛇足)
을 달거니와 ‘반’의 상형과 ‘배〔舟〕’의 상형은 그 형체의 유사
함 때문에 오늘날처럼 같은 형태가 되고 말았다. 한자에는 이런
경우가 드물지 않다.

타협

妥協

온당할 **타**　맞을 **협**

불의(不義)가 아니라면 그 어느 것과도 타협하지 않을 수 없는 것이 민주주의가 아닐까? 타협 없이 민주사회가 뿌리내릴 수 없기 때문이다.

妥(타)는 爪(조)와 女(녀)로 이루어진 글자이다. 갑골문과 금문에서 爪(조)는 독립된 형태로 나타나지 않는다. 보기의 갑골문의 受(수)자에 보이는 것처럼, 대야나 그릇 같은 어떤 물건을 주고받는 윗부분의 손이나, 孚〔부 : 사로잡을 부(俘)의 원형〕자에 보이는 것처럼, '어린아이의 목덜미를 움켜잡는 손'의 상형에 쓰였을 뿐이다. 爪(조)는 이처럼 위에서 아래로 내리면서 '무엇인가를 움켜쥐려는 손'의 상형으로 '손으로 잡다'가 본뜻

	甲骨		金文		小篆	
妥	甲骨		金文		小篆	
爪	甲骨		金文		小篆	
受	甲骨		金文		小篆	
孚	甲骨		金文		小篆	
協	甲骨		金文		小篆	
劦	甲骨		金文		小篆	

이다. 이 동작에서 강한 손톱이 큰 역할을 하므로 널리 알려진 뜻인 '손톱'도 생겨났다. 女(녀)는 '꿇어앉은 여자'의 상형으로, '여자'가 본뜻인데 여기에서는 포로(捕虜)가 된 여자이다. 약한 여자 포로는 남자의 강한 손아귀 힘만으로도 눌러 제압(制壓)할 수 있다는 점을 나타낸 글자가 妥(타)이며 본뜻은 '안정'이다. 정말이지 '안정'치고는 고약한 억지 '안정'이겠다.

協(협)은 十(십)과 劦(협)으로 이루어진 글자이나 원래는 세 개의 力(력)으로만 구성된 劦(협)만으로 쓰던 글자였다. 力(력)은 '가래'의 상형이며, 그 수효는 반드시 세 개가 아니라 '여럿'을 뜻한다. 『논어』에 실린 증자(曾子)의 말씀, "나는 하루에 여러 번 나 자신을 반성한다(吾日三省吾身 : 오일삼성오신)"에서 三(삼)이 세 가지가 아니라 여러 번이란 뜻으로 쓰였음은 널리 알려진 사례이다. 劦(협)의 본뜻은 '힘을 합하다'이다. 수치 열을 뜻하는 十(십)이나 마음을 뜻하는 忄(심)이 더해져 '힘과 마음을 합하다'라는 뜻의 글자로 널리 쓰이게 된 것은 뒷날의 일이다. 劦(협)의 갑골문의 일부 자형과 금문에는 커다란 웅덩이를 의미하는 그림이 들어 있기도 하다. 그것은 아마도 힘을 합하여 건설하고 있는 수로(水路)였을 것이다.

'맞서 있는 의견이나 주장을 서로 양보하여 맞추는 것.' 타협의 사전적 풀이이다. 말 많았고 말 많을, 남북의 여러 협의와 협상에서의 진정한 타협이야말로 이 시대 우리 민족이 이루어야 할 가장 큰 타협이 아닌가 한다.

탐색

探索

찾을 **탐** 찾을 **색**

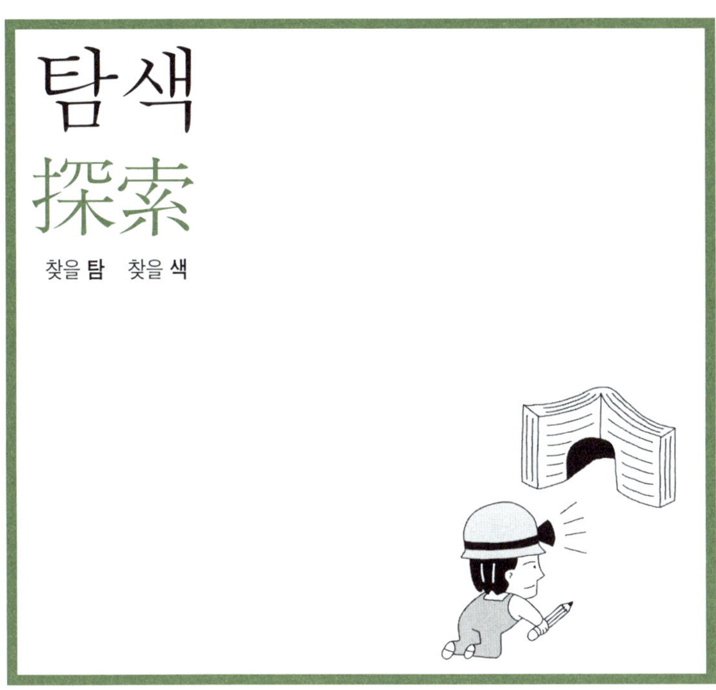

　　'**여**러 방면으로 문제의 답을 찾는 일'이 탐색(探索)의 본뜻인데 요즘은 어쩐 일인지 복싱 같은 일대일로 하는 운동 경기의 초반(初盤)을 말할 때에나 잘 쓰이는 것 같다. 하긴 부부싸움의 초반전도 탐색전이라 하고 있긴 하지만. 탐색은 '연구(研究)'와 같이 쓰일 수 있는 말인데, 연구가 너무 유행하다보니 그 쓰임새가 상대적으로 줄어들었다.

　　探(탐)은 扌(수)와 罙(심)으로 이루어진 글자이다. 罙(심)의 갑골문에서의 자형은 '물 담긴 그릇 속에 손을 넣어 깊이를 재는 모양'을 상형한 것이다. 그 함의(含意)를 더욱 구체화한 글자가 물 氵(수)를 첨가한 深(심)이다. 여기에서 氵(수)를 생략

罙	甲骨		金文		小篆	
索	甲骨		金文		小篆	

하고 손 扌(수)를 첨가한 探(탐)은 '깊이를 알아보다' '깊이를 재어보다' 등을 본뜻으로 하는 글자인데, 파생된 뜻인 '찾다' 가 널리 쓰이고 있다. 그런데 探(탐)이나 深(심)의 오른쪽 자형인 罙은 갑골문의 자형을 뒤집어놓은 형태에서 변한 것이다. 그러므로 冗(용)자와 비슷한 윗부분이나 아래의 木(목)자에서 의미를 찾으려 한다면 연목구어(緣木求魚)가 되고 만다.

索(색)은 보기의 갑골문에서 그것이 '굵은 끈' 의 상형임을 쉽게 알 수 있다. '색' 은 동사로 쓰일 때의 발음이고, 명사로 쓰일 때에는 '삭' 이라 읽는다〔짚으로 꼬아 만든 줄을 가리키는 순우리말 '삿기' 의 '삿' 은 이 '삭' 과 일정한 관계가 있는 듯하다. 이 '삿' 에다 접미사(接尾辭) '기' 를 더한 것이 '삿기' 가 아닌가 한다〕. 길지 않은 끈의 나부랭이를 끄나풀이라 하는데 '索' 자에 '찾다' 라는 파생의가 생긴 이유를 알 수 있겠다.

"맹자는 아마도 사람들이 다방면으로 찾아보고〔探索〕 힘써 토구(討究)하며 자기에게 돌아가 스스로 찾기를 요구한 듯하다(孟子大槪是要人探索力討, 反己自求 : 맹자대개시요인탐색력토, 반기자구)." 탐색(探索)의 첫 용례인 주자(朱子)의 말이다.

태극

太極

클 태　　지극할 극

남북통일 후에도 우리의 국기는 태극기일 것인가? 당연히 그럴 법도 하지만 한편으로는 새로운 국기가 만들어질지 모른다는 생각도 든다.

太(태)에는 두 가지 설이 있다. 보기의 소전(小篆) 오른쪽에 있는 글자는 소전이 만들어진 진(秦)나라 때보다 약간 앞시대인 전국시대에 쓰이던 자형이다. '팔다리를 벌리고 선 사람'의 상형으로 '크다'는 뜻을 가진 大(대)자 아래 두 개의 짧은 선〔뒷날 하나의 점으로 줄어버렸다〕이 있는데, 이를 동일한 것을 나타낼 때 쓰는 부호(符號)로 보아 '크고도 크다'는 의미를 가진 글자로 보고 있다. 다른 하나는 泰(태)의 약자라는 설이다.

太	甲骨		金文		小篆	
木	甲骨		金文		小篆	

泰(태)는 보기의 소전(小篆)의 첫 글자에서 볼 수 있듯이, 발음 부호로 쓰인, 정면으로 선 사람의 상형 大(대), 물을 움키고 있는 두 손 廾(공), 그리고 물 水(수)를 합한 글자이다. 물의 속성에서 추출한 '미끄럽다'가 본뜻이며 일반적으로 알려져 있는 '크다'는 가차된 뜻 가운데 하나이다.

極(극)은 木(목)과 亟(극)을 합친 글자로, 본뜻은 '대들보'이다. 亟(극)은 금문(金文)에서 보이듯이 아래위가 꽉 막힌 뇌옥(牢獄)이나 갱(坑)에 갇혀 입[口]으로 외치고 손에 든 막대기[攴]로 휘저어보는 극한 상황을 뜻한다고 한다. 집을 구성하는 나무[木] 중에서 위로 극한[亟] 지점에 위치하는 나무는 대들보가 아니겠는가? 그러므로 태극(太極)은 글자의 본뜻대로라면 '거대한 대들보'가 되겠다.

"역에 태극의 원리가 담겨 있고 태극이 음양을 낳았다(易有太極, 是生兩儀 : 역유태극, 시생양의)"는 『주역(周易)』「계사전(繫辭傳)」의 한 구절이 태극의 첫 용례이다. 이때의 태극은 '우주 만물의 근원'을 의미한다.

태극 문양의 첫 등장은 당나라 때의 어느 도사가 그렸다는 〈선천태극도(先天太極圖)〉에서였다. 이 그림 가운데 〈수화광곽도(水火匡廓圖)〉가 바로 태극 문양의 원형이 된다. 오대 말 송초의 도사 진단(陳搏), 성리학의 대가 주돈이(周敦頤), 그 집대

甲骨　　　　　　　　　　　　　金文　　　　　　　　　　小篆

성자인 주희(朱熹) 등의 계승과 신봉을 거치면서 널리 알려졌고 고려 말에 우리 땅에 전해져왔다고 한다. 그런데 통일신라시대인 682년에 지어졌다는 감은사(感恩寺) 사지(寺址)의 용도가 불분명한 거대한 돌에 태극 문양이 새겨져 있어 우리를 놀라게 한다. 아마 중국 사람들도 놀랄 것이다. 태극 문양을 둘러싼 乾(건), 坤(곤), 坎(감), 離(리)는 전설상의 인물인 복희씨(伏羲氏)가 그렸다는 팔괘 중의 네 괘로 태극 문양보다는 최소한 2천여 년 이상 앞선 것이다. 그리고 보면 태극기는 사괘태극기(四卦太極旗)의 준말이겠다.

요즘 들어 이웃 나라 중화족이 만든 부호와 문양을 어떻게 우리의 상징으로 삼을 수 있느냐고 생각하는 분들이 많다. 그러나 우리 한민족이 늘 '우주 만물의 근원'을 생각하고 인류사회를 떠받치는 '거대한 대들보'이고자 한다면 더없이 적절한 상징을 얻었다고 하겠다.

퇴직

退職

물러날 **퇴** 직책 **직**

현재 자형에서 退(퇴)는 艮(간)과 辶(착)으로 구성되어
있지만 보기의 갑골문에서 확인할 수 있듯이, 원래는
內(내)와 止(지)를 합한 모양이었다. 內(내)는 '문〔冂〕 안에서
밖을 내다보는 사람〔人〕'의 형상인데 거기에다 '발바닥'의 상
형으로 '그치다'를 본뜻으로 하는 止(지)를 더하여 '밖에서 돌
아와 집에서 쉬고 있는 모양'을 나타내었다. 이 글자가 『주역
(周易)』「간괘(艮卦)」에 쓰인 艮(간)자와 혼용되자, 네거리〔行〕
와 발〔止〕을 합하여 걷는다는 뜻을 나타낸 辶(착)을 더한 退
(퇴)를 만들어 괘이름 艮(간)과 구별하였다. 참고로, 간괘(艮
卦)의 艮은 退(퇴)의 '艮'과는 달리 원래 눈 目(목)에 사람 人

936

退	甲骨		金文		小篆	
内	甲骨		金文		小篆	
止	甲骨		金文		小篆	

(인)의 변형인 匕〔숟가락 ‘비’ 가 아님〕를 덧붙인 글자로, 눈을 크게 뜨고 뒤돌아보는 사람을 본뜬 글자였다. 고대로부터 간괘를 해석하는 사람들은 대체로 艮(간)을 ‘그치다’ ‘억지하다’ 로 풀이하였지만 애초의 뜻은 ‘돌아보다’ 였다.

그러므로 退(퇴)는 문〔冖〕, 사람〔人〕, 발〔止〕, 걷다〔辶〕로 이루어진 글자로서, ‘걸어 문 안으로 돌아와 집에서 쉬다’ 에서 추출한 ‘돌아오다’ 가 본뜻이며 ‘물러서다’ 는 파생된 뜻이다.

職(직)은 귀 耳(이)와 새길 戠(지)로 구성된 글자이다. 耳(이)는 ‘귀’ 의 상형이며, 보기의 갑골문에 보이는 자형을 통해 알 수 있듯이, 戠(지)의 왼편 부분은 창〔戈〕 끝으로 새긴, 소리 音(음)자와 비슷하게 생긴 부호로 무언가를 기억하기 위한 표지(標識)라고 한다. 그러므로 職(직)은 ‘귀로 듣고 기억하다’ 에서 추출한 ‘상세히 알다’ 가 본뜻이며, 여기에서 ‘맡은 일’ ‘임무’ ‘직책’ 등의 뜻이 파생되었다.

耳(이)는 고문자에서 보다시피 ‘귀’ 의 상형이다. 귀를 잡아당기는 손〔又〕을 그려넣으면 取(취)가 되는데, 전장에서 자기가 죽인 ‘적의 시체에서 귀를 자르는 모양’ 의 상형이다. ‘취하다’ 라는 뜻은 이에서 추출되었다. 병사가 전공(戰功)을 증명하기

	甲骨		金文		小篆	
艮	甲骨		金文		小篆	
耳	甲骨		金文		小篆	
戠	甲骨		金文		小篆	
取	甲骨		金文		小篆	
冃	甲骨		金文		小篆	

위하여 처음에는 적의 머리를 잘라 가지고 왔을 것이다. 그러다 이게 너무 번거로워 오른쪽 귀나 코로 대체한 것으로 보인다. 제아무리 역발산(力拔山)의 용사(勇士)라 하더라도 무거운 적의 머리통 몇 개를 꿰차고 전장을 누비다보면 이것이 짐이 되어 전투에서 재수없이 찔려 죽은 이가 없으란 법이 없겠다. 그리고 이왕이면 적의 졸병보다 투구를 쓴 장수(將帥)의 귀를 잘라오는 것이 나았을 것이다. 그야말로 '으뜸가는' '최고'의 전공이 아니겠는가? 이런 의미를 담은 글자가 最(최)이다. 소전체(小篆體)의 윗부분이 바로 '투구〔모자(帽子)이기도 하다〕'의 상형이자 帽(모)자의 본자이다. 여기에 얼굴을 대표하는 눈〔目〕을 그려넣은 것이 冒(모)다. 갑골문의 얼굴 面(면)자에서 알 수 있듯이 얼굴 윤곽과 눈만 그렸다. 그리고 이 冒(모)자가 '무릅쓰다' '덮다' 등의 뜻으로 널리 쓰이자 본뜻 보존을 위해 만든 글자가 帽(모)이다. '한 폭의 직물(織物)'을 상형한 巾(건)은 모

938

	甲骨		金文		小篆	
最	甲骨		金文		小篆	
面	甲骨		金文		小篆	
冠	甲骨		金文		小篆	
元	甲骨		金文		小篆	

자의 재질(材質)을 나타내기 위해 쓰인 것이다.

모자가 나왔으니 같은 의미의 글자인 冠(관)을 말하지 않을 수 없겠다. 冠(관)은 소전(小篆)에서 보다시피 '머리 큰 사람'의 상형 元(원)과 그의 머리 위에 모자〔윗부분의 '冖'이 '모자'의 상형이다〕를 씌우는 다른 사람의 손〔여기에서의 '寸' 촌은 마디 寸(촌)이 아니라 팔꿈치 肘(주)의 본자이다. 寸(주)는 '팔로 하는 모든 동작'을 뜻하는 글자이다〕을 합한 글자이다. 바로 고대의 성년식인 관례(冠禮)를 치르는 모양을 형상화한 것이다.

'퇴직'의 첫 용례는 내민(來敏)이라는 사람을 의원면직하면서 제갈량이 지은 글 「파래민교(罷來敏敎)」에 보인다. "내민이 스스로 능력 부족임을 알고 '퇴직'하기를 신청하였다(今旣不能, 表退職 : 금기불능, 표퇴직)." 이처럼 퇴직의 본뜻은 '스스로 직책에서 물러남'이었다.

IMF 사태로 나라가 떠들썩하던 시절, 퇴직 앞에 조기(早期)니 명예(名譽)니 하는 수식을 붙였지만 부질없는 수사일 뿐 그것이 해고(解雇)임을 누가 몰랐겠는가?

투쟁

鬥爭

싸움 **투** 다툴 **쟁**

인간 세상에서 투쟁이 없어질 날이 있을 것인가? 현실론자는 이를 발전과 진보를 위한 기폭제로 보기도 하지만 아무래도 투쟁은 언젠가 인간이 이상의 세계에 도달하는 그 순간부터 진적(陳跡)이 되고 말 것이다.

鬥(투)는 보기의 갑골문에서 보여주고 있는 것처럼, '두 사람이 맨손으로 싸우고 있는 모양'을 상형한 것이다. 자세히 들여다보면 머리칼을 움켜쥐고 있는 것처럼 보이기도 하고 레슬링 경기의 시작 장면처럼 보이기도 한다. 당연히 '싸움'이 본뜻이다. 현재의 자형에서 마치 두 개의 임금 王(왕)자처럼 보이는 부분이 두 사람이 싸우느라 '엉킨 손'의 상형이 변한 것이다.

| 鬥 | 甲骨 | | 金文 | | 小篆 | |
| 爭 | 甲骨 | | 金文 | | 小篆 | |

그런데 세상에서는 이렇게 쓰기 쉬운 鬥(투)자를 제쳐두고, 이 대신 획수도 복잡하고 쓰기도 어려운 鬪(투)를 '싸움'의 뜻으로 빌려 쓰고 있는데 왜 그랬는지 참으로 모를 일이다. 이 鬪(투)자도 알고 보면 鬭(투)의 속자이며, 鬭(투)의 본뜻은 '싸움'과는 아무 관련이 없는 '만남'이다. 이런 사연을 가진 鬭(투)의 속자에는 이 밖에도 鬦, 鬪가 더 있다. 이러니 한자가 어렵다는 소리가 저절로 나올 법도 하다. 중국은 공산화 이후 약자(略字)로 정한 '斗'를 쓰고 있고, 일본은 오랫동안 鬪(투)를 쓰다가 요즘에는 門(문) 안에 豆(두)와 寸(촌)을 넣은 속체자를 표준자체로 쓰고 있다. 그러나 둘 다 최선의 선택은 아닌 듯하다.

爭(쟁)은 '두 사람의 손이 한 물건을 서로 당기고 있는 모양'을 상형한 글자이다. 여기에서 변해온 현재의 자형으로 살펴본다면, 네 획까지인 爫(조)는 '한 손의 상형'인 又(우)가 변한 것이며, 5획, 6획, 7획은 또다른 '손'의 상형이고, 마지막 한 획〔亅〕이 서로 빼앗으려는 '끈처럼 길다란 물건'의 상형이 변한 것이다. 이 물건이 무엇인지는 알 수 없지만 귀중한 것임에는 틀림없다.

단어로서의 투쟁(鬪爭)은 『한비자(韓非子)』「현학(顯學)」편에 처음 보인다. "송영자(宋榮子)의 주장은, 투쟁을 반대하고 원수를 갚지 않으며 옥에 갇힘을 부끄러워하지 않고 모욕을 모욕으로 여기지 않는다(宋榮子之議, 設不鬪爭, 取不隨仇, 不羞囹圄, 見侮不辱 : 송영자지의, 설불투쟁, 취불수구, 불수영어, 견모불욕)." 송영자는 맹자(孟子)와 동시대를 살았던 철학자 송경(宋牼)이다. 평생 자신의 이런 주장을 실천했다 하니 비폭력 무저항 사상의 선구(先驅)라 하지 않을 수 없겠다.

파산
破産
깨뜨릴 **파**　낳을 **산**

破 (파)는 石(석)과 皮(피)로 이뤄진 글자다.
石(석)은 널리 알려진 대로 '한 덩이 돌'의 상형이다.
대단히 큰 돌덩이가 아니라 손아귀에 꽉 잡히고 약간 남는 그런
크기의 날이 있는 돌이었다. 이것은 무기로도 쓰였고 구덩이를
파는 도구로도 쓰였는데 뒤에는 모든 돌을 다 의미하게 되었다.
갑골문의 첫번째, 두번째의 자형에 그 형태가 상형되어 있다.
이것이 오늘날의 자형에서는 첫 획과 둘째 획으로 표시되었다.
소전에서의 모양은 'ㅁ'이지만 일부 갑골문과 금문에 'ㅂ'으로
표시된 것은 '돌로 판 구덩이'의 상형이라 한다. 갑골문과 금문
을 보지 못하고 소전만 보았던 허신(許慎)은 厂〔현재 자형에서

石	甲骨		金文		小篆	
皮	甲骨		金文		小篆	
産	甲骨		金文		小篆	

1획과 2획]를 절벽으로, 口을 그 아래에 있는 돌덩이로 보았으
나, 이제 아무도 이 설을 믿지 않는다.

　皮(피)는 금문을 보아 알 수 있듯이, 말린 짐승 가죽을 씌워
만든 방패를 손에 들고 있는 모양이다. 현재 자형으로 제3획까
지가 '가죽 방패'의, 나머지 두 획〔又(우)〕이 '손'의 상형이다.
破(파)에서 皮(피)는 발음부호이고 破(파)의 본뜻은 '돌을 깨
다'이다.

　産(산)은 彦(언)과 生(생)으로 이루어진 글자이다. 彦(언)은
원래 文(문), 厂(한), 弓(궁)으로 이루어진 글자임을 보기의 금
문을 통해 알 수 있다. 여기서의 文(문)은 문예를, 弓(궁)은 무
예를 의미하며, 厂(한)은 발음부호이다. 그러므로 이 글자의 본
뜻은 '문무를 겸비한 인재'로 보인다. 소전에서는 弓(궁)이 彡
(삼)으로 변했다. 의도적인 변개인지 잘못 변한 것인지는 분명
치 않다. 허신은 이에 근거하여 彦(언)은 빛날 彣(문)과 발음부
호 厂(한)으로 이루어진 글자라 풀이하고 '남들이 칭송하는 잘
난 선비'가 본뜻이라 하였다. 문약(文弱)에 흐른 후세와는 달리
옛 선비의 전형은 문무 겸비였으니 의미상의 변화는 없다고 하
겠다. 産(산)에서의 彦(언)은 발음부호인데 쓰기 편하도록 문

彦	甲骨		金文		小篆	
生	甲骨		金文		小篆	

채(文彩), 즉 빛난다는 의미의 글자인 彡(삼)을 생략하였다. 生
(생)의 본모양은 屮(철)과 '一'로 구성된 것이었다. 屮(철)은
풀이며 '一'은 땅거죽이다. 땅을 뚫고 돋아난 풀 한 포기, 여기
에서 '나다' '생명' 등의 뜻이 생겼다. 뒤에 '一'이 흙 土(토)로
변하여 오늘날의 글자 모양으로 변했다. 産(산)의 본뜻은 生
(생)과 같다.

　파산(破産)은 기원전 2세기경부터 '전 재산을 잃다'는 뜻으
로 쓰이기 시작했고 요즘은 법률 용어로도 널리 쓰이고 있다.

파업

罷業

그만둘 **파**   일 **업**

웬만한 말에도 무뎌진 채 이 시대를 살아가는 사람들이 자신들과 관련되든 안 되든 일정하게 자극받는 낱말들은 무엇일까? 해고, 핵전쟁, 암, 에이즈, 자원 고갈, 오존층 파괴…… 아마 '파업(罷業)'도 이 대열에 끼여 손색없는(?) 단어가 아닐까 한다.

罷(파)는 그물 网(망)과 능할 能(능)으로 구성된 글자이다. 网(망)은 새나 짐승을 잡을 때 쓰던 '그물'의 상형으로, 부수로 쓰일 때는 쓰기에 편하도록 罒(망)으로 형태가 조정된다. 能(능)은 지금의 형태로는 식별이 어렵지만 옛 글자를 살펴보면 '기어가고 있는 곰'의 모양을 본뜬 글자이다. 그리하여 罷(파)

罷	甲骨		金文		小篆	𦋊
能	甲骨		金文	𤰞 𧰟 𧱏	小篆	𤰞
業	甲骨		金文	業 業	小篆	業

는 '그물에 걸린 곰'의 상형인데, 곰이 힘이 빠져 기진맥진한 다음에야 잡는다 하여 '피곤하다'라는 뜻이 생겨났고〔이때는 '피'라 읽는다〕 이어 '그만두다' '정지하다'라는 뜻도 파생되었다. 이 '그물'의 상형 罒(망)에 '그물의 재료(材料)'인 糸(멱)과 '새'의 상형 隹(추)가 들어가는 羅(라)는 '새그물'을 뜻하는 글자이다.

業(업)은 '여러 개의 갈고리가 달린 나무로 만든 틀'의 상형으로, 많은 물건을 걸어둘 수 있는 쓸모 있는 도구였다. 오늘날 여느 집 방구석에도 있음직한 옷걸이와 비슷하게 생긴 것인데, 옛날에는 종(鐘)이나 북〔鼓 : 고〕 같은 악기를 거는 데 사용되기도 했다. 학업(學業), 공업(功業), 산업(産業), 직업(職業)에서 보듯, '일'이라는 뜻으로 쓰이게 된 것은 아마도 업(業)이 여러 모로 유용한 물건이었음에 바탕하여 파생된 것이 아닌가 한다.

한자 문화권의 옛 역사에는, 농업경제와 봉건체제의 특성 때문인지 파업이란 말은 없었다. 구태여 파(罷)자가 든 비슷한 유례를 찾는다면 훌륭한 인물의 죽음을 슬퍼하여 임금이 업무를 잠시 중단하는 파조(罷朝)나 상인들이 일시 영업을 그만두었던 파시(罷市)가 있을 뿐이다.

　오늘날 제도로서의 파업이 없다면 남는 것은 노사(勞使) 양측
이 다 망하는 무한투쟁의 유혈 사태뿐이다. 그러므로 언제나 대
화와 타협으로 파업 사태가 해결되기를 공동체 성원들은 늘 기
대하고 있다.

판례

判例

나눌 **판**　법식 **례**

다산 정약용의 『흠흠신서(欽欽新書)』는 전통사회 법률의 다양한 판례를 볼 수 있는 판례집(判例集)이다. 이 책이 마침내(?) 한글로 번역 출판되었다. 서양법이 판치는 지금 세상에 무슨 도움이 될까 하겠지만 동양식 인도주의(人道主義)에 바탕한 우리 식의 판례(判例)가 그렇게 간단해 보이진 않는다.

判(판)은 半(반)과 刂(도)로 이루어졌다. 半(반)은 금문에서 확인할 수 있듯, 八(팔)과 牛(우)로 구성된 글자다. 牛(우)는 정면에서 본 '쇠머리'의 상형이며, 八(팔)은 무엇을 둘로 나눔을 의미하는 부호이다. '여덟 팔' 자로 널리 알려져 있는데 발음이

半	甲骨		金文	乑	小篆	半
歺	甲骨	占 占 占	金文	占 占	小篆	占

같다는 이유로 빌려가서 쓴 것일 뿐이다. 이런 글자를 가차자(假借字)라 한다. 半(반)은 이렇듯 쇠머리 혹은 소 한 마리를 반으로 나누었다는 뜻을 가졌다. 소를 반으로 나누는 도구는 당연히 우도(牛刀)였겠지만 이 글자에서는 생략되어 있고 대부분 '반으로 나누어진 것'을 뜻하는 명사형으로 쓰였다. 이에 '칼'의 상형 刀(도)가 변형된 刂(도)를 넣은 判(판)은 '나누다'를 본뜻으로 하는 동사(動詞)가 되었다.

例(례)는 亻(인)과 列(렬)로 이루어진 글자이다. 列(렬)자의 왼쪽 歹(알)의 원형은 歺(알)로서, 갑골문에서 보이듯 척추뼈, 갈비뼈, 골반 다리뼈의 일부가 남은 '앙상한 뼈다귀'의 상형이다. 위에서 알아보았듯 列(렬)자의 오른쪽 刂(도)는 '칼'의 상형으로 여기서는 뼈와 살을 분해(分解)한다는 뜻으로 쓰였다. 그리하여 일부 학자들은 列(렬)이 고대 중국 일부 지역의 장례의식인 습골장(拾骨葬)을 반영한 글자라고 한다. 例(례)에서의 列(렬)은 발음부호 역할만 한다. 형성자(形聲字)인 例(례)는 '비슷한 것', 즉 '유례'가 본뜻이다.

판례(判例)는 판결례(判決例)의 준말이기에 판결례로 그 뜻을 음미하여야 한다. 판결(判決) 두 글자에는 우도(牛刀)로 소를 두 토막 내듯이, 막혔던 물〔氵: 수〕꼬를 트듯이, 팽팽히 당겼던 활시위를 놓듯이〔夬 : 쾌〕 시원하게 해결한다는 뜻이 들어 있

다. 이러한 판결의 예를 하나라도 역사에 남기는 일이야말로 모
든 법관들의 소원이 되어야 하지 않을까?

팽

烹

삶을 팽

근년 들어 자주 쓰이는 烹(팽)이라는 말은 어디에서 나온 말이며 그 본래의 쓰임새는 어떠했을까?

이 말을 처음 한 사람은 전국시대 때 오나라 왕 합려(闔廬)를 도와 초나라를 유린했던 오자서(吳子胥)였던 것으로 보인다. 그가 합려의 아들 부차(夫差)에게 억울한 죽음을 당할 때 "교활한 토끼 죽고 나면 사냥개 삶겨지고 적국이 망하고 나면 공신이 죽는다(狡兔死, 良犬烹. 敵國破, 謀臣亡 : 교토사, 양견팽. 적국파, 모신망)"라고 말했다고 『오월춘추(吳越春秋)』에 기록되어 있다.

월왕(越王) 구천(句踐)을 도와 숙적 오(吳)나라를 멸망시켰

亨　甲骨　　　　　　　金文　　　　　　小篆

던 범려(范蠡)는, 구천의 관상을 보고, 괴로움은 같이해도 즐거움은 함께 할 수 없는 인물임을 간파, 만류에도 불구하고 월나라를 떠나버린다. 제(齊)나라에 도착한 그가 월나라에 남아 있는 친구 문종(文種)의 앞날을 걱정하여 구천으로부터 떠날 것을 권유하는 편지에 다음과 같이 적고 있다. "나는 새 다 잡으면 좋은 활 쓸데없고, 교활한 토끼 죽고 나면 사냥개 삶겨진다(飛鳥盡, 良弓藏. 狡兎死, 走狗烹 : 비조진, 양궁장. 교토사, 주구팽)." 구천에게 충성을 다했던 문종은 결국 억울한 죽음을 당한다.

　한고조 유방(劉邦)을 도와 진(秦)의 폭정을 종식시키는 데 공훈을 세운 한신(韓信)도 억울하게 모반죄로 유방에게 사로잡혔을 때 비슷한 말을 인용하여 억울함을 호소한 바 있다. "교활한 토끼 죽고 나면 사냥개 삶겨지고, 나는 새 다 잡으면 좋은 활 쓸데없고, 적국이 망하고 나면 공신이 죽는다(狡兎死, 良犬烹. 高鳥盡, 良弓藏. 敵國破, 謀臣亡 : 교토사, 양견팽. 고조진, 양궁장. 적국파, 모신망)." 이때 유방은 한신을 살려주지만 한신은 결국 유방의 아내 여후(呂后)에게 참수(斬首)당한다.

　이 말의 근거를 간단히 따져보았지만 그냥 중국 옛 사람들의 지혜에서 녹아 나온 속담(俗談)이라고 보아도 좋겠다.

　이처럼 세 인용문에 다 들어 있는 '팽'은 토사구팽(兎死狗烹)에서 나온 말로, 작게는 한 개인을, 크게는 국리(國利)와 민복(民福)을 위해 충성(忠誠)을 다했다가 '억울한 희생'을 당한 경우에 쓰였던 말이다.

享(형)과 灬(화)로 이루어진 烹(팽)의 윗부분인 享(형)의 원형은 갑골문과 금문에서 알 수 있는 것처럼 높이 지은 건축물, 즉 '종묘(宗廟)'의 상형이었다. 종묘는 조상신을 모시고 제사를 지내는 곳이므로 '바치다'라는 본뜻이 생겨났고, 조상이 내리는 복을 받아 모든 것이 잘 될 것이라는 데에서 '형통(亨通)'이란 뜻도 생겨났다. 그런데 보기의 소전(小篆)자형 오른편에 덧붙여놓은 속체자(俗體字)를 바탕으로 하여 亨(형)과 享(향)으로 분화(分化)되어 의미를 나누어 가지게 되었다. 다시 말하여 亨(형)은 '형통'을, 享(향)은 '바치다'를 주로 뜻하게 된 것인데, 아랫부분을 구성하는 了(료)자나 子(자)자는 이 글자와 아무 상관이 없다. 이 亨(형)에 火(불화)를 더한 烹(팽)은 '삶는다'를 본뜻으로 하는 글자인데 여기에서의 亨(형)은 발음부호로 쓰였을 뿐이다.

폐

弊

보잘것없을 **폐**

우리 조상들의 삶에서 겸양(謙讓)은 최고의 미덕(美德)이었다. 겸양이 더이상 미덕이 아니라는(?) 이 이상한 시대에도 그 전통이 일부 남아 있음은 다행한 일이 아닐 수 없다. 하지만 이에 관련된 난처하고도 이상한 사례 하나가, 이제는 발생기를 지나 만연(蔓延)의 조짐(兆朕)을 보이고 있어 눈길을 끈다. 겸양을 나타내는 여러 표현 중의 하나로 '弊(폐)'가 있다. 弊邦(폐방), 弊邑(폐읍)은 옛날에 많이 쓰였고, 弊社(폐사), 弊店(폐점)은 오늘날도 가끔 쓰이고 있다. 弊(폐)는 보기의 소전(小篆)을 보아 알 수 있듯이 獘(폐)의 속자이다. 본자인 獘(폐)는 敝(폐)와 犬(견)을 합한 글자이다. 敝(폐)의 구성 요소

弊	甲骨		金文		小篆	幣
敝	甲骨	(oracle bone graphs)	金文		小篆	敝

는 巾(건), 攴(복), 그리고 네 개의 점이다. 巾(건)은 '걸려 있는 수건이나 베조각'의 상형으로, 옛 사람들이 허리에 차고 다니던 수건을 그 본뜻으로 하였는데 이 글자에서는 '옷'을 의미한다. 攴(복)은 '손으로 막대기를 들고 있는 모양'의 상형으로 '두들기다' '치다'가 본뜻이다. 네 개의 점은 막대기로 옷을 두들긴 결과로 찢어져 너덜거리는 부분을 의미한다. 이렇게 구성된 敝(폐)는 '너덜거리는 옷〔敗依:패의〕'을 본뜻으로 하였다. 참고로 이 글자 위에 ++(초)를 더하면 '덮다' '가리다'라는 뜻인 蔽(폐)자가 된다. 敝(폐)에 발톱 세운 앞다리를 든 채 먹이를 덮치는 개의 상형 犬(견)을 더한 글자 獘(폐)의 속자(俗字)인 弊(폐)의 본뜻은 '꼬꾸라지다'이며, 나아가 '피폐하여 보잘것없다'라는 뜻까지 가지게 되었다.

　폐사(弊社)라고 할 때의 '弊(폐)'는 지금도 일상생활에서 사용되고 있기는 하나 요즘에는 우리말 '저희'로 바뀌어 더 널리 쓰이고 있다. '저희'는 한 동아리가 아닌 사이에서 자신이 소속한 동아리를 낮추는 데에만 쓰여야 한다. 그런데 최근 한 직장이나 한 나라의 구성원임을 나타내는 데 꼭 맞는 '우리'를 제쳐 두고 이 말이 함부로 쓰이고 있다. 사장이 직원들에게 '저희 회사'라 하고, 교장이 학생들에게 '저희 학교'라 하며, 한국인이 한국인에게 '저희 나라'라 하고 있으니 지나가던 소〔牛〕가 웃을

巾	甲骨		金文		小篆	

일이 아니겠는가? 우리 조상들은 이런 경우를 위해 적절한 충고의 말씀을 남겨놓으신 바 있다.

"지나친 공손은 예가 아니다(過恭非禮 : 과공비례)."

포행
暴行
사나울 **포**　행할 **행**

폭행(暴行), 폭언(暴言), 폭행치상(暴行致傷), 폭행치사(暴行致死) 등의 낱말은 듣기만 해도 인간 내면에 잠겨 있는 수성(獸性)이나 마성(魔性)을 환기하는 듯하여 씁쓸해진다. 그런데 옛날의 '暴行'은 '폭행'이 아니었다. 적어도 해방 전까지만 해도 '자신의 덕행(德行)을 겉으로 드러내는 것'이 '폭행'이었고, '잔인하고 흉악한 행위'는 '포행'이었기 때문이다. 우리 조상들은 한자를 받아들인 이래 수천 년 동안 暴자를 '폭'과 '포'로 엄격히 구분하여, '겉으로 드러내다' '젖은 것을 말리다'는 뜻으로 쓸 때는 '폭'이라 읽고 나머지는 거의 대부분 '포'라 읽었다. 그러므로 제 어미의 원수를 갚는다고 무

暴	甲骨		金文		小篆	
日	甲骨	○ ○ ▱ ▣	金文	○ ● ⊙ ○ ▱ ○ ○	小篆	
出	甲骨		金文		小篆	

고한 관리들을 무수히 살상하고, 아버지의 후궁을 박살(撲殺)했으며, 국립대학격인 성균관(成均館)을 기생 놀이터로 만든 연산군은 희대의 '폭군'이 아니라 희대의 '포군'이었다. 또 임진왜란 때 왜군들이 들어오기도 전에 경복궁을 불지른 무리들은 '폭도'가 아니라 '포도'들이었으며, 지아비답지 못하게도 마누라를 두들겨 패는 잔인한 행위는 '폭행'이 아니라 '포행'이었다. 그러했던 '포'가 오늘날 대부분 '폭'으로 변하고 말았지만 다행스럽게도(?) 발음상의 편의 때문인지 暴虐(포학), 暴惡(포악)처럼 여전히 본래의 음가(音價)를 가지고 있는 낱말들도 있다.

暴(폭)은 원래 日(일), 出(출), 廾(공), 米(미)를 합한 글자였다. 오랫동안 구름 속에 숨어 있던 해(日)가 나오니(出) 두 손(廾)으로 곡식(米)을 곳간에서 꺼낸다는 데에서 추출한 '말린다'가 본뜻이다. 日(일)은 '해'의 상형이며, 出(출)은 '움집'의 상형과 '발바닥'의 상형을 합한 것(갑골문의 아랫부분이 움집, 윗부분이 발의 상형 止(지)이다)으로, '집 밖으로 나아가다'에서 추출한 '나아가다'를 본뜻으로 한 글자이다. 廾(공)은 갑골문에서 볼 수 있는 것처럼 '두 손'의 상형, 米(미)는 벼 보리 따위 곡식의 열매가 달리는 부분, 즉 '이삭'의 상형이다.

廾	甲骨		金文		小篆	
米	甲骨		金文		小篆	
行	甲骨		金文		小篆	

行(행)은 ‘네거리’를 상형한 글자로〔조금씩 걸을 彳(척)과 자축거릴 亍(촉)을 합한 것이라는 일부 해석은 틀린 것이다〕 뒷날 본뜻인 ‘네거리’에서 점차 ‘거리’ ‘걷다’ ‘움직이다’ 등의 뜻이 생겨났다.

“좋은 세상과 어진 도리가 차츰 쇠미해지니 사설과 포행이 또 일어났다(世衰道微, 邪說暴行有作 : 세쇠도미, 사설포행유작)”는 『맹자(孟子)』의 한 구절이 暴行(포행)의 첫 쓰임이다. 하고많은 暴行(포행) 가운데서도 가장 비열한 暴行(포행)은 性暴行(성포행)이겠다.

폭로

暴露

드러낼 **폭** 드러낼 **로**

暴(폭)의 구조는 현재 생김새와 가장 가까운 소전(小篆)에 잘 나타나 있다. 위로부터 아래로 '해'의 상형 日(일), 움집〔冂〕에서 걸어나가는 '발〔止〕'을 상형한 出(출), '두 손'의 상형 廾(공) 그리고 '쌀'의 상형 米(미)로 구성되어 있었는데, 날이 활짝 개어 해가 나오자 쌀을 퍼내어 마당에 말리는 농부의 상황을 모자이크해서 보여주는 글자이다. 본뜻은 '말리다'이며, 널리 쓰이는 '드러내다'는 파생된 뜻이다. 그런데 '포악하다' '갑작스럽다'라는 뜻을 나타내는 글자로도 쓰이게 되자 해를 군더더기로 더 단 曝(폭)을 만들어 애초의 본뜻을 보존케 하였다. 한자에는 이런 군더더기 글자를 가진 글자가 적

	甲骨		金文		小篆	
暴	甲骨		金文		小篆	
露	甲骨		金文		小篆	
雨	甲骨		金文		小篆	

지 않은데 然(연), 梁(량), 莫(모), 鄕(향) 등의 글자도 이에 속한다. 개고기를 불에 태운다는 뜻에서 추출한 '태우다'를 본뜻으로 하는 然(연)에는 태우는 불을 의미하는 火(화)자가 아랫부분에 들어 있지만, '그렇다'라는 뜻으로도 쓰이자 불 火(화) 하나를 더 단 燃(연)을 만들었다. 기둥 梁(량)에는 기둥의 재질인 木(목)이 들어 있지만 성(姓)이나 나라 이름으로도 쓰이자 나무 木(목)을 더 단 樑(량)을 만들었다. 풀밭으로 지는 해를 뜻하는 莫(모) 역시 부정사로도 쓰이자 해 日(일)을 하나 더 단 暮(모)를 만들었다. 연회를 뜻하는 鄕(향)이 '시골' 등의 뜻으로도 쓰이자 밥 食〔식: '鄕'의 가운데 부분이 '食'의 본자로 그릇에 담긴 음식의 상형이다〕을 하나 더 단 饗(향)을 만든 것도 그 전형적인 사례라 할 것이다.

露(로)는 雨(우)와 路(로)로 구성된 글자로, 본뜻은 '이슬'이다. 雨(우)의 첫 획은 하늘을 뜻한다. 아래의 네 점을 비롯한 나머지는 모두 '크고 작은 빗방울'을 상형한 점〔·〕의 변형이며 본뜻은 '비'이다. 보기의 갑골문에서 비를 형상화한 다양한 자형을 볼 수 있는데 네번째의 자형이 가장 원초적인 것이 아닌가 한다. 여기에 '비구름'을 뜻하는 'ㄇ'가 들어간 자형들이 보이

足	甲骨		金文		小篆	
各	甲骨		金文		小篆	
路	甲骨		金文		小篆	

는데 이것이 오늘날 자형의 바탕이 되었다. ‘다리의 무릎 아래’ 를 상형한 足(족)과, ‘거꾸로 그린 발’ 止(지)와 ‘움집’의 상형 을 더하여 ‘돌아오다’ 라는 뜻을 갖게 된 各(각)을 합하여 ‘길’ 을 나타내는 路(로)는 이 글자에서는 발음부호이다. 옛 사람들 은 이슬을 하늘에서 떨어진 빗방울의 일종으로 여겨 雨(우)를 빌려와 그 뜻을 담았고, 원래 있던 소리를 나타내기 위해서는 발음이 같은 路(로)를 차용한 것이다. ‘노출(露出)’ ‘노천(露 天)’에서 쓰이는 ‘드러나다’ 는 파생된 뜻이다.

　폭로(暴露)는 병사의 시체나 병장기가 전장(戰場)에 ‘버려져 있다’ 라는 뜻으로 오래 쓰여오다가, 7세기에 씌어진 중국의 교 훈집 『안씨가훈(顔氏家訓)』의 “제 조상의 단점을 폭로(暴露)하 여 정직하다는 소리를 들으려는 자가 가끔 있다(暴露祖考之長 短, 以求直己者, 往往而有 : 폭로조고지장단, 이구직기자, 왕왕 이유)”는 구절의 용례부터 ‘숨겨져 있던 것을 드러내다’ 라는 뜻 으로 굳어졌다.

풍년

豊年

풍성할 **풍**　해 **년**

이 첨단 정보화의 시대에 있어 쌀농사의 풍년은 우리에게 어떤 의미를 가지는 것일까?

豊(풍)의 구조에 대해 여러 주장이 있으나, '줄기에 무성한 잎이 달린 풀의 모양'인 丰(봉)을 거듭 쓴 丰丰(봉), '위가 터진 그릇' 凵(감), 그리고 음식물을 담는 데 쓰다가 나중에 주로 '제기(祭器)로 사용된 그릇'의 상형인 豆(두)로 구성되었다는 설이 가장 유력하며 그 뜻은 '풍성'이다. 금문의 형태를 보면 그릇 속에 담긴 물건이 풀〔屮 : 철〕두 줄기로 보이기도 하고 나무〔木 : 목〕두 그루처럼 보이기도 한다. 그러나 소전(小篆)에 와서 두 개의 丰(봉)으로 굳어진다. 옛 사람들이 가을에 햇곡식

豐	甲骨		金文		小篆	
豆	甲骨		金文		小篆	
年	甲骨		金文		小篆	
豊	甲骨		金文		小篆	

을 수확하여 조상신을 모신 제단에 그 다발을 경건히 바치던 모습이 눈에 보이는 듯하다.

요즘에는 豐(풍) 대신 약자인 ‘豊’이 널리 쓰이고 있으나 사실 ‘豊’은 豐(풍)의 약자이기 전에 ‘예’라는 고유한 발음과 “예(禮)를 행할 때 쓰는 그릇(行禮之器 : 행례지기)”이란 뜻을 가진 글자였다. 이 글자를 발음부호로 삼은 禮(례), 澧(례), 醴(례) 등이 이를 증명한다. 豊(례)자에선 그릇 속에 든 물건을 한 쌍의 옥(玉), 즉 珏(각)으로 여긴다.

年(년)은 아직도 이름자 등에 가끔 쓰이고 있는 秊(년)이 변한 글자로, ‘익어서 고개 숙인 곡식’과 이 ‘곡식단을 등에 지고 있는 사람의 모양’을 상형한 것이다. 본뜻은 ‘곡식이 여물었다’이며, 생긴 지 한참 뒤인 주(周)나라 때에 이르러 ‘한 해’라는 일반적인 의미를 가지게 되었다.

단어로서의 ‘풍년(豐年)’은 중국 고대의 시가집인 『시경(詩經)』에 여러 번 보인다. 그중 한 편인 「양이 한 마리도 없다고요(無羊 : 무양)」를 보자.

목축인이 꿈을 꾸니(牧人乃夢 : 목인내몽)

메뚜기가 물고기로 변했다네(衆維魚矣 : 중유어의)

⋯⋯

점쟁이가 점을 치곤(大人占之 : 대인점지)

메뚜기가 물고기로 변한 것은(衆維魚矣 : 중유어의)

반드시 '풍년'이 올 징조라네(實維豐年 : 실유풍년)

옛 중국에는 물고기 알을 진흙뻘에 묻어둔 뒤, 이듬해 수량 (水量)이 풍부하여 물이 진흙뻘까지 차면 그 알이 물고기가 되고, 수량이 부족해 물이 차지 않으면 메뚜기가 된다는 전설이 있었다. 풍년 한번 들기가 어찌나 어려웠으면, 또 풍년을 얼마나 간절히 바랐으면 이런 상상까지 했겠는가? 이런 터무니없는 상상은 하지 않았어도 우리 역시 풍년을 기구하기는 마찬가지였을 것이다. 그런데 이 시대에는 풍년을 눈앞에 두고도 기뻐하는 사람이 별로 없다. 이미 농사(農事)가 천하의 대본(大本)이 아니어서일까?

필사
必死
반드시 **필**   죽을 **사**

必 (필)자는 뜻밖에도 구기 두〔斗 : 용량을 나타낼 때는 '말'이라 한다〕자와 뿌리를 같이하는 글자임을 보기의 갑골문에서 확인할 수 있다. 斗(두)는 곡식이나 술 따위를 푸거나 뜰 때 쓰는 국자와 비슷한 기구인 '구기'의 상형이며, 必 (필)은 '사용중인 구기'를 상형한 글자임을 몇 개의 점을 통해 알 수 있다. 이 네다섯 개의 점은 바로 곡식이나 술방울을 형상화한 것이다. 금문시대로 접어들면서 斗(두)는 여전히 용기(容器) 혹은 용량(容量)의 단위로 쓰였으나, 必(필)은 용기의 자루〔器柄 : 기병〕라는 뜻으로 쓰이게 되었다. 그러나 뒤에 必(필)은 발음이 같다는 이유에서 '반드시'라는 뜻으로 가차되어 널리

斗	甲骨		金文		小篆	
必	甲骨		金文		小篆	

쓰이게 된다. 그리하여 본뜻을 보존하기 위해 구기의 재질(材質)인 木(목)을 더한 柲(비)가 만들어진다. 柲의 뜻은 당연히 '자루' 이다.

死(사)는 '흐트러진 뼈〔歹 : 알〕와 그 앞에 꿇어앉아 있는 사람의 상형 화〔匕〕'를 더한 글자이다. 갑골문(甲骨文)을 보면 사람 뼈의 잔해와 꿇어앉은 사람의 모양이 역력하지만 글씨체의 변화 때문에 지금의 死(사)자에서는 잘 보이지 않는다. 고대사회의 장례의식 가운데 하나로 살이 다 썩은 뒤에 남은 뼈를 주위모아 장례를 다시 치르는 습골장(拾骨葬)의 상황을 반영한 글자라고 보기도 한다. 보기의 갑골문에는 이 死(사)자의 다른 표기 방식도 보인다. 그것은 관(棺)을 뜻하는 '口'와 그 속에 누워 있는 사람의 시체가 선명하다. 일부 글자에서는 부장품, 즉 명기(明器)가 몇 개의 점으로 표시되어 있다. 시체는 위를 향한 앙와형(仰臥形)도 있고 옆을 향한 굴슬형(屈膝形)도 있는데 관을 사용한 것을 보면 귀족의 신분이었음에 틀림없다. 그러나 앙와형의 글자는 '자리〔簀 : 책〕 위에 누워 있는 사람' 의 상형이라고 하는 因(인)자와의 유사성 때문에, 굴슬형의 글자는 '옥에 갇힌 죄수' 의 상형인 囚(수)자와의 유사성 때문에 쓰이지 않게 된 듯하다.

두 글자가 모인 필사(必死)가 처음 쓰인 곳은 『전국책(戰國

死　甲骨　　　　　　　　　金文　　　　　小篆

策)』이다. "반드시 죽지, 살지 못한다(必死而不生 : 필사이불생)"는 이 용례처럼 必死(필사)의 본뜻은 '반드시 죽는다' 이다.

초(楚)나라 이십대의 청년 장군 항우(項羽)는 적지(敵地)에 깊이 들어가면서 "사흘간의 군량(軍糧)만을 마련케 하여 장병들에게 죽을 각오로 싸우고 후퇴할 마음이 전혀 없음을 보였다(持三日糧, 以示士卒必死, 無一還心 : 지삼일량, 이시사졸필사, 무일환심)." 진(秦)나라 대군과의 전투 결과는 대승(大勝)이었고 위명(威名)을 천하에 떨치게 된다. '죽을 각오로 젖 먹던 힘을 다한다' 라는 새로운 뜻은 여기에서 생긴 것이다.

"죽으려 하면 살고, 살려고 하면 죽는다(必死則生, 必生則死 : 필사즉생, 필생즉사)"는 병서(兵書)의 한 구절로 장수들을 독려하여 중과부적(衆寡不敵)의 역경에서 명량대첩(鳴梁大捷)의 대승을 거두었던 이순신 장군이 장병들을 독려할 때 사용하여 우리 귀에 익은 말이 되었다.

굶주린 나머지 '필사(必死)'의 탈출을 감행하는 북녘 동포의 딱한 처지가 안타까워 '필사'의 어원(語源)을 살펴보았다.

하

夏

여름 **하**

夏(하)자의 정확한 유래(由來)가 밝혀지지 않았음은 자못 의아(疑訝)한 일이다. 왜냐하면 夏(하)는 '여름'을 뜻할 뿐 아니라 대략 4300여 년 전에 요(堯), 순(舜)을 이어 지도자로 추대된 禹(우)가 세운 국가 이름인데다 그때로부터 지금까지 '華(화)'와 함께 중국의 대명사로 쓰이는 글자이기 때문이다[중국인들은 지금도 스스로를 화하민족(華夏民族)이라 자칭한다]. 夏(하)에 대한 최초의 해설은 동한(東漢)의 허신(許愼)의 『설문해자(說文解字)』에 보인다. "夏(하)는 중국의 사람이다(夏, 中國之人也 : 하, 중국지인야)." 여기서의 중국은 천하의 가운데라는 뜻으로 지금의 하남성(河南省)을 중심으로 하는

夏	甲骨		金文		小篆	
頁	甲骨		金文		小篆	

중국의 중심지역을 가리킨다. 또한 그는 이 글자의 본래 형태가
頁〔혈: 머리를 강조한 '사람'의 상형〕, 廾〔공: '두 팔'의 상형〕, 夊
〔쇠: '두 다리'의 상형〕로 구성된 것이라고 하였다. 그러나 허신
의 '中國之人也' 설이 이 글자의 본뜻일 리는 만무하다. 그것은
파생된 뜻일 뿐이다.

　고문자 연구가 본격적으로 시작되고부터 夏(하)를, 의젓한 자
세로 버티고 선 '어른'의 상형으로 본 학자도 있고, 여름을 상징
하는 '매미'의 상형으로 본 학자도 있으며, 맨머리와 두 팔〔廾〕
과 발바닥〔'夊(쇠)'를 발바닥의 상형 '止(지)'의 변형으로 본 것이
다. 이것이 정설로 보인다〕을 다 드러내고 앉은 자세로 보아 여
름날의 더위에 못 견뎌 '옷을 훌훌 벗어던지고 퍼져 앉아 있는
사람'의 상형으로 본 학자도 있다. 이러한 다단(多端)한 설의
귀착점은 첫번째 설 외에는 그 본뜻이 지금과 마찬가지로 '여
름'이 되는 것이다. 여러 학설 가운데 가장 주목되는 것이 이 글
자를 '기우제(祈雨祭)에서 춤추는 무당'의 모습을 상형한 것으
로 보는 것이다. 금문(金文)을 보면 이미 '팔다리가 그려져 있
는 사람'의 상형〔頁〕에다 '두 팔〔廾〕'과 '두 발'을 더 그려넣은
걸로 보아 신들린 무당(巫堂)의 춤이 거의 환각(幻覺)을 자아낼
정도로 무척이나 격렬(激烈)하고 빨랐던 것일지도 모르겠다. 그
리고 여름의 기우제(祈雨祭)가 모든 제사 가운데에서 규모가 가

장 성대(盛大)했으므로 '크다'라는 본뜻이 생겨났다고 보는 것
이다.

이 글자는 동주(東周)시대에 와서야 기우제를 여름에 올린다
하여 '여름'이란 뜻으로도 쓰이게 된다. 그 이전인 은(殷)나라
와 서주(西周) 때에는 일 년을 반으로 나눈 춘(春), 추(秋) 두
계절이 있었을 뿐이기 때문이다.

하야
下野
아래 **하** 들 야

    한자 문화권에서 하야(下野)라는 낱말에 가장 익숙한 나라가 우리나라이다. 지금까지 일곱 명의 대통령 가운데 세 명이나 하야했으니 말이다. 현대 정치사 관련 글이나 기사에 빈번히 등장하고 있는 이 낱말의 뜻을 짐작하지 못하는 사람은 없다. 그런데 이 말이 언제 어느 나라에서 누가 처음 사용했는지는 아직 분명치 않다.

    下(하)는 上(상)과 함께 전형적인 지사자(指事字)이다. 이른바 한자를 만든 원리 가운데 가장 널리 알려진 상형(象形)이 물체를 구체적으로 그린 구상화(具象畵)라면 지사는 추상화(抽象化)에 비길 수 있다. 갑골문에서의 下(하)는 그것이 지평선일

	甲骨	金文	小篆
下			
野			
田			
予			

수도, 수평선일 수도 있으며, 혹은 임의(任意)로 그은 것일 수도 있는 긴 횡선〔—〕아래 더 짧은 횡선(橫線)을 그은 형태였다. '아래' 라는 본뜻과 '내려가다' 라는 파생된 뜻은 여기에서 생겼다. 그 뒤, 아래의 짧은 횡선이 종선(縱線)으로 바뀌어 마치 '丅' 처럼 되었다가 오른쪽에 점 하나를 더 찍은 오늘날의 형태로 된 것은 진말한초(秦末漢初)부터 쓰이기 시작한 예서(隷書)부터였다.

野(야)의 원형은 '숲' 의 상형 林(림)자 가운데에 거대한 男根石(남근석)이 서 있는 모양' 의 상형이었다. 본뜻은 남근석〔⊥〕을 세워둔 저 멀고도 은밀한 '들' 이었을 것이다. 그 뒤에 남근석이 '흙무더기' 의 상형 土로 오인되어 그 형태가 埜(야)로 변했다. 다시 '밭' 의 상형 田(전)과 흙 土(토) 그리고 발음부호인 줄 予〔여:베틀의 부속품인 '북' 의 상형이다. 발음이 같다는 이유로 '나' 혹은 '주다' 는 뜻으로 널리 쓰이자 본뜻을 보존하기 위해 다시 만든 글자가 杼(저)이다〕로 구성되어, '들' 을 본뜻으로 하는 野(야)로 대체(代替)된 것은 또 그 뒤인 전국시대의 일이다.

하야(下野)는 정치의 중심 현장인 '조정(朝廷)에 있다'는 뜻
인 '재조(在朝)'의 반대말로 야인(野人), 즉 '평범한 시민으로
돌아가다'라는 뜻이다. 여기에서의 下(하)는 동사로 쓰인다.

학문

學問

배울 **학**　물을 **문**

　　보기의 고문자를 살펴가면서 學(학)자의 생성과정을 살펴보는 것이 흥미로울 것으로 보인다. 갑골문 첫번째 자형을 보자. 수직으로 놓인 두 개의 ×가 보인다. 爻(효)라고 발음되기도 하는 이 글자는 물건을 묶는 데 쓰는 끈의 의미로 쓰이기도 하고, 수를 배우는 데 쓰이는 산(算)가지의 의미로 쓰이기도 한다. 동일한 모양이라도 어디에 쓰이느냐에 따라 의미를 달리하는 것이 한자의 특성 가운데 하나이다. 이 글자에서는 끈, 더 정확히 말하면 새끼줄의 의미로 쓰였다. 갑골문 두번째 세번째 글자를 보자. 지붕과 지붕을 받치는 두 벽을 상형하여 본뜻을 '집'으로 한 宀(면)이 들어간다. '새끼'와 '지붕', 즉

	甲骨		金文		小篆	
學	甲骨		金文		小篆	
問	甲骨		金文		小篆	
門	甲骨		金文		小篆	
戶	甲骨		金文		小篆	

'지붕 위의 새끼줄', 무엇을 나타내기 위한 것일까? 역시 갑골문의 오른쪽에서 첫번째 두번째 자형을 보자. 무엇을 들고 있는 두 손의 상형 臼〔국：절구통의 상형 臼(구)와 혼동하기 쉽다. 臼(국)은 아랫부분이 떨어져 있고 臼(구)는 붙어 있다. 臼(국)은 무엇을 받들고 있는 두 손의 상형 廾(공)과 원형이 비슷하여 혼동되기도 한다〕이 들어간다. '지붕 위의 새끼줄과 두 손', 아이들 말대로 감(感)이 잡힌다. 새끼를 꼬아 억새나 나무껍질을 엮어 덮은 지붕이 바람에 날아가지 않도록 단단히 묶는 일을 형상화하기 위해 만들어진 글자인 것이다. 이 일은 누구나 배워야 한다는 데서 추출한 '배우다'가 본뜻이 되었다. 이 글자 學(학)은 수백 년 동안 이런 형태로 쓰이다가 金文(금문)시대에 와서 그 아래에 아이의 상형 子(자)가 들어간다. 배우는 일은 어릴 때부터 시작해야 함을 나타내기 위한 것이다. 學(학)은 六書의 분류상으로는 子(자)를 형부(形符)로, 學(학)을 성부(聲符)로 한 형성자이다. 그러나 여기서의 성부(聲符)는 단순한 발음부호에 그치지 않고 일정한 의미를 가지는 것이므로 일부 문자학자들은

이를 역성(亦聲)이라 불렀다. 역성은 형성 겸 회의(形聲兼會意)
라는 뜻이다. 한자의 대부분을 차지하는 형성자의 성부에는 단순
히 발음부호 역할만 하는 것도 있고 일정한 의미를 지닌 역성에
해당하는 것도 있다. 발음부호 역할만 하는 것이 대부분이긴 하
지만.

　問(문)은 무엇인가를 묻는 입[口]에 발음부호인 문[門]을 더
한 것이라는 설과, 사람이 대문[門] 가운데 서서 소리내어[口]
묻는 것을 뜻한다는 설이 있는데, 예나 지금이나 변함없이 '묻
다'가 본뜻이다. 門(문)은 통나무 세 개와 두 짝의 문으로 만들
어진 '대문'의 상형임을 보기의 갑골문 첫 글자에서 확인할 수
있다. 그 뒤에, 위를 연결하던 횡목(橫木)이 생략되어 오늘에 이
른다. '문짝 하나인 문'의 상형은 戶(호)다. 때로 門(문)은 부잣
집을, 戶(호)는 가난한 집을 의미하기도 한다.

　『주역』건괘를 풀이한 문언(文言)에 다음과 같은 구절이 있
다. "군자는 배워서 지식을 모으고, 물어서 지식을 분변한다(君
子, 學以聚之, 問以辯之 : 군자, 학이취지, 문이변지)." 이 구절
에서 비롯하는 '학문'은 배우는 것도 중요하지만 의문스런 점을
물음을 통해 분명히 하는 것이 더욱 중요함을 시사하고 있다.
그런데 그보다 더 중요한 것은 그 다음 구절에 있다. "너그러운
마음으로 사람들을 대하고 어진 마음으로 세상에 베푼다(寬以
居之, 仁以行之 : 관이거지, 인이행지)." 신분이 무엇이건 분야
가 무엇이건 간에 학문하는 자의 기본 자세를 알려주는 금언(金
言)이라 하겠다.

학벌

學閥

배울 **학** 공훈 **벌**

學(학)은 앞 장에서 설명한 바 있다.

閥(벌)에서의 門(문)은 '쪽문만 달랑 달린 문'의 상형인 戶(호)와는 달리 '커다란 두 쪽의 문이 달려 있는 대문'의 상형이다. 伐(벌)은 사람〔亻〕과, 치기, 베기, 찌르기, 끌기, 찍기를 할 수 있는 다용도의 무기 창〔戈〕을 합한 글자인데 여기에서의 창은 사람의 목을 찌르고 있는 중이다. '베다' '찌르다'가 본뜻이며, '전쟁'은 파생된 뜻이다. 따라서 閥(벌)은 전쟁〔伐〕과 관련된 가문의 번듯한 대문을 가리켰는데 그런 대문은 문지방이 설치되게 마련이라서 '문지방'이 중요한 뜻으로 남게 되었다. 그런 대문을 세우려면 전쟁에서 큰 업적을 이루어야 가능

學	甲骨		金文		小篆	
伐	甲骨		金文		小篆	

했다는 것이다. 이런 연유로 '공훈(功勳)'이란 뜻이 함축되어 있다가 강력하게 부각되었다.

閥(벌)은 비슷한 뜻을 가진 閱(열)과 짝을 이루어 자주 쓰여 왔다. 즉 벌열(閥閱)은 국가에 공이 크고 높은 벼슬을 지낸 집안을 가리키는 말로서 만민(萬民)의 존앙(尊仰)과 선망(羨望)의 대상이었다. 그러나 부와 권력의 세습과 유지에 집착하여 무리한 짓을 일삼는 벌열이 많아지자 벌열은 차츰 거부와 배척의 대상이 되었다.

閥(벌)자가 들어가 널리 쓰이는 단어에 '문벌(門閥)' '군벌(軍閥)'이 있는데 軍(군)자는 어떻게 만들어진 글자일까? 형성자로 보는 설과 회의자로 보는 두 가지 설이 있다. 軍(군)을 성부(聲符)인 勻(균)과 형부(形符)인 車(거)로 구성된 글자로 보는 것이 전자이다. 사람 人(인)자의 변형과 수레 車(거)를 더한 글자로 보는 것은 후자이다. 금문(金文)과 소전(小篆)의 글자 모양을 보면 수레를 탄 왕이나 장군을 호위하는 사람들, 즉 병졸들의 의미로 보고 그런 대형(隊形)을 軍(군)이라 했다는 후자가 그럴듯해 보이기도 한다.

이제 문벌(門閥), 군벌(軍閥)은 죽은 말이 되다시피 하였고, 재벌(財閥)은 그 존립의 근본이 흔들리는 시대가 되었다. 그러나 '현대판 신분계급의 작위(爵位)이자 그 집단'이라 할 수 있

軍	甲骨		金文		小篆	

는 '학벌(學閥)'만은 여전히 기염(氣焰)을 토(吐)하고 있다.

한강
漢江

한나라 **한**　강 **강**

오늘도 한강(漢江)은 민족사와 더불어 국토의 중심부를 도도히 흐른다. 이 강의 상징성과 맞지 않는 '한강(漢江)'이라는 명칭에 문제가 있다고 여긴 분들이 '漢(한)'은 '크다'는 뜻의 우리말 '한'을 한자로 표기한 것에 지나지 않는다고 주장하여 많은 사람들로부터 공감을 얻었지만 과연 그것이 진실일까?

그런데 한말(韓末)까지만 해도 그 유래에 관심이 있었던 사람들은 중국 한(漢)나라와 관계되어 있다고 생각했다. 이 강가에서 태어나 이 물을 마시고 살았고 이 강 언덕에 누워 계신 다산 정약용(丁若鏞) 선생까지도, 일찍이 이 물줄기를 경계로 한

(漢)나라 식민지 정권과 4백여 년간 대치했던 삼한(三韓) 사람들이 이 강을 가리켜 한강(漢江)이라 불렀던 데에서 그 이름이 연유한다고 믿었다.

　漢(한)에는 두 가지 주목할 만한 해석이 있다. 첫째, 형부(形符)인 氵(수)와 성부(聲符)인 㪍(한)을 합하여 특정한 물이름으로 사용한 형성자〔形聲字 : 㪍의 火는 생략되었다. 이런 현상을 '생성(省聲)'이라 한다〕라는 것이다. 氵(수)야 '흐르는 물'의 상형이지만 발음부호로 쓰인 㪍(한)은 어떻게 만들어진 글자인지 살펴보자. 그것은 갑골문과 금문을 보아 알 수 있듯이, '두 팔이 묶인 채 불에 타고 있는 사람'의 상형이다. 위로부터 '절규하는 입' '꼬아 묶은 두 팔, 두 다리'가 보이고 그 아래 '불'의 상형 火(화)가 있다. 이 火(화)자가 흙 土(토)처럼 잘못 변한 자형(字形)도 있어 이 글자가 진흙밭을 뜻한다는 엉뚱한 주장을 낳기도 했지만 말이다. 갑골문을 보아 알 수 있듯이 㪍(한)의 아랫부분에 원래 불 火(화)가 들어 있지만 형태가 변하면서 모호해졌으므로 뜻을 분명히 하기 위해 옆으로 옮겨 쓴 것이 㪍(한)이다. 고대 중국에서는 심한 가뭄이 들면 비를 담당하는 무당을 태워 죽이는 오래된 풍습이 있었다. 기원전 639년 여름에 가뭄이 들자 노나라 희공(僖公)은 무당을 태워 죽이는 의식을 거행하려 한다. 이때 장문중(臧文仲)이란 대신이, 진정한 가뭄의 대비책은 이런 기회를 노리는 적의 침입을 막기 위해 성곽을 수리하고, 물자를 아껴쓰며, 농사에 힘쓰고, 있는 자가 없는 자들에게

水	甲骨		金文		小篆	
燵	甲骨		金文		小篆	

나누어주기를 권하는 일이라고 말하여 희공의 마음을 움직인다. 『춘추좌씨전(春秋左氏傳)』 희공 21년조에 보이는데 공자가 태어나기 88년 전의 일이다.

둘째, 氵(수)와 或〔'지역(地域)' '구역(區域)'을 뜻하는 域(역)의 본자이다〕과 大(대)를 합한 글자라는 것이다. 이렇게 구성된 자형이 漢(한)자의 소전체 오른편에 첨부되어 있다. 이 경우, 이 글자는 어느 지역〔或〕을 흐르는 큰〔大〕 물〔水〕이란 뜻이며, 그 나라는 바로 당시 중국 남방의 패자(覇者)이던 초(楚)라는 것이다. 이러한 글자체는 전국시대에 초나라와 그 판도에 귀속된 지역에서 쓰여졌다.

漢(한)이 나라 이름이 된 것은 한고조 유방(劉邦)이 서초패왕(西楚覇王) 항우(項羽)의 명으로 그 강 상류의 한중(漢中)을 중심으로 하는 지역을 통치하는 한왕(漢王)으로 봉해진 적이 있었고 천하를 통일한 후에 그대로 국호(國號)로 삼았기 때문이다.

氵(수)에 工(공)을 더한 江(강)은 원래는 장강(長江)만을 가리키던 글자였다. 여기서의 工〔이 글자 구조의 내력은 아직 밝혀지지 않았다. 금문과 소전에 근거한 해석이 있으나 정설은 아니다. 목수가 쓰던 공구의 하나가 아니었을까 짐작할 뿐이다〕은 발음부호일 뿐인데, 이 물줄기의 도처에 자리잡은, 깎아지른 협곡(峽

工	甲骨		金文		小篆	
可	甲骨		金文		小篆	

谷) 사이를 흐르는 물소리인 '꾸우웅~'과 발음이 같았기에 차용되었다고 한다. 황하의 본이름인 河(하)도 그 물줄기가 엄청난 분량의 모래흙을 실어나르며 내는 소리인 '크어~'와 같은 발음인 可〔가 : 가할 可(가)는 형부(形符)인 '입'의 상형 口(구)와, 성부(聲符)인 주로 도끼 자루 등에 쓰이는 '나무 막대기'의 상형 丁(가 : '정'이 아니다)로 구성된 형성자로 보인다〕를 빌려썼다는 것이다. 알고 보니 漢(한)과 江(강)은 원래 각각 고유명사였다.

한강의 애초 이름은 무엇이었을까? '한가람'인가, '漢江'인가, 아리수(阿利水)인가, 아니면 다른 그 무엇이었을까? 중국의 옛 기록에 근거하여 '열수(洌水)'라고도 하였으나, 열수는 대동강(大同江)의 옛 이름임이 밝혀졌다.

한국

韓國

나라 이름 **한** 나라 **국**

옛날엔 시내나 강가에 자리잡고 사는 사람들 외에는 우물을 파서 물을 길어먹는 수밖에 없었을 것이다. 땅을 파서 우물을 만들어놓으니 때로 가축이 빠져 물을 더럽히거나 어린아이가 빠져 죽는 경우도 있었다. 우물의 난간은 그 해결책으로 만들어진 것이다. 韓(한)의 자원(字源) 설명에 있어서는 허신(許愼)의 『설문해자(說文解字)』가 여전히 설득력이 있다. 허신은 이 글자의 본뜻은 '우물 담〔井垣：정원〕', 즉 '우물 난간'이며 '둘러싸다' '에워싸다'는 뜻으로 널리 쓰이는 韋〔이 글자 가운데의 '口'가 공격 목표인 적의 성이며, 그 아래위는 '발바닥'의 상형 止(지)가 변한 것인데, 포위망을 좁히는 군사들의 발걸

韓	甲骨		金文		小篆	
韋	甲骨		金文		小篆	
旦	甲骨		金文		小篆	
放	甲骨		金文		小篆	
國	甲骨		金文		小篆	

음을 뜻한다. 일부 갑골문에는 좌우로 쓰인 것도 있다. '포위하다'가 본뜻이다. 발음이 같다는 이유로 '가죽'이란 뜻으로 가차되어 널리 쓰이자 본뜻 보존을 위해 '圍'를 만들었다. 보기의 갑골문 참조]가 의미 요소, 즉 형부(形符)로 쓰였고, 倝(간)이 발음부호, 즉 성부(聲符)로 쓰인 형성자(形聲字)라 하였다. 성부로 쓰인 倝(간) 또한 旦[단 : '수평선 위로 떠오르는 아침 해'와 '수면에 비친 해 그림자'의 상형으로 본뜻은 '아침'이다. 보기의 갑골문, 금문 참조]이 형부, 끝부분에 '두세 갈래의 창끝 같은 장식이 달린 깃대와 깃발'의 상형인 放[언 : 보기의 고문자 참조]이 성부로 구성된 형성자로, 본뜻은 '아침 햇살이 찬란히 빛남'이라 하였다. 韓(한)의 본 모양은 보기의 소전에서 확인할 수 있듯이 이 두 글자를 합한 것이었다가 예서(隷書)에 와서 깃발 부분이 생략된 오늘의 자형으로 변했다.

國(국)의 본자는 或(역)이었다. 가운데의 口는 해자(垓字)나

성(城)을 쌓은 구역, 즉 우두머리의 거주지이다. '창' 의 상형 戈(과)는 이 구역을 보호한다는 뜻으로 쓰였으며 좌측 아래의 횡선은 지(地), 즉 '땅' '지역' 을 의미한다고도 하고 철질려(鐵蒺藜)류의 저지(沮止)용 무기를 한 줄로 벌여놓은 것으로 보기도 한다. 이 글자가 '혹시' 라는 뜻으로도 쓰이자 외성(外城)을 뜻하는 □(위)를 둘러 구별한 것이 國(국)이다. 본뜻은 성(城), '나라' 는 파생된 뜻이다.

韓(한)은 중국에서 주(周)나라 초기부터 지방 제후국의 이름으로 쓰인 글자이다. 우리나라를 일러 '韓' 이라 한 것은 이른바 삼한(三韓)시대부터였지만 다 알다시피 본뜻과는 상관없이 '하다', 즉 '크다' '많다' 의 음차(音借)로 쓰였다고 한다.

한심
寒心
찰 **한** 마음 **심**

'**한**심(寒心)하다' 라고 할 때의 '한심'은 원래 '두렵다' '걱정하다' 라는 뜻이었는데 뒤에 의미가 확대되어 '실망하다' '가엾고 딱하다' '안타깝고 어이가 없다' 라는 뜻으로도 쓰이게 된다.

寒(한)의 금문(金文)을 살펴보면 움집을 의미하는 宀(면), 짚북더기인 茻(망), 얼음 두 덩어리의 상형인 冫(빙) 그리고 짚북더기 사이에 몸을 웅크린 사람〔人〕이 모여서 이루어진 글자이다. 금문 왼쪽의 자형에는 그 사람의 발〔止 : 지〕까지 그려져 있다. 그러니 모진 추위에 짚북더기 속에 몸을 웅크리고 있는 가난한 사람의 가련한 모습이 그대로 드러나 있다.

寒	甲骨		金文		小篆	
心	甲骨		金文		小篆	

心(심)은 '짐승의 심장'을 상형한 글자이다. 참고로 덧붙여놓은 갑골문의 혹체(或體) 부분〔오른쪽의 두 자형〕을 보면 무엇인지 알 수 없는 짐승과 그 심장을 그려놓았음을 알 수 있다. 뼈 骨(골)자의 원형은 骨(골)자에서 아랫부분의 육달월〔月〕이 없는 것인데 바로 점칠 때 사용하는 '소 견갑골(肩胛骨)'의 상형이다. 이렇게 心(심)자나 骨(골)자가 처음에는 짐승의 심장과 뼈였다가 뒷날 사람의 심장과 뼈를 의미하게 되었음을 알 수 있다.

옛날 사람들은 생각하는 기능이 심장에 있다고 여겼다. 희대의 폭군 주왕(紂王)은 죽음을 각오한 채 사흘이나 간언(諫言)을 계속하는 숙부 비간(比干)의 심장을 꺼냈다. 성인의 심장엔 일곱 구멍이 있다는 말을 확인하겠다면서. 이 무도한 짓 또한 심장이 생각의 기능을 담당하고 있다고 믿은 생각의 일단이라 하겠다. 서양에서도 근세에 해부학이 발달하기 전에는 마찬가지였다고 한다.

합종연횡
合縱連橫

합할 **합**　세로 **종**　이을 **련**　가로 **횡**

정치적 견해를 같이하는 정당(政黨)과 정당 간의 활동이 권모술수(權謀術數)에 지나지 않는 합종연횡에 비유된 적이 있었다. 곰곰이 생각해보면 이는 비극에 속하는 일이다.

合(합)은 갑골문에 보이는 것처럼 세번째 획까지가 '그릇 뚜껑'의, 그 나머지가 '그릇'의 상형으로 '합하다'가 본뜻이다.

縱(종)은 糸[멱 : '실'의 상형]과 從(종)을 합한 글자이다. '따르다'가 본뜻인 從(종)의 원형은 사람 人(인)자 둘을 나란히 쓴 형태였다〔'두 사람이 나란히 서 있는 모양'을 상형한 글자로는 並(병)자도 있다. 예시한 갑골문을 보면 두 사람이 서 있는 모습임

	甲骨		金文		小篆	
合	甲骨		金文		小篆	
縱	甲骨		金文		小篆	
從	甲骨		金文		小篆	
並	甲骨		金文		小篆	
立	甲骨		金文		小篆	

을 금방 알 수 있다. 설 立(립) 또한 '한 사람이 서 있는 모양'의 상
형인데, 설 立(립)자 둘을 나란히 놓은 글자로 '아우르다'라는 뜻
을 가진 竝(병)은 위의 並(병)과 같은 글자이다). 두 사람의 관계
는 인도자와 추종자로, 혹은 뜻이 맞는 사람끼리로 보기도 한
다. 그러다가 彳〔'네거리'의 상형인 行(항)의 오른쪽이 생략된 것
으로, 조금씩 발을 떼는 모양이라는 해석은 틀린 것이다〕과 止〔지:
'발바닥'의 상형〕를 더한 모양으로 변했는데, 뜻은 변함이 없다.

　縱(종)에서 從(종)은 발음부호이다. 縱(종)의 본뜻은 '실이
촘촘히 감기지 않은 상태'에서 추출된 '느슨하다'이며, '세로'
는 파생된 뜻 가운데 하나이다.

　連(련)은 車〔거: '수레'의 상형〕와 사람이 걷는 동작인 辶(착)
을 합한 글자이다. 辶(착)의 위 두 점은 行(행)의 생략형인 彳
(행)의 재생략이며 나머지는 止(지)의 변형이다. 이를 합한 連
(련)은 수레 여러 대가 줄지어 가는 형국을 나타낸다. '잇다'라

木	甲骨		金文		小篆	
矢	甲骨		金文		小篆	
寅	甲骨		金文		小篆	
黃	甲骨		金文		小篆	

는 본뜻은 여기서 추출되었다. 이러한 연거법(連車法)은 적의
급습(急襲)에 대비한 방비책이기도 했는데, 특히 암살의 위협
에 시달리던 진시황(秦始皇)은 똑같은 수레를 서른여섯 대나
몰고 다녔다고 『사기(史記)』는 전한다. 그리하여 장량(張良)이
보낸 창해역사(倉海力士)의 저격(狙擊)을 받고도 무사할 수 있
었던 것이다.

　横(횡)은 木(목)과 黃(황)으로 구성된 글자이다. 木(목)은
‘나무’의 상형이고, 黃(황)은 원래 ‘화살’의 상형 矢(시)에서 변
형된 글자로, 가운데 田(밭 전)처럼 생긴 것은 화살에 달아놓은
장식이 아닐까 생각된다. 문자학자들은 矢(시), 寅(인), 黃(황)
세 글자는 모두 ‘화살’의 상형에서 생긴 글자라고 단정하고 있
는데 이 글자들에 대한 이런저런 다른 해석은 다 폐기처분된 지
오래이다. 黃(황)은 이미 은나라 때부터 가차되어 누른색의 뜻
으로 쓰였다. 横(횡)에서 黃(황)은 발음부호이며, 横(횡)의 본
뜻은 문의 ‘빗장’이다. 빗장은 가로지르게 마련이므로 ‘가로’라
는 뜻이 생겨났다.

출세 도구에 지나지 않는, 원칙도 신념도 없는 기회주의자들인 소진(蘇秦)의 합종책과 장의(張儀)의 연횡책 같은 계책이 만약 국민들의 의사와 달리 또다시 정계(政界)에서 재연된다면 속 사정이 어떻든 너무나도 실망스런 일이 될 것이다.

항룡
亢龍

높을 **항**　용 **룡**

한전직 대통령이 한번은 자신의 처지를 『주역(周易)』「건괘(乾卦)」 상구효(上九爻)의 효사(爻辭)에 보이는 '항룡(亢龍)'에 비기면서 옴쭉도 않는 바람에 그의 입을 통해 한 시절의 속시원한 진상을 알고 싶어하던 많은 사람들을 씁쓸하게 한 적이 있다. 아마도 잠시 '지극히 높은 지위'에 올랐던 적이 있다 하여 국민과 사회가 특수한 예우(禮遇)를 해주기를 은연중 요구하면서 자신을 그렇게 비유한 듯하다.

亢(항)은 '높이 솟은 구조물'의 상형인데 처음 두 획은 지붕의, 뒤의 두 획은 둘레에 쌓은 담벽의 모양이다. 역시 '높은 건물'의 상형으로 창문까지 달고 있는 高〔고：윗부분의 '口'는 창

亢	甲骨		金文		小篆	
高	甲骨		金文		小篆	

문의, 아랫부분의 '口'는 지하 창고를 의미한다)와 유사한 글자이다. 두 글자 모두 '높다란 집'에서 추출한 '높다'가 본뜻이다.

용(龍)의 정체가 무엇인지 글자가 생긴 지 3천 년도 더 지난 오늘까지 아무도 모른다. 그 갑골문이 어떤 동물의 상형이라는 견해에는 대체로 동의하지만 말이다. 상상의 동물을 그린 것일까? 도롱뇽일까? 천산갑일까? 악어일까? 아니면 한때 살다가 멸종된 파충류일까? 대략 주나라 초기부터는 구름을 불러모아 비를 내리는 등 온갖 조화(造化)를 부린다는 신묘한 능력을 가진 동물을 의미하게 되었고 『맹자(孟子)』에서는 '악어(鰐魚)'의 뜻으로 쓰이기도 했다.

『주역』「건괘」의 효사(爻辭)는 이 낱말을 '교만하고 횡포하여 덕이 없는 군주'의 비유로 사용하였다. 그리하여 곧 닥칠 운명에 대해 "후회할 일만 남게 된다(有悔 : 유회)"고 풀이한다. 이 효사는 지도층에게 항상 자신의 내면을 갈고 닦으며 겸손히 살기를 권유함과 동시에, 높은 지위에 올랐다 하여 자만하거나 거만해지면 큰 낭패(狼狽)를 당하게 된다고 가르치고 있는 것이다.

용은 전제군주시대의 왕의 상징이다. 만민의 피와 땀으로 쟁취한 민주체제의 시대인 오늘날 '용'은 더이상 존재하지 않는다. 하물며 현시(現時)의 통치자가 무리한 욕망을 추구하면 항룡(亢龍)의 형국이 되어 나라까지 망칠 수도 있다는 메시지와,

늘 자신을 반성하여 날로 새롭게 태어나야 진정한 군자라는 교훈까지 담고 있는 이 낱말이 본의가 왜곡된 채 그것도 어설픈 변명에 쓰이는 무식한 시대에 우리는 살고 있다.

항상
恒常

항상 **항**　항상 **상**

일상생활에서 자주 사용되는 낱말 항상(恒常)은 언제부터 생긴 말일까?

恒(항)은 忄(심)과 亘(항)으로 이루어진 글자처럼 보인다. 그러나 이 글자의 본모습은 '恆'이며 중국에서는 이 글자가 정체자(正體字)로 대접받고 있다. 그러니까 우리가 통용하는 恒(항)은 그 변체자(變體字)인 셈이다. 亙의 가운데 부분은 보기의 갑골문과 금문에서 볼 수 있듯이 '달'의 상형 月(월)이다. 아래위의 두 횡선은 무엇일까? 바로 달이 뜨는 동산(東山)과 지는 서산(西山)을 의미한다. 달이 뜨고 지는 일은 천지가 존재하는 한 영원히, 무궁히 있을 것이라 하여 '늘'이란 뜻이 생겨

亘	甲骨		金文		小篆	

났다. 이 글자에서의 달이 '배'의 상형인 舟(주)와 흡사하였던 까닭에 허신(許愼)은 이 '달'을 '배'의 상형으로 착각하였다. 사실 이 착각과 오류는 허신에서 비롯된 것이 아니라 대전체(大篆體)를 만든 사람에게서 비롯된 것이다. '달'의 상형 '月'을 '舟'로 오인한 예(例)는 '朝(조)'자에서도 그랬다. 朝(조), 즉 초원(草原)의 동쪽에는 해가 뜨고 있고 서쪽엔 아직 지는 달이 있는 시각인 아침을 의미하는 글자에서도 대전체에서는 '月' 대신 '舟'를 집어넣어 많은 사람들을 헷갈리게 했던 것이다. 그리하여 '二', 즉 차안(此岸)과 피안(彼岸)을 배가 늘 왕복한다는 데서 '늘'이란 뜻이 추출된 것으로 보았다. 의미에 있어선 같지만, 원형 파악에서 잘못된 것이다. 날 일(日)이 들어간 현재의 자형은 예서(隷書)에서 비롯된 것인데 의도적인 것인지 오류인지는 분명치 않다.

항(恒)자는 늘 항심(恒心)을 생각케 한다.

항산이 없으면서 항심을 가질 수 있는 사람은 오직 선비뿐이다. 백성들은 항산이 없으면 항심도 없어진다. 만약 항심이 없으면 방탕한 짓, 괴이한 짓, 사악한 짓, 분에 넘치는 짓 등 온갖 나쁜 짓과 범죄를 저지르지 못하는 일이 없게 된다(無恒産而有恒心者, 惟士爲能. 若民, 則無恒産, 因無恒心. 苟無恒心, 放辟邪侈, 無不爲已 : 무항산이유항심자, 유사위능. 약민, 즉무항산, 인무항심. 구무항심, 방벽사치, 무불위이).

尚	甲骨		金文	尚尚尚	小篆	尚
巾	甲骨	巾	金文	巾	小篆	巾

맹자(孟子)의 이 말에서 항산(恒産)은 일정한 수입이며 항심(恒心)은 선(善)을 향한 변함없는 마음이다.

常(상)은 尚(상)과 巾(건)으로 이루어진 형성자(形聲字)이다. 尚(상)의 구성에 대해서는 정설이 없지만 商(상)자의 약자가 아닌가 생각된다. 이 글자 아래에 貝(패)를 받친 賞(상)의 본자가 商(상) 아래 貝(패)를 받친 글자이기 때문이다. 巾(건)은 '한 폭의 마포(麻布)나 갈포(葛布)를 걸어놓은 모양'의 상형이다. 이 글자가 만들어지던 당시에는 비단이 없었다. 그것을 고대 중국 사람들은 누구나 허리춤에 하나씩 차고 다녔다고 한다. 요즘 깔끔한 사람들이 손수건 가지고 다니듯이 말이다. 하지만 常(상)의 본뜻은 '치마'이다. 그러나 '늘'이란 뜻으로 가차되어 쓰이는 경우가 많았기 때문에 다시 '裳(상)자'를 만들어 본뜻을 보존해두었다.

다음 진술에 항상(恒常)의 첫 용례가 나타나 있는데, 오왕(吳王) 부차(夫差)에게 패배한 월왕(越王) 구천(勾踐)이 자신의 지난날을 후회하며 한 말이며, 유명한 와신상담(臥薪嘗膽)의 계기가 된, 반성이 담긴 말이기도 하다.

내 나이 어렸을 적에 항상심이 없었다. 나가면 사냥에 빠져 놀았고, 들어와서는 술에 흠뻑 젖어 있었다(吾年旣少, 未有恒常, 出則禽荒, 入則酒荒 : 오년기소, 미유항상, 출즉금황, 입즉주황).

이미 밝혀졌겠지만 이 말에서의 '항상'은 '항심'과 같이 '항상심'의 준말이다. 다시 말해 부사가 아니라 명사이며, 그 뜻은, 위에서 언급한 대로, '선을 향한 변함없는 마음'이다. 부사로 쓰일 경우, 역시 위에서 알아본 대로, 그 뜻은 '늘'이다. 인간 존재의 덕성 함양과 상정(常情)의 권면(勸勉)에 있어 양자의 관련이 참 뜻깊다 하지 않을 수 없다.

해결

解決

풀 **해**　터질 **결**

세 상사 얽히고 설켜 무엇 하나 제대로 해결(解決)되는
게 없다는 탄식은 이 시대 이 땅 사람들만 내쉬는 것
은 아닐 거다. 그런데 해결(解決)이란 말은 정말이지 문제의 해
결을 간절히 바라거나 애쓰는 사람의 심정의 강도(强度)만큼이
나 속시원한 말이다. 그것은 살아 있는 소의 뿔을 뽑아내버리는
엄청난 괴력(怪力)이 주는 시원함과, 물꼬를 툭 터 막혔던 물이
콸콸 넘쳐흐를 때의 후련함을 상기(想起)시켜주는 말이기 때문
이다.

解(해)의 원형은, 갑골문에서 볼 수 있는 것처럼, '뿔' 의 상
형 角(각)을 중심으로 그 양편에 '뿔을 움켜쥔 두 손' 의 상형

解	甲骨		金文		小篆	
水	甲骨		金文		小篆	
夬	甲骨		金文		小篆	

廾(공)을 나누어 배치하고 그 아래 '쇠머리'를 정면에서 상형한 牛(우)를 그린 글자였다. 뒷날 쓰기 쉽게 정리하면서 왼손은 생략되고 뿔을 뽑던 오른손〔又〕 대신 칼〔刀〕이 자리를 잡아 오늘날의 모습으로 변했다. 손이 예리한 칼로 대체되면서 원래 모양이 가졌던 인간의 용솟음치는 힘은 소멸되고 말았다. '뽑다'가 원뜻이며 '풀다' '해결하다' 등은 파생된 뜻이다.

決(결)은 '물'의 상형 氵(수)와 '깍지〔角指 : 각지〕 낀 엄지손가락'의 상형 夬〔결 : 두 획까지가 깍지, 나머지 두 획은 손임을 보기의 소전에서도 확인할 수 있다〕로 이루어진 글자이다. 깍지는 활을 쏠 때 시위를 당기기 쉽도록 엄지손가락에 끼우는 뿔로 만든 물건이다. 여기에서 팽팽한 활시위를 놓는다는 의미가 생겼고 '터뜨리다' '터지다' 등의 의미도 파생되었다. 물에는 여러 속성이 있다. 그 가운데 오랫동안 막혀 있다가 터져서 둑을 허물며 세차게 흐르는 물이 있다. 決(결)은 바로 그런 물을 표현하기에 안성맞춤인 글자이다.

"어지러이 얽힌 실을 푼다(解決亂絲 : 해결란사)." 한(漢)나라 사상가 왕충(王充)의 『논형(論衡)』에 보이는 해결의 첫 용례이다.

해고
解雇
풀 해   고용할 고

해고(解雇). 가슴이 철렁하는 이 한마디는 봉건제도하에서는 없던 말이다. 물론 이와 비슷한 조처는 있었지만 말이다. 자본주의 시장경제가 도입되고부터 '고용을 정지한다'는 '해고(解雇)'가 널리 쓰이게 되었다.

解(해)가 뿔[角], 칼[刀], 소[牛]로 재구성된 것은 진시황이 천하를 통일한 후 이사(李斯) 등에게 명하여 만들게 했던 소전(小篆)부터이다. 그 이전의 옛 형태는 두 손 廾(공)과 뿔[角], 소[牛]로 이루어져 있었다. 뒤에 '풀다'라는 뜻이 파생되어 널리 쓰이고 있지만 解(해)의 본뜻은 '두 손으로 쇠뿔을 뽑음'이다.

중국 고대에도 괴력의 사나이가 적지 않았다. 쇠뿔 뽑기를 풀

1004

解	甲骨		金文		小篆	
戶	甲骨		金文		小篆	
隹	甲骨		金文		小篆	

뽑듯 했다는 맹분(孟賁), 육지에서 배를 끌고 다녔다는 오(奡),
천균[千鈞:약 1.8톤]의 무게를 들었다는 오확(烏獲)이나 하육
(夏育)이 그들이다.

　雇(고)는 지게문 戶(호)와 새 隹(추)로 구성된 글자이다. 戶
(호)는 '쪽문'의, 隹(추)는 '새'의 상형이다. 허신(許愼)이 꼬
리 긴 새는 鳥(조), 짧은 새는 隹(추)로 구분한 적이 있지만 그
런 분류는 정확하지 못한 것으로 판명된 지 오래이다. 여기에서
戶(호)는 발음부호로, 그 새의 울음소리가 戶(호)의 음과 비슷
하였기에 곁들여 쓰이게 되었다. '고용'이라는 의미로 쓰이는
雇(고)의 원래 뜻은 철새의 하나인 뻐꾸기이다. 옛 사람들에게
뻐꾸기는 구성진 울음소리로 농사철을 알려 때맞추어 일하고
게으름을 피우지 못하게 하는 익조(益鳥)였다.

　그러므로 해고(解雇)는 글자의 일부 의미를 조합한다면 '뻐
꾸기를 쫓아버리다'가 될 수도 있다.

　오늘날 남발되는 듯한 '해고'를, 파적(破寂)삼아 위의 풀이에
연결시켜본다면, 그것이 텃새 아닌 철새를 쫓아버리는 일이 될
지, 익조를 쫓아내어 농사를 망치는 일이 될지, 고용자와 피고
용자 모두 나름의 생각은 있겠지만 어느 쪽으로 잘라 말할 수는
없을 것이다.

해정 解酲

풀 해　　숙취 정

　　김치가 이미 세계적인 먹을거리가 되었으니 다음 차례는 '해장국'이 아닌가 싶다. 전 세계의 술꾼들이 해장국의 진가(眞價)를 알면 대단한 호응이 있을 것이다.

　해장국의 해장은 '해정(解酲)'이 변한 말이다. 解(해)의 원형은, 갑골문에서 볼 수 있듯이, 뿔〔角〕과 소〔牛〕와 두 손〔廾〕을 더한 글자로, 본뜻은 '손으로 쇠뿔을 뽑다'이다. 중국 전국시대 위(衛)나라 용사 맹분(孟賁)이 살아 있는 소의 뿔을 뽑았다는 기록이 있는 것을 보면 이런 일이 가능하기도 한 모양이다. 뒤에 소전체(小篆體)에 와서 손 대신 칼 刀(도)가 들어가 오늘날 쓰이는 모양이 되었다〔사실은 오른손의 모양이 잘못 변한 것이

解	甲骨		金文		小篆	
酉	甲骨		金文		小篆	
呈	甲骨		金文		小篆	

다). 원뜻은 '뽑다'인데 이에 바탕하여 '풀다' '해결하다' 등의 파생된 뜻이 생겼다.

醒(정)은 '술동이'의 상형인 酉(유)와 드러낼 呈(정)을 합친 글자이다. 갑골문에서의 呈(정)은 한쪽으로 넘어지지 않는 오뚝이 비슷한 '둥근 그릇'의 상형인데 발음이 같다는 이유로 가차되어 '드러나다'는 뜻으로 쓰이게 되었다. 그러나 동한의 학자 허신은 입 口(구)에 발음부호인 壬(정)을 합한 형성자로 잘못 보았다. 壬에 '정'이란 발음이 있는 것은 廷(정), 程(정), 挺(정) 등의 글자에서도 증명된다. 이 醒(정)은 글자 그대로 술기운〔酉〕이 다 드러난〔呈〕 것이므로 '취해서 인사불성이 되다' '술병(病)이 나다'가 본뜻이다.

하늘이 나 유령을 낳으사, 술꾼으로 이름 떨치게 하셨습니다. 마셨다 하면 열 말이요, 해정술이 다섯 말입니다(天生劉伶, 以酒爲名. 一飮一斛, 五斗解酲 : 천생유령, 이주위명. 일음일곡, 오두해정).

죽림칠현(竹林七賢)의 한 사람이자 중국 역대 최고의 술꾼으

로 유명한 유령(劉伶)의 독백이다. 울면서 술 끊기를 요구하는
아내에게 그러마고 속여 제상을 차리게 하고 천지신명에게 한
맹세인 것이다. 이어서 "여편네의 잔소리 따위를, 들어선 안 되
겠지요(婦人之言, 愼不可聽 : 부인지언, 신불가청)"라고 서둘러
끝을 맺고는 제주(祭酒)를 퍼마시고 또 취해버렸다는 것이다.
解酲(해정)의 첫 용례로 5세기 초의 책인 유의경(劉義慶)의
『세설신어(世說新語)』에 실려 있는 일화(逸話)이다.

요즘 '창자 腸(장)'을 쓴 '解腸(해장)', 즉 '속을 푼다'는 뜻
으로 풀이하기도 하는데 꽤나 재미있는 발상이라 하겠다.

향항

香港

향기 **향**　항구 **항**

1998년 7월 1일은 중국이 홍콩 섬을 할양(割讓)한 지 155년 만에, 홍콩 섬과 마주한 첨사취(尖沙嘴) 일대를 할양한 지 137년 만에, 그 위 구룡반도(九龍半島)의 일부 지역, 이른바 신계(新界)를 강제 조차(租借)당한 지 99년 만에 마침내 영국으로부터 모두 돌려받은 역사적인 날이었다.

香(향)은 禾(화)와 曰로 구성된 글자이다. '한 포기 벼'의 상형인 화(禾)의 갑골문에서의 형체를 보면 고개 숙인 이삭의 모양이 역연(歷然)하다. 아래의 曰〔'입'의 상형 曰(왈)이 아님〕은 '발 없는 솥'의 상형이다. 갑골문의 세번째 자형을 보면 풀풀 날리는 증기(蒸氣)를 의미하는 점 몇 개가 주위에 찍혀 있다.

	甲骨		金文		小篆	
港	甲骨		金文		小篆	
共	甲骨		金文		小篆	
邑	甲骨		金文		小篆	
巴	甲骨		金文		小篆	

그러니까 香(향)은 '솥에서 밥이 끓는 모양'의 상형이며 그 상태에서 발생하는 향기가 본뜻이다. 모든 향기(香氣)의 원조는 바로 밥 끓는 냄새였음을 알려주는데, 사실이지 사람에게 이보다 더 달콤한 향기가 있을까? 아랫부분을 '달콤한 음식물을 입에 머금고 있는 모양'의 상형인 甘(감)자로 본 오랜 학설이 있었지만 갑골문이 발견되고 나서 꼬리를 감추었다. 왜냐하면 그것은 소전(小篆)을 보고 내린 오판(誤判)이었기 때문이다.

港(항)은 氵(수)와 巷(항)을 합한 글자이다. 氵는 水(수)의 변형이다. 巷(항)은 원래 共(공) 아래 邑(읍)을 받친 형태였다가 邑(읍)이 巳(사)처럼 생략되었다. 共(공)은, 고문자에서 공통적으로 확인할 수 있는 것처럼, '물건을 두 손으로 들고 있는 모양'을 상형한 글자로, '함께' '공동'이 본뜻이다. 邑(읍)은 '일정한 범위'를 뜻하는 □(위)와 '꿇어앉은 사람'의 상형을 더한 글자〔'코브라'의 상형 '巴(파)'가 아님〕로 '사람들이 모여 사는 곳'을 의미한다. 우리나라에서 市(시)가 확대되면서 가끔 없어지기도 하는 행정 구역의 한 이름인 '邑(읍)'은 여기에서 파

	甲骨		金文		小篆	
香	甲骨		金文		小篆	
禾	甲骨		金文		小篆	
甘	甲骨		金文		小篆	

생되었다. 巷(항)은 '거주지에서 사람들이 함께 하는 곳'이란 의미에서 나아가 '마을 안의 거리'를 뜻하게 되었다.

港(항)에서의 巷(항)은 발음부호 역할을 할 뿐만 아니라 '거리'에서 파생된 '통행'의 의미를 갖는다. 港(항)은 물이 흐르는 곳 가운데에서도 '지류(支流)'를 본뜻으로 하였고, 여기에 '통행'의 의미가 곁들여져 '배가 다니는 곳' '배가 정박(碇泊)하는 곳' 등의 뜻이 생겼다.

중국으로 귀속(歸屬)된 이상, 현지 발음 '횡꽁'의 영국식 발음 '홍콩'도 언젠가는 표준말인 '샹깡'으로 바뀔 것으로 보인다. 중국의 그 어느 지명도 사투리가 국제적으로 불리는 사례는 없기 때문이다.

헌금
獻金
바칠 **헌**　쇠 **금**

'**공**천(公薦)'과 '헌금(獻金)', 뜻을 풀어볼 필요도 없이 둘 다 좋은 말이다.

獻(헌)은, '세 발 달린 솥'의 상형 鬲(력)과 그의 윗부분에 새긴, 걸신 들린 듯 먹어대는 괴상한 짐승 '도철(饕餮) 대가리〔한때 우리 조상님들은 신체부위를 말할 때 사람과 짐승을 구분하였다. 두부(頭部)의 경우 사람은 '머리', 짐승은 '대가리'라 불렀다. 필자는 이를 따른다〕'의 상형으로 구성되었던 글자 鬳(언)과 개의 상형 犬(견)으로 구성된 글자이다. 보기의 금문(金文) 왼쪽의 것이 바로 鬳(언)으로, 윗부분이 도철의 대가리, 아래가 세발솥 鬲(력)이다. 세상에서 鼎(정)이 세발솥의 대표적인 것

獻	甲骨		金文		小篆	
犬	甲骨		金文		小篆	

으로 아는데 사실 鼎(정)은 세 발도 있지만 네 발이 더 많다. 鼎(정)이 그렇게 알려진 것은 나관중이 그의 소설 『삼국연의(三國演義)』〔우리나라에서는 '삼국지'로 잘못 알려져 있다〕에서 위(魏), 오(吳), 촉(蜀) 삼국의 대치를 '정립(鼎立)'이라고 표현한 데에서 영향받은 듯하다〔물론 그 이전에도 세 세력의 분할과 대립을 '정립'이라고 했지만 말이다〕. 도철을 솥에 새긴 이유는 도철이 사람을 잡아먹을 때 사람이 목구멍에 넘어가기도 전에 대가리 아래가 떨어져나가 죽고 만다는 것으로 잔악(殘惡)한 자는 즉시 보복을 받게 된다는 경계의 의미를 담았다는 것이다. 『여씨춘추(呂氏春秋)』「선식(先食)」편에 보이는 이야기이다. 어쨌든 이는 식탐(食貪)을 경계하기 위해 새긴 것으로도 보인다. 여기에 뒷날 다시 '개'의 상형 犬(견)이 추가되었다. 犬(견)의 첫 획과 둘째 획 사이가 벌린 아가리, 둘째 획 아랫부분이 몸체, 셋째 획이 꼬리, 끝 획인 점〔、〕이 귀다. 이는 고대 중국의 종묘 제사 때 보신탕을 끓여 바쳤던 데에서 유래하는데, 이에 근거한 '바치다'라는 뜻이 널리 쓰였다. 그런데 이 도철(饕餮)의 대가리가 '범대가리'의 상형 虍(호)로 바뀌어버렸다. 아무래도 도철은 상상의 동물이어서 구체적인 형태로 형상화하기 어려웠기 때문이 아닌가 한다. 이런 예는 鳳(봉)자에서도 확인된다. 鳳(봉)자의 원형은 보기에서 알 수 있는 것처럼 대가리 부분

鳳	甲骨		金文		小篆	
凡	甲骨		金文		小篆	
金	甲骨		金文		小篆	

이 특이하고 긴 깃을 가진 새인 봉을 그린 상형자이다. 세번째 네번째 보기인 후기 자형의 상단 우측에 발음부호로 쓰인 凡 (범)이 들어가 형성자가 된다. 그러나 소전에서는 봉의 특이한 모양은 더이상 그려지지 못하고 새의 일반적인 상형인 鳥(조)자 로 대체되고 말았다.

여기서 발음부호로 쓰인 凡(범)에는 두 가지 설이 있다. 제기 (祭器)의 일종인 盤(반)자의 본자(本字)라는 설과 돛 帆(범)의 본자라는 설이다. 앞설을 지지하는 학자들이 대다수이나 뒷설 도 그리 만만해 보이지는 않는다.

金(금)은, 흙〔土〕 속에 두 점으로 표시된 쇠붙이와 그 위에 소 리부호인 수(금)이 더하여 변형된 형성자라는 한나라 허신(許 愼)의 설이 널리 알려져 있다. 그러나 이는 더 이전의 형태를 보 지 못했기 때문에 생긴 오류이다. 金(금)은 청동기를 만들기 위 한 '거푸집'의 상형이다. 뒤에 더해진 둘 혹은 서너 개의 점은 흘러나온 쇳물이라고도 하고 만들어진 청동기를 의미한다고도 한다. 金(금)은 원래는 주석과 구리의 합금인 청동을 의미하는 글자였으나 차츰 다섯 종류의 쇠〔金, 銀, 銅, 鐵, 鉛〕를, 혹은 황

1014

금만을 가리키기도 했다.

'헌금'이란 낱말은 6세기 양(梁)나라의 문헌에 등장한 이래으레 좋은 목적을 위해 '재물을 바침'을 뜻하는 말이었다.

그런데 '공천'이란 단어와 한데 놓으면 무슨 살(煞)이라도 낀 것처럼 서로를 해치게 된다. 이상한 일이다.

형님
兄任

맏 **형**　　맡길 **임**

'**형**님'은 원래 친형제간에 아우가 형을 정중히 부를 때 쓰는 말이지만, 친척간에 자기보다 나이 많은 사람을 부를 때나, 아랫동서가 윗동서를 부를 때 등에 널리 쓰이고 있다. 그런데 근자에는 삼행시(三行詩)에서 남도(南道) 억양을 띤 채 양념처럼 끼어서 웃음을 자아내는 데에 널리 쓰이고 있다.

중국에서는 용례가 없는 이 말이 언제부터 우리나라에서 통용되었는지는 알 수 없다. 퇴계 선생이 형을 부를 때 형주(兄主)라고 하였던 걸 보면 조선 중기까지만 해도 '형님'이란 호칭은 없었던 듯하다.

兄(형)자는 서거나 꿇어앉아 하늘을 향해 입을 벌리고 소리

兄	甲骨		金文		小篆	
壬	甲骨		金文		小篆	

치는 모습을 그린 글자로, 원래의 뜻은 제사를 지낼 때 신에게 고유(告由)하는 역할을 맡은 사람, 즉 '祝(축)'의 상형이다. 이 일은 으레 맏이가 하게 마련이었다.

'님'이 순우리말이라는 견해도 있다. 그러나 필자는 송(宋)나라 때부터 상대에 대한 경칭(敬稱)으로 널리 쓰이던 任(임)이나 恁(임)자에서 연유한 것이 아닐까 하고 멋대로 억측(臆測)해보기도 한다.

任(임)은 인(人)과 임(壬)으로 구성된 글자이다. 인(人)은 서 있는 사람의 상형이며, 壬(임)은 '베틀'의 상형이다. 이 글자가 간지(干支)의 하나로 가차되어 널리 쓰이자 본뜻을 보존하기 위해 다시 만든 글자가 絍(임)이다. 갑골문보다 좀더 구체화한 금문의 오른편 자형과 소전(小篆)의 자형으로 살펴볼 때 여기에 날줄을 걸치면 經(경)의 본자인 巠(경)이 된다. 알고 보니 오늘날의 자형인 첫 획 삐침(丿)은 잘못된 것이며, 원래는 수평의 횡선이었다.

이와 비슷한 예가 하나 더 생각나는데, 忝(첨)자가 그것이다. 이 글자는 天(천)과 心(심)의 변형 '忄'으로 이루어진 형성자로 본뜻은 '치욕'이다. 그런데 언제부턴가 첫 획을 수평으로 긋지 않고 삐침(丿)을 쓰고 있고 당연히 그래야 하는 줄로 알고 있는 것이다.

베틀 絍(임)이 문장에서 쓰인 용례를 보자. 중국 전국시대 때 여섯 제후국의 재상이 되어 천하를 호령하던 종횡가(縱橫家)의 대표적 인물 소진(蘇秦)이 아직 출세하기 전에 비렁뱅이꼴이 되어 고향으로 돌아왔을 때이다. "마누라는 베틀에 그대로 앉아 있고, 형수는 밥상을 차릴 생각도 하지 않고, 부모는 말 한마디 건네지 않았다(妻不下絍, 嫂不爲炊, 父母不與言:처불하임, 수불위치, 부모불여언)." 천하의 소진에게 박대가 이만저만이 아니었다. 『전국책(戰國策)』에 실려 전하는 이야기로 絍(임)이 본뜻대로 쓰인 것이라 하겠다.

형평

衡平

평평할 **형** 평평할 **평**

‘**형**평(衡平)의 원칙’과 ‘평형(平衡)감각’이 무척 중시되는 시대에 우리는 살고 있다.

‘형평(衡平)’과 ‘평형(平衡)’은 모두 ‘둘 이상의 사물이나 대상이 균형을 이루어 평등한 상태’를 뜻한다. 여기서 ‘衡(형)’과 ‘平(평)’ 두 글자는 똑같은 의미로 쓰이고 있으므로 평화(平和), 통일(統一), 상호(相互)의 예(例)처럼 앞뒤 순서를 바꾸어도 아무 문제가 없다.

衡(형)의 원래 모양은, 소전(小篆)의 자형에서 볼 수 있는 것처럼, ‘보따리를 머리에 이고 서 있는 사람’의 상형이었다. 지금 마치 魚(고기 어)에서 꼬리〔灬〕를 제외한 몸체처럼 보이는

衡	甲骨		金文		小篆	
平	甲骨		金文		小篆	

가운데 윗부분은 '아가리가 질끈 동여매어진 보따리'가 변한 상태이고, 그 아래 大(대)는 그 '보따리를 이고 균형을 잡은 채 두 팔을 벌리고 선 사람'의 형상이다. 이 글자의 좌우에 벌려선 行〔행: '네거리'의 상형〕은 뒷날 추가된 것으로, 이 사람이 서 있는 위치를 나타내면서 발음부호 역할까지 하고 있다.

衡(형)은 머리에 커다란 보퉁이를 이고 손으로 붙잡지 않고도 길을 재빠르게 걸어가는 신기(?)를 가진 왕년의 우리나라 아낙네들을 연상케 하는 글자이다.

平(평)에는 두 가지 해석이 있다. 하나는 저울의 한 종류인 '천평칭(天平秤)'의 상형〔금문과 소전의 왼쪽 자형 참조〕이라는 설이다. 다른 하나는 '저울대'의 상형인 一〔一(한 일)이 아님〕아래에 발음부호인 釆〔변: '짐승 발자국'의 상형〕을 더하여 본뜻을 '저울'로 한 형성자의 변형이라는 설〔금문 네번째 다섯번째 자형과 소전의 오른쪽에 병기한 고문자 자형 참조〕이다. 둘 다 저울과 관계가 있으므로 당연히 '평평하다' '높낮이가 없다'는 뜻을 가지게 되었다.

호가

呼價

부를 **호**　　값 **가**

　'**호**가(呼價)'는 '값을 부르다'는 말이다. 그런데 '수천만원을 호가하는 모피 코트' '억대를 호가하는 골동품' 등의 용례에서 느껴지듯, '호가'는 어쩐지 비싼 물건의 값을 부를 때에나 쓰이는 듯한 느낌을 준다.

　呼(호)에서의 口(구)는 '입'의 상형이지만 乎(호)는 어떻게 해서 생긴 글자인지 아무도 밝혀내지 못했다. "군자는 자기가 모르는 것에 대해 아는 척하지 않는다(君子於其所不知, 蓋闕如也：군자어기소부지, 개궐여야)"는 공자님의 경고도 있고 하니 천착(穿鑿)을 하다간 소인으로 몰리기 십상이라 그만두어야겠다. 呼(호)의 본뜻은 '숨을 내쉼'이다. 소리쳐 부르는 일은 숨

| 西 | 甲骨 | | 金文 | | 小篆 | 兩 |
| 貝 | 甲骨 | 〔고문자〕 | 金文 | 〔고문자〕 | 小篆 | 貝 |

을 내쉴 때만 가능하므로 '부르다' 라는 뜻도 생겨났다. 呼(호)
와 숨을 들이쉼을 뜻하는 吸(흡)은 불가분(不可分), 불가리(不
可離)의 관계에 있다 하겠는데 사람의 마지막 숨쉬기는 呼(호)
일까? 吸(흡)일까? "후우…… 하고 숨을 내쉬더니 그만 고개를
떨구고 말았다." 소설의 운명(殞命) 묘사에 잘 쓰이는 상투적
표현이다. 그러나 운명을 지켜본 경험이 있는 사람들은 들이쉬
기, 즉 吸(흡)이 마지막 숨쉬기라고 한다.

　價(가)는 '사람'의 상형 亻(인)에 賈(고)를 더하여 이루어진
글자이다. 賈(고)는 兩(아)와 貝(패)를 합한 것이다. 兩(아)는
어떤 물건을 위에서 아래로 덮고〔冂 : 멀다는 뜻의 '경' 자가 아님〕
아래로부터 위를 향해 가리고〔凵 : '입 벌린 모양' 을 상형한 '감'
이 아님〕 또 그 위에 마무리를 하듯이 '어떤 물건〔一 : 한 '일' 이
아님〕을 더 얹어놓은 모양' 의 상형이기에, '덮다' 는 본뜻을 가
지게 되었다는 오래된 설이 있고, '그릇〔皿 : 제시된 그릇 명자의
고문자 참조]을 뒤집어 무언가를 덮어놓은 모양' 의 상형이라는
설도 있다. 어쨌든 이 글자는 '덮는다' 는 의미로 널리 쓰였다.
이를 부수(部首)로 삼은 글자 가운데 대표적인 것으로 '覆(복)'
을 들 수 있다. 覆(복)자의 본뜻은 '翻覆(번복)' '反覆(반복)' 에
서 쓰이고 있는 것처럼 '뒤집다' 이다. 이 경우 아랫부분의 復
(복)에 악센트가 있다. 그러나 '覆面(부면)' '覆蓋(부개)' 등에

서는 '덮는다'는 의미로 쓰였는데 이 경우에는 의미의 중점이 위의 襾(아)에 있다. 그런데 분명히 구분해 썼던 조상들과는 달리 오늘날 우리들은 '覆面强盜(복면강도)' '覆蓋工事(복개공사)'의 경우처럼 구분없이 쓰고 있다.

賈에는 '값 가'와 '앉아서 파는 장사 고'의 두 가지 훈음(訓音)이 있어 옛 문헌을 읽는 이들을 헷갈리게 한다. 예를 들어 보자.

자공이 말하기를 "여기에 아름다운 옥이 있을 경우 궤 속에 감추어두시겠습니까? 좋은 賈를 구하여 파시겠습니까?" 하자 공자께서 "팔아야지, 팔아야지. 나는 賈를 기다리는 자이다"라고 하셨다(子貢曰："有美玉於斯, 韞匵而藏諸? 求善賈而沽諸?" 子曰, "沽之哉! 沽之哉! 我待賈者也." : 자공왈 : "유미옥어사, 온독이장저? 구선○이고저?" 자왈, "고지재! 고지재! 아대○자야").

『논어(論語)』의 이 부분에 나오는 賈가 그 정확한 음이 '고'인지 '가'인지 그 뜻이 '장사꾼'인지 '값'인지, 오랫동안 논란의 대상이 되어왔다. 賈의 발음부호가 襾(아)인 이상 그 원래 음은 '가'이고, 따라서 그 뜻은 '값'이라고 생각된다. 그리고 행상좌고(行商坐賈)에서와 같이 그 뜻이 '장사꾼'인 '賈'의 음 '고'는 뒤에 생긴 발음으로 보인다. 후일 혼동을 피하기 위해 賈에

亻(인)을 더한 글자 價를 만들어 '가' 라 하고 '값' 만을 의미하였
을 것이다.

호랑이
虎狼이
범 **호**   이리 **랑**

순우리말을 되살리려는 사람들의 뜨거운 성원(聲援)에도 불구하고 범이 한자어 호랑(虎狼)에다 명사형 어미 '이'를 더한 '호랑이'에게 깔려 맥을 못추고 있다. 글자 그대로 호랑이가 虎(호)와 狼〔이리〕 두 마리라서 혹 중과부적(衆寡不敵)이기에 그런 것인가(?).

虎(호)는 측면에서 본 '범'의 상형〔대가리만 그린 글자로 虍(호)가 있는데 '호랑이 대가리' '호랑이 껍질의 무늬'의 뜻을 가졌다〕이다. 범은 은나라 때 이미 중요한 사냥감이었으므로 갑골(甲骨)에 새겨진 범 사냥의 기록이 적지 않다.

狼(랑)은 길짐승을 뜻하는 犭〔견:개 犬(견)의 변형이다. 개를

虎〔虎〕	甲骨		金文		小篆	
犬	甲骨		金文		小篆	

길짐승의 대표로 보았던 의식이 반영되어 있다〕변에 발음부호 역할만 하는 良(량)을 더한 형성자이다. 良(량)은, 집 몸체의 좌우에 이어 지은 기다란 건축물로 비나 눈을 피할 수 있게 지붕을 덮은 통로인 '회랑(回廊)'의 상형으로, 廊(랑)자의 본자(本字)이다. 갑골문, 금문에서 보이는 가운뎃부분이 집의 몸체를 의미하며 아래위의 것이 곧고 굽은 여러 형식의 회랑을 의미한다. 아마도 이 글자가 만들어지던 시대의 지배자가 살던 궁전의 건축 양식이었을 것이다. 회랑을 통해 장소 이동을 하니 비, 눈에 맞지 않아서 좋았다. 그래서 '좋다' '공교하다' '편안하다' 등의 뜻이 생겨났고 회랑의 뜻은 점점 사라져갔기 때문에 본뜻을 보존하기 위해 만든 글자가 良(량)에다 '지붕'의 상형인 广(엄)과, 이런 궁전이 들어서는 장소가 사람들이 많이 모여 사는 곳임을 의미하는 阝〔邑(읍)의 약자〕을 더한 廊(랑)이다.

狼(랑)자도 虎(호)와 마찬가지로 은허(殷墟)에서 발굴된 갑골문에 보이니, 만들어진 지 적어도 삼천 년도 넘은 형성자이다.

'호랑'은, 옛날에는 대체로 '포학(暴虐)하고 무서운 사람'의 은유로 쓰였는데 진시황도 그중 한 사람이었다. "깐깐한 성미에다, 범과 이리의 심보여서 어려울 때는 겸손한 척하지만, 득의(得意)하였을 때는 금방 사람을 잡아먹는다."少恩而虎狼心, 居約易出人下, 得志亦輕食人(소은이호랑심, 거약이출인하, 득지

1026

良	甲骨		金文		小篆	

역경식인)." 그의 됨됨이를 묘사한 위료(尉繚)의 말로『사기』
「진시황본기」에 실려 있다.

혼수
昏睡

어두울 **혼** 졸 **수**

유준(劉峻)은 어려서부터 남의 집에 얹혀사는 가련한
신세였지만 얼마나 열심히 공부했는지 밤을 새다가
"때로 혼수 상태가 되기도 했다(時或昏睡：시혹혼수)." 이럴 때
머리카락을 태우면 깨어나 다시 글을 읽었다……『양서(梁書)』
에 보이는 혼수(昏睡)의 첫 용례로 그 뜻은 '깊은 잠에 빠짐'이
었다. 지금도 중국에서 혼수(昏睡)는 이런 뜻으로만 쓰인다. 여
기에다 '의식을 잃음'이란 뜻을 더한 것은 일본이다.

　昏(혼)에서의 윗부분 氏는 氏〔씨：'물건을 들고 서 있는 사람'
의 상형〕가 아니라 '맨손인 채 서 있는 사람'의 변형이다. 아래
의 日(일)은 '해'의 상형. 하루해가 뉘엿뉘엿 기울어, 서 있는

1028

	甲骨		金文		小篆	
昏						
氏						
睡						

사람보다도 낮은 위치에 있는 듯한 시각을 뜻하는 글자가 昏(혼)이다. '황혼'이 본뜻이다.

睡(수)는 '눈'의 상형 目(목)과 '땅위에 자라난 한 포기 풀'의 상형 垂(수)로 이루어진 글자다. 垂(수)에서 아래의 땅을 뜻하는 土(토)를 뺀 나머지가 '꽃과 잎을 늘어뜨린 채 서 있는 풀'의 상형이 변한 것이다. 여름날 더위먹어 축 늘어진 화초의 모양을 연상하면 되겠다. 본뜻은 '늘어뜨리다' '드리우다'이다. 따라서 睡(수)는 눈꺼풀〔目〕이 드리우다〔垂〕에서 추출한 '졸음', 그 가운데에서도 '앉아서 졸다'를 본뜻으로 삼았다.

풍진(風塵) 세상의 이 근심 저 걱정 다 떨쳐버리고 한바탕 세상 모르는 잠〔昏睡〕에나 빠졌으면 좋으련만…….

화복

禍福

재앙 **화**　복 **복**

서기 2001년 현재 한자(漢字)는 8만 5천여 자에 이른다. 우리 민족이 '한자(漢字)'를 처음 접한 때는 2400여 년 전쯤으로 그 수효가 5천여 자에 불과했던 때였으니 참으로 오래된 인연이라 하겠다.

혹자는 한자를 만들었다는 은족(殷族)이 동이(東夷)이고 우리가 바로 그 동이족이니 한자는 우리 조상들이 만든 것이라고 주장하기도 한다. 그러나 대부분 갑골문에 남아 있는 은나라 때의 기록들이 한문의 문법과 완전 일치함이 증명된 오늘날 그러한 주장은 아무래도 무리일 것이다. 또 그 당시 대륙의 서쪽에서 굴기(屈起)한 주나라는 옛 은나라의 판도(版圖)나 그 후예

1030

禍	甲骨		金文		小篆	
咼	甲骨		金文		小篆	
示	甲骨		金文		小篆	
福	甲骨		金文		小篆	
畐	甲骨		金文		小篆	
廾	甲骨		金文		小篆	

들을 동이라 불렀다. 그 뒤 전국시대까지도 회수(淮水) 중하류나 장강(長江) 하류 지역에 살던 사람들을 구이(九夷), 회이(淮夷)라 하였고 통칭(統稱)하여 동이(東夷)라 불렀던 것이다. 이렇게 선진(先秦)시대의 동이는 은나라의 옛 판도나 중국 동남부의 일부 지역을 지칭하는 것이었고, 한반도를 동이라 부르기 시작한 것은 아무래도 중국의 국내 통일이 이루어진 진한대(秦漢代) 이후부터가 아닌가 한다.

우리 조상들은 아마도 길(吉), 흉(凶), 화(禍), 복(福) 같은 인간의 삶과 긴밀한 글자를 먼저 익혔을 것으로 생각된다.

禍(화)는 돌 제탁(祭卓)과 그 위에 놓인 희생과 희생이 흘린 피의 상형인 示(기)와, 갑골문에서는 살이 떨어져나간 뒤의 척추나 대퇴부로 보이는 뼈들이 이리저리 놓여 있는 모양의 상형이다가 소전(小篆)에서는 두개골과 척추와 대퇴부의 상형으로,

'살을 발라내고 남은 뼈'가 본뜻인 咼(과)를 합한 회의자 禍(과)가 본래의 글자였던 것으로 보인다. '신벌(神罰)을 받아 죽음에 이른 상태'에서 추출한 '해(害)' 즉 '해롭다'가 본뜻이다. 소전에서는 示(시)를 형부로, 咼(와)를 성부(聲符)로 한 형성자처럼 변해 있는데 아무래도 禍(화)에서의 '口'는 '입'이라는 의미를 가진 것이 아니라 군더더기로 들어간 것으로 보인다. 한자의 생성변화에서 이런 예가 드물지 않다. 한편, '口(구)를 형부(形符)로, 咼(과)를 성부(聲符)로 한 咼(와)는 '입이 삐뚤어지다'가 본뜻이며 喎(와)의 본자이다.

福(복)의 원형도 示(기)와 술단지를 본뜬 畐(복), 뒤에 생략된, 이를 두 손으로 받쳐든 모양인 廾(공)이 합쳐진 것이었다. 술항아리를 들고 신에게 바치며 복을 비는 모습인 것이다.

화와 복은 어떤 관계일까? 그 대답은 『노자(老子)』에 이미 준비해둔 것 같다. "화 속에 복이 의지하고 있고 복 속에 화가 잠복하고 있다(禍兮福之所依, 福兮禍之所伏 : 화혜복지소의, 복혜화지소복)."

화성
火星
불화 별성

화 성(火星)의 원명은 형혹성(熒惑星)이었다. 熒(형)은 금문을 보면 알 수 있듯이 '교차된 두 자루 횃불이 타오르는 모양'의 상형에서 온 글자로, 본뜻은 '빛남'이지만 여기서는 눈 어릿어릿할 瑩(형)자 대신 쓰였으며 미혹할 惑(혹)과 비슷한 뜻이다. 熒(瑩)惑이란 이름은 이 별의 출몰(出沒)이 때로 무상(無常)하여 사람을 헷갈리게 하고 의혹(疑惑)스럽게 한다고 여겼기 때문에 붙인 것이다. 그래서 전쟁, 질병, 기아(飢餓) 등의 재앙(災殃)을 초래(招來)하는 불길한 별로 여겨졌다. 그 뒤 水(수), 火(화), 木(목), 金(금), 土(토)가 만물을 구성하는 기본 원소라고 주장하는 오행(五行)사상이 성행하고부

火	甲骨		金文		小篆	
焚	甲骨		金文		小篆	
星	甲骨		金文		小篆	

터 형혹성은 火(화)의 정령(精靈)으로 믿어져〔방향으로는 남쪽, 계절로는 여름을 의미한다〕 火星(화성)이란 새이름을 얻게 되었다.

火(화)는 '타오르는 불꽃'의 상형이다. 星(성)의 본래 모양은 별을 상형한 몇 개의 동그라미나 정사각형을 그린 것이다가 뒤에 세 개로 정리된 晶(정)이다. 바로 '밤하늘을 수놓은 찬란한 별들'을 상형한 것으로, 여기에서의 셋은 세 개가 아니라 무한한 수치를 상징한다. '晶(정)'의 본뜻은 '별' '별빛'이었으나 이 글자는 뒷날 '정'이란 발음으로 독립하여 모든 빛나는 것을 의미하게 되었다. 그리하여 '별'을 나타내는 글자가 다시 만들어지는데 星(성)의 갑골문에서 보이듯이 몇 개의 별〔口〕 사이에 生(생)의 원형이 들어간다. 生〔생 : '땅거죽을 뚫고 싹튼 풀'의 상형〕은 여기서 발음부호이다. 진대(秦代)의 소전체(小篆體)에서는 둥근 원형을 유지하였으나 예서(隷書)시대에 와서 별이 하나로 줄어들면서 오늘날 쓰이는 해서체(楷書體)의 원형이 되었다.

앞으로 더욱 본격화될, 화성 탐사(探査)에서 만약 고등 생물이 이룩했던 문명의 흔적(痕迹)이 발견된다면 그것은 우리 지

| 晶 | 甲骨 |  | 金文 | | 小篆 | |
| 生 | 甲骨 |  | 金文 |  | 小篆 | |

구인들에게 어떤 충격을 줄 것인가? 경악(驚愕)일까, 절망(絶望)일까, 경각(警覺)일까?

화신
花信
꽃 **화**　소식 **신**

　　우리가 사는 한반도가 해마다 봄이 오면 화신(花信)이 불어(?)오는 온대 지방에 위치한 것만 해도 다행이란 생각이 든다. 花(화)의 유래를 알기 위해서는 먼저 빛날 華(화)를 살펴보아야 한다. 花(화)는 華(화)의 속자(俗字)이기 때문이다. 주(周)나라 때부터 쓰이기 시작한 華(화)자의 원래 모양은 보기의 금문에서 알 수 있듯이, 윗부분에 ++(초)가 없었다. 그것은 '꽃망울을 터뜨려 탐스럽게 활짝 핀 한 떨기 꽃'의 상형으로, 거기에는 꽃잎, 꽃받침에다, 꽃자루며, 꽃턱잎까지 빠짐없이 형상화되어 있다. 윗부분의 ++(초)는 진대(秦代)에 이르러 더해졌고 한나라 말엽 초서(草書)가 유행할 때 그 변형(變形)

華	甲骨		金文		小篆	
信	甲骨		金文		小篆	

인 花(화)가 만들어졌다.

信(신)은 '사람'의 상형 人(인)과, '입과 혀' 그리고 '입기운' 등으로 구성된 言(언)을 합한 글자이며 본뜻은 '성실' '진실', '믿음'이나 여기에서 쓰인 믿을 만한 '소식'은 파생된 뜻이라는 것이 그 동안의 정설이었다. 그러나 亻(인)을 형부(形符)로 言(언)을 성부(聲符)로 한 형성자로 보기도 한다.

언제부터인가 국어사전의 뜻풀이로 말미암아 요즘에는 대부분 화신(花信)을 '꽃이 피는 소식'쯤으로 알고 있지만 실은 백화(百花)를 제방(齊放)시켜 천지간이 꽃향기로 가득하게 하는 화신풍(花信風)의 줄임말이다.

옛 중국의 문인아사(文人雅士)들은 소한(小寒)부터 곡우(穀雨)까지 여덟 절기 동안 한 절기에 세 번씩 꽃을 피우는 바람이 불어온다고 여겼다. 소한(小寒)께 부는 이 바람에는 매화, 동백, 봉선화가, 대한(大寒)께 부는 이 바람에는 서향, 난초, 산반화가, 입춘(立春)께 부는 이 바람에는 개나리, 앵두, 자목련이, 우수(雨水)께 부는 이 바람에는 유채꽃과 살구꽃이, 경칩(驚蟄)께 부는 이 바람에는 복숭아, 죽도화, 장미꽃이, 춘분(春分)께 부는 이 바람에는 해당화, 모란꽃이, 청명(淸明)께 부는 이 바람에는 자오동, 보리꽃, 버들꽃이, 곡우(穀雨)께 부는 이 바람에는 모란, 겨우살이 멀구슬꽃이 피어난다고 하였다. 우리 강산

의 개화기(開花期)와 일치하는지를 살펴보기에 앞서 그들의 운
치(韻致) 있는 삶이 부럽게 느껴진다.

환경

環境

두를 **환**　　지경 **경**

'**사**회 환경'과 함께 환경의 양대 산맥을 이루는 '자연 환경'은 어느새 이 시대를 사는 모든 사람들의 무거운 화두(話頭)가 되어 있다.

環(환)에는 원래 구슬 玉(옥)변이 없었다. 그 본자인 睘(환)은 눈〔目〕과 옷〔衣〕과 둥근 옥〔○〕을 합한 글자로 '목에 걸어 늘어뜨린 고리형의 옥을 내려다보는 사람'의 상형이며 본뜻은 '둥근 옥'이다. 왼쪽의 玉(옥)은 뒤에 '睘(환)'이 옥임을 더욱 구체적으로 나타내기 위해 더해졌으며 여러 파생된 뜻 가운데 '둘러싸다'가 있다.

境(경)은 '흙무더기'인 土(토)와 '관악기를 불고 있는 모양

環	甲骨		金文		小篆	
土	甲骨		金文		小篆	土

을 상형한 竟(경)을 합한 글자이다. 갑골문 竟(경)자의 윗부분이 관악기, 가운데가 입, 아래가 사람인데 음악 연주가 끝났다는 의미로 쓰였으며, 이에서 '끝나다' '다하다' 등의 의미가 파생되었다. 이 境(경)이 '토지[土]가 끝나는[竟] 곳' 혹은 그런 곳까지의 땅이란 뜻이 되고 국경(國境), 경내(境內), 경역(境域), 지경(地境) 등에서 쓰이는 의미를 가지게 된 것은 너무나 자연스러운 것이다. 그러므로 '환경'의 뜻은 '둘러싼 지역' '주위의 땅'이 되겠다.

『신당서(新唐書)』「왕응전(王凝傳)」에 "이때 강남의 주위는 도적의 소굴이었다(時江南環境爲盜區 : 시강남환경위도구)"는 용례가 처음 보이고, 『원사(元史)』「여궐전(余闕傳)」에 "주위에 보루를 쌓았다(環境築堡寨 : 환경축보채)"는 용례도 보인다.

오늘날 '지구 환경'이란 말이 뜻하는 것처럼 이제는 지역적 구분도 무의미해졌을 만큼 자연 환경은 인류 전체의 문제가 되어 있다. 자연을 친화(親和)의 대상이 아닌 정복의 대상으로 설정한 서구 문명과, 이를 맹목 추종하는 서구 모방 문명이 환경의 대파괴를 초래하였고 그 심각성이 날로 더해가고 있음은 누구나 다 알고 있다.

한말(韓末)의 학자 심재(心齋) 조긍섭(曺兢燮)은 말했다.

옛날의 성왕(聖王)은 덕을 높이고 기술을 낮추었으며, 곡식을 귀하게 여기고 금과 옥을 천하게 여겼고, 근면을 권장하고 안일을 경계하였다. 이것은 천지와 만물을 영원토록 하기 위함이었다(古之聖王, 上德而下藝, 重民食而賤金玉, 勸勤而惡逸, 所以壽天地, 長萬物也 : 고지성왕, 상덕이하예, 중민식이천금옥, 권근이오일, 소이수천지, 장만물야).

세상 물정 모르는 시골 선비의 시대착오적 잠꼬대였던가? 물질문명의 가까운 미래를 예견한 선각자의 경고였던가?

황제
皇帝

임금 **황**　임금 **제**

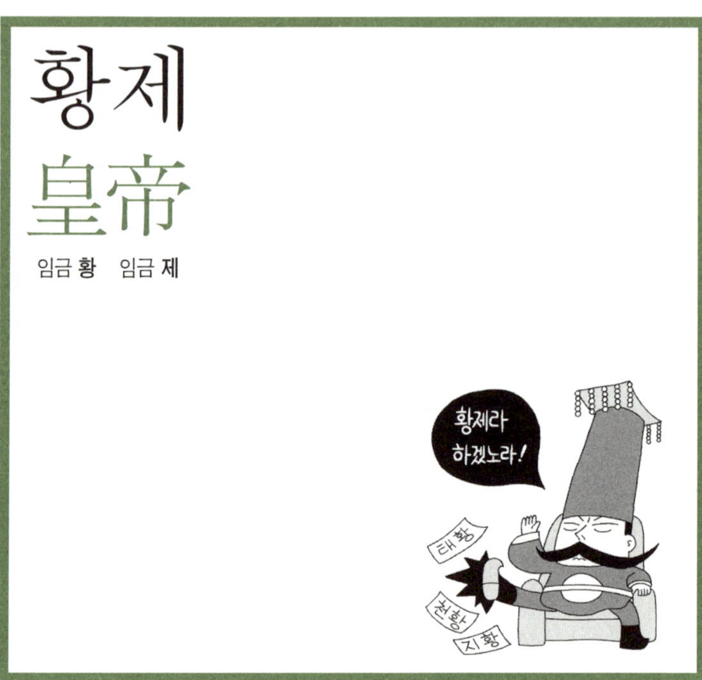

각 분야에서 최고의 실력과 카리스마적 권위를 가진 사람을 무슨무슨 계(界)의 황제(皇帝)라고들 한다. 금융계의 황제, 스포츠계의 황제, 학계의 황제, 암흑가의 황제…… 그런데 정작 정계(政界)의 황제로 불리는 정치가는 없으니 알다가도 모를 일이다.

皇(황)은 소전(小篆)에 와서 白(백)과 王(왕)을 합한 글자처럼 굳어졌지만 白(백)이나 王(왕)과는 아무런 관련이 없다. 그것은 갑골문의 모양에서 알 수 있듯, '화려한 장식(裝飾)을 한 모자(帽子)'의 상형으로 보는 설이 일반적이다. 바로 최고 지도자의 상징으로서의 모자이다. 윗부분만 모자이고 아랫부분은

皇	甲骨		金文		小篆	
帝	甲骨		金文		小篆	

王(왕), 즉 '큰 도끼'의 상형으로 보기도 하고, 위의 수직으로 그어진 짧은 세 선을 '빛'의 상형으로, 나머지를 등(燈)으로 보아 빛날 煌(황)의 본자로 보는 설도 있지만 지지자가 적다.

帝(제) 또한 두 가지 알려진 학설이 있다. 하나는 송나라 때의 저명학자 정초(鄭樵)의 견해로, '꽃과 꼭지'의 상형으로 보는 설이다. 이 글자가 발음이 같다는 이유로 '임금'의 뜻으로 가차되어 널리 쓰이자 본뜻을 보존하기 위해 만든 글자가 蔕〔체: '蒂'와 같음〕라는 것이다. 다른 하나는 나무로 짠 틀에 땔감으로 쓰는 통나무를 엑스자형으로 꽂아넣은 모양의 상형으로 보는 것이다. 왕의 주관으로 거기에 불을 질러 천신(天神)에게 바치는 제사 이름이 帝(제)인데, 뒷날 '임금'의 뜻으로 널리 쓰이자 본뜻을 보존하기 위해 禘(체)자를 만들었다는 것이다. 그러니까 帝(제)는 禘(체)의 본자인 셈이다. 이 두 가지 해석 가운데 전자가 상대적으로 널리 알려져 있지만, 고문자 연구자들은 대체로 후자를 따르는 편이다.

주(周)나라까지만 해도 최고 통치자의 존칭은 왕(王)과 천자(天子)가 있을 뿐이었다. 천하를 통일한 진왕(秦王) 영정(嬴政)은 이 따위(?) 명칭으로는 자기의 위업(偉業)을 드러낼 수 없다고 생각하여 대신들에게 근사(近似)한 호칭(呼稱)을 지어보라고 명령한다. 이때 이사(李斯) 등은 고대의 천황(天皇), 지황

(地皇), 태황(泰皇) 가운데서 가장 존귀(尊貴)한 태황이 어떻겠느냐고 상주(上奏)한다. 이 또한 마음에 들지 않았던 진왕이 스스로 선택한 존칭이 '황제(皇帝)'이며 그가 바로 진시황제(秦始皇帝)이다. 이 사실이 '황제'가 살아 있는 최고 통치자의 칭호로 쓰이기 시작한 유래이다.

그러나 '황제(皇帝)'란 단어가 이때 처음 나온 것은 아니다. 서주(西周) 목왕(穆王) 때 지어졌다는 『상서(尙書)』「여형(呂刑)」편에 두 번이나 나오며 『장자(莊子)』「제물론(齊物論)」에서도 보이는데 모두 이미 죽은 전대(前代) 제왕(帝王)의 호칭으로 쓰였으니 용법이 다르다 할 것이다.

횡설수설
橫說豎說
가로 **횡**　말씀 **설**　세로 **수**　말씀 **설**

'　　리없이 되는 대로 말을 지껄이다.' 사전에 나오는
조 횡설수설의 풀이이다. 술에 취했거나 약물에 중독
되어 제정신이 아닌 상태에서 떠들어대는 것도 '횡설수설'의
한 사례이다.

부처님이 설법할 때 횡설수설을 잘 하셨고, 소동파는 중국에
서, 정몽주는 고려에서 횡설수설을 가장 잘했던 분들이었다고
말한다면 정신 나간 사람의 '횡설수설'이라고 할지도 모르겠
다. 그러나 적어도 한말(韓末)까지만 해도 이 말은 결코 '횡설
수설'이 아니었다.

중국 전국시대 위문후(魏文侯)의 총신(寵臣) 여상(女商)은

木	甲骨			金文			小篆	

黃	甲骨			金文			小篆	

어느 날 기분이 좋지 않았다. 자신의 견해가 정책에 반영되어 큰 효과를 본 예가 수없이 많았는데도 진언(進言)할 때마다 한 번도 웃어 보인 적이 없던 위문후가 촌뜨기 서무귀(徐無鬼)와 몇 마디 나누더니 파안대소(破顔大笑)하며 즐거워했기 때문이다. 그는 서무귀에게 묻는다."나는 우리 군주께 횡설(橫說)로는 유가(儒家)의 시 서 예 악을, 종설(從說)로는 병가(兵家)의 태공병법(太公兵法)을 인용해서 진언하여 실제 사무에서 큰 공을 세운 것이 헤아릴 수 없이 많았는데도 우리 주군께서 한 번도 웃은 적이 없었다. 지금 선생은 무엇을 말하였기에 주군께서 이리도 즐거워하는가(吾所以說吾君者, 橫說之則以詩書禮樂, 從說之則以金板六弢, 奉事而大有功者不可爲數, 而吾君未嘗啓齒. 今先生何以說吾君, 使吾君說若此乎 : 오소이세오군자, 횡설지즉이시서예악, 종설지즉이금판육도, 봉사이대유공자불가위수, 이오군미상계치, 금선생하이설오군, 사오군열약차호)?"

『장자(莊子)』「서무귀(徐無鬼)」편에 나오는 이 橫說從說(횡설종설)이 바로 橫說豎說(횡설수설)의 원형으로 친다. 從(종)은 세로 縱(종)이나 세울 豎(수)와 통용자이며, 豎(수)의 속자는 竪(수)다. 글자가 처음 생겨날 때의 본뜻은 각각 달랐지만 橫(횡), 衡(형), 緯(위)는 '가로'를, 從(종), 縱(종), 經(경), 豎(수)는 '세로'를 뜻하게 되었다.

言	甲骨	(자형)		金文	(자형)		小篆	(자형)
兌	甲骨			金文			小篆	(자형)

그러나 횡설수설(橫說竪說) 네 글자가 연결되어 처음 쓰인 것은 중국의 대표적인 선종사서(禪宗史書)인 『경덕전등록(景德傳燈錄)』에서이다.

이를테면 사조(四祖) 도신(道信)대사 문하의 우두(牛頭) 법융(法融)대사는 횡설수설했으나 오히려 불법의 깊은 뜻을 몰랐다(且如四祖下牛頭融大師, 橫說竪說, 惟未知向上關棙子：차여사조하우두융대사, 횡설수설, 유미지향상관려자).

그러므로 황면노자는 일부러 수준 낮은 사람들을 위하여 한 단계를 낮추어… 횡설수설하셨다(所以黃面老子, 曲爲中下, 乃下一步, … 橫說竪說：소이황면노자, 곡위중하, 내하일보, … 횡설수설).

『금강경오가해(金剛經五家解)』에 실린 함허당(涵虛堂) 득통(得通)의 말이다. '황면노자'는 부처님의 얼굴이 금빛이라 하여 붙인 이름이니 부처님도 횡설수설 하셨다는 말이다.

몽주가 이치를 논하는데 횡설수설이 이치에 맞지 않음이 없다(夢周論理, 橫說竪說無非當理：몽주논리, 횡설수설, 무비당리).

臣	甲骨		金文		小篆	
又	甲骨		金文		小篆	
豆	甲骨		金文		小篆	

　고려 말, 주자의 『사서집주(四書集注)』가 처음 전해졌을 때, 포은(圃隱) 정몽주(鄭夢周)가 이를 성균관에서 막힘없이 강설하자 당시 성균관 박사로 있던 목은(牧隱) 이색(李穡)이 정몽주를 칭찬한 말로 『고려사』에 보인다. 포은 선생도 횡설수설을 썩 잘했던 분이었던 것이다.

　이처럼 횡설수설의 본뜻은 ‘해박한 지식을 동원, 여러 각도에서 논지를 펼쳐 남을 깨우치는 조리 있는 말’이다. 그 수준을 따지면 여러 층차가 있겠지만 말이다.

　橫(횡)에서의 木(목)은 ‘나무’의 상형, 발음부호인 黃(황)은 놀랍게도 ‘화살’의 상형임이 정설이 되어 있다. 본뜻이 ‘빗장’이라 하니 ‘가로’라는 파생된 뜻이 있음은 당연하다 하겠다. 說(설)에서의 言(언)은 여러 번 설명한 바 있고 兌(태)는 ‘기쁘다’를 본뜻으로 하는 회의자로 첫 두 획이 웃을 때 생기는 입가의 주름, 그 아래는 입의 상형 口(구), 그리고 사람의 상형 人(인)으로 구성된 글자이다. 『설문해자』는 ‘기쁘다〔열〕’와 ‘말하다〔설〕’ 두 가지가 다 그 본뜻이라 하였다.

　豎(수)는 결박당한 채 치켜뜬 노예의 눈을 상형한 臣(신)과 오른손의 상형 又(우)를 합하여 ‘단단히 제압한다’에서 추출한

1048

‘단단하다’를 본뜻으로 한 臤(간)과 제기(祭器)의 상형이나 여
기서는 발음부호로 쓰인 豆(두)로 구성된 글자로 본뜻이 ‘단단
히 세우다’ 이며 현재 사용되고 있는 ‘堅’ 자와 통용자이다.

효
孝
효도 효

　우리 민족의 오랜 덕목 가운데 하나인 효(孝)가, 급격한 사회 환경의 변화를 겪은 오늘날에도 그다지 퇴색(褪色)하지 않고 있어 여간 다행이 아니라는 사람들이 있다. 아닌 게 아니라 아파트나 동네마다 경로당(敬老堂)이 있는 나라는 우리밖에 없다는 게 사실이라면 이는 전 세계에 자랑할 만한 일이기도 하겠다.

　孝(효)는 금문(金文)에서 볼 수 있는 것처럼, '늙은 어버이〔老:로〕를 업고 있는 자식〔子:자〕'의 상형이다. 참고로 老(로) 자를 살펴보자. 갑골문을 보면 '머리를 산발(散髮)하고 허리 굽은 사람이 지팡이를 짚고 서 있는 모양'의 상형이다. 바로 노

孝	甲骨		金文		小篆	
老	甲骨		金文		小篆	
考	甲骨		金文		小篆	
句	甲骨		金文		小篆	

인의 전형적인 모습인 것이다.

　老(로)가 毛(모), 人(인), 匕(화)를 합한 글자이며, 毛(모)를 ‘수염과 머리털’ 두 가지의 상형으로, 匕(화)를 변할 化(화)의 본디 자로 보면서 수염과 머리털이 허옇게 변한 사람〔人〕, 즉 ‘노인’의 상형이라고 본 오래된 견해는 틀린 것이다. 이 글자에 서의 匕(화)는 化(화)의 본디 자가 아니라 ‘지팡이’의 상형이고 毛(모)는 ‘머리털’만의 상형인 것이다. 다시 말하지만 孝(효)는 ‘효성이 지극한 자식〔子〕이 지팡이〔匕〕를 대신하여 어버이를 업 고 있는 모양’의 상형이다. 이와 관련 있는 考(고)와 耉(구)도 살펴보자. 考(고) 역시 老(로)와 마찬가지로 ‘지팡이에 의지한 노인’의 상형으로, 주로 돌아가신 아버지의 뜻으로 쓰였는데 본 뜻은 ‘늙은이’이다. 알고 보면 考(고)와 老(로)는 같은 의미를 나타내는 다른 발음의 글자였던 것이다. 耉(구)는 老(로) 아래 에 굽을 句(구)를 받친 글자다. 노인의 허리가 굽었다는 뜻에서 만든 글자로 보인다. 句(구)의 자원(字源)은 아직 정설이 없으 나 거의 대부분 ‘굽었다’는 의미로 쓰인 점이 주목할 만하다.

狗(구)는 개 가운데 구부정한 놈, 枸(구)는 나무 가운데 구부정한 호깨나무, 苟(구)는 구부정한 풀, 痀(구)는 등이 굽은 곱사등이, 筍(구)는 댓가지를 굽혀 만든 통발, 軥(구)는 나무를 굽혀 만든 수레의 멍에……

게을러터져, 부모 봉양 않는 놈이 첫번째 불효요, 노름과 술에 미쳐 부모 봉양 않는 놈이 두번째 불효요, 돈과 제 마누라 제 새끼만 알아 부모 봉양 않는 놈이 세번째 불효요, 말초적 욕망에 급급하다 부모 욕먹이는 놈이 네번째 불효요, 만용 부려대다 부모까지 위태롭게 하는 놈이 다섯번째 불효이다(惰其四肢, 不顧父母之養, 一不孝也. 博奕好飮酒, 不顧父母之養, 二不孝也. 好貨財私妻子, 不顧父母之養, 三不孝也. 從耳目之欲, 以爲父母戮, 四不孝也. 好勇鬪狠, 以危父母, 五不孝也 : 타기사지, 불고부모지양, 일불효야. 박혁호음주, 불고부모지양, 이불효야. 호화재사처자, 불고부모지양, 삼불효야. 종이목지욕, 이위부모륙, 사불효야. 호용투한, 이위부모, 오불효야).

맹자(孟子)가 말한 불효자의 다섯 가지 유형이다.

요즘 효자라는 자들은 제 부모에게 생활비 대주고 용돈 몇 푼 얹어주고는 효도를 다한 것으로 여긴다. 이는 가축(家畜)에게 먹이를 주어 기르는 것과 다를 바 없으니 어찌 효도일 수 있겠는가? 공경심이 배어 있어야 진정한 효도이다(今之孝者, 是謂能養, 至於犬馬, 皆能有養, 不敬, 何以別乎 : 금지효자, 시위능양, 지어견마, 개능유양, 불경, 하이별호).

참된 효에 대한 공자님의 깨우침을 연의(演義)해보았다.

후회
後悔
뒤 후　뉘우칠 회

후회 없는 삶을 살고 세상을 뜬 사람이 몇 명이나 될까? 그랬다는 사람들은 과연 어떤 마음가짐으로 살았을까?

後(후)의 왼쪽 부분〔彳〕은 '네거리'의 상형 行(항)의 생략형으로 '거리'가 본뜻이며, 파생된 뜻에 '걷다'가 있다. 後(후)자에서는 본뜻인 '거리'로 쓰였다. 後(후)에서 오른쪽 윗부분의 幺(요)는 '실이나 끈'의 상형 糸(멱)의 생략형이며, 그 아래는 '발'의 상형 止(지)를 뒤집어놓은 형태가 변한 것이다. 그것은 뒤처져올 夊(치), 천천히 걸을 夂(쇠), 어느 것으로 써도 좋은 글자이다. 두 글자의 원형은 止(지)이기 때문이다. 이렇게 구성된 後(후)는 발목이 끈으로 묶인 죄수가 압송(押送)되는 상태

1054

後	甲骨		金文		小篆	
久	甲骨		金文		小篆	

를 그린 글자이다. 당연히 그 걸음이 남보다 늦거나 뒤처질 수밖에 없다. '뒤' '늦다' '뒤처지다' 등의 뜻은 이에서 비롯된다. 이와 비슷한 글자로 久(구)가 있다. 久(구)의 두번째 획까지는 '서 있는 사람'의 상형임에 이의가 없지만 끝 획에는 두 가지 서로 다른 설이 있다. 첫째, 다리 하나를 자른다는 의미로 쓰인 부호라는 주장이다. 그렇다면 그 사람은 월형(刖刑)을 당한 죄수이며 한쪽 다리가 없으니 그 걸음이 느리고 목적지까지 가는 데 오래 걸릴 수밖에 없다. 둘째, 다리에 채워놓은 족쇄(足鎖)를 의미한다는 주장이다. 족쇄를 차고 호송되고 있는 죄수의 걸음이 빠를 수 있겠는가? 널리 알려진 '오래다'는 뜻은 이런 상황에 근거한다는 것이다.

悔(회)는 忄(심)과 每(매)로 이루어진 형성자(形聲字)이다. 忄(심)은 '심장'의 상형 心(심)의 변형이다. 마음의 갖가지 상태를 나타내는 글자엔 으레 忄(심)이 들어 있다. 每(매)의 아랫부분 母(모)는 '꿇어앉아 있는 여자'의 상형 女(여)에 유방(乳房)을 표시하는 두 점이 찍힌 글자이며, 그 위의 두 획은 머리장식이 변한 것이다. 每(매)는 '성장(盛裝)한 여자'를 본뜻으로 하는 글자지만 오래 전부터 본뜻을 까맣게 잃어버린 채 발음부호로만 쓰인다. 여기에서도 발음부호로 쓰였다. 이렇게 구성된 悔(회)의 뜻은 '뉘우치다'이다.

心	甲骨		金文		小篆	
每	甲骨		金文		小篆	

그대 지금 날 원치 않지만(不我以 : 불아이)
뒷날 반드시 뉘우칠 거예요 (其後也悔 : 기후야회)

『시경(詩經)』「강에는 돌아드는 지류가 있고(江有汜 : 강유사)」편에 보이는 구절인데 후회(後悔)의 첫 용례이다.

훤당
萱堂

원추리 **훤**　집 **당**

　　남의 어머니를 보통 자당(慈堂)이라고 하지만 훤당(萱堂)이라 부르기도 한다. 요즘은 좀처럼 듣기 어려워 이른바 에센스(essence) 국어사전에서는 아예 이 단어를 빼버렸다. 그러나 아직도 엄연히 살아 있는 말이니 생매장할 수는 없지 않은가.

　　萱(훤)은, 글자 모양이 이미 절반은 알려주고 있는 것처럼, 풀[艸]의 종류이다. 꺽쇠 속에서 '풀 초' 자를 세상이 널리 아는 글자 '草(초)'를 쓰지 않는 이유는 원래 草(초)의 본뜻은 '도토리[櫟實 : 역실]'이고 발음도 '조'였는데 발음이 비슷하다는 이유로 가차(假借)되어 초본식물(草本植物)의 총칭(總稱)이 되었

	甲骨		金文		小篆	
萱	甲骨		金文		小篆	
艸	甲骨		金文		小篆	
草	甲骨		金文		小篆	
宣	甲骨		金文		小篆	

기 때문이다. 풀은 한 줄기부터 무성한 정도에 따라 屮(철), 艸
(초), 芔(훼), 茻(망)이라는 독자적인 뜻과 소리를 가지고 있다.
다 알다시피 꽃과 풀을 화훼(花卉)라 한다.

　서한(西漢)의 역적이 되어 신(新)나라를 세웠던 왕망(王莽)
의 이름자에 보이는 莽(망)자는 우거진 풀더미〔茻〕 속에서 날
뛰고 있는 개〔犬〕의 형상을 하고 있다. 이름자가 그 사람의 사
람됨을 이미 예언해주었다고나 할까? 宣(선)은 '나선형의 무
늬로 장식한 벽이 있는 집'을 상형한 글자이다. 윗부분 宀(면)
이 집이며, 마치 亘(긍)자처럼 변해버린 아랫부분이 나선형 무
늬이다. 宣(선)은 궁전의 방이름이기도 했고 왕의 명령이나 덕
화(德化)가 나선형처럼 펼쳐지라는 의미에서 '펼치다' '베풀
다' 같은 의미도 생겨났다. 萱(훤)에서의 宣(선)은 발음부호로
쓰였다.

　훤초는 우리말로 원추리 혹은 망우초(忘憂草)라고 하는데, 식
용(食用), 약용(藥用), 관상용(觀賞用) 등으로 쓰이는 다용도
(多用途) 식물이다. 『시경(詩經)』의 「백혜(伯兮)」편에 "어디서

	甲骨		金文		小篆	
亘	甲骨		金文		小篆	
土	甲骨		金文		小篆	
尚	甲骨		金文		小篆	

원추리를 얻어와, 어머님 계신 방 뒤란에 심을까(焉得萱草, 言樹之背: 언득훤초, 언수지배)"라 했는데 원추리를 구하는 이유는 두 가지가 있다. 늘 자식 걱정에 노심초사(勞心焦思)하시는 어머님의 근심을 덜어드리고, 그 귤황색(橘黃色) 꽃빛 같은 혈색(血色)이 어머님 얼굴에 오래오래 머물러 있기를 비는 효심(孝心)에서이다.

그런데 한 가지 이상한 일은 통일신라가 분열되어 후삼국으로 갈라지던 당시에 견훤〔甄萱: 원래 '甄' 자에는 '진'과 '견' 두 발음이 있다. 해방 전까지만 해도 '진'이라 읽었는데 요즘은 '견'으로 읽히고 있다〕 기훤(箕萱) 신훤(申萱) 같은, 발음하기도 힘든 '萱(훤)' 자를 이름자로 쓰는 사람들이 많다는 것이다. 난세일수록 효심이 강조되었기 때문일까?

堂(당)은 흙더미의 상형 土(토)를 형부(形符)로 하고 아직 자원(字源)이 밝혀지지 않은 尙(상)을 성부(聲符)로 하는 형성자로 본뜻은 '기초를 다져서 번듯이 지은 집'이다. 문자학자들은 한나라 이전에 堂(당)이라 부르던 것을 한나라 때에는 殿(전)이라 불렀다고 한다. 殿의 본뜻은 형부(形符)로 쓰인 殳(수)에서 볼 수 있듯이 '때리다'이다. '큰 집'이란 뜻으로 쓰이는 것은 발

음이 같아 가차되었기 때문이다. 발음부호로 쓰였다는 屍(둔)
은 원래 볼기 둔(臀)의 본글자인데 둔(臀)자가 널리 쓰이고부터
는 버림받은 글자이다. 이 글자를 의미부호 겸 발음부호로 쓴
전(殿)의 본뜻은 '볼기를 때리는 소리'에서 추출한 '때리는 소
리'이다. '큰집' '궁궐' '천자의 거처'로 널리 알려져 '궁전(宮
殿)' '대웅전(大雄殿)' 등으로 쓰이는 글자의 본뜻이 볼기 치는
일과 관계된 것이라니……

휘지비지
諱之秘之

꺼릴 **휘**　　갈 **지**　　숨길 **비**　　갈 **지**

　어떤 일을 분명하게 마무리하지 않고 흐리멍덩하게 얼버무려 넘긴다는 뜻의 '흐지부지'는 한자어 휘지비지(諱之秘之)에 뿌리를 둔 말이다.

　諱(휘)는 '말씀'이란 뜻을 가진 言(언)과 '어긋나다'라는 뜻을 가진 韋(위)로 이루어진 글자이다. 韋(위)는 갑골문에 보이는 것처럼, 어떤 목표를 의미하는 口를 중심으로 좌우 혹은 상하로 발 止(지)가 그려진 글자이다. 뒤에 상하로 굳었지만 말이다. 이 글자를 보는 시각은 두 가지로 갈라진다. 첫째, 이 발을 적의 거점을 포위한 군사들의 발로 보아 포위할 圍(위)의 본자로 보는 시각이다. 둘째는 목표 지점을 향한 발걸음이 서로 어

言	甲骨		金文		小篆	
韋	甲骨		金文		小篆	
之	甲骨		金文		小篆	
示	甲骨		金文		小篆	
必	甲骨		金文		小篆	

긋났음을 나타낸다고 보아 어길 違(위)의 본자로 보는 시각이다. 諱(휘)에서는 韋(위)가 '꺼리다' '싫어하다'라는 뜻으로 쓰였으니 두번째의 설과 연관이 있다고 하겠다. 이런 구성 요소를 가진 諱(휘)는 말〔言〕 가운데 사리에 어긋난〔韋〕 것이니 꺼려야 할 대상이 아닐 수 없겠다.

　'지면(地面)'을 상형한 '一' 위에 '발바닥'의 상형 止(지)를 얹어 '가다'를 본뜻으로 하는 글자의 변형인 之(지)는 여기에서 '그것'으로 풀이되는 지시대명사로 쓰였다. '그것'은 바로 하려고 했던 어떤 '일'을 가리킨다.

　祕(비)는 '제탁(祭卓)과 희생'의 상형으로 본뜻을 '귀신'으로 한 示(기)와, 원래 곡식의 양을 잴 때 쓰는 도량형기인 '자루 달린 구기'의 상형으로 여기에서는 발음부호로 쓰인 必(필)을 합한 글자인데, 본뜻은 사람들에게 알릴 수 없는 '신비(神祕)' 이며, '숨기다'나 '비밀(祕密)'은 파생된 뜻이다. 본자인 祕

(비)보다 속자인 벼 禾(화)변의 秘(비)가 더 널리 쓰이고 있다. 휘지비지(諱之祕之)의 본뜻은 '그 일을 싫어해서 꺼리고 비밀로 돌리다'로, 우리 조상들이 만든 한자어이다.

우리 조상들이 예지를 발휘하여 만든 한자어는 이외에도 일일이 예를 들 수 없이 많다. 그러나 중국 일본 등 한자문화권의 나라들과 대등한 입장에서의 각종 교류가 시작되던 1900년대 중반부터 우리나라가 한자문화권으로부터 인위적인 퇴조를 보이는 바람에 조상들이 창안한 수준 높은 한자어를 널리 유통시킬 기회를 뿌리째 잃어버리고 말았다. 생각할수록 안타까운 일이다.

흑자
黑字
검을 흑   글자 자

경제 개발에 온 국민이 매진(邁進)한 이래 흑자(黑字)라는 단어에 우리는 한동안 익숙했었다. 그러다가 '흑자도산(黑字倒産)'이란 낯설었던 용어와도 익숙해져, 흑자만이 대수가 아니라는 것까지도 알게 되었다.

'검은색'이 본뜻인 黑(흑)의 원래 구조에 대해서 두 가지 주목할 만한 해석이 있다. 우선 금문의 자형을 참고하여 살펴보기로 하자. 첫째는, 고대사회의 어떤 제의(祭儀)를 수행하기 위해 '가면을 쓰고 온몸에 검은 물감을 칠한 채 서 있는 사람'의 상형이라는 설이다. 이에 의하면 여러 곳에 찍혀 있는 점은 바로 그 물감이 된다. 둘째는, 이마를 찢고 먹물을 집어넣어 죄인임

黑	甲骨		金文		小篆	
宀	甲骨		金文		小篆	
子	甲骨		金文		小篆	

을 낙인(烙印)찍는 '묵형(墨刑)을 당한 사람' 의 상형이라는 설이다. 머리 부분이 특히 강조되어 있는 것을 보면 이 또한 일리가 있어 보인다. 이 밖에 윗부분을 '굴뚝' 으로, 아랫부분을 '불꽃 炎(염)' 의 변형으로 보거나, 아래의 네 점을 '불 火(화)' 의 변형으로, 가운데를 '아궁이', 윗부분을 '굴뚝과 연기' 의 상형이라고 하는 제법 알려져 있는 설은 와전(訛傳)된 자형인 소전(小篆)에 근거한 해석이므로 사실과 거리가 멀다.

字(자)는 집이 본뜻인 宀(면)과 아이가 본뜻인 子(자)로 이루어진 글자이다. 이에 대해서는 두 가지 주목할 만한 설이 있다. 첫째, 宀(면)은 종묘(宗廟), 子(자)는 왕가(王家)의 갓난아이인데 잘 길러 왕업(王業)을 더욱 튼튼히 할 아이가 태어났음을 종묘의 조상신에게 알리면서 이름을 짓는 의식을 반영한 글자라는 것이다. 이에서 '기르다' 나 '이름' 이란 뜻이 생겨났고 널리 쓰이는 '글자' 란 뜻은 '이름' 을 글자로 적다가 파생된 뜻이라는 것이다. 둘째, 집과 아기를 합한 것이니 자연히 '집 안에서 아이를 기르다' 에서 '기르다' 라는 뜻을 추출했으며 '글자' 는 가차되어 쓰이는 뜻이라는 주장이다.

오늘날 흑자(黑字) 적자(赤字)의 통례상 뜻은, 이익이 났을

때는 검은색 혹은 푸른 잉크로, 손해가 났을 때는 붉은 잉크로
장부(帳簿)에 기록하던 관행에서 조성되었다 한다.

희석

稀釋

드물 **희**   풀 **석**

주정(酒精)에 물을 타는 방식으로 만든 소주를 희석식 소주라고 한다. 돼지감자 같은 값싼 구근류(球根類) 식물을 원료로 하여 대량으로 생산되는 이 희석식 소주가 없었더라면 대부분의 애주가들은 소주를 부담없이 즐길 수 없었을 것이다.

稀(희)는 보기의 소전(小篆)에서 볼 수 있듯이 원래 '익은 벼의 모양'을 상형한 禾(화)와, '엉성하게 짠 베'의 상형인 爻〔'효'가 아님〕에 '천조각'의 상형인 巾(건)을 합한 다음 '성글다'를 본뜻으로 삼은 希(희)를 더했던 글자로, '듬성듬성하게 자란 벼'가 본뜻이었다. 여기에서 널리 쓰이는 '드물다'는 뜻이

	甲骨	金文	小篆
稀			稀
釆	釆	釆	釆
罘			罘
幸			幸

파생되었다.

釋(석)은 짐승 발자국을 본뜬 釆(변)과, 칼을 쓰고 있는 미결수(未決囚)의 모양을 본뜬 罘(역)을 합한 글자이다. 옛 사람들에게 짐승의 발자국을 보고 그것이 어떤 짐승의 것인지를 알아내는 것은 생존을 위한 필수적인 일이었다. 그러므로 釆(변)이 '변별' '분별'이란 뜻을 가지게 된 것은 당연하다 하겠다. 罘(역)의 윗부분인 罒는 그물 网(망)의 약자인 罒(망)이 아니라 '눈〔目〕'의 상형으로 미결수의 머리 부분을 의미하고, 그 아래의 幸(행)은 '죄수의 몸에 채우는 칼'의 상형이다. 이 두 가지를 합한 釋(석)은 혐의를 받아 체포된 사람이 정말 죄를 지었는지를 변별한다는 뜻을 가졌다. 나아가 때로 무죄로 판명되어 석방(釋放)되는 사람도 있었으므로, '풀다' '풀어주다' 등의 뜻이 생겨났다. 뒷날 차츰 의미가 확대되어 모든 뭉쳐 있던 것이 풀리거나 묽게 되는 것도 뜻하게 되었다.

희석(稀釋)은 근세에 이르러 서양의 화학이 전래되면서 만들어진 낱말로, 용액(溶液)의 농도를 묽게 하는 것이 그 본뜻임을 두루 알고 있다. 그런데 언제부턴가 어려운 사태에 부딪혔을 때, 올바른 해결책이 아닌 술수를 써서 사태의 핵심을 흐리고는 어물쩍 빠져나가려는 경우에도 쓰이는 등 그 의미와 용도가 다양해지고 있다. 희석식 소주가 널리 유행해 너무 많이 마셨기 때문인가.

한자란 무엇인가

1. 한자란 무엇인가

세계의 주요 문자 가운데 한자는 가장 많은 사람들이 사용하고 있으며, 가장 오랫동안 생명을 유지하고 있을뿐더러 가장 많은 글자로 이루어져 있다. 생명력이 길기 때문에 시대마다 글자의 모양이 변했고 그에 따라 뜻도 변하였으므로 읽고 그 뜻을 알기 어려우며, 글자 수가 많기 때문에 익히기도 어렵다. 그러나 한자는 이러한 불리한 면이 있기는 하나 글자 만드는 법이 치밀하고 과학적이어서 그 원리를 터득하면 모르는 글자도 짐작으로 알 수 있을뿐더러 그 당시의 문화를 알 수 있는 열쇠가 되기 때문에 많은 것을 한꺼번에 얻을 수 있는 이점이 있다.

세계 문자의 역사는 어쩌면 세계 문화의 역사라고 할 만큼 문화와 불가분의 관계에 있다. 한자는 현재도 계속 만들어지고 있어 세계 어느 문화보다 다양하고 변화 가능성이 많은 문화를 담고 있는 그릇이라고 할 수 있다. 이런 한자로 만든 한자어는 중국뿐 아니라 우리 조상들도 우리의 문화를 담는 도구로 사용했으며, 각 시대마다 생활의 필요에 따라 쉽게 만들어 사용하였다. 한자는 세계 어느 문자보다 조어력(造語力)이 뛰어나다. 곧 글자마다 뜻이 있고 한 음절로 되어 있기 때문에 새로운 사물이나 생각을 나타낼 수 있는 단어를 쉽게 만들 수 있는 것이다. 주지하다시피 글자 하나하나가 형(形 : 꼴), 음(音 : 소리), 의(義 : 뜻)로 구성되어 있다.

한자에 대한 기본적인 지식을 갖추는 것은, 일상생활에 쓰이는 한자어를 이해하는 데 좋은 지름길이 될 수 있다. 따라서 한자란 무엇인가에 대해 간단히 적어 이 책을 읽고 이해하는 데 도움이 되도록 덧붙인다.

1) 한자의 개념

한자라는 말은 한족(漢族)이 오랜 옛날부터 지금까지 그들의 말, 즉 한어(漢語)를 기록하고, 의사소통을 하는 도구로 사용한 문자라는 뜻도 있고, 한나라 때에 이르러서 지금 사용하고 있는 글자와 거의 같은 문자로 발달했기 때문에 쓰이는 단어이기도 하다.

지하에서 출토된, 아주 오래된 문물을 통하여 고찰해보면, 한자는 기원전 3000년경 곧 신석기시대에 이미 고안되어 사용된 문자라고 할 수 있다. 예를 들면 산동성(山東省) 능양하(陵陽河)에 있는 대문구문화(大汶口文化)에 속하는 무덤에서 나온 항아리 조각에 새겨져 있는 도상(圖象)은 산 위에 해가 떠오르

는 모습〔1권의 화보 참조〕으로 일부 학자들은 이것을 아침 '旦
(단)' 자로 읽기도 한다. 한자는 한 글자가 한 음을 가진 일종의
음절문자로 하나의 글자가 언어 중의 한 음절을 대표하고 있다.
한어는 한 음절이 한 의미를 지니는 단음절 위주로 된 어휘로
문장이 이루어지기 때문에 한자는 한어를 기록하는 데 안성맞
춤이라고 할 수 있다. 각각의 글자들은 모두 일정한 발음과 뜻
을 지니고 있다. 자형의 구조적인 면을 우선 보면 반은 뜻을, 반
은 발음을 나타내는 형성(形聲)문자가 가장 많아서 현재 86,000
여 자에 달하는 전체 한자의 95% 이상을 차지하고 있다. 통계
에 의하면 한대의 설문해자에 실린 9,353자 가운데 형성자는 80
퍼센트 이상을 차지하며, 송나라 때 학자 정초(鄭樵)의 통계에
의하면 당시의 한자 23,000여 자 가운데 이미 90%를 넘었다고
한다. 그러나 상용한자에서의 형성자가 차지하는 비중은 이보
다 약간 낮을 것이다. 예를 들어 한때 중국의 상용한자였던
2000자 가운데 형성자는 74%였다.

한자는 본래부터 일정하고 엄격한 구조와 규칙을 지니고 있으
며, 그 규칙은 자체적으로 완전한 계통성을 지니고 있다. 몇천 년
에 걸친 중국사회의 발전 과정을 살펴보면, 한자는 광활한 지역
에 퍼져 있는 한족을 단결시키는 구심점이 되어, 전 민족의 정
치·경제·사회·문화에 걸쳐 전반적인 발전을 꾀하였을 뿐만 아
니라 국가의 통일을 공고히 하고, 대외적으로는 한족의 문화를
전파하는 등 지극히 중대한 역할을 담당하여왔다. 한어(漢語),
이른바 '중국어'는 다양한 각 지방의 문화를 담은 여러 방언으
로 갈라졌지만, 한자로 적은 문자언어는 전국 각지의 사람들 모
두가 알아볼 수 있는 장점을 지니고 있다. 비록 고금의 어음(語

音)이 많이 변하였지만, 상주(商周)시대의 고문(古文)과 진한 (秦漢)시대부터 전해내려오는 고서(古書)는 오늘날의 사람들도 해독이 가능하다. 이야말로 지구상의 다른 민족들이 고안한 문자 중에는 해독할 수가 없어 사어(死語)가 된 경우가 많은 것과 크게 다른 점이다.

한자는 한어의 발전에 따라 발달하였다. 각 시대마다 약간의 새로운 글자들이 출현하여 문자의 수가 날로 늘어났고, 자서(字書)에 수록된 것만도 상당한 양에 달하였는데, 그중에는 케케묵은 폐자(廢字)와 이체자(異體字)도 매우 많았다. 실제상으로 우리들이 현재 통상적으로 사용하고 있는 한자의 수는 약 육칠천 자에 불과하며, 선진시대의 모든 서적들 가운데 사용된 글자의 수는 15,000천 자 정도에 불과하다. 1945년 이후로는 중국문자 개혁위원회(현 '國家語言文字工作委員會')에서 이체자와 인쇄용 글자에 대하여 세밀한 정리작업을 실시하여 규범화함으로써 문자 사용이 편리하게 되었다. 앞으로 중국의 문화사업을 발전시키고 국제적 문화 교류를 확대시키는 데 한자는 더욱더 큰 역할을 수행하게 될 것이다.

2) 한자의 탄생

한자는 유구한 역사를 지니고 있다. 이미 전국시대(BC475~BC221)에 한자가 전설적 임금인 "황제(黃帝)의 사관(史官)인 창힐(倉頡)이 새나 짐승의 발자국을 보고 이를 분류하면 서로 다른 것끼리 구별할 수 있음을 알고 처음 글자를 만들었다"(許愼, 『說文解字』「自序」)는 전설이 있었다. 이는 창힐이 보통 사람보다 관찰력이 뛰어났음을 말하는 것이며, "창힐의 눈이 네 개였다"(王充, 『論衡』 「骨相」)는 말과 함께 『삼재도회(三才圖會)』라는 책에 눈이 네 개인 창힐상이 있는 것도 관찰력과 관련될 것이다. 일설에 의하면, 창힐은 고대의 제왕이었다고도 한다. 이러한 종류의 전설은 단지 하나의 전설에 불과할 따름이므로 그리 믿을 만한 것이 못 된다. 왜냐하면, 문자의 역사를 보면 오래된 문자일수록 절대로 한 사람의 손에 의하여 만들어질 수 있는 그런 것이 아니다. 사회 문화가 일정한 단계에까지 발전하여 사실을 기록하는 데 필요한 문자가 있어야만 하는 시기에 이르러, 사람들이 집단 생산과 노동을 하는 과정에서 자연 사물을 관찰함과 아울러 나타내고자 하는 생각과 내용을 토대로 하여 창조해낸 것이 문자이기 때문이다. 그 뒤에 다시 그것을 조금씩 더 완벽하게 보완하여 언어를 기록하는 도구로 발전시켰던 것이다. 현대 중국의 대표적 문자학자 구석규(裘錫圭)는 무(巫)와 사(史) 계급이 바로 이러한 역할을 담당한 사람들이라고 추단하고 있다. 다시 말하여 한자는 번잡한 체계를 지니고 있는 것으로 보아, 상당히 장구한 시간을 거치지 아니하고는 성공적으로 창제되기가 불가능하였을 것이다.

한자가 탄생되기 시작한 시기는 단정하기가 매우 어렵다. 오늘날 볼 수 있는 것 중에서 가장 오래된 문자는 상(商)나라 때 갑골(甲骨)에 새겨놓은 글자와 청동기에 새겨놓은 글자다. 상나라 문자는 이미 상당한 수준으로 발달한 것이므로 그러한 문자가 처음으로 만들어진 시대는, 문자의 보수성을 감안하면, 상나라보다 훨씬 더 오래 전이었을 것이다. 그렇다면 하(夏)나라 혹은 그보다 더 이른 시대였을 것이며, 사오천 년 이상 거슬러올라가 신석기시대에 해당할 것으로 보인다.

상나라는 노예제 사회였고, 이미 궁실(宮室)과 성곽이 건축되었으며, 농업의 발달과 함께 흙으로 그릇을 만들고 쇠붙이를 만드는 등의 수공업이 발달하였다. 상나라 왕들은 점치기〔占卜 : 점복〕를 좋아하여 제사(祭祀), 정벌(征伐), 사냥〔田獵 : 전렵〕, 농사 등의 일이 있으면 언제나 점을 쳐서 신의 뜻을 물어보았다. 점치기에 사용한 주요 물건은 거북의 배딱지〔腹甲 : 복갑〕였고, 때로 소의 어깨뼈〔牛肩胛 : 우견갑〕를 사용하기도 하였다. 우리나라에선 거북의 '등뼈'가 쓰인 줄로 아는 경우가 많은데 이는 잘못이다. '등뼈'가 가끔 쓰이기도 했지만 대부분 '배딱지'였다. 점이 끝난 뒤 점친 글귀를 귀갑(龜甲)이나 수골(獸骨)에다 새겨놓았다. 상나라 때의 이런 갑골은 청나라 광서(光緒) 25년(1899)에 하남성 안양(安陽)에서 서북쪽으로 오 리쯤 떨어져 있는 소둔촌(小屯村)에서 처음 발견되었는데 이 지역 일대가 은(殷)의 옛 도읍지였다. 1928년 이후 다시 몇 차례의 발굴작업을 거쳐 찾아낸 갑골은 무려 10만 조각 이상이나 되는데, 그중 절대 다수가 상나라 후기의 임금 반경(盤庚)이 도읍을 엄(奄)으로부터 은(殷)으로 옮긴 이후에 만들어진 것이었으니, 대략 기원전 14세기 중엽에서 11세기 중엽에 해당하는 셈이다. 갑골에 새겨져 있는 문자를 일러 갑골문이라 한다. 갑골문자의 발견은 한자 탄생의 비밀의 문을 열 수 있는 열쇠가 되었다. 갑골문자의 발견은 너무나 충격적이었기 때문에 많은 에피소드가 만들어졌는데, 그 가운데 1931년 『하북일보(河北日報)』라는 중국의 한 지방 신문에 다음과 같은 내용이 실린 적이 있다. 청나라 말기인 1899년 국자감좨주(國子監祭酒)였던 왕의영(王懿榮)이 말라

리아에 걸려 고생하면서 그 당시의 특효약인 용골(龍骨)을 먹고 있었다. 용이 상상의 동물이므로 용골이 있을 수 없지만 어떤 동물의 뼈를 용한 약이라고 그렇게 부른 것이다. 어느 날 왕의 영은 달인당(達人堂)이란 한약방에서 사온 용골을 보고 있다가 용골의 표면에 무슨 글자 같은 것이 있는 것을 보고 한약방에서 많은 용골을 사 모아 마침 그때 자기 집에 묵고 있던, 소설가이자 문자학에 조예가 깊었던 유악(劉鶚)과 함께 그것이 고대의 문자임을 확인하여 마침내 세상에 갑골문자가 알려졌다는 것이다. 누군가 흥미를 끌기 위해 지어낸 이야기라는 말이 있기는 하지만 말이다.

갑골에 새겨진 글을 각사(刻辭)라 하는데, 그 대부분은 점을 친 것에 관한 것이며, 어떤 사실을 기록한 것도 일부 포함되어 있다. 현재 알아낸 글자의 수는 2천여 자에 달하며, 알지 못하는 글자도 상당수에 이른다. 이미 판독해낸 글자로 보면, 한자가 그림[圖畫 : 도화]에서 발전되어온 것임은 매우 분명한 사실인 것 같다. 그림에서 필획이 단순한 문자로 변하고, 그러한 문자로부터 다시 진일보하여 대량의 새로운 글자들이 만들어졌던 것이다.

갑골문은 이미 매우 발달한 문자였다. 그러나 갑골문에는 그림을 바탕으로 한 문자가 매우 많다. 그림으로 나타낼 수 있는 어떤 형체를 가진 실제의 사물에 대하여는 대개 도형(圖形)으로 표시하고 있다. 예를 들면 다음과 같은 문자들이다.

人(인) 大(대) 女(여) 又(우) 目(목) 耳(이) 口(구) 齒(치)

日(일) 月(월) 草(초) 木(목) 水(수) 戈(과) 戶(호) 門(문)

牛(우) 羊(양) 犬(견) 豕(시) 馬(마) 鹿(록) 弓(궁) 矢(시)

이상과 같은 몇몇 글자는 모두 형체를 그릴 수 있는 실물을 표시한 것이다. 문자학에서는 이러한 종류의 문자를 상형자(象形字)라고 한다. 이런 유형의 글자는 비록 그림에 가까운 것이긴 하지만, 이미 하나의 단어를 표시하는 일종의 문자 즉 부호(符號)로 발달한 것이며, 그것의 필획은 선(線)으로 되어 있다. 그리고 단지 사물의 형상적 특징만을 표현해냄으로써 보는 사람으로 하여금 그것이 무엇을 나타내는 글자인지를 한눈에 알아볼 수 있기만 하면 되었지, 그림같이 복잡하게 표현할 필요는 없었던 것이다. 예컨대, 소 뿔 '𝛹'과 양 뿔 '𝛹'이 서로 다름은 매우 쉽게 분별해낼 수 있는 것이다. 그 밖에도 몇몇 글자 즉 '𝛷(개의 상형)' '𝛸(말의 상형)' 같은 것은 가로로 쓰면 차지하는 공간이 너무 크므로 세로로 세워서 썼던 것이다. 이러한 사실로 갑골문자가 이미 그림 단계를 벗어나서 언어를 기록하는 문자로 발전되었음을 알 수 있다.

한 언어의 모든 낱말들이 그림으로 표현 가능한 구체적 형상을 지니고 있는 것은 결코 아니다. 예를 들어, 갑골문에서는 선(線)을 써서 숫자를 표시하고 있다.

어떤 사물들은 표상(表象)으로 삼을 만한 실제의 외형을 보유하고 있지 않은데도 갑골문에서는 도형으로 표시하는 방법을 시도하고 있다. 예를 들면 다음과 같다.

上(상)　　下(하)　　彭(팽)　　暈(훈)　　皀(향)

이들 글자는 모두 일종의 표의(表意)문자에 해당하는 것으로 점과 획을 이용하여 뜻을 나타내려는 것이다. '위'와 '아래'는 본래 그림으로 표시할 수 있는 형상을 지니고 있는 것이 아닌데도 '⁻'을 '‿'의 위와 아래에 그어놓음으로써 사물이 놓여 있는 위치를 표시하였다. 팽(彭)자의 왼편은 북〔鼓〕이고, 오른편의 몇 개의 획으로 표시한 것은 북의 소리를 형상화한 것이다. 훈(暈)자의 원형에서 해〔日〕의 네 주위를 에워싸고 있는 몇 개의 획은 해 주위의 빛무리를 표시한다. 향(皀)자는 『설문』에 "곡식의 향기이다(穀之馨香也 : 곡지형향야)"라고 풀이되어 있다. 갑골문 "皀"의 아랫부분은 식기(食器)의 상형이며, 그 위에 있는 몇 개의 점은 음식물의 김을 나타내는 것이다. 이와 같은 종류에 속하는 표의문자를 문자학에서는 지사자(指事字)라고 한다.

　도형으로 표시된 사물의 명칭을 표시하는 낱말 이외에도 동

작을 나타내는 낱말들도 갑골문에서는 그림을 이용하여 표시한
다음과 같은 예가 있다.

出(출) : 발로 움집〔凵〕으로부터 걸어나가는 것을 표시함.

步(보) : 두 발이 앞을 향하여 나아가는 것을 표시함.

陟(척) : 두 발로 계단이나 언덕을 오르는 것을 뜻함.

降(강) : 두 발로 계단이나 언덕을 내려오는 것을 표시함.

墮(타) : 사람이 언덕에서 아래로 떨어지는 것을 표시함.

立(립) : 사람이 땅에 서 있는 것을 표시함.

至(지) : 화살이 목표물에 닿은 것을 표시함.

折(절) : 도끼로 나무를 자르는 것을 표시함.

隻(척) : 손으로 새를 잡았음을 표시함. 획(獲)의 본자.

尋(득) : 돈을 주운 것을 표시함. 득(得)의 본자.

爲(위) : 코끼리를 잡아끄는 것을 표시함.

馭(어) : 말을 모는 것을 표시함.

牧(목) : 소 먹이는 것을 표시함.

伐(벌) : 창으로 상대를 찌르는 것을 표시함.

이와 같은 글자들은 모두 그림의 형식을 빌려 두 개의 형체를
함께 조합한 표의문자인데, 문자학에서는 이를 회의자(會意字)
라고 한다.

이상에서 열거한 글자는 상형자, 지사자, 회의자에 속하는 것
들이다. 이러한 글자들은 도형으로 표시한 것이라는 공통된 특

징을 지니고 있다. 후에 자형이 전서(篆書), 예서(隷書), 해서(楷書)로 변하기는 하였지만, 처음부터 끝까지 원래의 도형적 기초를 상실하지 않았고 표음문자로 변화하지도 않았다.

3) 한자 형체의 변천

현재 우리들이 일상에서 쓰고 있는 반듯한 한자 자체(字體)를 해서(楷書) 혹은 정해(正楷)라고 부른다. 해서는 3~4세기 위진(魏晉)시대부터 형성되기 시작한 자체의 일종이다. 위진시대 이전, 즉 은상(殷商)시대에서 진한(秦漢)시대에 이르기까지 한자를 쓰는 방법에는 매우 큰 변화가 있었다. 한자 형체의 변천은 주로 다음과 같은 3단계로 구분될 수 있을 것이다.

① 상주시대의 고문자에서 진대의 소전에 이르기까지

상나라 때의 문자로는 갑골복사(甲骨卜辭) 즉 갑골문과, 청동기에 새긴 글 즉 금문(金文)이 있는데, 이러한 것은 이미 그림 단계에서 벗어나 필획(筆劃)이 간단하여 언어를 기록하는 일종의 부호로서의 면모를 보이고 있다. 그러나 그중 상당수의 문자는 형태나 의미를 나타내는 데 있어 그림의 형식을 그다지 많이 벗어나지는 못하였다. 예를 들면,

隹(추)　齒(치)　興(홍)　望(망)　竝(병)　逐(축)　男(남)

이중 隹(추), 齒(치)자는 새와 이빨을, 興(홍)자는 네 개의 손

으로 한 물건을 함께 들고 있는 모양을, 望(망)은 사람이 언덕
〔土〕 위에 서서 멀리 바라보는 모양을, 竝(병)은 두 사람이 나란
히 서 있는 모양을, 逐(축)자는 사람이 돼지를 쫓고 있는 모양
을, 男(남)자는 쟁기로 밭을 갈고 있는 모습을 그린 것이다.
　주대(周代)에 이르러 청동기에 새겨진 문자인 금문(金文)에
서는 갑골문과 비슷하기는 하지만 필획에 있어 다소 변화된 양
상을 띠고 있다. 예를 들면,

止(지)		斤(근)		豕(시)	
爲(위)		戈(과)		自(자)	
女(여)		禾(화)		貝(패)	
月(월)		令(령)		皿(명)	

왼쪽이 갑골문, 오른쪽이 금문

　춘추 말 전국 초에 이르러서는 글씨를 쓰는 데 죽간(竹簡)과
비단이 사용되어 붓으로 글자를 쓰는 것이 가능하였다. 그래서
더이상 칼로 새긴다거나 주조할 필요가 없어졌으며 따라서 문
자의 사용이 날로 많아졌다. 이때 열국(列國)의 문자들은 각각
지방적 특색을 띠게 되어 형태에 많은 차이가 있게 되었다. 그
러나 진(秦)나라 사람들은 서주(西周)의 문자를 계승하여 필획
이 복잡한 방향으로 변하고 있었다. 그러한 예로 진나라 때 돌
에 글자를 새긴 석고(石鼓)를 들 수 있는데, 이것은 이른바 대
전(大篆)으로 쓴 것이다. 대전이란 주나라 선왕(宣王) 때 사주
(史籀)라는 사람이 이전의 고문자를 정리한 서체(書體)인 주문

(籀文) 혹은 주서(籀書)의 다른 이름이다. 이에 반하여 동방 여러 나라들의 문자는 간단하고 평이해지는 추세였으며, 서주시대의 문자에 비하여 비교적 많이 변했다고 할 수 있다.

진나라가 열국(列國)을 무너뜨리고 통일왕조를 건립하자 승상 이사(李斯)가 문자를 통일할 것을 주장하고 실행에 옮겨 진나라의 문자에 부합하지 않는 것을 모조리 없애버렸다. 이로써 소전(小篆)이 나오게 되었다. 대전과 비교한다면, 소전의 형체는 대전보다 간단하고 구조도 금문(金文)에 비하여 가지런하며 쓰는 방법도 일정한 규범을 지니게 되었을 뿐만 아니라 동일한 편방(偏旁)을 취하고 있는 여러 글자는 그 편방(偏旁)을 쓰는 방법과 위치가 모두 일정하였다. 이리하여 문자가 점차 체계화되는 길로 접어들게 되었다. 진나라의 문자 통일(統一)은 한자의 발전 과정에서 크나큰 공을 세운 것이라 할 수 있다.

② 진한시대의 예서(隷書)

예서는 간략한 전서(篆書: '대전'과 이를 더 간략히 한 '소전'을 다 포함한다)에서 점차 발전되어 이루어진 것이다. 전국시대의 병기(兵器)에 새겨진 문자는 이미 간략화 추세를 띠고 있었다. 진나라 때에는 이미 전서와 비슷한 예서가 나오기 시작해서 민간에서 사용되고 있었다고 한다. 한대에 이르러 예서는 계속 발전되었다. 전서에 가까운 형체에서 전서와는 완전히 다른 것으로 발전되어 마침내 일상생활에 응용되는 서체로 활용되기에 이르렀다. 예서가 전서와 다른 점은 한두 가지가 아니다. 대체로 세 가지 방면으로 나누어보면 다음과 같다.

(가) 필획의 간략화 : 이를테면, 편방자 가운데 䇂(언)이 言,

辵(착)이 辶, 阜(부)가 阝로 된 것이다.

(나) 구조적 변모 : 璶(진)이 晉으로, 秦(진)이 秦으로, 璶(조)가 曹로, 萅(춘)이 春으로 변한 것 등이다.

(다) 전서의 굽은 필획을 곧게 또는 네모지게 바꾼 것 : 月(월)이 月로, 木이 木으로, 文(문)이 文으로, 六(육)이 六으로, 女(여)가 女로, 大(대)가 大로, 甲(갑)이 甲으로, 有(유)가 有로, 友(우)가 友로, 以(이)가 以로 변한 것이다.

예서의 출현으로 한자는 번잡한 것에서 간단한 것으로 혁신적인 변화를 겪었다. 예서는 전서에서 변화된 것으로 한자의 도화(圖畵)적 성격을 완전히 벗고 쓰기 편리한 부호로 발전하게 되었다. 그리고 문자가 대중화되는 방향으로 이끌었고, 사회생활 가운데 더욱더 큰 이바지를 할 수 있게 되었다. 그러나 한자의 가장 큰 특성인 상형성(象形性)을 대량 파괴하고 말았다는 결점도 있다. 동한(東漢)시대 이후 종이가 이미 대량으로 생산되어 문자 쓰기는 더욱 편리해졌다. 따라서 예서의 필획 모양이 파도가 치는 듯한 파절형(波折形)을 띠게 되었고, 전체 모양도 전서와는 크게 다르게 되었던 것이다. 동한시대에는 해예체(楷隸體)에 능한 서예가들이 많이 나타났다.

한대에 예서가 막 자리를 잡아갈 무렵 다시 초서(草書)가 등장하였다. 초서는 예서를 날려쓴 것이다. 한위(漢魏)시기에 통용된 것을 장초(章草)라 한다. 한나라 말기에는 해예(楷隸)에서 간이하게 변한 행서(行書)가 등장하기도 하였다. 동진(東晉)시기에는 또 금초(今草)가 나왔다. 이로써 실용상의 편이를 도모하기 위하여 새로운 서체가 끊임없이 출현하였음을 알 수 있다. 하지만 초서는 전체 모양이 예서와 가까운 것만을 추구하였기 때문에 일반 사람들이 쉽게 알아볼 수 없었고, 행서도 갈겨쓰는 것으로 편향되었으므로 해서(楷書)가 점차 많은 사람들의 호응을 얻게 되었다.

③ 위진 이후의 정해(正楷)

해서(楷書)의 해(楷)는 '본보기' '모범'이라는 뜻이다. 해서는 원래 모범이 되는 글자 혹은 법도가 있는 글자라는 뜻이었지 어떤 글자체의 고유명사가 아니었다. 위진(魏晉)시대의 사람들은 일부 예서(隸書)를 '해법(楷法)'이라 부르기도 했다. 그러므로 행서(行書)에서 벗어난 종요(鍾繇)의 글씨, 즉 뒷날 해서의 창시자로 불리는 종요의 글씨도 당시로서는 해서라 불리지 못했다. 남북조(南北朝)에서 당대(唐代)에 이르기까지 해서(楷書)는 '정서(正書)' '진서(眞書)' 등의 이름으로 불리기도 했다. 정서와 진서는 '행서(行書)'와 '초서(草書)'에 대한 상대적 명칭이다. 당대(唐代)에 이르러서야 '해서'라는 명칭은 오늘날 우리가 부르는 글씨체를 의미하기 시작했고, 송나라에 이르러서야 확실한 고유명사가 되었다. 한자는 해서 이후로 글씨체에 있어서의 별다른 변화가 없다. 이 자체는 해예에 비하여 다른 점을 지니고 있다. 파세(波勢)가 감소하였고, 필획도 평이(平易)한 추세를 보이고 있다. 그런 까닭에 당대(唐代) 이후 줄곧 통상적인 자체로 쓰여왔다.

이상에서 서술한 것을 종합하면, 한자의 형체 변화는 상주시대의 고문자에서 소전에 이르는 것을 제1기로, 그리고 소전에서 예서로 발전한 것을 제2기로, 예서에서 다시 해서로 발전한 것을 제3기로 각각 구분할 수 있다. 전체적인 추세는 번잡하고 어려운 것에서 간단하고 쉬운 방향으로 변모하였다. 문자는 그 사용에 있어 가급적이면 쓰기 쉬운 것이면 되었지 표의(表意) 문제에 더이상 얽매일 필요가 없었던 것이다.

4) 한자의 구조

한자의 외형은 옛날부터 지금까지 줄곧 네모꼴의 문자였다. 그중 어떤 것은 독체자(獨體字)고, 어떤 것은 합체자(合體字)다. 독체자의 내원(來源)은 도화(圖畵)식의 상형자와 지사자이고, 합체자는 독체자를 기초로 구성된 것으로서 회의자와 형성자를 포괄한다. 한자 전체에서 독체자는 매우 적고 합체자가 대부분을 차지하고 있다. 합체자 중에서는 형성자가 절대 다수를 차지하고 있다.

합체자는 이미 만들어진 두 개의 글자를 하나로 조합한 것인데, 그 조합 형식은 주로 좌우와 상하의 두 종류가 있다. 형성자의 구조는 반은 형부(形符) 즉 의미부호이고 반은 성부(聲符) 즉 발음부호로 되어 있으며, 형부는 뜻의 범위를, 성부는 음을 표시하는 것이다. 여기서 '符(부)'자를 사용하는 이유는 모든 한자가 비록 상형에서 출발하긴 했지만 '그림'이 아니라 부호(符號)로서의 '문자'이기 때문이다. 형부와 성부가 차지하고 있는 위치는 다음의 여섯 종류가 있다.

① 좌형우성(左形右聲)
組(조), 紅(홍), 語(어), 提(제), 伍(오), 校(교), 忙(망), 江

(강), 城(성), 附(부), 唱(창), 鯉(리), 舫(방), 狗(구), 炬(거)

②좌성우형(左聲右形)

放(방), 和(화), 鴨(압), 視(시), 頸(경), 翅(시), 部(부), 勃
(발), 額(액), 劑(제), 救(구), 鷄(계), 敲(고)

③상형하성(上形下聲)

簡(간), 花(화), 室(실), 草(초), 定(정), 覆(복), 冕(면), 岑
(잠), 星(성), 露(로), 薇(미), 芩(금), 蓬(봉), 霜(상), 箱(상)

④상성하형(上聲下形)

吾(오), 常(상), 裂(열), 帛(백), 含(함), 盟(맹), 婆(파), 斧
(부), 忽(홀), 摩(마), 費(비), 翡(비), 恭(공), 貢(공), 忌(기)

⑤외형내성(外形內聲)

匡(광), 衷(충), 痕(흔), 病(병), 廢(폐), 閨(규), 弼(필), 街
(가), 圃(포), 匍(포)

⑥외성내형(外聲內形)

聞(문), 悶(민), 辨(변), 問(문)

　이렇듯 각기 다른 양상을 보이는 것은, 처음에는 글자 쓸 때
의 편리함과 형식상의 아름다움을 꾀하다보니 형부와 성부의
위치가 저마다 다르게 된 것이다. 그러나 나중에는 동일한 형부
를 취하고 있는 글자들은 대부분 일정한 격식을 갖추게 되었다.

예컨대, '亻口彳氵火木扌土犭示糸禾米虫酉足玉巾衣日' 등의 형부를 가지고 있는 글자들은 일반적으로 그 형부가 왼쪽에 위치하고 있고, '力攴殳頁見刂戈瓦鳥斤' 등의 형부는 모두 오른쪽에 위치하며, '宀穴卄竹雨' 등의 형부는 모두 위쪽에 위치하고, '皿子心灬(火)黽' 등의 형부는 모두 아래쪽에 위치한다. 이들 각각의 형부는 자형 구조 가운데 위치한 자리가 보기에는 흡사 복잡한 것 같지만, 실제로는 일정한 규칙을 지니고 있으므로 글자의 판독과 쓰기 두 방면에 걸쳐 모두 매우 편리하다. 이러한 구조 형식은 진한시대의 전서(篆書)에서부터 이미 고정적인 양상을 보였다. 글씨를 쓰는 필획의 순서도 반드시 왼편에서 오른편으로, 위에서 아래로, 바깥에서 안으로 쓰는 것을 원칙으로 하여왔기 때문에 아무렇게나 써서는 안 된다.

5) 한자의 증가와 간략화

한자는 이미 상나라 때에 상형자 지사자 뿐 아니라 형성자와 가차자(假借字)도 쓰이고 있었다. 상형자와 지사자는 형을 위주로 한 것이고, 형성자와 가차자는 음을 위주로 한 것이다. 언어와의 조화를 위한 표음(表音) 기능은 한자 발전의 필연적 추세였으므로, 글자를 새로 만들어낼 때 주나라 이후로는 형성자가 주류를 이루게 되었다. 언어는 사회, 정치, 경제, 문화, 과학의 발전에 발맞추게 마련이어서 낱말들이 끊임없이 증가되었고, 문자 또한 이와 더불어 날로 증가하여 하나의 복잡다단한 체계를 형성하게 되었다.

　진대(秦代)에 나온『창힐편(倉頡篇)』『박학편(博學篇)』『원력편(爰歷篇)』등의 자서(字書)에 쓰인 글자를 모두 합치면 3,300자, 한대에 양웅(揚雄)이 지은『훈찬편(訓纂篇)』에는 5,340자, 허신이 지은『설문해자』에는 9,353자〔주문(籀文)이나 전국시대 열국에서 쓰이던 고문(古文) 가운데서 수록된 글자, 즉 중문(重文)을 포함하지 않은 숫자임〕가 실려 있다. 진송(晉宋) 이후에는 문자가 다시 날이 갈수록 증가하였다. 진(晉)나라 여침(呂忱)이 지었다고 하는『자림(字林)』에는 12,824자, 후위(後魏) 사람 양승경(楊承慶)이 지은『자통(字統)』에는 13,734자, 양(梁)나라 고야왕(顧野王)이 지은『옥편(玉篇)』에는 16,917자(뒤에 22,561자로 증가되었다), 수(隋)나라 육법언(陸法言)이 지은『절운(切韻)』에는 12,158자가 각각 실려 있다. 당(唐)대에 나온 손강(孫强)의 증자본(增字本)『옥편』에는 22,561자가 수록되었고 송대에 사마광(司馬光)이 편찬한『유편(類篇)』의 수록 글자 수는 31,319이며, 청대에 나온『강희자전(康熙字典)』에는 47,000여 자에 이르게 되었다. 1973년 대만에서 발행된『중문대사전(中文大辭典)』에는 49,905자, 약자와 주변 국가에서 만들어진 글자까지 포함한 1994년에 나온 중국 중화서국의『중화자해(中華字海)』에는 85,568자가 수록되어 있다. 이『중화자해(中華字海)』는 현존하는 자전 가운데 가장 많은 글자를 수록한 책이다.

　자서 중에 등장하는 문자의 수량이 증가한 것은 각 시대에 탄생된 문자가 누적되었기 때문이다. 각 시대마다 새로운 낱말들이 적지 않게 생겨났고, 이에 따라 많은 형성자를 만들어내게 되었으니 글자의 수가 자연히 증가하게 마련이다. 뿐만 아니라 문자 사용면에서도 여러 가지 상황에 따른 이체자와 파생된 글

자가 많이 생겨나게 되었다. 형체를 달리하는 글자는 다음과 같
은 몇 가지 종류가 있다.

① 옛날부터 전해오는 고문기자(古文奇字)

『설문해자』에 수록되어 있는 것으로 예를 들어보면 다음과 같
은 것들이 있다 : '儿'은 '人'자의 고문기자이고, '无'자는 '無
(무)'자의 기자이다. '礼'(禮:예), '眎'(視:시), '愳'(懼:구)
등은 고문이고, '雱'(旁:방), '墬'(地:지)는 주문(籒文)이다.

② 이체자(異體字)

鷄(계)와 雞(계), 譹(훌)과 憍(훌), 谿(계)와 溪(계), 偪(핍)
과 逼(핍), 脣(순)과 䏮(순) 등의 글자는 형부(形符)가 다른 것
이다. 이러한 종류의 이체자가 특히 많다.

③ 고금자(古今字)

동일한 의미를 가진 글자이면서 고금의 글자 모양이 다른 것
을 고금자라고 하는데, 금자는 고자에다 편방을 더하여 만들어
진 것도 있고, 혹은 고자와는 별개의 글자인 경우도 있다. 예를
들면, 从(종)과 從(종), 厎(파)와 派(파), 㡀(폐)와 敝(폐), 𣶒
(연)과 淵(연), 鼄(주)와 蛛(주), 䊆(부)와 釜(부), 𦔮(전)과 膻
(전) 등은 글자의 음과 뜻이 완전히 같다.

④ 속체자(俗體字)

민간에 흔히 유행되고 있는 필기체에서 비롯된 글자를 속체
자라 하는데 예를 들면 殺(살)을 煞(살)로, 漆(칠)을 柒(칠)로,

吊(조)를 吊(조)로, 棱(릉)을 楞(릉)으로, 淚(루)를 泪(루)로 쓰
는 것 등이다.

　이상의 글자들은 자서(字書)에서 매우 큰 비중을 차지하고 있다.
　글자가 사용되는 중에 편방을 첨가시킨 별도의 글자가 쓰이
게 된 경우가 있다. 이러한 부류의 일부는 속체자에 속하는 것
이다. 예컨대 동량(棟樑)의 樑(량)은 木(목)을 쓸데없이 첨가시
킨 것이고, 菓子(과자)의 菓(과)도 艹(초)를 쓸데없이 첨가시킨
것이며, 삼태기와 빗자루의 뜻인 箕箒(기추)에서 두 竹은 모두
쓸데없이 첨가시킨 것이다. 다만, 어떤 것은 원래부터 있던 글
자와 전혀 다른 의미로 전용(轉用)되어 원래의 조자(造字) 의도
와는 전혀 무관하게 쓰이고 있기 때문에 본래의 글자에다 편방
을 첨가하여 원래 글자의 의미를 보존하게 된 경우도 있다. 이
러한 글자는 문자학상 후기본자(後起本字)라고 불리는 것이다.
예를 들면 '莫(모)'의 본뜻은 '해가 지다'인데, '無(무)'(없다)
라는 의미로 쓰이게 됨으로 말미암아 그 본뜻을 보존하기 위해
다시 '暮(모)'자를 만들어내게 되었다. '暴(폭)'자의 본뜻은
'햇볕에 말리다'인데, 그것이 '포악하다'는 의미로 쓰이게 되자
본뜻을 가진 글자로 '曝(폭)'자가 만들어졌다. 또 '須(수)'자의
본뜻은 '수염'인데, 그것이 '반드시'라는 뜻으로 쓰이게 되자
다시 '鬚(수)'자를 만들어 '수염'을 뜻하는 글자로 사용하였다.
'韋(위)'자의 본뜻은 '주위를 둘러싸다'인데, 그것이 '피혁'이
라는 의미로 쓰이게 되자 다시 그 본뜻을 위해서 '圍(위)'자가
만들어졌다. '然(연)'자의 본뜻은 '불태우다'인데, 그것이 '그
러하다'는 의미로 쓰이게 됨에 따라 새로 '燃(연)'자를 만들었

다. 또 어떤 글자는 파생의(派生義)를 가지고 있다가 그 본뜻이
더이상 쓰이지 않고 파생의(派生義)가 통상적으로 널리 쓰이게
됨으로 말미암아 편방을 새로 첨가하여 그 본뜻에 충실한 글자
를 만들었다. 이를테면, '監(감)' 자의 본뜻은 '사람이 몸을 구부
려 그릇에 담긴 물에 비친 자기 모습을 들여다보다'이고, 파생
의는 '감찰하다' '감독하다'인데, 통상 그것의 파생의가 널리
쓰이고 본뜻으로는 쓰이지 않게 되어 다시 쇠 금(金)을 더한
'鑑(감)' 자를 만들어내게 되었던 것이다. '益'(일·익)자의 본
뜻은 '그릇으로부터 물이 넘쳐나오다'이고, 파생의는 '불어나
다' '유익하다' 등의 의미였는데, 본뜻으로는 쓰이지 않게 되자
새로 '溢(일)' 자를 만들어 그러한 의미로 썼던 것이다. '原(원)'
자의 본뜻은 '수원(水源)'이고, 그것이 파생되어 '원시' '본래'
등의 의미를 가지게 되었으며, 본뜻이 쓰이지 않게 됨에 따라
새로 '源(원)' 자를 만들어 쓰게 되었다. 지금까지 예로 든 글자
는 모두 후기본자(後起本字)라고 불리는 것인데 일부학자는 이
야말로 전주(轉注)의 주요한 속성이라고 주장하기도 한다.

그 밖에도, 한자의 발전 과정 중에 뜻이 비슷하고 음이 같거
나〔의근음동(義近音同)〕혹은 음이 비슷한 분별자(分別字)라는
것이 생겨났다. 이를테면 '輓(만)' 자는 '수레를 앞에서 끌다'는
의미인데, 일반적으로 '끌다'는 의미를 위하여 이것과는 별도로
'挽(만)' 자를 만들었다. '版(판)'은 '도판(圖版)' '판축(版築)'
이라는 의미로 쓰이고, '목판' '철판'이라는 의미로는 '板(판)'
자를 별도로 만들어 쓰게 되었다. '稱(칭)'은 '저울질하다' '무
겁고 가벼움을 달다'는 의미를 지니고 있다. 그런데 '경중을 다
는 도구'라는 의미를 위해서 따로 '秤(칭)' 자를 만들어냈다.

'受(수)' 자는 '주고받다' 는 의미를 가지고 있는데, '다른 사람에게 주다' 는 의미로는 따로 '授(수)' 자를 만들어 쓰고 있다. '知(지)' 자는 '알다' '명백하다' 는 의미를 가지고 있는데, '총명하고 지식이 있다' 는 의미로는 '智(지)' 자를 쓴다. 이러한 것이 바로 분별자다.

이러한 현상으로 보면, 역사가 흐를수록 한자의 수량이 날로 많아진 것은 각 시대마다 새로운 낱말들이 증가함에 따라 새로운 글자를 만들어낼 필요가 있었기 때문이었다. 이처럼, 대량의 이체자와 속체자가 등장하고 편방을 첨가시키는 방법을 통하여 새로운 의미를 표현하는 파생자를 출현시킴으로써 한대 이후로 자서(字書)에 수록된 글자의 수가 날로 많아졌던 것이다. 그러나 일상적인 문자생활에 필요한 글자의 수는 단지 6~7천 자에 불과할 따름이다.

한자가 언어를 기록하는 데 필요한 부호(符號)로 쓰인다는 사실로 보면, 곁가지같이 뻗어나온 이체자(異體字)자들은 반드시 없애버려야 마땅할 것이다. 간단하고 편리해야 한다는 것과, 일반 사람들에게 널리 받아들여졌는가를 선택의 기준으로 삼아야 할 것이다. 이에 따라 고자(古字)를 버리고 금자(今字)를 쓰고, 번잡한 이체자를 취하지 않고 쉽고 간편한 글자를 취해야 할 것이다. 번잡한 것에서 점차 간단하게 되는 것이 한자 형체 발전의 규칙으로 고대에서 근대에 이르기까지 줄곧 그러한 추세를 보여왔다. 전서에서 예서로 바뀐 것이 바로 첫번째의 대변혁이었다. 예컨대 '泰(태)' '春(춘)' '奉(봉)' 이 세 글자의 머리 부분은 전서에서는 𡗗, 𡆮, 𡗗로 각각 달리 쓴 것이었지만 예서에와서는 별차이가 없게 되었다. 또 '心(심)' 자가 어떤 글자의 왼편에 쓰일 때 해서에서는 일괄적으로 '忄'으로 쓰는 것과 '火 (화)' 자가 어떤 글자의 아래쪽에 쓰일 때 해서에서는 모두 '灬' 로 쓰는 것은 의도적인 간략화였다. 각 시대마다 행서, 초서로 부터 받은 영향으로 말미암아 등장한 간체자는 이루 다 가려낼 수 없을 만큼 많은 실정이다. 예컨대 '牀(상)'을 '床(상)'으로, '莊(장)'을 '庄(장)'으로, '點(점)'을 '点(점)'으로, '獨(독)'을 '独(독)'으로 쓴 것들은 수당시대 이래 이미 민간에 유행되었던 것들이다. 그러므로 한자의 형체 구조방식과 표음작용에 부합 하고 또 조리에 맞는 간체자는 글자의 식별과 일상 문자생활에 유리한 것이었다. 그러나 대중에게 통용되는 것을 인정한다는 원칙을 위배해서는 안 된다. 글자의 모양을 자기 맘대로 쓰거 나, 함부로 쓴다면 문자가 가지고 있는 의사소통의 도구적 기능 을 상실하게 될 것이다.

2. 부수(部首)

부수는 한자 자전에서 같은 편방(偏旁), 즉 변(邊)에 속하는 부목(部目)을 지칭하는 것이다. 동한(東漢) 사람 허신(許愼)이 지은 『설문해자(說文解字)』는 소전(小篆)을 위주로 자형의 구 조를 분석하여, 같은 형부(形符)를 지니고 있는 글자들을 하나 로 묶어서 그것을 '부(部)'라고 칭하고 있는데, 그 전체를 합하 면 540부에 달하며, '一(일)'부에서 시작하여 '亥(해)'부로 끝 맺고 있다. 각 부에서는 공통적인 형부자(形符字)를 그 첫머리 에 배열해놓고, 그 글자를 부수라고 칭하였다. 예컨대 '玉(옥)'

‘山(산)’ ‘人(인)’ ‘水(수)’ ‘木(목)’ 등이 모두 부수에 해당하는 것이다.

허신이 형부를 근거로 문자를 배열하는 방법을 창안한 이래, 이러한 방법이 오랫동안 자전을 편찬하는 사람들에게 채택되었다. 그렇게 사용하는 가운데, 부수의 숫자만 약간 달라졌을 뿐이다. 양대(梁代)의 고야왕(顧野王, 519~581)이 지은 『옥편』에서는 542부로 늘었고, 명대 매응조(梅膺祚)가 지은 『자회(字匯)』에서는 214부로 감소되었으며, 장자열(張自烈)의 『정자통(正字通)』과 청대에 나온 『강희자전(康熙字典)』에서는 『자회』와 동일하다. 그러나 전서가 예서로 변하고, 예서에서 다시 해서로 변화되면서 자형 필획의 구조 변화가 매우 심했기 때문에 일부의 독체자(獨體字)는 어느 부수에 넣기가 매우 힘들게 되었다. 예컨대 ‘及(급)’ ‘也(야)’ ‘丸(환)’ 등이 바로 쉽사리 부수를 지정할 수 없는 글자들이다. 자전에서는 그러한 글자들을 찾기 쉽도록 따로 검자표를 만들어놓는 수밖에는 별도리가 없었다.

이전에 나온 자전들의 부수 구분은 전서의 자형을 토대로 한 것이었으므로, 해서 자형에 따라 부수를 구분하는 경우, 어떤 형부들은 하나에서 둘로 나누어지거나 혹은 두 가지를 하나로 합쳐야 할 것이다. 예를 들면 ‘火’ 와 ‘灬’, ‘心’ 과 ‘忄’, ‘人’ 과 ‘亻’, ‘手’ 와 ‘扌’ 는 두 개의 부수로 각각 독립되어야 할 것이다. 1953년 중국에서 출간된 『신화자전(新華字典)』에서는 189부로 나누고 있는데, 이것은 『강희자전』의 214부에 비하여 25부가 줄어든 것이다. 이러한 개정은 불필요한 것이 아니다.

3. 육서(六書)

육서는 중국 문자학사에서 쓰이는 명사 가운데 하나다. 한대의 학자들은 한자의 구성과 사용방식을 여섯 가지 유형으로 귀납시켜 그것들을 총칭하여 육서(六書)라 하였다.

육서라는 단어는 『주례(周禮)』에 나온다. 『주례』「지관(地官)·보씨(保氏)」에는 "왕의 잘못을 충고하고 귀족의 자제를 도로써 양성하는 일을 관장하였다. 곧, 귀족 자제들에게 여섯 가지 예능을 가르쳤는데…… 다섯째로 육서가 있다(掌諫王惡而養國子以道, 乃敎六藝 …… 五曰六書)"고 하였다. 이 '글 서(書)' 자는 '글씨를 쓰다' 는 뜻이다. 고대에는 인쇄술이 발달되지 않아 책을 얻기가 어려웠다. 그래서 어린아이들이 입학을 하면 우선 글씨 쓰는 것을 익힌 다음에 읽는 것을 배웠으므로 서예가 글자를 익히는 것과 쓰는 것을 다 포함하는 개념이었으니, 이것이 곧 문자의 학이었던 것이다. 『주례』는 춘추시대에 나온 것으로 유가(儒家)에 전해졌을 뿐 다른 경서가 그랬던 것처럼 대대로 전해오는 스승의 해설이 없었다. 서한(西漢) 말의 학자 유흠(劉歆)이 그 책을 소중히 여겨 가르치기를 크게 제창하는 한편, 그의 정치적 역량을 이용하여 태학(太學)에 관직으로서의 박사(博士)를 설립하였다. 그는 자신의 저술인 『칠략(七略)』에서 "옛날에는 8세 때 소학에 들어갔으므로 주대의 관리인 보씨(保氏)가 국자(國子) 양성을 관장하여 그들에게 육서를 가르쳤으니, 육서란 상형(象形)·상사(象事)·상의(象意)·상성(象聲)·전주(轉注)·가차(假借)를 말하며, 그것이 글자를 만드는 바탕인 것이다"라고 말하였다. 이것이 육서에 대한 최초의 해석이다. 상형·상사·상의·상성은 문자 형체의 구조를 가리키며, 전주 가차는 문자 사용방식을 가리키는바, 전주는 글자의 뜻에 중점을 둔 것이고, 가차는 글자의 음에 중점을 둔 개념이다. 이러한 귀납방식은 당시의 문자에 대한 분석으로는 매우 분명한 것이었으므로 중국 문자학사에서 매우 큰 공헌을 세운 것이라고 말할 수 있다. 상형·상사·상의·상성, 즉 사상(四象)의 명칭은 학술적인 성격이 강한 용어이나, 발음하기와 쓰기에 있어 쉽게 혼동을 불러일으켜 불필요한 착오를 야기하는 것이므로 얼마 후 그의 후학들이 수정하였다. 예를 들어 정중(鄭衆)은 전주·가차는 그대로 두었으나, 사상에 대해서는 상형(象形)·회의(會意)·처사(處事)·해성(諧聲)으로 수정하였다. 하지만 그 내용은 동일한 것이다.

허신(許愼)은 유흠의 계시를 받아 수십 년의 노력을 기울여 한자를 정리한 끝에 『설문해자(說文解字)』를 완성하였다. 그가 육서(六書)에 대한 견해를 서문에서 요약한 것을 살펴보면 유흠의 학설에 비하여 발전된 점이 있는데, 이를 다음과 같은 몇 가지로 요약할 수 있다.

① 육서의 순서를 지사(指事), 상형(象形), 형성(形聲), 회의(會意), 전주(轉注), 가차(假借)로 배열한 점.

② 사상(四象)의 명칭을 수정하여 그 의미를 보다 명확하게 한 점.

③ 육서의 각각에 대하여 정의를 내리고 예를 들어서 그것을 명백히 한 점이다.

이로써 육서가 전문 학문의 한 영역으로 격상되었고, 그 뒤

지금까지 수많은 학자들이 고문자를 연구하였어도 아직도 그
범주를 초월하지 못하였다.

허신의 성취가 위대하였음은 두말할 나위가 없다. 하지만 그
에게도 오류는 있는데 이는 자료의 한계성에 기인한 것이다. 그
는 중국 문자의 원시구조를 탐색하려 하였지만 그 당시에는 최
초의 문자 자료라 할 수 있는 도문(陶文), 갑골문(甲骨文) 등을
접해볼 수 없었다. 『설문해자』는 기원후 100년에 완성되었고,
근거로 삼은 문자 자료는 진한시기의 전서(篆書)인데, 간혹 선
진시기 진나라의 주문(籒文)과 한나라 초에 공자(孔子)의 옛집
벽(壁)을 헐다가 발견한 경서에 보이는 전국시대 말기의 이른바
육국문자(六國文字)를 서주시대의 고문자로 잘못 알고 참고하
기도 하였다. 그보다는 더욱 이른 시기의 문자 자료를 볼 수 없
었던 탓에, 그의 분석과 해설에는 자연 부족한 점 또는 잘못된
부분이 있게 마련이었다. 오늘날에는 갑골문과 상주시기 금문
그리고 전국, 진한시기의 죽간(竹簡), 백서(帛書) 등 대량의 자
료가 있으므로, 한자의 탄생과 발전에 대한 매우 새로운 지식을
얻을 수 있게 되었다. 따라서 허신의 육서설을 돌이켜 살펴보면
자연히 이견(異見)이 없을 수 없을 것이다. 어쨌든 육서를 간단
히 소개해보면 다음과 같다.

1) 상형

"상형이란 물체의 굴곡에 따라 그 모양을 그린 것으로, 예를
들면 일(日), 월(月)자와 같은 것이다(象形者, 畵成其物, 隨體詰
詘, 日月是也)." 허신이 말한 상형의 정의이다. "힐굴(詰詘)"이

란 굴곡(屈曲)과 같은 말이다. 물체의 꼴을 중시하므로 생략하
거나 줄일 수 없다는 뜻을 강조한 것이다. 구름 云(운), 비 雨
(우), 메 山(산), 밭 田(전), 물 水(수), 샘 泉(천), 불 火(화), 나
무 木(목), 밀·보리 來(래), 벼 禾(화), 오이 瓜(과), 물고기 魚
(어), 조개 貝(패), 새 鳥(조), 제비 燕(연), 깃 羽(우), 소 牛
(우), 양 羊(양), 개 犬(견), 말 馬(마), 돼지 豕(시), 코끼리 象
(상), 범 虎(호), 사슴 鹿(록), 뿔 角(각), 고기 肉(육), 사람 大
(대), 사람 人(인), 귀 耳(이), 눈 目(목), 입 口(구), 코 自(지:
'자'가 아님), 손 手(수), 손 又(우), 심장 心(심), 발바닥 止
(지), 아기 子(자), 옷 衣(의), 수건 巾(건), 집 宀(면), 집 广
(엄), 지게문 戶(호), 문 門(문), 기와 瓦(와), 우물 井(정), 솥
鬲(역), 그릇 豆(두), 술병 酉(주: '유'가 아님), 병 壺(호), 그릇
皿(명), 칼 刀(도), 배 舟(주), 수레 車(거), 책 冊(책), 도끼 斤
(근), 구슬 玉(옥), 그물 网(망), 활 弓(궁), 화살 矢(시), 창 戈
(과), 창 矛(모), 날 飛(비), 가래 力(력), 언덕 丘(구), 높은 집
高(고), 굽은 바구니 曲(곡), 거북 龜(귀), 껍질 甲(갑), 귀신 鬼
(귀), 자루 東(동), 팔 九(구), 실 糸(멱), 뿌리 不(불), 계단 阜
(부), 점 卜(복), 눈 臣(신), 쥐 鼠(서), 뿔소 兕(시), 번개 申
(신), 뽕나무 桑(상), 끌 辛(신), 새 焉(언), 음부 也(야), 수염
而(이), 절구공이 午(저), 도끼 戉(월), 도끼 戌(술), 대 竹(죽),
솥 鼎(정), 조개 辰(신), 새 隹(추), 내 川(천), 흙 土(토), 머리
頁(혈) 등이 있다.

2) 지사

"지사란 보면 알 수 있고 살피면 그 뜻이 드러나는 것인데, 예를 들면 상(上), 하(下)와 같은 것이다(指事者, 視而可識, 察而見意, 上下是也)." 허신이 말한 지사의 정의이다. "시이가식(視而可識)", 이 말은 사람들이 눈으로 보고 알 수 있다는 뜻이다. 이것은 상형과 비슷하지만, 차이점은 형체가 있는 실물은 비슷하게 묘사하기가 쉬워 직접 나타낼 수 있는 반면, 사리(事理)는 실상이 없으므로 사리를 구체적인 모습으로 표현해 낼 때 누구나 보고 알 수 있어야 가능하다는[예 : 윗 상(上) · 아래 하(下)]점이다. "찰이현의(察而見意)"란 말은 회의와 흡사하나, 그것과 구별하자면 편방(偏旁)을 분석하는 데 근거해야 한다. 회의자는 두 개 혹은 그 이상의 글자를 하나로 합쳐서 하나의 뜻을 표현하는 것인 데 반하여, 지사자는 한 부분을 떼어내면 문자로 성립되지 않거나, 한 부분을 떼어내면 문자가 아닌 한 요소 즉 각종 부호로 남게 되는 것을 말한다. 예를 들면 칼날 刃(인)의 점(丶), 끝 末(말)의 윗부분이나 근본 本(본)의 아랫부분의 긴 선〔一〕이 이에 해당한다. 一(일), 二(이), 三(삼), 八(팔), 上(상), 下(하), 寸(촌), 寸(주), 本(본), 末(말), 刃(인), 小(소), 少(소), 入(입), 凶(흉), 牟(모), 只(지), 毋(무), 甘(감) 등이 지사자에 속한다.

3) 회의

"회의는 유형별로 모으고 그 뜻을 합하여 표현하고자 하는 의미를 나타내는 것이며, 예를 들면 무(武), 신(信) 등과 같은 것이다(會意者, 比類合誼, 以見指撝, 武信是也)." "비류(比類)"란 두 개의 글자를 하나로 합쳤다는 것을 뜻한다. "합의(合誼)"는 곧 회의(會意)와 같은 말로 '뜻을 모은다'는 말이다. "지휘(指撝)"는 '의미하고자 하는 바'를 뜻한다. 그러므로 회의란 어떤 의미하고자 하는 바의 글자를 만들기 위하여 둘 이상의 독립된 글자를 모은 다음, 거기에서 다시 새로운 의미를 만들어내는 것을 말한다.

예를 들면, 발바닥의 상형으로 '걸어가다'는 의미를 가진 止(지)와 창 戈(과)를 합하여 '무력' 武(무)를 만든 것, 귀신 示(기)와 흙 土(토)를 합하여 '땅귀신' 社(사)를 만든 것, 책 冊(책)과 두 손의 상형 廾(공)을 합하여 '중요한 책'이라는 뜻의 典(전)을 만든 것, '저녁'의 뜻으로 쓰인 夕(석)과 입 口(구)를 합하여 '이름 名(명)'을 만든 것, 나무 木(목)과 사람 人(인)을 합하여 쉴 休(휴)자를 만든 것 등이다. 이외에도 初(초), 公(공), 赤(적), 取(취), 安(안), 宗(종), 位(위), 伐(벌), 灾(재), 男(남), 孫(손), 隻(척), 集(집), 牧(목), 敗(패), 扁(편), 役(역), 死(사), 喜(희), 析(석), 邑(읍), 臭(취), 好(호), 祝(축), 寇(구), 鳴(명), 羅(라), 囚(수), 突(돌), 竄(찬), 炙(자), 間(간), 益(익), 炎(염), 林(림), 棗(조), 棘(극), 竝(병), 磊(뢰), 森(삼), 品(품), 姦(간), 焱(염), 轟(굉) 등은 한눈에 회의자임을 알 수 있는 글자들이다.

그런데 허신은 회의자의 대표적 글자의 하나로 '信(신)'을 들었지만 일부 학자들은 이 글자가 言(언)을 형부(形符)로, 亻(인)을 성부(聲符)로 한 형성자(形聲字)가 분명하다고 본다. 그렇다면 허신은 많은 회의자 가운데 하필이면 예시자(例示字)에서 오류를 범한 셈이다.

4) 형성

"형성은 사물의 유형(類形)을 글자의 뜻을 나타내는 부분[形符]으로 삼고, 그 사물과 발음이 같은 글자로 소리를 나타내는 부분[聲符]으로 삼아 만든 것이며, 예를 들면 강(江), 하(河)와 같은 것이다(形聲者, 以事爲名, 取譬相成, 江河是也)." 형성자는 기본적으로 두 개의 글자로 구성된다. 하나는 형태부호[形符 : 형부]이고, 또 하나는 소리부호[聲符 : 성부]이다. 상주(商周) 시대부터 형성자는 한자 숫자 증가에 가장 큰 역할을 했다.『설문』에 수록된 글자 중에서 형성자가 약 9/10에 달한다. 형성자가 형과 성이 반반씩 지위를 점하고 있는 이상, 문자를 만들고 정리하는 사람들은 응당 형과 성의 위치에 대해서 규정했어야 함에도 불구하고 이 문제에 그다지 주의를 기울이지 않아 좌형우성(左形右聲)·좌성우형(左聲右形)·상형하성(上形下聲)·상성하형(上聲下形)·내형외성(內形外聲)·내성외형(內聲外形)과 같은 임의적인 구조가 생기게 되었다. 이 때문에 익히기가 어려웠을 뿐만 아니라 사용에도 불편했다.

5) 전주

"전주는 같은 부수에 속하는 글자끼리 같은 뜻을 서로 주고받을 수 있는 것을 말하는데, 예를 들면 고(考), 로(老)와 같은 것이다(轉注者, 建類一首, 同意相受, 考老是也)." 전주에 대한 허신의 정의이다. 그러나 위의 번역문이 반드시 정확하다고는 할 수 없다. '類' 자와 '首' 자의 해석에 여러 주장이 있기 때문이다. 허신이 회의 다음에다 전주를 배열해놓은 것은 그것이 뜻을 위주로 한 것임을 말해 주고 있다고 볼 수도 있다. "동의상수(同意相受)"를 대진(戴震)은 호훈(互訓)으로 해석하였다. 왜냐하면 『설문』은 "老, 考也", "考, 老也"라고 풀이하였기 때문이다. 즉 '고(考)', '로(老)' 두 글자는 서로가 상대를 해석하고 있다. "건류일수(建類一首)"의 '類'와 '首'가 무엇을 의미하는지 분명치 않다. 각 시대의 수많은 학자들의 전주에 대한 분분한 이견은 모두 이 두 글자의 의미를 어떻게 파악하느냐에 따라 다르며 아직 정설이 없다. 그리하여 일부 학자들은 반드시 같은 부수에 속하는 글자로서 서로 상대의 의미를 해석하고 있어야 하며〔동부호훈(同部互訓)이라 한다〕, 동음(同音)이거나 발성(發聲) 혹은 수성(收聲)이 같다는 성운학적 관련〔쌍성첩운(雙聲疊韻)이라 한다〕이 있는 글자끼리의 관계를 전주자(轉注字)라 규정한다.『설문해자』에 "走, 趨也(주, 추야)" "趨, 走也(추, 주야)"라 하였다. 즉 '走(주)'와 '趨(추)'는 둘 다 '달리다'는 뜻의 글자이다. 또, "逆, 迎也(역, 영야)" "迎, 逆也(영, 역야)"라 하였다. 즉 "逆은 迎이다" "迎은 逆이다"는 둘 다 '맞이하다'는 뜻의 글자이다. 또 "倚, 依也(의, 의야)" "依, 倚也(의, 의야)"라 하였다. 즉 둘 다 '의지하다'는 뜻의 글자이다. 또 "改, 更也(개, 경야)" "更, 改也(경, 개야)"라 하였다. 즉, '改'와 '更'은 둘 다 '고치다'는 뜻의 글자이다. 또 "似, 像也(사, 상야)" "像, 似也(상, 사야)"라 하였다. 즉 '似(사)'와 '像(상)'은 둘 다 '닮았다'는 뜻의 글자이다. 또 "氾, 濫也(범, 람야)" "濫, 氾也(람, 범야)"라 하였다. 즉 '氾(범)'과 '濫(람)'은 둘 다 '물이 넘치다'는 뜻의 글자이다. 『설문해자』에는 이처럼 글자끼리 서로 상대를 해석하는 동시에 자기의 의미를 드러내는 글자가 적지 않다. 적어도 허신의 생각에 의하면 이런 글자, 즉 형체에 있어서 같은 부(部)에 속하고, 음성학상으로 쌍성이나 첩운 혹은 동음에 속하면서 동일한 의미를 가진 글자끼리의 관계가 전주(轉注)라고 보았다는 것이다. 이야말로 전주에 대한 가장 조심스럽고 소극적인 해석일 것이다.

일부 학자들은 어떤 특정한 글자와 관련되어 뒤에 만들어진 글자 즉 '후기자(後起字)' 야말로 전주라고 생각한다. 이에 의하면 어떤 글자가 가차 혹은 인신[引伸 : '파생' 된 뜻이라 불러도 좋겠다]된 뜻으로 널리 쓰여져서 본뜻이 희미해지자 본뜻을 보존하기 위한, 즉 '존초의(存初義)' 적 차원에서 만들어진 글자가 전주자라는 것이다. 예를 들면, 대그릇의 상형 其(기)가 지시대명사로 쓰이자 箕(기)를 만든 것, '태우다' 는 뜻의 然(연)이 '그러하다' 는 뜻으로 쓰이자 燃(연)을 만든 것, '자르다' 는 뜻의 七(칠)이 숫자 '일곱' 으로 쓰이자 切(절)을 만든 것, '갖옷' 이 본뜻인 求(구)가 '구하다' 는 뜻으로 쓰이자 裘(구)를 만든 것, '해가 지려 하다' 가 본뜻인 莫(모)가 부정사로 쓰이자 暮(모)를 만든 것 등 상당히 많다. 물론 箕, 燃, 切, 裘, 暮 등이 형성자이지만 전주의 원리에 의해서 만들어졌다는 것이다.

6) 가차

"가차는 나타내고자 하는 뜻의 글자가 없을 때 발음이 같은 다른 글자를 빌려서 대신 표기하는 것이며, 예를 들면 령(令), 장(長) 등과 같은 것이다(假借者, 本無其字, 依聲託事, 令長是也)." 허신의 가차에 대한 정의이다.

가차자 발생에는 크게 두 가지 배경이 있다. 하나는 나타내고자 하는 글자를 만들기가 어렵거나 불가능하기 때문에 기존의 글자 가운데 발음이 같은 글자를 빌어서 대용하는 것이다. 예를 들면, 의장용 무기의 상형으로 '무기'가 본뜻인 '我(아)'를 빌려 '나'라는 뜻으로 쓴 것, 고유명사로서의 '물 이름'이 본뜻인 '汝(여)'를 빌려 '너'라는 뜻으로 쓴 것, '대'로 만든 '키'의 상형으로 '키'가 본뜻인 其(기)를 빌려 '그'라는 뜻으로 쓴 것, '밀'의 상형으로 '밀'이 본뜻인 '來(래)'를 빌려 '오다'는 뜻으로 쓴 것, 서 있는 사람의 상형 大(대)에다 겨드랑이 부위를 가리키는 두 점으로 구성된 지사자로 본뜻이 '겨드랑이'인 '亦(역)'을 빌려 '또한'이라는 의미로 쓴 것 등이다. 이런 것을 '본무기자(本無其字)의 가차'라 한다.

다른 하나는 나타내고자 하는 뜻의 글자가 이미 만들어져 있는데 글자를 쓰는 사람이 쓰려고 할 때 생각이 나지 않아서, 뜻은 다르나 발음이 같은 글자를 빌려 쓴 경우이다. 예를 들면 '남에게 음식을 대접하다'가 본뜻인 '氣(기)'가 '기운'을 의미하는 气(기) 대신 쓰인 것, '연잎'이 본뜻인 '荷(하)'가 '메다'를 의미하는 '何(하)' 대신 쓰인 것, '물고기의 한 종류'가 본뜻인 '鮮(선)'이 '드물 尟(선)'이나 '신선할 鱻(선)' 대신 쓰인 것 등 매우 많다. 이런 것을 '본유기자(本有其字)'의 가차라 하는데 통가자(通假字)라 부르기도 한다. 고서적 가운데 이러한 현상이 상당히 많다.

　현대에 와서 중국의 경우 가차자로 이루어진 단어가 고대에 비해 급격한 증가현상을 보이게 된다. 서양세계와의 접촉 이후 인명·지명·국명 등 대부분의 고유명사를 발음이 비슷한 가차자로 표현하였기 때문이다. 예를 들면 華盛頓〔와싱턴〕, 林肯〔링컨〕甘乃迪〔케네디〕雷根〔레이건〕克林頓〔클린턴〕, 紐約〔뉴욕〕悉尼〔시드니〕柏林〔베를린〕, 英克蘭特〔잉글랜드〕阿美利加〔아메리카〕加拿大〔캐나다〕墨西哥〔멕시코〕등 부지기수이다. 여기서 잠시 짚고 넘어가야 할 것이 있다. 그것은 허신이 가차의 대표적 예로 든 '令(령)' '長(장)' 두 글자에 대한 논란이다. 허신은 본뜻이 "발호(發號 : 명령을 발하다)"인 令(령)이 '현령(縣令)'의 의미로, 본뜻이 "구원(久遠 : 오래다)"인 長(장)이 '현장(縣長)'의 의미로 쓰인 것을 가차(假借)라 여겼다. 그런데 일부 학자들은 이런 경우는 가차에 해당하지 않는다고 주장한다. 왜냐하면 이런 경우는 본뜻에서 인신(引伸)된 뜻, 즉 파생의(派生義)에 속하는 것이기 때문이라는 것이다. 그래서 일부 학자들은 허신이 가차자의 예를 잘못 든 것으로 생각한다. 그런데 令(령)의 경우는 '발호(發號)'와 '현령(縣令)' 간에 인신(引伸)의 필수요건인 연결의 고리가 있으므로 가차가 아닌 것이 분명해 보인다. 그러나 長(장)의 경우는 가차가 아니라고 단언하기 어렵다. 왜냐하면 '구원(久遠)'과 '현장(縣長)' 간에는 의미상의 연결고리가 없어 보이기 때문이다. 長(장)을 '머리 풀어헤친 노인'의 상형으로 보고 본뜻을 '어른'으로 보는 경우, 長(장)'과 '縣長(현장)'은 연결고리가 있으므로 인신(引伸)이지 가차가 아니겠지만, '머리 긴 사람'의 상형으로 보고 본뜻을 '길다'로 보는 경우에는 '길다'와 '현장(縣長)' 간에는 연결고리가 없으므로 가차 관계가 성립된다는 것이다.

종합해서 말하면, 『주례(周禮)』「지관(地官) · 보씨(保氏)」의 육서는 내용이 모호하여 도대체 무엇을 말하는 것인지 학자들마다 견해를 달리 하기 때문에, 일시에 해결할 수 없는 것이고, 또 급히 해결하여야 할 문제도 아니다. 그것은 역사상의 한 명사(名詞)에 대한 논쟁일 뿐이므로 한자를 논의할 때 이에 집착할 필요가 없는 것이다.

유흠이 말한 육서, 즉 상형 · 상사 · 상의 · 상성 · 전주 · 가차는 육서의 구체적 명목으로는 최초 형식이다. 백 년이 채 못 되는 기간을 거치는 동안 그의 제자인 두자춘(杜子春)과 재전(再傳) 제자 정중(鄭衆), 가규(賈逵) 그리고 삼전(三傳) 제자 허신 등이 그의 설을 전수받아 수정을 가하였다. 하나의 창의에서 발단이 되어 결국에는 하나의 학문으로 건립되기에 이르렀으니, 이렇듯 유서 깊은 중국 문자학은 중국 학술계에서 1,800여 년의 역사를 지니고 있는 셈이다.

유흠은 육서를 '글자를 만드는 밑바탕〔조자지본(造字之本)〕'이라고 여겼다. 그러나 먼저 조례를 제정한 사람이 있고 난 다음에 글자를 만들었다는 것은 사실상 결코 있을 수 없는 일이다. 육서는 유흠이 당시에 이미 있던 글자에 관한 지식을 근거로 귀납해낸 명목이고, 허신은 문자를 정리한 실제 경험을 토대로 수정을 가함으로써 비로소 내용을 명확하게 하였던 것이다.

허신은 참으로 위대한 공로를 세웠다. 그러나 그의 육서설도 정밀도는 다소 떨어진다고 하겠다. 그의 학설이 후세에 미친 영향은 긍정적인 면과 부정적인 양면에 걸쳐 매우 크다. 근대부터 고고 학계의 발굴 자료가 날로 늘어나서 문자 연구가 편방 분석으로부터 출발하여 상당한 업적을 올리게 되었는데, 이 모두가 허신의 계시에 말미암은 것이라고 할 수 있다.

과거의 학자들은 허신을 지나치게 숭배하였다. 그리하여 허신의 설에 근거하여 추측과 부회를 일삼는다거나 자승자박(自繩自縛)의 형국(形局)에 빠지는 등 나쁜 결과를 낳기도 했다.

4. 한자의 자체

1) 갑골문(甲骨文)

앞서 '한자의 탄생'에서도 설명한 바 있지만 은대(殷代)의 사람들은 거북의 배딱지〔龜腹甲〕나 짐승의 뼈〔獸骨 : 주로 소의 견갑골(肩胛骨) 즉 어깨뼈〕을 이용하여 점을 쳤다. 점을 친 후에 날짜와 점을 친 사람의 이름 그리고 점을 치게 된 사정을, 불에 구운 뼈에 생긴 갈라진 금인 복조(卜兆)의 옆에 칼로 새겨놓았는데, 어떤 때에는 약간의 기일이 경과한 후 길흉이 나타난 결과까지 새겨놓기도 하였다. 가장 상세하게 기록한 것은 한 문단이 100자에 이르는 것도 있다. 학자들은 그러한 기록 내용을 복사(卜辭)라고 일컫고, 그 문자를 갑골문(甲骨文)이라 하였다. 갑골문은 하남성(河南省) 안양현(安陽縣)의 소둔촌(小屯村) 일대에서 가장 많이 발견되었는데, 지금으로부터 3천여 년 전 상왕(商王) 반경(盤庚)이 그곳으로 도읍을 옮긴 이후부터 은나라의 마지막 왕인 주(紂)에 이르기까지의(기원전 14세기 중엽~11세기 중엽) 유물이다.

갑골문은 처음에는 자연적으로 유출되었지만, 주의를 기울인 사람이 없었다. 그러다가 1899년 왕의영(王懿榮)이 상나라 때의 문자임을 밝혀내자 다투어 이를 수집하는 사람이 나타났다. 1903년에는 유악(劉鶚)이 『철운장귀(鐵雲藏龜)』를 출간하였다. 초기의 연구자로는 손이양(孫詒讓), 나진옥(羅振玉), 왕국유(王國維) 등이 있었다. 나진옥은 실물을 수집하여 『은허서계(殷墟書契)』 등의 책을 출판하였을 뿐만 아니라 그것을 고증 해석하는 작업도 하였다. 안양의 은나라 유적지에 대한 고고학적 발굴작업은 1928년에 개시되었고, 최대의 발굴 수확을 거둔 것은 1936년 여름의 발굴이었는데, 발굴해낸 갑골문이 약 1만7천 조각에 달하였다. 그 전후로 발굴한 것을 종합하고 부서진 조각들을 골라 조합하여 『은허문자 갑편(殷墟文字 甲編)』과 『은허문자 을편(殷墟文字 乙編)』을 편찬하였다. 동작빈(董作賓)은 발굴된 자료를 토대로 『갑골문단대연구례(甲骨文斷代研究例)』를 저술하여 갑골문의 시기를 5기로 나누고 갑골문자의 문법, 자형, 서체 등의 변화 과정을 고찰하였다. 진몽가(陳夢家)는 『은허복사종술(殷墟卜辭綜述)』에서 그 문제에 대해 보다 깊게 고찰하여 종결을 지음으로써 갑골문의 시대 구분이 기본적으로 신빙성을 얻게 되었다. 갑골문의 고석(考釋)에 종사한 학자들도 상당수에 이르는데, 업적이 특출한 사람으로는 곽말약(郭沫若), 당란(唐蘭), 우성오(于省吾) 등을 꼽을 수 있다. 손해파(孫海波)는 1934년에 『갑골문편』을 편찬하고 1964년에는 수정 재판을 출판했다. 중화인민공화국이 건립된 후, 중국사회과학원 역사연구소에서는 1899년 이후 80년간에 걸쳐 안양의 은허에서 출토된 후 각 기관이 소장하고 있는 것은 물론 개인이 소장하고 있거나 해외에 유출된 것을 모두 합쳐 4만1956편을 모아 곽말약(郭沫若)이 주편을 맡고 호후선(胡厚宣)이 편집총책을 맡아서 『갑골문합집(甲骨文合集)』을 출판하였다.

갑골문은 현존 중국 최고(最古)의 문자로 글자 수는 대략 4천5백 자며, 판독이 가능한 것은 약 1/3 정도다. 갑골문의 기본 어휘, 기본 어법, 기본 자형구조는 후대의 언어문자와 일치한다. 허신(許愼)의 육서에 입각하여 조사한 결과, 자형의 구조에는 지사(指事)·상형(象形)·형성(形聲)·회의(會意)가 모두 구비되어 있으며, 문의(文義)의 사용에 있어서는 뜻이 비슷한 글자끼리의 통용, 즉 호훈(互訓)으로서의 전주(轉注)와 음이 비슷한 글자끼리의 통용, 즉 가차(假借)도 활용되고 있었음이 명백히 밝혀졌다. 갑골문은 제조된 시대도 구분할 수 있는데, 전기와 후기의 구분은 명확하며, 몇몇 상용자(常用字)의 변화를 통해 한자의 발전에 관한 다음과 같은 지식을 얻을 수 있다.

① 간략화 : 형체가 복잡한 글자들이 날로 간단하게 변하고, 필획이 감소되었다.

② 형성화(形聲化) : 상형자에 성부(聲符)가 첨가되고 가차자에 형부(形符)가 보태져서 형성자로 변모되었다.

갑골문은 점을 친 사람이 써서 새긴 것이므로, 일부에 국한(局限)된 것이지 반드시 상대(商代)의 모든 문자가 포괄된 것은 아니며 점복(占卜)에 관한 전문용어는 일반인들도 통용하였던 것은 아닐 것이다. 또 칼로 새겼기 때문에 자형이 다소 변모되는 것을 피할 수 없었으므로 언뜻 보아서는 쉽사리 알아볼 수 없는 것도 있다.

갑골문은 원래는 전적으로 안양의 은허에서 발굴된 것만을 지칭하였으며 지금까지 근 100여 년 동안 많은 학자들의 끈질긴 노력에 힘입어 대단한 연구 성과를 거두어 중국 문자 역사에 한 획을 긋게 되었다. 중화인민공화국이 건립된 1949년 이후, 각지에서 주(周)나라 사람들이 글자를 새겨놓은 갑골도 발견되었다. 이를테면 섬서성(陝西省) 서안(西安)의 장가파(張家坡)에서 3조각의 갑골이 출토되었고, 산서성(山西省) 홍동현(洪洞縣)에서 1조각이 발견되었으며 북경시 창평현(昌平縣)에서도 3조각의 복골(卜骨)이 출토되었고, 섬서성 기산현(岐山縣)에서 292조각이, 같은 성의 부풍현(扶風縣)에서 1조각의 복갑과 6조각의 복골이 각각 출토되었다. 그중에서 기산과 부풍에서 나온 것이 비교적 중요한 것으로, 수량이 많을 뿐만 아니라 글자의 수도 250가지 이상에 이른다. 이들 자료는 출토된 지역이 다양하고, 그 연대도 일정하지 않으며, 내용이 간단하고 자형도 은허의 것과 완전히 동일하지 않다.

2) 금문(金文)

금문은 고대 한자 서체 명칭의 일종으로 상(商), 서주(西周), 춘추(春秋), 전국(戰國) 시기의 청동기에 새겨진 글자에 대한 총칭이다.

송대의 사람들이 금석학(金石學)을 창안하여 금(金)과 석(石)에 새겨진 명각(銘刻)을 연구하였다. 여기서 금이란 청동기를 주로 말하지만, 동(銅)에만 국한되지 않고 고금의 모든 금속 물품에 새겨진 명문(銘文)을 일컫는다. 청대의 오식분(吳式芬, 1796~1856)이 상주시대 청동기 명문을 모아 『군고록금문(捃古

錄金文)』을 편찬하였다. 중국 문자 발달사상으로 보면 나름대로의 합리성도 있고 학자들의 수요에도 부응하는 것이었다. 또 수집한 자료가 많고, 문장 풀이가 엄격하여 영향력도 상당하였을 뿐 아니라, 금문이라는 용어에 대하여 일정한 개념이 성립되는 계기가 되었다. 1916년에 추안(鄒安)이 『주금문존(周金文存)』을 편찬하였는데, 이 또한 많은 자료를 수록하였을 뿐만 아니라 인쇄가 잘 되어서 당시 큰 호응을 얻었다. 그 당시의 '금문'은 개별 글자가 아닌, 명문 전체를 지칭한 것이었다. 1925년에 용경(容庚)이 『금문편(金文編)』을 저술하였는데, 이 책은 상주시대 청동기 명문에 쓰인 글자들을 『설문해자』의 순서에 따라 배열한 자전이다. 이때부터 금문은 일종의 서체 명칭으로 사용되었다. 금문은 상대(商代) 중기에 출현하였다. 정주시(鄭州市)의 백가장(白家莊)에서 출토된 도철(饕餮) 무늬를 새긴 그릇인 뢰(罍)에 '귀(龜)' 자가 씌어 있고, 섬서성(陝西省) 기산현(岐山縣)의 경당촌(京當村)에서 출토된 창에도 특이한 글자가 새겨져 있었으며, 북경시 평곡현(平谷縣) 유가하(劉家河)에서 출토된 솥〔鼎〕과 술잔〔爵〕에는 다같이 '龜(귀)' 자가 씌어 있었다. 이러한 자료들은 비록 많지 않지만 그 연대가 은허의 갑골문보다도 이른 것이란 점에서 가치가 있다. 금문의 시대적 하한(下限)은 진(秦)나라가 육국을 멸한 때까지로 본다. 즉, 금문이 성행했던 시기는 진나라에서 중국 문자를 소전(小篆)으로 통일시키기까지 약 1,200년 동안(기원전 15세기~기원전 3세기)에 상당한 셈이다.

송대 사람들은 청동기를 수장함에 있어 명문(銘文)을 극히 중요시하였다. 이를테면, 유창(劉敞)의 『선진고기기(先秦古器

記)』와 여대림(呂大林)의 『고고도(考古圖)』, 왕보(王黼)의 『박
고도록(博古圖錄)』 등은 모두 명문을 모사(摹寫)하고 그 내용을
풀이한 것이다. 그리고 명문만을 전문적으로 모각(摹刻)한 것으
로는 조명성(趙明誠)의 『고기물명(古器物銘)』과 왕구(王俅)의
『소당집고록(嘯堂集古錄)』, 설상공(薛尙功)의 『역대종정이기관
지법첩(歷代鐘鼎彝器款識法帖)』 등이 있는데, 이러한 책들은
글풀이와 더불어 고증한 내용을 실어놓았다. 또 명문에 쓰인 글
자들을 자전식(字典式)으로 편집한 것으로는 여대림(呂大臨)의
『고고도석문(考古圖釋文)』과 왕초(王楚), 설상공(薛尙功)의 『종
정전운(鐘鼎篆韻)』이 있는데, 이 책은 운부(韻部)에 따라 배열
한 것으로서 매우 독창적이다. 청대의 학자들은 송대 사람들의
업적을 이어받아 더욱 큰 발전을 이룩하였다. 이를테면 완원(阮
元)의 『적고재종정이기관지(積古齋鐘鼎彝器款識)』, 방준익(方
濬益)의 『철유재이기관지고석(綴遺齋彝器款識考釋)』 등이 그러
한 것인데, 재료가 더욱더 많아졌을 뿐만 아니라 글풀이와 고증
에 있어서도 참고할 만한 가치가 있다. 1937년에 나진옥(羅振
玉)이 편찬한 『삼대길금문존(三代吉金文存)』에는 4천여 건의
명문이 수록되었다. 청대에는 『설문해자』에 대한 연구가 흥성하
고 성운(聲韻)과 훈고(訓詁)에 대한 연구도 날로 깊어진 결과,
청동기 명문에 대한 연구가 매우 성행했고 전문가들도 속출하
였다. 예를 들면, 허한(許瀚)의 『반고소려금문고석(攀古小廬金
文考釋)』과 오대징(吳大澂)의 『자설(字說)』『설문고주보(說文
古籒補)』 그리고 손이양(孫詒讓)의 『고주습유(古籒拾遺)』『고
주여론(古籒餘論)』『명원(名原)』 등이 있는데, 모두가 앞시대
학자들의 업적을 능가할 만한 독창적인 견해를 내고 있다. 금문

이 사용된 기간이 길었고, 그 사용지역도 광대하였으므로〔황하와 장강 중하류 일대의 광활한 지역〕, 그 자료를 명확하게 정리하지 않으면 연구작업의 성과를 기대하기 곤란하다. 이를테면, 안휘성(安徽省) 수현(壽縣) 주가집(朱家集)의 초왕묘(楚王墓)에서 출토된 청동기가 천 개가 넘고, 그중에서 문자가 새겨진 것만도 수백 개나 된다. 하남(河南)성 안양(安陽)현 소둔(小屯)촌의 부호묘(婦好墓)에서 출토된 동기(銅器)의 수도 백 개나 되고, 그중에서 문자가 새겨진 것만도 백 개 이상이다. 이 두 부류의 청동기는 그것이 만들어진 시기적 차이가 천 년 이상이나 벌어지는데도 그것들을 한데 묶어 통칭 금문이라 한다면, 세부적인 문제를 밝혀내기는 어려울 것이다. 과거의 학자들도 이미 이러한 문제점을 인식하였다. 왕국유(王國維)는『주대금문운독(周代金石文韻讀)』(1917)의 서문에서 다음과 같이 말하였다. "옛사람들은 군경(群經) 제자(諸子) 초사(楚辭) 이외의 책에서 주나라의 운문을 본 것이 적었다. 내가 다시 금석(金石)에 새겨진 것 40편을 모았는데, 그 시대는 주나라 초부터 전국시대 초기까지이고, 나라는 기(杞)·증(鄫)·주(邾)·루(婁)·서(徐)·허(許) 등으로 국풍(國風)에 들어 있는 15국 이외의 나라들이다." 이처럼 왕국유의 시간과 지역에 대한 관념은 명확하였지만, 연구 분량이 너무 적었다. 곽말약(郭沫若)은『양주금문사대계(兩周金文辭大系)』(1931)의 서문에서 "마땅히 연대와 열국(列國)별로 계통을 세워야 할 것이다 ……서주 문자에 대하여 연대를 고증할 수 있거나 혹은 그와 가까운 것이 모두 162기(器)이고, ……열국별로 나누어놓은 것도 역시 그 연대에 따라 정리하여 열국 명문 161기(器)를 각각 열거하였다"고 말하였다.

이것은 금문 연구에서 한 시대를 그을 만큼 획기적이었지만, 애석하게도 분량은 그다지 많지 않았다. 그후 50여 년 동안에 걸쳐 명문이 있는 동기(銅器) 수천 건이 발견되었지만, 아직도 그보다 더 새롭고 큰 업적을 올린 학자가 나오지 않았다.

1985년에 용경(容庚)의 『금문편』 수정 4판이 출간되었다. 3,902건의 명문에서 골라낸 글자들을 수록하였는데, 판독 가능한 글자가 2,420자이고, 무슨 글자인지 확정지을 수 없는 글자 1,352자를 실었으니 총 수록 글자가 3,772자다. 이것이 오늘날 볼 수 있는 금문의 총 숫자인 셈이다. 이들 글자는 대다수가 『설문해자(說文解字)』에 수록된 것과 대조가 가능하다. 선진(先秦) 시대의 문자 자료로는 금문뿐만 아니라 갑골, 석각(石刻), 죽간(竹簡), 백서(帛書), 새인(璽印), 화폐(貨幣) 등이 있지만, 금문이 가장 중요한 것이다. 금문은 진나라에서 소전체로 문자를 통일하기 이전의 1천여 년 동안에 걸친, 중국 문자의 발전과 변화의 기본 상황을 여실히 반영하고 있다.

3) 주문(籀文)

주문(籀文)은 대전(大篆)이라고도 한다. 서주(西周 : BC. 1027~BC. 770) 말년에 만들어졌는데, 진(秦)나라에서 사용한 문자다. 진나라는 주나라가 도읍을 낙양으로 옮긴 후인 춘추전국시대에, 주나라의 옛 터전에 자리잡은 제후국으로 당시로서는 문화적으로 가장 후진국이었다.

허신(許愼)이 지은 『설문해자(說文解字)』에는 표제자 총 9,353자가 소전체로 실려 있다. 또 두 종류의 이체자를 수록해놓았다. 하나는 고문(古文)인데, 이것은 고문경(古文經) 중의 서체 중에서 소전과 다른 서체를 지칭한다. 이것은 지역적 차이를 대표한다. 또 한 종류는 주문(籒文)인데, 이것은 『사주편(史籒編)』 중의 글자 가운데 소전체와 다른 것을 가리킨다. 이것은 시대적 차이를 대표하는 것이다. 기원전 220년 진시황이 이사(李斯)의 주장을 받아들여 문자를 통일할 때, 먼저 자기 나라의 문자를 고친 다음 그것을 각지에 보급시켰다. 학자들은 고치기 이전의 것을 대전(大篆)이라 하고, 그 이후의 것을 소전(小篆)이라 한다.

주문, 즉 대전은 『사주편』에서 비롯되었다. 『한서 예문지』에는 『사주편』은 주나라 때 사관(史官)이 학동(學童)들을 가르치던 책이라 기록되어 있고 분량은 15편이라 저록(著錄)되어 있다. 같은 책의 주(注)에는 "주나라 선왕(宣王) 때 태사(太史)가 『대전(大篆)』 15편을 지었는데, 건무(建武) 때(AD. 25~57) 그 중에서 여섯 편이 없어졌다"고 적혀 있다. 위진(魏晉) 이후에 그 나머지도 모두 없어졌다. 단옥재(段玉裁)는 "그 책은 필히 사언체(四言體)로 되어 있고, 학동들에게 그것을 가르쳐서 암송하도록 하였을 것이다. 그리고 『창힐편(倉頡篇)』 『원력편(爰歷篇)』 『박학편(博學篇)』은 그 체례를 모방하였을 것이다"라고 추측하였다. 왕국유(王國維)는 『사주편소증(史籒篇疏證)』을 지어 『설문』에 수록된 주문을 채집하여 해석하면서, '사주' 란 사람의 이름이 아니고, 『사주편』은 "춘추전국시대에 진나라 사람이 저술하여 학동들을 가르치던 책"이라고 말하였다. 그의 말에 일리는 있지만 애석하게도 증거가 없다. 서주에서 진나라 때까지의 청동기 명문이 상당수 전래되고 있는바, 그 자료를 근거로 다음의 두 가지 사항을 추론할 수 있다 : ① 서주 말기 대략 주나라 선왕 때 일종의 새로운 풍조가 일어 자체가 정방형보다 약간 길고 쓰는 순서와 배열 형식이 가지런하며 필획이 대칭을 이루고 편방과 구조에 있어 일정함이 있는 것을 추구하게 되었다. 이를테면, 괵계자백반(虢季子白盤)과 종부정(宗婦鼎) 등의 명문은 주문과 상당히 흡사하여 동일한 종류의 서체라고 해도 무방할 것이다. ② 진나라는 그러한 종류의 서체를 계승하였으므로, 청동기로는 진공박(秦公鎛), 진공궤(秦公簋), 진공종(秦公鐘), 상앙량(商鞅量), 두호부(杜虎符), 신처호부(新郪虎符) 등의 명문이 모두 비슷하여 오륙백 년간의 문자가 크게 변모되지 않았음을 알 수 있다. 이러한 현상은 같은 시기의 기타 각국에서는 일찍이 없었던 일이다. 그렇다면 그 원인이 어디에 있을까? 가장 설득력 있는 것은 당시에 어떤 문자 교본이 있어서 엄격히 교육되었을 것이라는 해석이다. 따라서 주 선왕의 태사 주(籀)가 『대전』 15편을 지었다는 설을 가벼이 부정하여서는 안 될 것이다.

4) 전서(篆書)

전서(篆書)는 대전(大篆)과 소전(小篆)으로 나누어진다. 대전에 대해서는 앞 항에서 살핀 바와 같다. 소전은 진전(秦篆)이라고도 불리며, 진시황이 문자를 통일할 때 쓰인 서체로 한대에까지 쓰였다. 후세에 전서라고 부르는 것은 일반적으로 소전을 지칭한다.

서주가 멸망한 후, 평왕(平王)이 동쪽으로 도읍을 옮기자 진나라가 주나라의 옛 땅을 차지하였고, 주나라의 주문(籀文)을 사용하였는데, 그것이 점차 발전하여 진나라 나름의 특색을 갖추게 되었다. 전국시기에는 7국(七國)에서 쓰던 문자의 형체가 각각 달랐다. 진시황이 6국을 평정한 뒤 문자를 통일하고 이사(李斯)의 건의를 받아들여 진나라의 문자에 부합하지 않는 것을 파기해버렸다. 이때 진나라가 오래 전부터 사용해오던 주문도 생략하거나 간단하게 고쳤다. 이사는 『창힐편(倉頡篇)』을, 중거부령(中車府令)인 조고(趙高)는 『원력편(爰歷篇)』을, 태사령(太史令)인 호무경(胡毋敬)은 『박학편(博學篇)』을 지었는데, 내용은 거의 『사주편(史籀篇)』에서 따왔으나, 전서체는 완전히 같았던 것은 아니었다. 후세에는 그것을 진전(秦篆) 혹은 소전(小篆)이라고 부르는 한편, 주문(籀文)을 대전(大篆)이라 칭하였던 것이다. 진대의 소전 문자 자료로 전해지는 것으로는 태산각석(泰山刻石), 낭야각석(琅邪刻石), 역산각석(嶧山刻石), 회계각석(會稽刻石) 등과 무수한 진량(秦量), 진권(秦權), 조판(詔板) 등이 있다. 문자는 현저히 규범화되었고, 그 편방(偏旁)들도 모두가 고정 형식과 위치를 갖추고 있었으며, 형체는 수직의 장방형이었고 내부가 빈 곳에는 필획으로 채워넣어서 상형(象形), 지사(指事), 회의(會意) 등의 의의를 드러내야 함을 고려하지 않았다.

허신(許愼)이 『설문해자』를 저술한 본래의 의도는 중국 문자의 원시구조를 설명하는 데 있었다. 그러나 그는 매우 이른 시기의 문자 자료를 볼 수 없었으므로 소전 9,353자를 주요 자료로 삼았다. 소전은 그것이 만들어진 연대가 이르지 않지만, 수량이 많아 중국 문자 발전사상의 주류가 되었고, 1천여 년 동안 끊임없이 만들어진 것이 한 곳에 모였으므로, 글자의 뜻을 풀이하고 자전을 편집할 경우에는 이 책을 근거로 삼는 것은 당연한 일이다. 『설문』은 주문 2백여 자와 고문 5백여 자를 표제자인 소전 외에 별도로 열거하고 있다. 이러한 것들은 고대의 문자 발전 가운데 어떤 원인에 의해서 발생된 것으로서, 일반적으로 그 모두가 이체자(異體字)에 속하는 것이지만, 자형 분석을 통하여 글자의 뜻을 탐구할 경우에는 일정한 가치가 있다.

한나라는 진나라의 제도를 계승하였는데, 문자 방면에서도 예외는 아니어서 전서가 여전히 국가의 표준서체로 쓰였다. 당시의 중요 문서는 전하지 않지만 황제와 황후의 옥새(玉璽), 여러 왕들의 금옥인(金玉印), 화폐(貨幣), 호부(虎符) 등 일부 문물들은 남아 있다. 그것들에 새겨진 문자는 물품의 유형에 따라 각부(刻符)니 모인(摹印)이니 하여 이름이 다르지만, 그 서체는 모두가 소전에 속하는 것이었다. 왕망(王莽)이 집권하고 있을 때 만들어진 화폐와 도량형기의 명문도 소전을 쓴 것이다. 그러나 필획은 더욱더 정방형에 가깝게 변모하였다. 허신이『설문해자』를 지은 목적은 응용을 위한 것이었다. 그래서 그의 아들인 허충(許沖)은 "주례와 같은 경서와 오늘날의 율령(律令)은 모두 육서를 배워야 그 뜻을 통달할 수 있다"고 말하였다. 『설문』이란 책은 유용한 것이었으므로 오늘날까지 전해졌다고 할 수 있다. 위(魏)의 정시(正始) 4년(243)에 세 가지 글씨체로 돌에다 유가 경전의 원문을 새긴 삼체석경(三體石經)이 만들어졌는데, 그 가운데 있는 고문은 한나라 초에 노나라에 분봉받은 공왕(恭王) 유여(劉餘)가 궁전을 넓히기 위해 이웃인 공자 종가의 벽을 허물 때 벽 속에서 나온 전국시대의 자체이고, 예서(隸書)는 그 이전에 이미 4백 년 동안 유행한 통속 서체였으며, 소전은 그 당시에도 전통적 표준서체로 중요시되어 비석을 새기는 데 쓰여진 것이다.

5) 예서(隸書)

예서(隸書)는 진예(秦隸)와 한예(漢隸) 그리고 팔분(八分)으로 나뉜다. 진예는 진시황 시기에 사용되었던 간체자(簡體字)를 말한다. 한대에는 일상적으로 예서를 사용하였다. 그러나 형체와 필세(筆勢)는 끊임없이 변모되어 동한 중기에는 장중(莊重)하고 전아(典雅)한 새로운 서체가 출현하였다. 희평(熹平) 4년(175)에는 새로운 예서체로 경서(經書)를 써서 새긴 돌을 국립대학인 태학(太學)에 건립함으로써 그것이 국가의 표준서체로서의 위치를 굳히게 되었다. 위(魏)나라 이후에는 그것을 '팔분〔팔분이라는 말의 유래에 대해 여러 설이 있는데 대표적인 것은 글자의 높이가 소전(小篆)의 10분의 8쯤 되었기 때문이라는 것이다〕'이라고 불렀다.

예서는 진대(秦代)에 형성되었으므로, 그 연원(淵源)이 상당히 오래되었다. 전국시대에는 정치 경제 문화가 급속히 발달됨으로써 문자의 활용은 날로 많아졌고, 필획은 점차 줄어들거나 생략되어 곧고 평평한 모양을 갖추게 되었다. 육국(六國)은 각각 나름대로의 발전을 도모하였으므로 문자상의 생략에 있어서도 서로 달랐다. 그러나 진나라는 서주(西周)의 문화를 답습하여 주문(籒文)을 표준 자체로 삼았기 때문에 변화가 극히 점진적이었다. 진시황이 육국을 멸한 후에는 일부의 필획이 이미 생략되었거나 고쳐진 주문을 표준 자체로 정하여 문자 통일정책을 추진하였다. 한대에는 변모되기 이전의 주문을 대전이라 부르고, 변모된 후의 것을 소전이라 불렀다. 이러한 것들은 모두 지배층에서 사용한 글자였다. 동한 때 허신은『설문해자』의 서문에서 "진나라 때에는 유가의 경전과 옛 전적을 불태워 없애고 하리(下吏)와 병졸을 크게 징집하여 국경 수비와 노역(勞役)에 종사케 하고부터, 관아와 감옥의 직무가 번잡해짐에 따라 예서체를 만들어 쓰기가 간략하고 쉽게 하였다"고 적고 있다. 진대(晉代)의 위항(衛恒)은『사체서세(四體書勢)』에서 "정막(程邈)이란 사람이 옥리(獄吏)를 지내다가 진시황에게 죄를 지어 운양(雲陽)에서 10년 동안 옥살이를 하였다. 옥중에서 대전을 쓰면서 획수가 적은 것은 늘이고 많은 것은 줄였으며 모양이 네모진 것은 둥글게 하고 둥근 것은 네모지게 하여 진시황에게 바쳤다. 진시황이 그것을 보고 좋아하여 그를 석방시켜 어사(御史)에 임명하고 서체를 정하는 일을 맡도록 하였다. 혹자가 이르기를 정막이 정한 서체가 바로 예서체의 글자라고 한다"고 하였다. 소전과 예서는 다같이 대전이 간략화되면서 이루어진 것이다. 사실 진나라 사람들이 필획이 간단한 글자를 쓴 것은 진시황이 중국을 통일한 이후에 있는 일이 아니다. 진나라에서는 "물건을 만든 사람의 이름을 그것에다 새겨놓는다"는, 이른바 '物勒工名 (물륵공명)' 제도를 엄격히 시행하였다. 각지에서 출토된 전국시기 진나라의 병기나 칠기(漆器) 그리고 도기(陶器)에는 필획이 줄어들고 곧은 획이 많고 굽은 획이 적은 간체자가 새겨져 있는데, 그러한 것들은 모두 장인(匠人)의 손에서 나온 것으로서 이미 예서체에 가까운 형태를 띠고 있었다. 정막은 본래 하

급관리였는데, 옥중에서 그가 익숙한 간체자를 대전체와 대조
해가면서 정리하였다는 것은 일리가 있다. 진시황이 그를 석방
하여 어사의 직책을 맡기고 "서체를 정하도록" 하였다는 것은
흔치 않은 파격적 임용이다. 이는 간체자의 응용이 날로 넓어지
고 그 규범화의 수요가 급박한 형편이었음을 반영하는 것이다.

정막이 예서를 만들었다는 설에 대한 회의론도 있다. 현대의
문자학자 당란(唐蘭)은『중국문자학(中國文字學)』에서 "진나라
때 관청에서 처리해야 할 옥사(獄事)가 많아서 예서를 만들었다
는 것은 결과를 원인으로 보는 것이다. 실제로는 옥사가 번거로
워지자 민간에서 통용되던 서체를 사용하지 않을 수 없었을 뿐
인 것이다"라고 하였다. 이 설을 합리적이라 하여 따르는 학자
들이 많다. 이 외에, 진나라 관청에서 정식으로 예서를 사용하
여 공무를 처리할 때 정막이 이 자체(字體)에 대해 일부 정리 작
업을 했기 때문에 정막이 예서를 만들었다는 설이 나왔을 것이
라는 절충론을 펴는 학자도 있다.

호북성(湖北省) 운몽(雲夢)의 수호지(睡虎地)에서 대략 진시
황 30년 무렵의 것으로 보이는 죽간 1200매가 출토된 적이 있는
데, 그것들은 모두 규칙적이고 숙련된 예서체로 씌어진 것이었
다. 진나라가 소전을 보급시킨 것은 단지 전서의 전통을 보호
유지시킨다는 정치적인 의의를 지닐 따름이었고, 그 당시에는
이미 예서가 실제 응용면에서는 우세를 차지하고 있었던 것이
다. 소전은 육국 문자에 비하여 복잡하고 쓰기 힘들었으나, 예
서는 육국 문자보다 간편하고 쓰기 쉬워 백성들의 수요에 더욱
부합하였다. 진시황이 소전으로 문자를 통일시킨 것은 사실상
예서로 글자체를 통일시킨 것이나 다름없었다.

　한예(漢隷)가 팔분으로 발전되어서는 이미 국가의 표준서체로 격상되었다. 일상적으로 응용되는 글자는 필법에 있어 계속 간략화하였으며, 위진 때에 이르러서는 진서(眞書)로 변모되었다. 진서는 수당 이전까지는 여전히 예서의 분위기를 띠고 있었기 때문에, 후세 사람들은 위진남북조시대의 진서를 포함하여 그 모두를 예서라고 칭하였는데, 이는 예서의 범주를 확대 해석한 것이다.

　이상으로 한자의 기본 상식에 대해 간략히 살펴보았다. 대부분의 내용이 『중국대백과사전』『언어문자』권(卷)(중국대백과전서출판사, 1988)에 실린 현대 중국 문자학의 대가 주조모(周祖謨), 장정랑(張政烺) 두 분의 기술을 바탕으로 하여 보충한 것이다. 『언어문자』권(卷) 가운데 중요한 항목들을 선역(選譯)한 성균관대 전광진 교수의 『중국문자훈고학사전(中國文字訓詁學辭典)』(동문선, 1993)이 많은 도움이 되었다.

|주요 참고서|

李孝定 編述, 『갑골문자집석(甲骨文字集釋)』, 1974

高樹藩 編纂, 『형음의종합대자전(形音義綜合大字典)』, 正中書局, 1979

周法高 主編, 『금문고림(金文詁林)』, 中文出版

楠木美樹 編著, 『금문자형자전(金文字形字典)』, 日貿出版, 1986

段玉裁 註釋, 『설문해자주(說文解字注)』, 上海古籍, 1988

松丸道雄 高嶋謙一編, 『갑골문자자석종람(甲骨文字字釋綜覽)』, 東京大學
　　東洋文化硏究所, 1993

桂馥 註釋, 『설문해자의증(說文解字義證)』, 齊魯書社, 1994

許進雄 著, 『고문해성자근(古文諧聲字根)』, 臺灣商務, 1995

戴家祥 主編, 『금문대자전(金文大字典)』, 上海 學林, 1995

于省吾 主編, 『갑골문자고림(甲骨文字詁林)』, 中華書局, 1996

趙誠 編著, 『갑골문자간명사전(甲骨文字簡明詞典)』, 中華書局, 1996

湯可敬 註釋, 『설문해자금석(說文解字今釋)』, 岳麓書社, 1997

李圃 主編, 『고문자고림(古文字詁林)』, 上海敎育, 1999

李珍華 周長揖 編纂, 『한자고금음표(漢字古今音表)』, 中華書局, 1999

崔樞華 何宗慧 校点, 『교점주음설문해자(交点注音說文解字)』, 北京師大,
　　2000

단(旦) 987
담(膽) 25
담(談) 235
답(畓) 220
답(答) 658
당(當) 223
당(堂) 312, 769, 1059
당(黨) 394
당(曘) 395
당(攩) 395
대(大) 228, 742
대(對) 523
대(臺) 890
댁(宅) 529
덕(德) 234
덕(悳) 235
도(刂) 156, 950
도(刀) 216, 340, 394,
　950
도(道) 238
도(行) 239
도(島) 240
도(盜) 244
도(匋) 370
도(陶) 370
독(督) 177
독(獨) 249
독(毒) 252
돈(頓) 434
돌(突) 255
동(冬) 259
동(夂) 260
동(洞) 262
동(同) 264
동(東) 273
동(童) 603
동(僮) 603
두(斗) 114, 413, 967
두(頭) 159

두(豆) 159, 964, 1049
득(得) 522
등(登) 627
등(燈) 627
락(樂) 600
란(卵) 82, 206
란(䜌) 88
란(亂) 229
랑(狼) 1025
랑(廊) 1026
래(來) 520
량(梁) 133, 962
량(樑) 134, 962
량(量) 436
량(輛) 638
량(兩) 638
량(良) 1026
려(旅) 18
려(麗) 848
력(力) 147, 239
력(鬲) 169, 1012
력(歷) 737
력(秝) 737
련(聯) 629
련(連) 641, 992
렬(列) 950
령(令) 232, 646
령(領) 232, 646
례(豊) 809, 879
례(禮) 879
례(例) 950
로(爐) 92
로(盧) 92
로(露) 962
로(路) 963
로(老) 1050
록(鹿) 848
론(論) 621
롱(弄) 766

롱(籠) 779
료(了) 218
룡(龍) 144, 779, 996
루(累) 205
루(婁) 359
류(劉) 207, 419
류(流) 623
류(餾) 497
류(溜) 497
륙(六) 459, 639
륙(陸) 639
륜(侖) 621
릉(凌) 208
릉(夌) 208
릉(陵) 209
리(裏) 502
리(理) 730
리(里) 730
리(履) 736
리(利) 739
리(吏) 748
린(咎) 750
림(臨) 308
림(林) 759
립(立) 992
마(麻) 578
마(魔) 578
마(馬) 849, 902
만(瞞) 180
만(萬) 277
만(漫) 280
만(曼) 280, 662
만(慢) 662
말(末) 674
망(望) 91
망(亡) 283, 322
망(网) 285, 946
매(買) 285
매(賣) 287

매(妹) 773
매(每) 879, 1055
매(呆) 912
맥(麥) 520
맹(孟) 163
멱(冪) 198
멱(糸) 76, 232, 701
멱(冖) 262, 288
면(宀) 64, 200, 683
면(免) 439
명(皿) 45, 245, 581
명(命) 233, 810
명(冥) 288
명(明) 291, 827
명(名) 294
모(毛) 160
모(暮) 397, 496, 962
모(莫) 397, 962
모(母) 424
모(牟) 538
모(謀) 721
모(某) 721
모(冒) 938
모(帽) 938
목(木) 61, 297
몽(莔) 302
몽(夢) 302
몽(瞢) 303
묘(卯) 34, 207, 419
묘(墓) 397
무(戊) 33, 486, 859
무(無) 265
무(舞) 265
무(誣) 304
무(巫) 304, 310
무(武) 307
무(茂) 486
문(門) 37, 84, 978
문(文) 313, 750

문(坟) 397
문(聞) 536, 876
문(問) 978
물(勿) 315, 480, 743
물(物) 315, 480, 743
미(未) 35, 322
미(味) 35, 322
미(尾) 160
미(美) 318, 727
미(微) 325
미(敚) 327
미(米) 681, 959
미(眉) 736
민(民) 330, 333, 746
밀(密) 414
밀(宓) 415
박(撲) 159
박(博) 335
반(盤) 98, 101, 390, 507
반(班) 339
반(般) 390, 507
반(反) 918
반(半) 949
발(發) 85
발(撥) 85
발(髮) 341
발(友) 341
방(匚) 309
방(邦) 630
배(杯) 61
배(背) 106
배(北) 106, 389
배(拜) 215
백(白) 67, 343
백(百) 343
백(伯) 344
번(番) 350
번(蹯) 351

벌(伐) 979
벌(閥) 979
범(凡) 100, 101, 390, 1014
범(帆) 101, 390
법(法) 354
벽(辟) 814
벽(壁) 814
변(采) 350, 1068
변(變) 358
변(遍) 380
변(編) 380
별(別) 477
병(丙) 32
병(兵) 361
병(病) 365
병(並) 991
병(竝) 992
보(甫) 335, 542, 717
보(寶) 369
보(報) 373
보(保) 376
보(普) 379
보(補) 904
복(攵) 52, 358
복(支) 52, 359
복(卜) 54
복(復) 124
복(复) 125, 381
복(僕) 159
복(福) 289
복(反) 373
복(畐) 420, 1032
복(伏) 462
복(覆) 1022
복(福) 1032
본(本) 268, 674
봉(鳳) 391, 1013
봉(丰) 630, 964

위(口) 214
위(委) 673
위(危) 700
위(爲) 849
위(韋) 986
위(圍) 987
유(酉) 36, 498, 584
유(絲) 183
유(幼) 184
유(幽) 184
유(攸) 510
유(乳) 599
유(遺) 703
유(誘) 706
유(儒) 709
유(濡) 710
유(由) 840
유(油) 840
유(兪) 926
유(瘉) 926
유(癒) 926
육(肉) 626
육(育) 879
육(毓) 879
율(聿) 57, 281
융(融) 169
융(戎) 859
은(隱) 718
을(乙) 32
음(佥) 127
음(黔) 127
음(陰) 127, 720
음(音) 617
음(飮) 724
읍(阝) 48
읍(邑) 48, 631, 1010
의(毉) 311
의(衣) 381
의(義) 726

의(宜) 727
의(儀) 727
의(殹) 733
의(醫) 734
의(疑) 911
이(夷) 123
이(巳) 701
이(而) 710
익(弋) 178
익(杙) 178
인(亻) 20, 538
인(堊) 166
인(因) 696
인(茵) 696
인(引) 707, 753
인(人) 18, 57, 109,
　　687
인(寅) 34, 634
일(日) 153, 397, 674,
　　959
임(紝) 33, 1017
임(壬) 33, 863, 1017
임(任) 1017
잉(孕) 224
자(子) 34, 115, 765
자(者) 638
자(煮) 639
자(雌) 656
자(自) 762
자(玆) 768
자(慈) 768
자(姊) 772
자(秭) 773
자(第) 773
자(姉) 773
자(束) 863
자(字) 1065
작(勺) 608
잔(戔) 544

잔(殘) 544
잠(簪) 611
잡(帀) 734
장(場) 156, 531
장(長) 340
장(爿) 366, 784
장(杖) 618
장(丈) 618, 899
장(葬) 776
장(欌) 778
장(臧) 778, 923
장(壯) 784
장(藏) 923
재(才) 85, 793
재(宰) 788
재(巛) 790
재(災) 790
재(灾) 791
쟁(爭) 800, 941
저(杵) 35, 690
저(著) 638
저(箸) 638
저(貯) 796
저(佇) 797
저(宁) 797
저(杼) 974
적(賊) 245
전(戰) 32, 348, 799
전(電) 35, 805
전(轉) 214, 717
전(專) 214, 717
전(肖) 240
전(典) 448
전(錢) 544
전(奠) 585
전(前) 801
전(剪) 802
전(全) 807
절(絕) 217, 808

찬(贊) 49
찰(察) 64, 79
참(斬) 212
창(刅) 133
창(創) 133, 857
창(倉) 857
창(刱) 857
창(昌) 860
창(裮) 860
채(采) 193
채(茱) 193
채(採) 193
채(疊) 278
채(廌) 355
채(債) 863
책(簀) 366
책(責) 863
처(處) 200
처(妻) 866
척(彳) 124
척(陟) 526
천(泉) 695
척(戚) 915
천(川) 151, 922
천(天) 228
천(舛) 265
천(淺) 544
천(賤) 544
천(穿) 869
철(叛) 240
철(轍) 802
철(徹) 803
철(鐵) 806
철(鎮) 806
첨(詹) 26
첨(僉) 63
첨(諂) 575
첨(詔) 576
첩(諜) 39

첩(妾) 812, 867
청(靑) 681, 872
청(聽) 875
청(請) 884
체(替) 139
체(體) 809, 878
체(蒂) 1043
체(蔕) 1043
체(禘) 1043
초(艹) 193, 334
초(艸) 334
초(草) 334, 659, 1057
초(初) 881
초(招) 883
촉(蜀) 250
촌(寸) 465
최(衰) 501
최(繰) 504
최(最) 938
추(隹) 82, 118, 256,
   1005
추(帚) 95, 149
추(崔) 118
추(秋) 886
축(畜) 797
축(蓄) 797
축(丑) 34, 516
축(筑) 889
축(築) 889
축(祝) 892
춘(春) 895
춘(椿) 898
출(出) 287, 902, 959
출(朮) 687
출(秫) 687
충(虫) 169
충(蟲) 169, 250, 851
충(充) 232
충(忠) 905

취(臭) 591
취(取) 629, 937
취(就) 908
치(恥) 517
치(癡) 911
치(痴) 912
칙(則) 245
친(親) 914
칠(七) 460
칠(漆) 916
칠(柒) 916
침(沈) 193, 385, 922
침(寢) 919
침(寑) 920
쾌(快) 293, 925
타(妥) 928
탁(槖) 274
탁(鐸) 297
탄(誕) 491
탐(探) 931
태(兌) 106, 1048
태(太) 933
태(泰) 934
토(土) 396, 873
토(冤) 440
통(通) 140
통(桶) 141, 616, 687
통(統) 232
퇴(堆) 149, 487
퇴(自) 149, 734, 487
퇴(退) 936
투(鬥) 940
투(鬪) 941
투(鬭) 941
파(破) 943
파(罷) 946
파(巴) 1010
판(板) 918
판(判) 949

김언종

1952년 경북 안동 출생. 경희대 국문과와 국립대만사범대학 대학원(중국문학 석사·박사)을 졸업했다.
경희대 중문과 조교수, 부교수(1985~1994)를 역임했으며, 현재 고려대 한문학과 교수로 재직중이다.
저서 『漢宋實用文學與朝鮮丁茶山文學論之研究』 『丁茶山論語古今註原義總括考徵』, 공역서 『漢字의
歷史』 『正體傳重辨』 『茶山과 文山의 人性論爭』 『茶山과 臺山·淵泉의 經學論爭』 『茶山의 經學認識』
『譯註 字學』 등이 있다.

한자의 뿌리 2

ⓒ 김언종 2001

1판 1쇄 | 2001년 9월 17일
1판12쇄 | 2020년 9월 3일

지은이 김언종
펴낸이 염현숙
책임편집 김현정 조연주 장한맘
마케팅 정민호 박보람 우상욱 안남영 | 홍보 김희숙 김상만 지문희 김현지
제작 강신은 김동욱 임현식 | 제작처 한영문화사(인쇄) 경일제책(제본)

펴낸곳 (주)문학동네
출판등록 1993년 10월 22일 제406-2003-000045호
주소 10881 경기도 파주시 회동길 210
전자우편 editor@munhak.com | 대표전화 031)955-8888 | 팩스 031)955-8855
문의전화 031) 955-3576(마케팅) 031) 955-8864(편집)
문학동네카페 http://cafe.naver.com/mhdn

ISBN 89-8281-424-8 04810
　　　　 89-8281-422-1 (전2권)

www.munhak.com